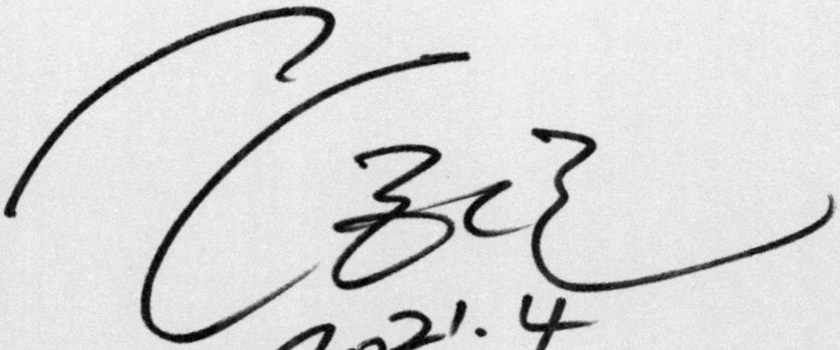

2021. 4

이동식

한주원으로 사는 동안
아프면서도 행복했습니다
괴물 사랑해주셔서 감사합니다.

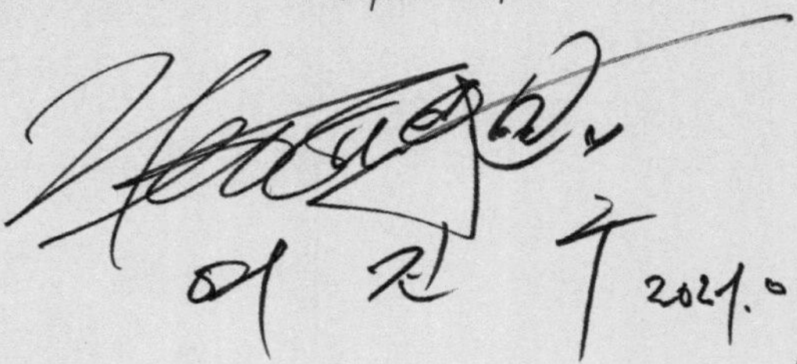

여 진 구 2021. 04

괴물

1

김수진 대본집

괴물 1

초판 1쇄 인쇄 2021년 5월 3일
초판 1쇄 발행 2021년 5월 10일

지은이 | 김수진
펴낸이 | 金湞珉
펴낸곳 | 북로그컴퍼니
주소 | 서울시 마포구 월드컵북로1길 60(서교동), 5층
전화 | 02-738-0214
팩스 | 02-738-1030
등록 | 제2010-000174호

ISBN 979-11-90224-71-0 03810

· 블로그: blog.naver.com/blc2009
· 인스타그램: @booklogcompany
· 페이스북: facebook.com/blc2009
· 유튜브: 북로그컴퍼니

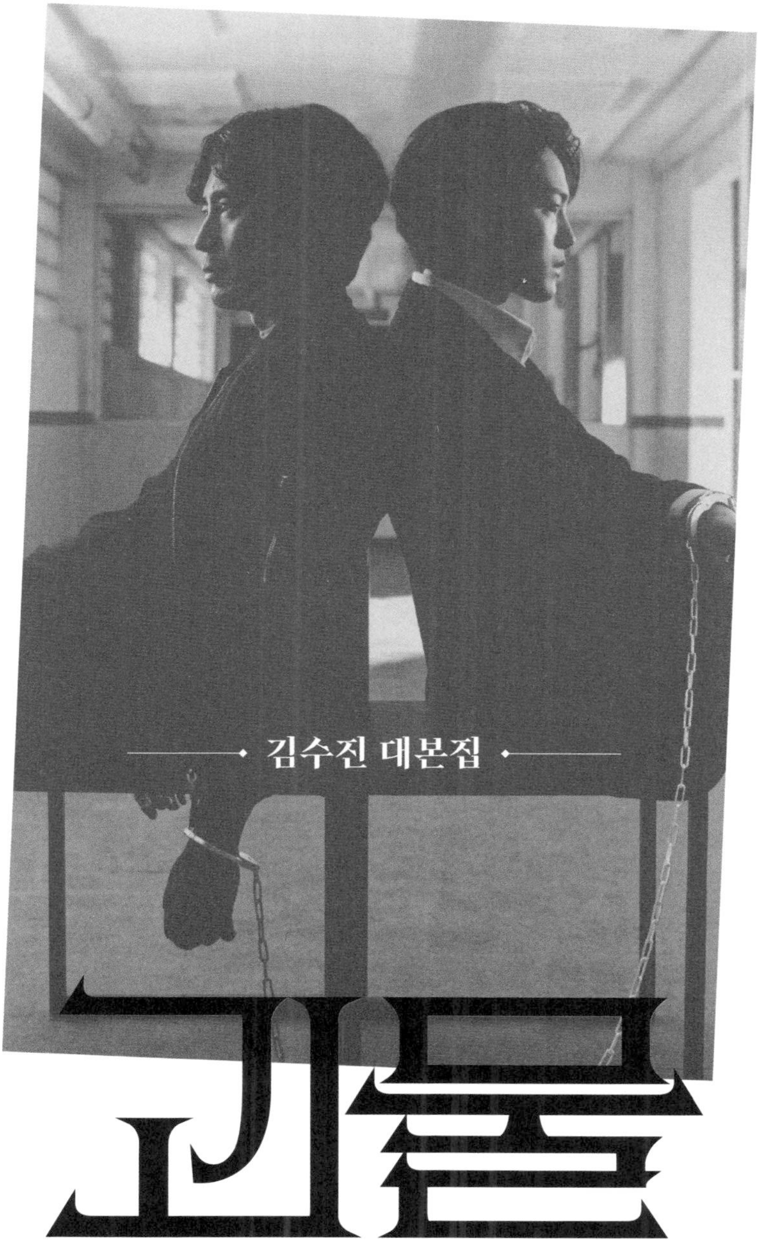

김수진 대본집

괴물

1

북로그컴퍼니

작가의 말

2019년 8월 늦은 밤. 저는 베트남 하노이의 리조트에 있었습니다.
호수 위에 떠 있는 바에 앉아 모히토를 한 잔 시켰는데 너무 맛있는 거예요.
행복이랄 게 뭐 있나, 바로 이런 거지.. 그러다 엉엉 울어버렸습니다.
동식의 인생에 지금 이 순간이 존재했을까. 동식의 미래에 이 순간이 존재할 수 있을까.
동식이가 곁에 앉아 있었다면 이렇게 말했겠죠.
'혹시 지금.. 내 걱정 하는 겁니까?'

2020년 7월, 바람이 살랑이는 밤. 저는 두 주연 배우님께 16회 엔딩에 대해서 결정하지 못한 사안이 있다고 고민을 털어놓았습니다. 2차로 자리를 옮기는 길, 여진구 배우님이 다가오셔서 함께 걸으며 말씀하시는 겁니다. '아까 말씀하신 그 부분 말인데요. 주원이가요..'
제 고민을 그 짧은 사이 체화해 조곤조곤 나눠주는 그는 이미 한주원이었습니다.
15, 16회를 쓰면서 계속 울었습니다. 배우님과 이야기한, 동식을 구원하는 주원의 외로운 선택이 가여웠습니다. 만약 주원이가 곁에 서 있었다면 이렇게 말했을 겁니다.
'그만 가보겠습니다. 동정 그딴 거 별로 좋아하지 않아서요.'

2018년 3월, 당시 JTBC 방송사 오환민 CP가 정통 장르물을 해보는 게 어떠냐는 겁니다.
저는 신이 나서 입을 열었습니다.
'아버지가 고위 경찰인 어린 엘리트 경찰이 지방 파출소에 전임 오는데 결벽증이 있어. 토박이인 경험 많은 나이 든 경사가 어린 경찰을 상사로 모시게 된 건데, 연쇄 살인이 발생하고..'
제 얘기를 들은 이 친구가 자기도 바로 그런 걸 하고 싶다는 순간, 〈괴물〉이 시작되었습니다.

대한민국의 살인 사건 검거율은 97%입니다.
시체가 발견되면 범인은 거의 무조건 잡힌다는 얘기죠. 연쇄 살인, 그것도 20년 동안 아무도 모르던 사건이 가능하려면 시체가 없어야 했으므로 실종을 조사하기 시작했습니다. 대한민국에서 실종된 성인은 '가출인'으로 분류되고, 성인 실종 관련법은 전무했습니다. 2015년부터 성인 실종법이 발의되고 있으나 입법화되지는 못했고요. 법안을 발의한 곳의 당적이 매번 바뀌는 것도 신기했습니다. 2018년 법안을 발의한 의원실의 보좌관님 연락처를 알아내어 찾아갔습니다. 법안을 발의한 모든 의원실에 이 보좌관님이 계셨다는 걸 알게 되었고, 실종 관련 드라마를 하고 싶다고 했더니 몇 년간 수집한 자료를 흔쾌히 내주셨습니다.

SBS 〈그것이 알고 싶다〉에 방송된 미제 사건 자료를 얻기 위해서 없는 인맥을 털었고, 당시 사건 담당 형사님을 만나게 해주셨습니다. 실종 관련 드라마를 만들고 싶다는 말에 그분은 벌떡 일어나시더니 막걸리와 골뱅이를 사주셨습니다. 두세 달에 한 번씩 막걸리와 골뱅이를 사주시면서 경찰은 뭐 받아먹으면 안 된다고 커피 한 잔을 못 사게 하셨습니다.

이분이 남상배 소장의 모델이 된 강력계장님이십니다.

지방 파출소 경위님부터 서울의 경찰서, 경찰청 여러분, 연수원 교수님들, 관광경찰대, 한강 경찰대 여러분, 제주에 계신 경찰서 과장님까지 많은 경찰분께서 인터뷰해 주셨습니다.
이분들께 말씀드렸습니다.
'이 드라마에는 비리 경찰도 나쁜 경찰도 등장합니다. 하지만 경찰이 범인을 잡는 이야기이고, 법을 어긴 사람은 반드시 처벌받는 이야깁니다.'
그저 말뿐인 약속을 믿고 방영 여부조차 확실치 않은 드라마를 위해, 3년을 도와주셨습니다.
출산 휴가 전에 찾아뵌 경장님은 아기를 낳고 아기가 잠든 사이마다 답을 주셨고요.
과수계 경위님은 현장에 계신 와중에도 질문지 확인하고 복귀하면 바로 연락을 주셨습니다.
연수원 교수님은 다른 교수님들의 의견까지 첨부해 상세하게 답을 보내주셨죠.

사회적 책임감에 대해서 한때 생각해본 적도 있습니다만, 사실 저는 제 글이, 드라마가 살아 있는 누군가들에게 상처가 되는 걸 원치 않습니다. 수년, 수십 년간 사라진 가족을 기다리는 분들과 살인 사건을 실제 겪으신 많은 피해자 유족을 위해서라도 살인을 전시하거나 가해자에게 이해를 위한 서사를 부여하지 않는 것, 스스로 말할 수 없는 피해자의 목소리를 담아 아무도 듣지 않는 유족의 이야기를 하는 것이 〈괴물〉의 가장 중요한 목표였습니다. 그 이야기가 가짜 같아서 1년을 작업한 대본을 엎었고, 다시 귀를 기울이고 그저 또 썼습니다.

5회 대본이 나온 직후인 2019년 11월, 감독님과 첫 회의를 했습니다.
1막, 2막으로 나뉘는 구조와 16회 엔딩에 대해 설명해드렸고 캐스팅 작업에 들어갔습니다.

저는 드라마의 설계도를 그리는 사람이라고 생각합니다.
시청자 여러분이 보시는 '영상화'된 드라마로서만 평가받아야 한다고 생각했습니다.
대본집, 또는 인터뷰를 통해 드라마를 설명하는 건 하지 않겠다고 결심했습니다.
그런데 성심성의껏 도와주신 분들께 감사하다는 기록을 남길 수가 없고,
코로나로 인해 종방연을 하지 못해서 이 대본집을 내고 작가의 말을 쓰게 되었습니다.
이제 긴 수상 소감 같은 멘트가 나옵니다만, 너그러이 양해 부탁드립니다.

제 상상보다 더, 땅에 발붙인 진짜 인물이 되어주신 소중한 우리 배우님들,
강진묵 역의 이규회님 및 아껴뒀던 연극배우님들 추천해주시고 캐스팅해주신 정치인 대표님,
'부산에 가면'과 최백호 선생님의 목소리가 얼마나 귀한지 알려주신 오충환 감독님,
대본에 적혔으니 선생님께 OST 부탁해야겠다며 그 모든 걸 다 만드신 하근영 음악감독님,
대본의 구멍을 채워가며 해 질 녘의 만양(晩陽)과 우아한 그림자를 만들어주신 장종경, 권병수 촬영 감독님, 유재규·이승욥 조명 감독님 및 촬영 조명팀 여러분,
편집, 동시녹음, 무술 감독님, 특효, 미술, 소품, 의상, 분장, 마케팅, 제작팀.. 모든 스텝분들,
크레딧에 이름을 올리지 못한 스텝과 방송사, 제작사 여러분, 그리고 심나연 감독님,
외로운 밤 함께해준, 항상 내 걱정이 먼저였던 우리 보조작가들 – 김인정, 손은비님,

괴로운 시간을 견딜 수 있도록 손 내밀어준 황라경, 백동현 PD님,
안 팔리는 작가를 12년간 붙잡아주고 〈괴물〉을 함께 시작해준 더 그레이트쇼 오환민 대표,
매회 깜짝깜짝 놀라주신 '괴복치' 여러분, 시청해주신 분들, 대본집 사주신 분들,
그리고 대한민국 경찰께 진심으로 감사드립니다.

개인의 영달을 위해 타인에게 상처 주지 않는 글,
귀한 시간을 내어 도와주시고 참여해주신 분들이 부끄럽지 않은 글,
참여한 모두의 다음 밥벌이에 도움이 되는 글, 쓰도록 노력하겠습니다.

- 〈괴물〉에서 글 쓴 김수진 올림 -

일러두기

1. 이 책의 편집은 김수진 작가의 집필 방식을 따랐습니다.

2. 드라마 대사는 글말이 아닌 입말임을 감안하여, 한글맞춤법과 다른 부분이라 해도 그 표현을 살렸습니다. 지문의 경우 한글맞춤법을 최대한 따르되, 어감을 살리기 위해 고치지 않고 그대로 둔 경우도 있습니다.

3. 대사와 지문에 등장하는 말줄임표나 쉼표, 느낌표와 마침표 등의 문장부호 역시 작가의 집필 의도를 살리기 위해 그대로 실었습니다.

4. 이 책은 작가의 최종 대본으로, 방송된 부분과 다를 수 있습니다.

차례

기획의도

〈공공의 적〉 강철중은 강력계 형사다.
직감, 미신, 고문 등 구시대적 수사를 대표하는 〈살인의 추억〉 박두만도 형사다.
〈범죄도시〉 마석도는 금천서 형사, 〈극한직업〉의 독수리 5형제는 마약반 형사,
〈시그널〉 차수현, 이재한도 강력계 형사고 〈비밀의 숲〉 한여진은 용산서 형사다.
대한민국을 들었다 놨다 한 경찰 소재 영화, 드라마의 주인공들 대부분이 형사이듯
경찰의 꽃은 형사고, 형사의 꽃은 강력계라 한다.

그러나 경찰 인력의 70%는 지파(지구대 파출소)에 근무하고
오늘도 묵묵히 각종 잡무에 열일한다.
강력계는 강력 사건만 하고 교통계는 교통사고만 하고 경제팀은 경제사범만 잡지만
파출소에 근무하는 경찰은 그 모든 걸 다 해낸다.

살인 현장을 보존하고 교통사고 수습하는 최일선에서도 움직이며
빈집을 순찰하다 가끔은 숨은 경제범도 잡고
잃어버린 개 찾아줘, 노상 방뇨하는 사람에, 바바리 휘날리는 거리의 변태도 잡는다.
그들이 해결하는 각종 민원은 전공 불문 장르 불문이다.
그래서 파출소에 근무하는 경찰을 경찰계의 종합예술인이라 부른다.

한때 경찰의 꽃, 강력계 형사였던 한 남자가 있다.
몸과 마음에 치명적인 부상을 입고 경찰계의 종합예술인이 되어버린 그의 앞에

연쇄 살인마가 나타난다.

20년간 아무도 몰랐던,
난다 긴다 하는 강력계 형사 시절에도 잡을 수 없었던 괴물을
일개 지방 파출소 경사인 그가 잡을 수 있을 것인가.

이 드라마는,
변두리에 떨어진 남자가
변두리에 남겨진 사람들과 괴물을 잡기 위해 고군분투하는 이야기이고
기다리는 사람들에게 가족을 찾아주기 위해 스스로 괴물이 되는 이야기이다.

―→ 이동식 (40세, 남) - 문주시 만양 파출소 1팀 1조 조원. 경사

'만양 파출소 또라이 경사 이동식'

이동식은 좋은 사람이다.
문주시 만양읍 사람들은 그렇게 믿었다.
간혹 그의 또라이 게이지가 치솟아 동네 화투판 아줌마들을 싸그리 잡아들여도,
고추 도둑 잡겠다며 읍내 몇 안 남은 맥주 양주집을 샅샅이 단속해 영업정지 때려도,
절대 이동식이가 독하고 나쁜 놈이어서가 아니라고 믿었다.
직업 정신이 과하게 투철해서 그런 거지, 서너 해 전만 해도 서울서 잘나가는
형사였으니 형사의 날카로운 직감으로다가 칼같이 법 집행하는 거다 그랬다.
당연하지. 이동식은 경찰이니까.

사람들이 그리 생각할 걸 알았기 때문에, 동식은 경찰이 되었다.
그가 20년 전 연쇄 살인 실종 사건의 용의자였으리라곤 누구도 생각지 못할 테니까.

'연쇄 살인 용의자 이동식'
2000년. 서울시는 서울과 경기 경계의 일암동을 개발해 IT 미디어 회사를
유치하겠다는 일암 ITcity 개발 계획을 발표한다. 전국의 부동산 업자와 투기꾼들이
몰려들었고 일암동과 맞닿은 경기도 문주시에도 주거 건축 개발 바람이 불어닥친다.
문주시의 땅을 사겠다는 외지인들이 밀려 들어오면서
밭 갈고 가축을 키우던 문주 사람들이 일확천금을 눈앞에 둔 바로 그때,
한 여성이 시체로 발견된다.

22살. 라이브 카페 종업원 방주선.
말을 좀 막 하기는 해도 쾌활하고 잘 웃어서 단골이 많던 아가씨였던 그녀가,
손끝이 잘려 나간 채 기도하듯 앉은 시체로 문주천 갈대밭에서 발견되었다.
그리고 같은 날, 20살의 여대생이 사라진다.

그녀의 양 손가락 끝마디 열 개가 제집 마당에 얌전히 놓여 있었다.
사라진 여대생은 이유연. 이동식의 쌍둥이 여동생이었다.

손끝이 잘리고도 살아남을 수 있을까. 사람들은 유연이 죽었을 것이라 생각했다.
연쇄 살인이라니! 일확천금이 눈앞에 있는데 우리 마을에 연쇄 살인이라니!
하루빨리 범인이 잡히기를 모두가 염원하던 그때,
방주선이 발견된 첫 번째 사건 현장에서 기타 피크가 발견된다.
이동식의 것이었다.

스무 살 이동식은 문주시 권역에선 꽤 유명했다.
태생적으로 정의가 넘쳐흘러서 약자에게만 강한 꼴은 못 보는 데다
욱 성질까지 타고나서 꼭지 돌면 아무것도 보이지 않았다.
구레나룻에 수염이 숄숄 날 때부터 문주시 권역에선 주먹으론 한 손에 꼽혔다.
1분 차 쌍둥이 여동생, 서울대 법대생인 유연과 어쩜 그리 정반대인지.

멀끔한 얼굴이 아깝다 했다. 참하고 착실한 유연의 반만 되면 좋겠다 했다.
동식은 그게 참 이상했다. 왜 모두 이유연처럼 살아야 해?
나 좋은 노래하고 기타 치면서 즐겁게 살면 됐지 말도 안 되는 걸 하고 싶지 않았다.
어머니 아버지가 유연이를 더 예뻐해도 그러려니 했다.
무관심이 행복이지, 집안의 기대를 모두 짊어진 유연이 인생이 더 피곤할 것 아닌가.
동식은 유연이한테 잘해줬다. 사랑받지 못한 형제 코스프레 따윈 없었다.
그런데 그가 유연이를 납치해 죽였단다. 차별을 못 견디고 질투에 눈이 멀어
하나밖에 없는 동생의 손가락을 잘랐을 거라고, 동식을 끌고 간 형사들 모두 그랬다.

이동식의 기타 피크가 방주선의 사체 부근에 왜 남겨져 있었을까.
동식조차 알 수 없고 이해할 수 없었다.
긴급 체포.. 구금.. 취조.. 자백 종용.. 살인자라는 낙인이 찍혀버린 그때,
지역 유지 도해원의 아들이며 동식의 절친인 박정제가 동식의 알리바이를 증언했다.
동식은 풀려났고 더 이상의 용의자도 없었다.
20대 여성을 노린 실종, 연쇄, 살인. 범인을 알 수 없는 미제 사건.
문주 땅을 사러 온 외지인은 하나둘 떠나기 시작했다.

연쇄 살인이 아닐 수도 있다는 기사가 보도된다. 사실이 아닌 것도 아니었다.
엄밀히 따지면 유연은 살인 피해자가 아니라 실종자 아닌가.
문주시 사람들은 암묵적으로 연쇄 살인이라는 말을 입에 올리지 않았다.
그럼에도 문주시 개발 호재는 물 건너갔다.
저 너머 일암동에 높은 빌딩이 올라가는 것을 문주 사람들은 바라만 봐야 했다.
일확천금을 놓친 그들은 탓할 사람을 찾았다. 동식이었다.
이웃의 뇌리에 스무 살 이동식은 연쇄 살인 범인으로 낙인찍혀버렸다.

'실종된 우리 유연이 좀 찾아주세요!'
모두가 죽었을 거라 해도, 동식의 부모만은 유연이 살아 있다고 믿었다.
'실종된 우리 유연이 좀 찾아주세요!'
문주시로 들어오는 도로 초입의 현수막은 매년 유연의 나이만 바뀐 채 새로 걸렸다.
사건의 자초지종을 모르는 사람도 유연의 얼굴과 이름을 기억할 정도였다.
그러나 아무도 도와주지 않았다. 이웃들은 왕래를 끊었다.
동식의 집에 찾아오는 사람은 동식을 체포했던 남상배 경사가 유일했다.
동식은 고향을 떠나 군대로 도망쳤다.
제대를 앞둔 어느 겨울날, 동식은 전화 한 통을 받는다.
고향 집 초입에서 매일 유연을 기다리던 아버지가 객사한 시신으로 발견되었다고.

'저기요, 남경사님. 내가 경사님 같은 경찰이 되면.. 그땐 좀 잊어줄까요?'
동식의 아버지는 눈을 감지 못했다. 감지 못한 아버지의 눈에 눈물이 고여 있었다.
아버지의 시신과 맞닥뜨린 어머니는 정신을 놓았다.
텅 빈 장례식장. 아버지의 영정에 절하는 남상배 경사의 제복을 보며 결심했다.
경찰이 되겠다고. 반드시 강력계 형사가 되겠다고.
강력범을 잡는 형사가 되면 누군가의 시선에서 용의자가 되는 일이 없을 것이니.
내 가족을 망가뜨린, 사람을 죽이는 범죄자 새끼들을 깡그리 다 잡아넣겠다고.
2007년 스물일곱의 동식은 순경이 되었다.

'서울청 소속 강력계 형사 이동식'
2017년 서른일곱의 동식은 한창 물이 올라 있었다.

강력팀에서 5년, 날고 기는 형사들이 모인다는 서울청 광역수사대로
차출되어 근무한 지 2년 차였다.
'뭐? 경찰대 핏덩이? 뭣도 모르는 핏덩이 경위를 왜 내가 파트너로 맞아야 하는데?'
동식의 새 파트너는 경찰대를 갓 졸업한 27살 경위 이상엽이었다.
말이 같은 계급 경위지, 이제 갓 대학을 졸업한 신참을 광역수사대에 받다니.
핏덩이 이 자식, 너 참 빽 좋은 거냐 재수 털린 거냐, 그랬다.
재수가 털린 건 동식이었다.
비위가 약해 토하기 일쑤고 무럭무럭 자라야 할 핏덩이답게 잠도 참 많았다.
1년 365일 서로의 일거수일투족을 파악해야 할 파트너가,
차에서 몇 날씩 잠복하고 그림자처럼 붙어 다녀야 할 파트너가 이런 짐짝이라니.
동식의 거부감은 거셌다. 항명도 해보고 읍소도 해보았지만 받아들여지지 않았다.
어쩔 수 없었다. 광수대에 지원할 정도면 이놈도 각오는 했겠지 했다.
더 퉁명스럽고 거칠었을 것이다. 짐짝 이상엽 선생. 동식은 상엽을 그렇게 불렀다.

그런 상엽이, 동식이 보는 앞에서 죽었다.
약에 전 '살인마'를 잡겠다고 날뛴 동식 탓일 거라고들 했다.
모두가 동식이 상엽을 죽인 게 분명하다 했다.
동식은 침묵으로 긍정했다.

'한주원 경위님, 조심하세요. 여긴 비밀이 없어. 누군가 어디서 다 보고 있거든.'
한주원. 27세. 경찰대 출신의 3년 차 경찰. 차기 경찰청장을 아버지로 둔 젊은 경위.
왜 이런 지방 파출소에 뒷배가 든든한 도련님이 전임 왔을까.
2000년 이후 살인 같은 강력 범죄가 한 건도 없었던 범죄 없는 도시 문주에
6개월 의무 보직을 왔다? 요양원 대신인가? 어디 심하게 아픈가?
사지는 멀쩡한데 천상천하 유아독존이 따로 없는 이기적 유전자,
핏덩이 냄새가 물씬 나는 도련님께서 동식의 새로운 파트너고 상사란다.

이제 마흔이 된 이동식, 경사로 강등된 그는 항명도 항의도 하지 않았다.
그의 오판으로 파트너를 잃었고 동식 또한 다리를 다쳤다.
허벅지 통증이 예고 없이 찾아올 때면 동식은 달릴 수도 걸을 수도 없었다.
온전치 못한 형사가 할 수 있는 일은 경찰서 사무직 아니면 파출소 순찰 근무 정도.

파트너를 죽음에 내몬 동식을 어느 서에서도 원하지 않았다.
20년 전 동식을 용의자로 몰았던 만양 파출소 남상배 소장이 동식을 받아주었다.
남소장의 명이라면 어떤 허드렛일이라도 해야 했다.

'이유연씨 말이에요, 이동식 경사님 동생. 경사님이 정말 안 죽였어요?'
20년 만에 똑같은 방식으로 발견된 사체..
손가락 끝이 잘린 채 기도하듯 누운 채 발견된,
어쩌면 내 동생 유연이일지도 모를 백골 사체를 앞에 두고
도련님이 동식에게 물었다.

이 새끼 너.. 혹시..
.. 나 잡으러 왔니..?

── 한주원 (27세, 남) - 문주시 만양 파출소 1팀 1조 조장. 경위

'경대의 도련님, 외사과의 도련님, 그냥 혼자 도련님'

경기서부경찰청 소속 경위. 미혼. 서울에서 태어나서 자랐다.
아버지는 경찰청 차장 한기환이고 대대로 경찰에 몸담은 성골 출신.
아버지를 이어 경찰이 되겠다는 생각으로 경찰대에 입학했고,
경찰청장이 되는 것이 목표다.

20세에 경찰대 입학, 24세에 수석 졸업한 주원은 서울청 외사과에 차출된다.
초임의 경우 의무적으로 지구대, 파출소에서 근무해야 하는 관례를 뛰어넘은 데는
그의 탁월한 언어 능력도 있었겠지만, 아버지 한기환의 입김도 한몫했다.

수사과 형사라는 편견과 다르게 깔끔하게 잘 관리한 외모와 몸치장.
깨끗하지 않은 걸 못 견디는 일종의 결벽증 환자다.
형사로선 치명적인 결함인데 남들 시선 의식하지 않고 물티슈를 지참하며
언제나 제 주위를 깨끗이 정돈한다. 여유 있는 집안에서 잘 교육받은 사람의

태도가 자연스럽게 배어나고, 잘생긴 외모에 집안까지 대단하니 부러움과 질시를 한 몸에 받는 것은 당연지사.
모든 걸 갖추었으니 쉽게 미움받으나, 어차피 다들 내 발밑일 건데 미워하라 그래.
미움에 지지 않고 망가지지도 않는다.

친구 없고, 필요도 없고, 사람 관계에 관심 없다.
잘 보이려 애쓰지 않고 제 할 말 다 하고 싶은 거 티 다 낸다.
그렇게 티를 내는데도 주원에게 잘 보이려 들이대는 사람들이 끊이질 않으니,
인생 참 쉽다 그랬다. 쉬웠던 인생이 한순간에 미끄러질 줄 저 자신도 몰랐다.

불법 체류 중인 조선족 여성들이 사라졌다. 그중 세 명이 사체로 발견됐다.
손가락 끝이 잘린 채 기도하듯 누운 그로테스크한 모습이었다.
증거는 없다. 그저 안마방 여성들이 대상일 뿐. 주원은 함정 수사를 강행하기로 한다.
계획대로 진행된다면 경찰 3년 차에 연쇄 살인을 해결한 최초의 형사가 되는 것이다.
파트너, 팀원 누구에게도 알리지 않았다. 그딴 거 내 발목만 잡을 뿐이라 여겼다.
계획은 계획에서 멈춰야만 했다.
주원이 섭외한 여성이 흔적도 없이 사라져버렸으니.

대한민국 경찰 2인자이며 차기 경찰청장으로 거론되는 아버지 한기환은 분노했다.
덜떨어진 자식! 멍청한 놈! 오만한 새끼!
아버지에게 처음으로 말도 안 되는 욕설을 들었다.
아버지의 경찰 인생까지 송두리째 날아갈 판이니 이해가 안 되는 것도 아니었다.
그러나 모멸감을 느낀 순간은 따로 있었다.
실종된 여성의 흔적을 쫓겠다는 걸 단박에 무시당했을 때.
절대로 넌 찾지 못할 거라는 말을 들었을 때.
외사계의 누군가가 여성의 실종을 눈치채기 전에
서울의 어느 지구대에 처박혀서 의무 보직이나 수행하라는 말을 들었을 때.
주원은 모멸감을 삼키며 아버지의 엄명에 따른다.
단, 아버지가 원했던 서울 어느 지구대가 아니었을 뿐.
주원은 이동식이 근무하는 문주시 만양 파출소로 자원한다.

같은 방식으로 발생한 살인 사건의 유일한 용의자 이동식.
그런 인간이 경찰이 되어 있다는 것도 기막힌데,
이 인간 이거 완전 상또라이가 따로 없다.
이동식뿐이랴. 만양 파출소 1팀 인원들 모두 어딘가 나사 하나 빠진 것 같고
만양읍에 사는 사람들 또한 순박한 건지 음흉한 건지 알 수가 없다.

다시 제자리로 돌아가기 위해 전임 온 문주시 만양 파출소.
경찰 인생에 발판으로 잠시 스쳐갈 정류장에 불과했던 작은 파출소에서
괴물인지 아닌지 알 수 없는 용의자 이동식과 파트너가 되어
개와 고양이처럼 아웅다웅하다 못해 그에게 완전히 휘말려버릴 줄이야.

이 고요한 마을이,
순박하다 못해 덜떨어져 보였던 문주 사람들이,
그의 인생을 뒤틀어버릴 거라고 주원은 꿈에도 생각지 못했다.

⟶ 유재이 (28세, 여) - 만양 정육점 사장

'촉촉한 눈망울로 소, 돼지를 단번에 해체하는 칼의 여신'

청초한 외모로 소, 돼지를 단번에 해체하는 칼의 고수다.
스쳐간 자국만 봐도 칼 종류부터 칼잡이가 왼손잡이인지 오른손잡이인지 알아본다.

처음 그녀가 정육도(精肉刀)를 잡은 건 열다섯 무렵이었다.
교통 사망 사고를 저지르고 식물인간이 돼버린 아버지의 뒷수습을 하느라
정신없던 어머니를 대신해 국거리 한 근을 잘라 판 것이 시작이었다.
그 후 종종 병 수발하는 어미를 대신해 펜 대신 칼을 잡았다.
열여덟이 되었을 때 아버지가 죽었다. 눈물도 안 나왔다.
정육점을, 이 지긋지긋한 선홍색 불빛을 벗어날 수 있겠구나, 생각했다.
아버지의 49재 날, 절에 갔던 어머니가 사라졌다.
경찰에선 가출이라 했다. 남편을 잃은 사람들이 종종 그런다 했다.

자살일 수도 있다며 산을 훑고 저수지에 잠수부를 보냈지만, 엄마의 흔적은 없었다.
마을에 소문이 돌았다. 알고 보니 엄마에게 내연의 남자가 있었다던가,
식물인간이었던 아버지의 호흡기를 빼버린 건 엄마였다는 뭐 그런 유치찬란한 말들.
재이는 정육점에 남았다. 언젠가 반드시 엄마가 돌아올 거라고 생각했으니까.
그녀가 돌아오는 그날, 이 지긋지긋한 정육점을, 문주시 만양읍을 떠날 것이다.
어디론가 떠나고 싶은 날엔 최백호의 '부산에 가면'을 틀고,
가슴 한구석이 울컥 올라오는 날엔 패티 김의 '가을을 남기고 떠난 사랑'을 들으며
정육도를 내려친다. 그렇게 10년이 흘렀다.

2년 전 동식이 만양으로 돌아왔다.
20년 전, 여덟 살의 재이에게도 멀끔하게 잘생긴 동네 총각으로 기억되는 이동식.
여동생을 죽였다 했던가, 증거가 없어 풀려났다고도 했더랬다.
그 모든 말에 재이는 관심 없었다. 너무도 쉽게 빨리 동식과 친구가 되었다.
열두 살 어리지만 열두 살 많은 누나 같은 친구. 말하지 않아도 아는 그런 친구.

어느 날 동식 아저씨에게 희끄무레한 도련님이 파트너로 붙는다.
정육점 식탁을 물티슈로 미친 듯 닦아대는 꼴같잖은 결벽증 환자.
이 인간이 나타나고 마을은 다시 시체, 살인, 연쇄 같은 말들에 휩싸이기 시작한다.

울 엄마도 그렇게 죽은 거면 어떡하지.
납치당해 잔혹하게 살해된 거면 울 엄마 불쌍해서 어떡하지.
그리 돌아가셔버린 건데 영원히 시체가 나오지 않으면..
나는 어떡하지.

그렇게 생각하는 자신이 끔찍하리만치 싫어 몸서리치는데 동식이 꿰뚫어본다.
당연한 거라고 네 잘못이 아니라는 그런 눈길로.
그리고 우리 엄마를, 시신이라도 반드시 찾아주겠다 한다.
아저씨, 뭘 어떻게 하려는 건데?
매의 눈으로 아저씨를 노리는 도련님 그 자식이 옆에 딱 붙어 있는데..
아저씨 대체 뭘 하려는 건데?

—→ **박정제** (40세, 남) - 경기서부청 소속 문주 경찰서 수사지원팀 경위

'한때 문주의 유명한 꽃뱀. 게으른 베짱이 경찰'

동식의 초중고 동창. 문주에서 나고 자라다 미국에 4년간 미술 유학을 다녀왔다.
미국으로 유학까지 다녀와서 그리는 그림은 오로지 사슴. 온통 사슴뿐이다.
어릴 적 트라우마라나 뭐라나. 이따금 동식에게 각종 잡범의 몽타주를 그려 내미는데
사람이 아니라 사슴 얼굴이다. 항상 묘하게 범인이 사슴이랑 닮았으니 재주는 재주다.

참으로 경찰답지 않다. 몸 쓰는 일을 혐오하고 피 보는 것을 무서워한다.
가능한 한 적게 먹고 덜 움직인다. 가끔은 숨만 쉬는 것도 버거울 때가 있다.
아니, 도해원 여사의 아들로 태어난 것이 버거운 건가.

대대로 사슴농장을 하던 부유한 집안의 외아들.
문주시 권역의 산과 들판의 절반 정도가 박정제 집안의 소유다.
말이 땅 부자지 촌부에 가까운 조부는 명예를 위해 사학재단을 세웠다.
사학재단 산하 중학교 교사로 초임 온 모친 도해원 여사는 일찍이 이재에 능하고
벼슬 욕심이 많았다. 촌티 나는 재단 이사장 아들을 꾀어 결혼했고 정제를 낳았다.
부친 사망 후 이사장 자리를 꿰찬 도해원 여사는 문주시 1차 개발 시 얼마간의
땅을 팔고 사서 벌어들인 백몇십 억으로 정계에 진출했고 시의원이 되었다.

스물에 유학 가서 스물여섯에 문주로 돌아와보니
지화는 경찰이 되었고 동식마저 경찰이 되겠다더라.
다들 하겠다니 이상하게 좋아 보였다. 모친도 공무원은 무조건 환영이라며
전폭적으로 지원해줬다. 어찌저찌 정말 하늘이 도와서 시험에 합격하고
경찰학교 시절 열다섯 번은 관둘 뻔 잘릴 뻔했지만 결국 경찰이 되었다.
처음부터 제 적성을 제대로 파악해서 모두가 기피하는 총무과, 서무과에 자원했다.
그쪽으로만 계속 돌 수 있었던 것은 도해원의 빽 덕분이었을 것이다.

어릴 적 별명은 꽃뱀. 빠지지 않는 외모 덕인가 싶지만 실제로 뱀을 잘 잡아서다.

아버지 농장에서 시도 때도 없이 모습을 드러내던 뱀을 하도 잡아서 그렇다.
꼬꼬마 때부터 아버지 나름의 후계자 교육으로,
집안 소유의 산과 들판을 수없이 오르락내리락, 문주시 권역의 산을 다 꿰고 있다.

연애 참 좋아할 법도 한데, 말로만 빙글거릴 뿐, 행동하지 않는다.
불같이 타올랐던 첫사랑에 크게 데여 그렇다고 하는데, 첫사랑이 데이기도 전에 끝났음을, 그 상대가 동식의 여동생인 유연이었던 건 아무도 모른다.

20년 전 동식의 알리바이를 증언했던 친구.
그러나 그의 증언은 진실이 아니었다.

—◆ 오지화 (40세, 여) - 경기서부청 소속 문주 경찰서 강력계 1팀 팀장. 경위

'前 문주 여신. 사람 때리고 싶어 경찰 됐습니다'

동식의 초중고 동창. 前 문주 여신. 문주에서 나고 자랐다.
전혀 가꾸지 않고도 혹자들은 20대 후반 30대 초반으로 보는 초절정 동안이다.

중고등 시절 내내 태권도 국가대표였고 메달은 못 땄지만 특채로 경찰이 되었다.
국가대표였던 시절에 가장 억울하고 분통 터지는 일이 시비 거는 건달을 참고 넘겨야 했던 거였다. 합법적으로 나쁜 놈을 때려잡을 수 있는 좋은 직업이 바로 경찰이었고, 합법적으로 나쁜 놈들 열심히 때려잡아 현재 여성으로 몇 안 되는 강력계 팀장이다.

체력이 부족하면 깡으로 버텼다. 여자라고 무시하면 남자라고 개무시했다.
일부러 이기려 들지 않았지만 절대로 지지 않았다.
어느 순간부터 남자 형사들이 지화에게 다가와 소주잔을 채워주었다.
그녀는 여경이 아니라 그저 경찰인 것이니까.

20년 전 1차 문주 개발 계획 때 만난 개발업자 이창진과 결혼, 아이 없이

1년 만에 이혼했다. 이창진과의 인연이 인생의 유일한 실수라 생각한다.

토박이

──• 강진묵 (45세, 남) - 만양 슈퍼 주인

말이 슈퍼지 만양읍 구석 골목의 오래된 구멍가게 주인이다.
20년 전 그때도 동식의 결백을 믿어줬던 동네 형. 사람 좋고 순박하다.
자신감 없고 말더듬이 심해서 사람 눈을 제대로 쳐다보지도 못한다.
헤어진 아내와의 사이에서 낳은 딸을 애지중지 아낀다.
그런데 눈에 넣어도 아프지 않은 딸 민정이가 어느 날 갑자기 사라져버린다.

──• 도해원 (65세, 여) - 경기도 시의원. 문주 시장 예비 후보

박정제의 어머니. 학교법인 광효학원 이사장. 문주 드림타운 개발 비상대책위원장.

미모의 소유자. 소녀 시절부터 야망 빼면 시체. Girls be ambitious!!
초임 교사 시절 미모와 지성으로 이사장 아들을 꾀어서 결혼, 정제를 낳았다.
남편 사망 후 미성년자인 정제가 물려받은 재산을 후견인 자격으로 잘 활용해
열심히 불렸고 광효학원 이사장 자리를 차고앉아 인맥 다져서 정계 진출을 꿈꿨다.

8년 전 문주 시장 선거에 참패한 후 시의원 당선, 텃밭을 일궈 재수에 도전한다.
반드시 문주를 내 것으로 하고 싶어서 문주 드림타운을 공약으로 내걸었다.
개발 추진을 위해 이쪽저쪽에 먹인 돈도 수십억, 선거자금은 수백억이다.
문주가 개발되어야 해원의 땅값도 오르니 무조건 성공시켜야 한다.
범죄 없는 도시 문주, 이 캐치프레이즈를 반드시 지켜내야 하는 이유다.
그런 그녀 속도 모르고 연쇄니 살인이니 헛소리하는 늙은 아들놈을 어찌해야 할까.
아들놈 옆에 딱 붙어 떨어지지 않는 이동식을 싫어할 수밖에 없다.

—— 김영희 (63세, 여)

동식의 어머니. 딸이 실종되고 남편이 길에서 객사하자 삶의 의욕을 잃었다.
치매가 급격히 진행 중. 가장 괴로웠던 기억, 유연의 실종 전으로 돌아가
반신불수 눈뜬 시체로 문주 요양원에서 살고 있다.

외지인

—— 이창진 (49세, 남) - 'JL건설' 대표

신도시 개발의 입지전적인 인물. 로비의 일인자.
고급 지팡이를 짚고 다닌다. 20대 시절 사고로 다쳤다는데 매번 사연이 다르다.
전국의 신도시 개발에 뛰어들어 작은개발 회사 진리건업을 JL건설로 성장시켰다.

입이 무거운 것으로 알려져 그의 돈은 받아먹어도 뒤탈이 없다는 정치권의 평가.
누구도 믿지 않는 데다 워낙 꼼꼼한 성격이라 비밀 장부에 모든 걸 기록한다.
판 잘 짜고 약점 잘 잡는다. 치고 빠질 때를 본능적으로 안다.
바짝 엎드릴 때와 표독하게 고개 세울 때의 행동에 한 치 망설임도 없다.

오지화의 전 남편. 20년 전 문주시를 검토하러 왔을 때 지화에게 첫눈에 반했다.
스물하나 어린 지화를 감언이설로 꼬드겨 결혼했고 1년 후 갈라섰다.
고등학교 때 사고 쳐서 결혼했던 과거와 첫 아내와의 사이에 아들이 있는 걸 숨겼고,
배다른 자식 만들지 않으려고 정관 수술한 걸 숨겼다가 이혼당한 것.
지화에 대한 미련이 남아 있다.

2020년. 초고층 아파트 개발에 문제가 생기면서 새로운 돈줄이 필요했다.
20년 전 유일무이하게 개발에 실패한 문주를 다시 떠올린다.
그래 거기 사람들도 좋은 아파트, 훌륭한 환경에서 살아봐야지.
마치 구세주인 양 나타나 2020년 문주 드림타운 개발 계획을 추진하려고 했는데.

20년 만에 문주시로 와보니 지화가 형사란다. 허- 참. 이 뭔 말도 안 되는.
여전히 이쁘네. 자꾸 눈이 가는데, 지화의 눈빛은 일개 파출소 경사에게 꽂혀 있다.
야야- 남자 얼굴 뜯어 먹고 살래? 저게 아직도 정신을 못 차렸네.

⟶ 한기환 (58세, 남) - 현 경찰청 차장. 치안정감

한주원의 아버지. 대대로 경찰 집안. 차기 경찰청장 유력 후보.
대통령실 101경비단장, 경찰청 정보국장 등 요직을 두루 거쳤다.

빈틈없고 정확하게 일처리 하는 것으로 유명하다.
뒷돈 건네는 사람 손에 바로 수갑 채우기로도 이름났다.
할아버지는 순사였고 아버지 또한 경찰이었는데 저까지 돈을 탐할 필요 있었겠는가.
건설사 막내딸과 정략결혼 했고 사랑은 없었지만 후사는 필요했기에 주원을 낳았다.
여자관계도 매우 깨끗. 문제가 될 것이 하나도 없는 사람인데 그게 참 문제다.
정 없고 차갑고 서늘하다. 경찰들 간에 의리가 필요하니 그때만 반짝 따뜻해진다.
얼음장 같은 서늘함을 견디다 못한 아내 즉, 주원의 모친은 평생 밖으로 돌다가
요양 병원에 입, 퇴원을 반복했고 주원이 8살 무렵 대외적으로는 오랜 지병,
실제는 알코올 중독으로 인한 치매 증세가 시작되어 스스로 목숨을 끊었다.

인생의 목표는 치안총감. 바로 경찰청 청장. 대한민국 경찰의 1인자.
할아버지도, 아버지도 가보지 못한 그 자리에 서는 것이다.
한주원이 똘똘하고 잘난 놈이라 대외적으로는 자랑스러운 아들이라 하지만
곁도 주지 않고 표현도 잘 하지 않는다. 청장 되는 데 발목 잡는다면
아들놈이라고 못 내치랴.

20년 전 문주시 살인 실종 사건 당시 문주 경찰서장이었다.

⟶ 권혁 (34세, 남) - 경기서부지검 문주지청 형사3부 → 2부 검사

주원의 고등학교 시절 과외 선생님. 과일 도매업 하는 집의 장남.
주원과 형 동생 하는 사이로 발전했다.
주원의 아버지 한기환이 제 아버지였으면 싶다.

검찰 아래 경찰 아닌가.
한씨 집안 단물만 쏙 빼먹고 위로 올라가서 그때는 내려다봐줘야지 했는데,
한주원이 이동식을 딱 물더니 묘하게 돌아가기 시작한다.
저러다 한주원 인생, 제대로 꼬이게 생겼네. 나서려던 혁은 멈춘다.
한기환 차장의 유일한 아들, 승승장구할 것 같았던 주원이
진창 구덩이로 처박히는 게 나한테.. 나쁜 건가?

만양 파출소

⟶ 남상배 (59세, 남) - 경기서부청 소속 문주시 만양 파출소장. 경감

20년 전 동식을 유력한 용의자로 긴급 체포했던 경찰.
동식의 시보 시절 사수가 되어주었다. 지금은 동식이 결백하다고 생각한다.

공부를 썩 잘하지 못해서 역기를 열심히 들었으나 전국체전을 휩쓸 정도는 아니었다.
고등학교 졸업 후 중국집에 취직해 열심히 면을 치고 양파를 볶았다.
괜찮은 식당 하나 차려서 모친과 잘 살아야지 했는데 그만, 욕심이 생겨버렸다.
한정임. 은행에 갓 취업한 그녀에게 볶음밥을 건네던 그 순간 말이다.

노총각. 재이의 모친 한정임이 첫사랑.
은행 직원인 정임의 급에 맞추려면 공무원 정도는 되어야 하지 않을까.
공부는 젬병인데 어떡하지 막막하던 찰나, 동네 파출소에 딱 붙은
'경찰공무원 모집 요강'을 봐버린 것이다. 순경 된 후 당당하게 고백하려 했고
삼수 끝에 합격하여 은행으로 달려갔는데 그날이 정임의 마지막 출근일이었다.

돈 있는 정육점집 아들과 결혼을 한다나. 이후 여자 보기를 돌같이 하며
경찰 업무에 투신했다. 범인 잡느라 바빠서 여자 만날 시간도 없었고
결혼할 뻔한 적이 한 번 있긴 한데 자신이 체포한 범죄자들을 교화될 때까지
끊임없이 챙기는 상배의 오지랖에 지쳐 떨어져 나갔다.
그렇게 오십 넘어서 자연스레 노총각이 되어버렸다.

강력 사건에서 여러 공을 세워 서울청 광수대로 차출되었다. 경감 승진도 빨랐다.
경정 승진과 광수대 대장을 목전에 둔 상태에서 동식이 다치고
동식의 파트너 상엽이 죽는 사건이 일어난다.
그 책임을 떠안고 파출소 소장으로 강력계 일선에서 물러난다.
고향인 만양 파출소장으로 배명받은 지 만 2년 차. 정년이 얼마 남지 않았다.

—— 조길구 (52세, 남) - 경기서부청 소속 문주시 만양 파출소 1팀. 경사

근속년수 5개월만 더 채우면 경위가 되는 만년 경사.
경감까지 올라가는 건 언감생심, 무탈하게 경위로 정년 퇴임하는 게 인생 목표다.

딸 하나 있는 거 공무원 월급으로 대학 보냈고 곧 졸업반이다.
지 밥벌이 좀 했음 싶은데 유학 가고 싶다니 어째. 딸 위해 허리띠를 졸라맨다.
인생 뭐, 1400원짜리 막걸리 한 병이면 충분하지.

동식을 좋아하고 안쓰럽게도 생각한다.
스무 살 가까이 어린 광영이 자기 무시하는 거 알지만 이리 홍 저리 홍 관심 없고,
후딱 일 끝나고 막걸리나 한잔 찌끄릴까, 그런 생각만 하는 사람.

—— 황광영 (34세, 남) - 경기서부청 소속 문주시 만양 파출소 1팀장. 경위

4년제 대학 경찰행정학과 졸업 후 간부 시험에 합격하여 경위가 되었다.
경찰대 입시에 몇 번이고 실패했기 때문에 콤플렉스가 심하다.

결혼할 여자친구가 초등학교 교사, 즉 철밥통 공무원이라는 데 은근히 자부심 있다.

승진 욕구가 강해서 정보에 집중하는 스타일. 잡다하고 짜잘한 정보 습득에 능하다.
문주 경찰서에서 근무하는 내내 현장 체질이 아니어서인지 특진을 계속 못 했다.
줄 잘 탔으면 만양 파출소까지 내려오지 않았을 건데, 이 나이에 지구대가 뭐람.
연줄, 빽, 집안 그런 거 되게 좋아하고 그런 거 있는 사람하고 막 친해지고 싶다.

나이 많은 경사 조길구를 무시하고 경사 이동식도 은근히 까내린다.
한때 경위였던 동식에게 그러면 안 되는데 꼬박꼬박 '이경사'라고 부른다.
경대 출신 어린 경위 한주원이 전입해 온다는 게 묘하게 콤플렉스를 건드리지만
집안 좋은 주원과 파트너가 되면 승진에 도움이 되지 않을까.
그래서 주원의 파트너를 자원하는데.. 짐짝 이동식이 한주원의 파트너라고?
남상배 소장, 이 능구렁이가 무슨 꿍꿍이인가.

오지훈 (26세, 남) - 경기서부청 소속 문주시 만양 파출소 1팀. 순경

오지화의 늦둥이 동생. 12살 때 아버지가 죽고 어머니는 다른 남자에게 시집갔다.
그 후로 누나 지화와 함께 살았다.

겁 많고 순하고 잘 웃는다. 그렇지만 은근 반전남. 건들면 물어요.
귀엽게 생긴 거 믿고 연예인 하겠다고 이리 기웃 저리 기웃,
신생 기획사에 3인조 그룹으로 나왔다가 말아먹고 의경 제대 후 순경이 되었다.
만양 파출소로 발령받아 고향에 돌아온 지 약 1년.
잡일은 도맡아 하는 만양 파출소 시다바리다.
간만에 어린놈이 들어왔다고 모두들 굴리기 바쁘니 말이다.
이대로 동식의 파트너가 되지 않을까 내심 기대했는데 주원의 등장으로 의기소침.

문주 경찰서

곽오섭 (52세, 남) - 경기서부청 소속 문주 경찰서 강력계장. 경감

상배의 강력계 부사수. 강력계의 모든 걸 상배에게 배웠다.
워낙 돈독한 사이고 우러러보는 사수라 상배의 부탁을 거절하지 못한다.
상배의 좌천에 동식의 책임이 크다고 생각, 이동식 또라이 자식 때문에
우리 상배 형님 인생이 막판에 망가진 거라며 원망하는 마음이 있다.

귀가 얇고 경험치에 의한 편견을 맹신한다. 문제는 그 경험치가 강력 사건의
무식하고 나쁜 놈들에게 한정, 좀 얕고 좁다는 데 있다. 권력, 힘 이런 거에 약한 타입.
도해원 의원의 아들인 박정제 경위에게 함부로 못 하면서도 자신은 절대 그런 사람
아니라고 큰소리 빵빵. 여성이지만 강력계 형사로서 지화를 많이 아낀다.

20년 전 문주시 살인 실종 사건 당시 상배와 함께 유연의 실종 사건을 담당했다.

정철문 (54세, 남) - 경기서부청 소속 문주 경찰서 서장. 총경

기환의 측근. 경찰대 출신. 상배와 사이는 그다지 좋지 않다.
강력계나 현장 경험 거의 없고 관리직으로 돌았다. 경대 부심, 관리자 부심 넘친다.
나이 많은 현장 출신 형사, 경찰들에게는 평소 존댓말 쓰며 대하다가,
뭔가 어긋난다 싶으면 반말, 막말 막 섞는다. 네깟 것들 땜에 내가 미치겠어요.

20년 전 문주 경찰서장 한기환의 눈에 들어 그 후로 쭉 한기환을 따라 다녔다.
본청(경찰청)에서 한기환 밑에 있을 때 청탁 들어주다 감사관실에 딱 걸렸다.
문주 경찰서장으로 좌천성 발령, 이제나저제나 불러주길 기다리며 자숙 중이었는데,
기환의 아들인 한주원 경위가 경기서부청 소속 만양 파출소에 자원했다고?
서부청 인맥 동원해서 냉큼 받았으니 그게 다 한기환과 다시 가까워지기 위해서다.

—→ 강도수 (34세, 남) - 경기서부청 소속 문주 경찰서 강력 1팀 팀원. 경사

지화의 파트너. 경찰공무원 7년 차. 강력계 2년 차 형사.
경기서부청 과학수사계 1팀 임선녀 경장의 남편. 첫눈에 반해 쟁취했다.

만양에서 나고 자란 만양의 아들이라 자칭한다.
만양에서 서울청 광수대까지 올라간 이동식 형사에 대한 존경심이 하늘을 치솟았다.
롤모델이랄까. 나도 저렇게 되어야지 했는데 파트너 죽이고 만양으로 돌아온
이동식은 완전히 망가져 있었다.

의리에 죽고 의리에 살고. 오지화를 존경하고 누님으로 모신다.
이제는 지화가 도수의 롤모델이다.

—→ 하홍철 (43세, 남) - 경기서부청 소속 과학수사계 1팀 팀장. 경위

경찰공무원 12년 차. 과학수사요원 8년 차. 꼼꼼하고 세심한 성격.
경기서부청 소속이지만 문주 경찰서 과학수사계에서 근무하는 중.

일찍이 과학수사에 관심이 많아 과수계 요원이 된 건 아니었다.
어쩌다 보니 입문해서 적성에도 딱 맞는지 모르겠는데 굵은 사건 몇 건 해결해서
특진도 하다 보니 여기까지 왔다. 속도가 느려서 현장 감식 때 애먹는 타입.
항상 시간에 쪼들리고 스스로 압박이 있어서 초조해하는 편이다.
서울 시내에 강간 사건이나 자살, 사고사가 많아서 일부러 피해 경기도로 왔더니만,
아 여기도 은근 자살이나 고독사가 많아 죽을 맛.

—→ 임선녀 (33세, 여) - 경기서부청 소속 과학수사계 1팀 팀원. 경장

경찰공무원 5년 차. 과학수사요원 3년 차. 문주 경찰서 강력1팀 강도수 경사의 아내.
과학수사요원이 되기 위해 경찰이 된 CSI 드라마 세대.

호기심 많고 넓고 얕은 지식에 목말라하고 답을 찾아야 하는 타입.
딱 그 나이 30대 언니들처럼 명품 잘 알고 특히 구두 좋아한다.
신고 다닐 수 없어 구매하지는 않지만 매 시즌 매장에 들러 구두 구경하는 게 취미.

문주서로 내려와서 만난 강력계 형사 강도수의 애정 공세에 결혼, 신혼 1년 차.
결혼하자마자 애를 덜컥 가져버렸는데 임신했다고 현장에 나가지 않을 수 없는 일.
평생 과수계 일할 엄마에게 태어나는 거니까 태교부터 익숙해지라고
임신 4개월 차에도 열심히 현장에 나간다. 굼벵이 하홍철과 한 팀으로,
성격이 조금 급하고 뭐든 후딱 잘할 수 있다고 입에 달고 다녀서
홍철의 구박을 받는데 조금도 개의치 않는다.
과수계 요원 이전부터 이동식에 대한 명성은 익히 들어 알고 있었고 언젠가 꼭
함께 강력 사건을 해결하고 싶다고 생각했는데 동식이 좌천되어 마음 아파했다.
같은 여성 경찰로서 지화를 좋아하고 존경한다.

피해자

—→ 강민정 (21세, 여) - 서울 E여대 1학년

만양 슈퍼 주인 강진묵의 딸. 어머니에 대한 기억 없이 아버지와 둘이 살아왔다.
만양읍의 사람들이 키웠다고 해도 다름없는 아이다. 동식에게는 조카 같은 존재.
어릴 적엔 삼촌이라 부르더니 열심히 재수해서 대학생이 되었다고 동식씨란다.
삼촌은 나랑 결혼하기로 했잖아. 우리 언제 결혼해? 툭- 던지고는 깔깔거리던 청춘.
20년 전 유연과 같은 방식으로 손가락 열 개로 돌아온다.

—→ 방주선 (2000년 사망 당시 22세, 여)

20년 전 1차 살인 사건 피해자. 라이브 카페 종업원. 중학교 중퇴. 소문난 문제아.
고향으로 돌아와 카페에서 서빙 일하며 돈을 벌었다.

개발 붐에 돈벼락 맞은 늙은 아재나 꼬시려 그러는 거라 했지만
실은 평생 속 썩은 아버지에게 용돈이라도 좀 쥐여주려고 했던 거였다.
정신 차리고 다시 살아보겠다고 검정고시도 쳐볼까 그랬는데,
문주천 갈대밭 한가운데서 손끝이 사라진 채 기도하듯 앉은 시체로 발견되었다.

⟶ 이유연 (2000년 사망 당시 20세, 여)

20년 전 2차 살인 사건 피해자. 동식의 이란성 쌍둥이 여동생.
어릴 적부터 영특했다. 전교 1등을 놓치지 않는 수재.
서울대 법대에 입학했고 집안의 자랑이었다.
첫 기말고사를 보고 고향으로 돌아온 날 실종되었고 잘린 손끝 열 개로 발견되었다.

⟶ 한정임 (2010년 실종 당시 42세, 여)

유재이의 어머니. 남편과 정육점을 운영하며 재이를 키웠다.
교통사고를 내고 식물인간이 된 남편의 병 수발을 하다
남편이 사망한 지 49일이 되는 날 사라져 아직도 돌아오지 않았다.

그 외 실종자와 실종자의 가족들.

용어정리

씬	장면(Scene)을 의미하며 같은 장소, 같은 시간 내에서 이루어지는 일련의 행동이나 대사가 한 씬을 구성한다.
D	그 장면이 이루어지는 시간대를 표시. 낮.
N	그 장면이 이루어지는 시간대를 표시. 밤.
/INS.	인서트(Insert)를 말함. 장면 사이에 삽입한 화면.
플래시컷	화면과 화면 사이에 들어가는 순간적인 장면. 극적인 인상이나 충격 효과를 주기 위해 삽입되는 짧은 화면.
플래시백	회상을 나타내는 장면. 지금 일어나고 있는 사건의 인과를 설명할 때 쓰이기도 하고, 인물의 성격을 설명하기 위해 쓰이기도 한다.
CUT TO	가까운 각도 안에서의 각도 전환을 의미.
디졸브	한 화면이 사라지면서 동시에 다른 화면이 점차 나타나는 기법. 짧은 시간의 경과나 가까운 장소의 이동, 씬을 마무리할 때 등에 쓰인다.
몽타주	따로따로 편집된 장면들을 짧게 끊어 붙여서 하나의 긴밀하고 새로운 장면을 만드는 기법.
(E)	효과음(Effect)을 뜻하며, 보통 등장인물은 보이지 않고 소리만 나는 경우에 사용한다.
(F)	필터(Filter)의 약자로, 전화기 너머의(필터를 거쳐 들려오는) 목소리 등을 표현할 때 쓴다.

1회

나타나다

씬1 문주천 갈대밭 (N)

해가 져버린 암흑의 갈대밭. 키만큼 자란 갈대가 빼곡하다.
헉헉거리는 남자의 숨소리. 갈대를 헤치며 달리는 남자의 손.

지훈(E) 으아악- 아악!! 허어- 허어- 형!! 동식이 혀-엉!!!!

갈대를 헤치며 비명 소리가 나는 곳을 향해 미친 듯 달리는 남자. **이동식(40세, 남)**.
동식의 심장 소리가 쿵- 쿵- 쿵- 쿵-

동식 (다급) 어디야! 불!! 라이트 하늘로 쏴!!!

저 멀리 휴대폰 옅은 불빛이 스륵- 올라오는 것 같다.
그곳을 향해 미친 듯 갈대를 헤치고 뛰어가는 동식.
바닥에 주저앉은 **오지훈(26세, 남)**. 넋이 나가 눈물범벅!

동식 왜! 뭐! (하는데)
지훈 (헉허억헉- 입도 못 떼고 벌벌 떨리는 손가락을 들어 가리킨다)

돌아보는 동식. 갈대밭 한가운데 무언가 있다. 달빛에 스륵- 반사되는 그것.
동식, 휴대폰 라이트를 그것에 비추면. 백골이다. 기도하듯 두 손을 모은 백골 시체.
손가락의 뼈 한 마디가 모두 잘려 없는 시체가 진흙밭에 누워 있다.
동식의 눈빛에서 온기가 빠져나가버리는. 다시 심장이 쿵-쿵- 쿵.
멀리 우우우웅- 이명. 차가운 바람이 휙- 불어닥친다.
백골을 삼킬 듯 춤을 추는 갈대. 갈대에 곧 삼켜질 것 같은 동식.
미동도 하지 않고 그대로 얼어붙어 서 있고.
우우우웅- 울리는 이명. 흔들리는 갈대 소리와 섞여 기괴한 울음소리 같다.
얼어붙은 동식. 굳어버린 눈동자. 점점 커지는 처연하고 기괴한 흐느낌. 쿵쿵 심장 소리.
터지기 직전 화면과 함께 한순간 블랙아웃!

씬2 만양읍 전경 (D, 과거)

가을. 황금빛으로 물든 벼가 논밭에 빼곡하게 들어차 있다.
바람이 휘이- 분다. 휘청이는 이삭. 어디선가 귀뚜라미 우는 소리가 들리는 것도 같고.

성가대(E) 얼마나 많은 사람이 죽어들 가는가. 어둠에 싸인 세상을 천주여 비추소서.

성가대의 노랫소리 배경으로 깔리며. 문주시 면면이 보여지고.
비바람에 젖어 때가 탄 현수막이 곳곳에 걸려 있다. 바람에 흔들리는 현수막.
'축 환영! 일암 ITcity 개발 계획 확정!', '경축! 일암까지 10분. 문주시 그린벨트 해제!'
'문주 택지 개발 지구 확장하라!', '문주 시장은 개발을 공약대로 추진하라!'
현수막 너머 자그마한 성당이 보이고 오르간 소리 흘러나오고 있고.

성가대(E) 가난과 주림에 떨면서 원망에 지친 자와 괴로워 우는 자를 불쌍히 여기소서.

자막. '2000년 10월 14일'.

씬3 만양 성당 안 (D, 과거)

오르간 소리에 맞춰 연습 중인 성가대.
오르간 건반을 치는 손. 귀여운 루비 반지 낀 손끝에 봉숭아 물이 반쯤 남아 있다.
성가대의 목소리에 맞춰 오르간을 치고 있는 **이유연(20세, 여)**.

성가대 얼마나 많은 사람이 불행히 사는가. 어둠에 싸인 세상을 천주여 비추소서.

커다란 꽃꽂이를 안고 끙끙대며 제대로 향하는 **강진묵(25세, 남)**의 모습이 보이고.
자그마한 꽃꽂이를 안고 따라가는 **김영희(43세, 여)**와 **신자1(40대, 여)**.
유연, 영희 머리에 붙은 갈대 이파리 발견하고 머리 톡톡- 찡긋- 눈짓.

영희 (입 모양으로 유연에게) 응?
신자1 (알아채고 영희 머리에서 이파리 떼주며) 에이그. 전생에 형님은 뭔 덕을 쌓았길래 유연이 같은 딸을 낳았을꼬.
영희 (유연에게 입 모양으로 고마워 딸, 하고는) 하느님 믿는 사람이 전생을 들먹거려.
신자1 이쁘지 착하지~ 믿음도 깊고~ 부모 말 철석같이 들어~ 서울대 찰떡같이 붙어~
영희 (흐뭇한 미소 애써 감추는데)
신자1 그래두 뭐 하느님은 공평하셔요. 한배에서 손잡고 쑥 나왔는데 동식이 갸가 반 토막 해드시고 계시잖어.
영희 우리 동식이가 어디가 어때서?
신자1 아니 뭐, 1분 먼저 나와도 오빠는 오빤데 유연이 발뒤꿈치도 못 따라가는 건 사실이잖어. 오늘 또 봐. 즈그 외할머니 연미사날인데 코빼기도 안 뵈구 또 어디서 기타나 뚱기다 누구랑 시비 붙은 거, (하는데)
영희 (까칠) 자매님.
신자1 (쩝- 너무 갔구나. 고개 휙- 돌려, 진묵에게) 진묵아! 거기다 놓으면 안 된다니까.
진묵 (어리바리한 얼굴로 겨우 허리 펴고 서서는) 여.. 여기 아.. 아니에요?
신자1 (진묵에게 후다닥 가며) 아으- 걘는 뭐 하나 제대로 하는 게 없어.

영희, 욱한 마음 삭이며 휴대폰 꺼내서 번호 누른다.
'아들'로 저장된 번호. 뚜르르르- 신호가 간다. 받지 않는다.

영희 이눔의 자식이 진짜. (재다이얼 누른다)

뚜르르- 뚜르르- 영원히 울릴 듯한 신호음. 그 위로 성가대의 노랫소리.

성가대(E) 얼마나 많은 사람이 불행히 사는가. 어둠에 싸인 세상을 천주여 비추소서.

씬4 만양카페 안 (D, 과거)

다방을 라이브 카페로 개조한 듯 애매한 인테리어. 테이블에 놓인 휴대폰이 진동에 빙빙 돈다. 휴대용 CD 라디오에서 시나위의 '크게 라디오를 켜고'가 흘러나오고.

동식 소리를 듣고 싶어 라디오 켜보니 뜨거운 리듬 속에 마음을 뺏겼네~ 자리에 일어나서 노래를 불러보니 어느새 시간마저 지나가버렸네~

카페 한가운데, 수족관 옆. 기타 피크가 부러져라 기타를 쳐대며 광란의 라이브를 선보이고 있는 남자, **이동식(20세, 남)**이다. CD에서 흘러나오는 보컬에 맞춰 노래하며 안쪽에 앉은 젊은 아가씨들에게 윙크를 날리는.

동식 크게 라디오를 켜고 함께 따라해요 우~ 크게 라디오를 켜고 함께 노래해요 우~

CD 라디오 스톱 버튼을 누르는 퍼런 매니큐어 손가락.
붉은 미니스커트 차림의 카페 레지 **방주선(22세, 여)**이다.
음악 소리가 멈추면 동식이 치는 기타, 아무런 소리 나지 않는.

동식 (핸드싱크 미친 듯 하며) 함께 노래해, (하다가 꿈찔)
주선 (껌 쫙쫙 씹으며) 함께 노래는 얼어 죽을. 야- 이똥식! 그만하고 가라~ (먼지

떨이로 선반의 먼지 툭툭 턴다)

동식 손님한테 뭐 하는 거냐 지금? 라이브 카페에서 라이브~ 하는 게 뭐가 문젠데?

주선 손님? 꼴랑 천오백 원짜리 커피 한 잔에 몇 시간째 소리도 못 내는 기타 잡고 난리 부르스 추는 주제에. 야- 너 같은 떨거지 안 받아, 가.

아가씨들 (풋- 웃는)

동식 (불끈) 소리가 왜 안 나? (피크로 기타 긁는데! 불협화음!)

아가씨들 (풋-)

주선 내가 오늘 엄청 좋은 일 있을 예정이거든? 좋게 말할 때 가라.

동식 방주선, 시끄럽고. 사장님한테 허락받았거든. (다가와 CD 켜려는데)

주선 방주서~언? 이게 어디 누나한테. (먼지떨이로 동식 머리를 툭툭 털며) 야 이 똥식! 허락이고 나발이고 내가 듣기 싫다고오! 쫌 가라니까!

동식 (자존심 다 구겨진다, 하..)

주선 (중얼) X(삐-사운드) 달고 나와서 지 동생 반도 못 따라가는 게.

동식 (울컥- 먼지떨이를 거칠게 잡아챈다) 지금 뭐라고 했냐?

주선 (흠칫- 보고는 괜히 더) 허? 치겠다? 쳐. 니네 아버지한테 깽값 받아보자, 나도.

동식 (노려보다 먼지떨이 내려놓고) 운 좋은 줄 알아라. 내가 여자는 안 치거든. (기타 가방 챙겨 들고 나가며) 방주선. 나중에 봅시다?

씬5 동식의 집 - 유연 방 (N, 과거)

강의 교재가 빼곡히 꽂힌 책장. 유연이 받은 각종 상장 놓여 있다.
책상 앞에 앉은 유연, 휴대폰으로 문자 보내는 중이다.
'오빠, 어디야? 오늘도 안 들어오면 정말 큰일 날 듯.'
책장에서 교재를 빼서 정리하기 시작하는데, 책상 위 놓아둔 휴대폰에 문자 온다.
문자 확인하는 유연. 보낸 이 이름은 보이지 않고.
'들어가기 싫다. 나올 수 있어?'
망설이던 유연, 휴대폰을 꽉 쥐고 일어선다.

씬6 동식의 집 - 마당 (N, 과거)

불 꺼진 동식의 집. 현관문을 조심히 닫고 나오는 유연의 모습이 보인다.
잘 가꿔진 화단을 지나 대문으로 향하는 유연.

씬7 문주천 갈대밭 옆길 (N, 과거)

드문드문 가로등이 켜진 흙길. 어느새 밀려온 안개가 자욱하다.
안개 속에서 보이는 여성의 실루엣. 유연이다. 유연이 바삐 걸어가고 있다.
손으로 이마를 훔치는 유연. 반짝이는 빨간 루비 반지. 손끝에 반쯤 남은 봉숭아 물.
유연, 걷다가 무슨 소리를 들은 듯 멈춰 서서 갈대밭을 본다.
이내 다시 걷기 시작하는 유연. 갈대밭에서 유연의 모습 잡으면, 가로등 불빛에 유연이 드러났다 사라진다. 총총 걷는 유연. 곧 어둠 속으로 사라진다.

씬8 문주천 갈대밭 (N, 새벽, 과거)

칠흑 같은 어둠이 내려앉은 갈대밭. 안개가 자욱하다.
바람이 불어 안개가 흩어지면 갈대밭 가운데 희끄무레한 것이 놓여 있는 게 보인다.
사람이다. 무릎을 꿇은 채 두 손을 모으고 기도하고 있는 여자.
신실한 마음을 가득 담아 기도에 열중하고 있는 듯한 그녀를 천천히 훑으면.
소중한 것을 포장하듯 검은 비닐에 곱게 싸여 있는 두 발. 반나비매듭이 지어진 발목.
붉은 미니스커트와 대비되는, 하얀 맨다리가 고스란히 드러나 있고.
무릎 위로 곱게 모은 두 손. 손끝에 굳은 핏물.
손가락 열 개 모두, 손톱 한 마디가 잘려나가 보이지 않는다.
바람이 휘- 분다. 갈대가 쉬이- 소리를 내며 흔들리는데, 여자는 움직임 없다.
죽은 것이다. 화면, 흑백으로 바뀌며. 붉은 스커트, 굳은 핏물의 붉은색만 도드라지는.
기도하는 모습으로 손가락이 잘린 채 죽어 있는 여자.
방주선이다.

씬9 동식의 집 - 마당 (D, 새벽, 과거)

잠옷 위에 얇은 카디건 걸친 영희가 현관문을 열고 나온다.
단란한 동물 가족 장식품이 세워진 화단 옆에 떨어진 신문을 집어 드는 영희.
카디건을 여미며 돌아 들어가려다 멈칫- 아래를 내려다본다.
장식품 옆 평평한 돌 위에 무언가 놓여 있다.

영희 (시린 눈으로 가까이 내려다보며) 이게 뭐야..

돌 위에 놓인 그것. 손가락이다.
열 개의 손가락. 손톱에 반쯤 남은 봉숭아 물이 들어 있다.
영희, 표정이 얼어버린다.

영희 (너무 놀라 소리도 못 내고) 끅- 끄윽- 허어- 허..

털썩 주저앉는 영희. 손을 뻗어보는데 차마 닿지 못하고.
카메라 위로 올라가 하느님이 내려다보는 듯 하늘에서 내려다본다.
주택가. 하나둘 들어오는 불빛. 저 멀리 보이는 갈대밭. 다시 바람이 휘- 분다.
휘청거리는 갈대가 희끄무레하게 비치는 방주선의 시신을 삼켜버릴 듯하다.
그 위로, 타이틀.

괴물

씬10 동식의 집 - 화장실 (D, 아침, 현재)

오래된 화장실의 거울.
번뜩이는 면도칼, 턱선을 따라 면도 크림 위로 스으으으- 미끄러진다.
오래된 이용원에서 쓸 법한 낡은 면도칼. 칼날만은 날이 서 있다.

흐르는 물에 면도칼을 한번 헹구고 다시 공들여 반대편 턱선을 면도하는 손.

씬11 동식의 집 - 안방 (D, 아침)

누렇게 뜬 장판과 벽지. 오래된 장롱이 한 면을 다 채운.
허리띠 버클 잠그고. 셔츠 단추 채우는 손. 낡은 점퍼 걸치고 점퍼 채우고.
장롱 안에서 세탁소 비닐에 싸인 경찰 근무복을 꺼내 드는 손.

씬12 동식의 집 - 거실 (D, 아침)

양옥집 실내. 바늘이 멈춘 괘종시계. 낡은 소파. 나무 천장과 나무 벽.
오래된 양옥집 거실 풍경. 안방에서 나온 남자, 거실을 지나쳐 현관으로 향한다.
지나간 남자 뒤로 거실 한 켠의 벽엔 오래된 신문기사가 잔뜩 붙어 있다.
스크랩북에 붙여놓듯 20년의 세월이 묻어나는 신문기사로 빼곡하다.

'문주시 만양읍에서 여대생 실종!!'
'실종 3일째. 문주 여대생 흔적 없어!'
'실종된 여대생과 한날 문주천 갈대밭에서 여성 시체 발견!'
'사망한 여성, 라이브 카페 직원 방주선양으로 밝혀져!'
'엽기 살인, 엽기 행각! 실종된 여대생 살해된 것인가!'
'실종 20일. 문주 여대생 사건 여전히 오리무중!'
'문주 경찰서장, 여대생 실종 사건 수사 중단 발표!'

현관. 남자가 내려놓은 근무복 가슴팍에 설핏 '경사 이동식' 보일 듯 말 듯.
구두 꺼내 대충 툭툭 털고 신은 남자, 근무복 대충 집어 들고.
알루미늄 새시로 된 반투명 유리 현관문을 열고 나간다.
닫히는 문. 찰칵 잠기는 소리. 반투명 유리 너머로 사라지는 남자의 실루엣.
그 위로 자막. '20년 후', '2020년, 10월 11일'.

씬13 문주 교차로 (D, 오후)

교통 표지판. 직진하면 고층 건물로 가득한 일암동이고 왼쪽으로 빠지면 문주시다.
건물보다 논밭이 많은 지방의 쇠락한 소도시 냄새가 물씬 나는 문주시.
교차로 좌회전 차선에 서는 스포츠카.
문주 방향 교차로 쪽에 현수막이 다닥다닥 붙어 있다.
'경축 문주시 드림타운 개발 대책위원회 사무실 개설!'
'문주시 드림타운 신속한 사업 추진을 기원합니다!'
'가자 꿈의 마을! 문주 Dream Town!' '문주시 드림타운! 이제 할 때 되었다 아이가!'
각종 개발 관련 현수막 사이에 이질적으로 느껴지는 현수막 하나가 눈에 띈다.
여성의 사진이 붙은 현수막이다. '실종된 우리 유연이 찾아주세요.'
현수막 속 사진은 20년 전, 20살 그대로의 유연이다.
스포츠카 운전석 창문이 내려간다. 창문을 내린 남자, **한주원(27세, 남)**이다.
현수막을 덤덤히 보는 주원.
'실종 일자: 2000년 10월 15일 새벽 추정', '실종 지역: 문주시 만양읍'.
'인상착의: 167cm, 마른 체형'. 다음 문장에서 주원의 시선이 멈춘다.
'열 손가락 모두 첫 번째 한 마디가 없음.'
교차로 신호 바뀐다. 지잉- 창문 올라가면 창문 너머로 사라지는 주원의 얼굴.
스포츠카, 실종된 유연이 현수막 아래를 지나 문주시로 들어간다.
펄럭이는 현수막. 유연의 얼굴이 일그러져 보인다.

지훈(F) (다급히) 순 하나! 순 하나! 싸롱 드 만양 미용실에서 폭행 사건,

씬14 싸롱 드 만양 앞 도로 (D, 오후)

순찰차 앞. 무전기 들고 서 있는 순경 오지훈.

지훈 아니 폭행 미수 아니.. 아니 암튼 지금 동식이 형 아니, 이경사님이 출동해서 처리 중입니다! (심각한 표정으로 미용실 보면)

씬15 싸롱 드 만양 (D, 오후)

미용실. 머리에 검은 봉다리 쓴 싸롱 주인과 구경하는 아주머니들 몇 보이고.
파마 헤어캡 뒤집어쓴 채 혈투 중인 치킨집 사모와 길구 처.
둘 사이에 서서 막고 있는 경찰 근무복 입은 남자. 마흔의 동식이다.

동식 어어. 서로 손대지 마시고.

싸롱 바닥에 흩어져 있는 화투짝.

광영(F) (무전기 소리) 맨날 쩜 십 놓고 치는 판에,

씬16 싸롱 드 만양 앞 도로 (D, 오후)

광영(F) 폭행 미수라니 뭔 소리야!
지훈 (무전기에) 그게.. 오늘은 자그마치.. 쩜 오십..! (미용실 문을 활짝 여는데)

씬17 싸롱 드 만양 (D, 오후)

길구 처 큰 궁둥짝에 똥광 딱 붙이고 숨겨? 쩜 오십 치니까 그르케 따먹고 싶드나? 이 사기꾼아!
치킨집 사기? 끝에 신랑이 경찰이라고 지 맘대로 범죄자 만드네! (한 대 치려고 헛스윙- 휭~)
동식 (차마 여자 몸에 손은 대지 못하고 몸으로 막으며) 어어. 훼리가나 사모님, 스톱. 그거 폭행이야. 지금 날리면 사모님이 선빵!
치킨집 이경사! 내가 얼마나 억울하면 이래! 지가 피박 광박 할라니까 날 사기꾼으

로 몰아?

아줌마들 (쑥덕쑥덕) 감추긴 감췄잖어./사기 맞지 뭐.

동식 그만-! 조용들 하세요.

길구 처 것 봐라. 니가 사기 친 거 다들 봤다잖아.

치킨집 야, 꼴랑 팔백칠십 원 땜에 내가 사기를 쳐? 평생 경사 나부랭이 쥐꼬리만 한 공무원 월급 받아 사는 너랑 내가 같어?

길구 처 경사 나부랭이? 이게 지금! (치킨집 머리에 손 뻗는다!)

동식 (몸으로 막으며) 형수님, 스톱 스톱.

길구 처 동식아! 저게 지금 가족을 건들잖어! (갈고리 같은 손으로 치킨집 머리에 쓴 헤어캡에 부웅-)

동식 (막으며) 어어! 잡으면 안 돼.

싸롱 주인 (중얼) 지금 벗기면 파마 안 나오는데.

동식 형수님! 그거 벗기면 물어줘야 돼.

싸롱 주인 (바로) 5만 원. 약을 좋은 걸 썼어.

길구 처 (5만 원..? 동공 흔들리는데)

치킨집 (비웃으며, 길구 처에게 머리 들이민다) 어디 벗겨봐라~ 함 벗겨봐~

동식 어허- 사모님! 범죄 행위 유도하지 마세요.

아줌마들 (쑥덕) 5만 원이 아까워서 머리채를 못 잡네./쯧쯧- 살림이 팍팍해서 그래.

길구 처 (열받는. 주먹 쥔다)

동식 조용히들 하시라니까요. 형수님! 손에 힘! 풀어, 풀어.

치킨집 (머리 대며 씨익-) 대줘도 못 먹냐?

길구 처 5만 원 물어주고 만다! (동식을 가운데 둔 채 치킨집에게 손 날리는데 동식이 얼굴 할퀴고 치킨집 헤어캡 벗기는-!)

치킨집 아악! 이게! (길구 처 머리 잡는다고 잡았는데 동식 머리칼 움켜쥐고!)

동식 어어억!!

길구 처와 치킨집의 잡고 치는 개싸움!
가운데 낀 동식, 손도 못 대고 몸으로 막기에 급급! 잡히고 맞고!
주위 아줌마들 엄머~ 옴마마~ 하며 폰 꺼내 사진 찍으며 구경하기 바쁘고.
지훈이 말리러 뛰어오려는데 동식, 오지 말라는 신호.
잡히고 맞던 동식, 표정 미묘하게 바뀐다. 멈춰 선 지훈, 절망적인 표정!

지훈 (다급히 무전기에) 순 하나. 순 하나. 큰일 났습니다! 이경사님 게이지 차오르고 있습니다.

씬18 만양 파출소 안 (D, 오후, 동 시각)

무전기 근처에 서 있는 경찰들.
소장 **남상배(59세, 남)**, 경위 **황광영(34세, 남)**, 경사 **조길구(52세, 남)**.

길구 (믿을 수 없다. 눈 끔뻑끔뻑) 한 시간만 있음 퇴근인데.
광영 (무전기 부술 듯 꽉 쥐며) 아이씨- 한동안 잠잠하다 했지.
상배 이동식! 아우 그눔의 또라이 게이지!

씬19 싸롱 드 만양 (D, 오후, 동 시각)

개싸움에서 멀찍이 물러선 동식, 흐트러진 머리칼을 쓸어 올리고 매무새를 가다듬는다.

동식 오순경.
지훈 이경사님.. (가자 그냥. 문고리 잡고 간절한 시선)
동식 들어와.
지훈 (이 악물고 속삭) 흐지므르.. 형. 으차피 입건도 안 되즈나.
동식 (나직이) 들어와 문 잠가라.
지훈 (아이씨- 어쩔 수 없이 들어온다. 문 달칵- 잠그는 바로 그때)
동식 (버럭) 스토-옵!
아줌마들 (꿈찔- 멈춘다)
동식 지금부터 여기 계신 분들 모두, 사기. 폭행. 도박. 도박 방조죄로, 즉시 연행하겠습니다.
아줌마들 뭔 개소리여!/연행은 무슨!/우리가 왜 파출소에!/난 구경만 했다고!

슬금슬금 빠지는 몇몇 아줌마들. 오순경, 잠긴 문 보여준다.

동식 취미로 범죄 수집하시는 분들 많으시네. (버럭) 공무집행방해죄까지 얹고 싶으면 그렇게 계속 떠드십쇼.

아줌마들 (일시에 입 다무는)

동식 형수님이랑 거기 두 분은 순찰차 타시고 다른 분들은 퀘리가나 배달차로 따라오십쇼. 딴 데 새기만 해요. 도주죄까지 추가할라니까.

씬20 만양 파출소 안 (D, 오후)

길구 처, 가슴을 통통 치고 있고. 길구, 이러지도 저러지도 못하고.
앉고 선 아줌마들, 상배와 지훈에게 항의 중. 우리가 뭔 죄가 있어! 이게 파출소 끌려올 일이냐! 광영, 멀찍이 커피만 홀짝. 싸롱 주인, 동식 앞에 앉아 있고.

싸롱 주인 내가 화투를 쳤어 뭘 했어? 난 가게 문 연 거밖에 없어요, 소장님!

상배 알지, 알어. 동식아, 그만해. 사건 구성도 안 되는 껀 가지고 너 또 왜 지랄이냐. 심심해?

동식 사건 구성이 왜 안 됩니까? 도박장 개설, 도박 방조 혐의! 형법 제247조. 도박을 하는 장소나 공간을 개설한 사람은 5년 이하의 징역 또는 3000만 원 이하의 벌금에 처한다.

싸롱 주인 !! (충격) 나.. 징역 살어?

광영 이경사님. 형법 제247조는 영리 목적으로 도박을 하는 장소나 공간을 개설한 사람에 한정해서 적용되는 조항이잖아.

동식 싸롱 사장님 머리에 검은 봉다리 안 보입니까.

광영 (보면 싸롱 사장 머리에 검은 봉다리 썼다)

동식 오늘 판에서 개평 뜯는 사람이란 표십니다.

지훈 그게 무슨 영리 목적이에요? 쩜 오십 개평이 얼마나 된다고?

동식 십 원 이십 원은 돈 아니야? 십 원 이십 원이 백 원 이백 원 되고, 백 원 이백 원이 천 원 이천 원 되고, 티끌 모아 태산, 천 리 길도 한 걸음부터.

모두 (허.. 이런 또라이..)

아줌마들 (동시에 불만 터짐) 시방 뭐 하는 짓이야!/영리 좋아하네?/아예 화투를 금지 하지?/소장님! 가만히 두고 볼 거요?

상배 (아우씨-) 알았어요, 알았고요. (하는데)

길구 동식아. 알았어. 그만혀. 우리 집사람이 심장이 약해가지구 더 놀라문 안 돼. 내가 부탁할게. 그냥 넘어가자, (하는데)

동식 청탁하지 마십시오. 조경사님도 청탁금지법 위반으로 들어가고 싶습니까?

길구 저- 또라이! 그래, 잡아가라! 잡아가! (달려드는)

상배 야- 조경사 잡어!

지훈/광영 (달려들어 길구 붙잡고!)

동식 (신경도 안 쓰고 차분) 사장님 성함, 생년월일, 주소 말씀하십시오. (조서 작성하는. 타닥타닥 자판 친다)

그때 이미 파출소에 들어와 있던 남자, 파출소 문 열어 세게 쾅- 닫는.
길구를 붙잡고 매달리던 지훈, 광영 멈칫. 파출소의 모든 이들 행동 멈추고 보는.
13씬의 남자, 언제부터 보고 서 있었는지 한심, 황당한 얼굴로 서 있다.

지훈 (잡은 채로) 무슨 일이십니까?

길구 (잡힌 채로) 길을 잃으셨나?

망설임 없이 바로 소장 남상배에게 뚜벅뚜벅 걸어가는 남자.

주원 처음 뵙겠습니다. 만양 파출소에 전임 발령받은, 경위 한주원입니다.

모두 (응??!!)

타닥타닥 자판 치던 동식, 그제야 손 멈추고 남자 보면.
깔끔하고 고급진 옷차림. 뽀얗고 예쁘장하게 생긴 남자. 한주원이다.

씬21 만양 파출소 - 소장실 (D, 오후)

컴퓨터에서 전임 관련 서류 찾고 있는 상배.

상배 책상 앞에 서 있는 주원, 책상을 눈으로 훑는다. 너저분하다. 인상 찌푸리는.

상배 온단 문자 받았어. 웬일로 본청에서 나한테 문자를 보내나 그랬는데... 충원 해준다길래 놓치는 줄 알았지~

주원 (고개도 안 숙이고) 잘 부탁드립니다.

상배 전임 서류 왤케 안 보이냐. 날짜가 오늘 아닐 건데? 왜 이르케 일찍 오셨어?

주원 충원 신청한 지 오래됐다고 들었습니다. 시간 끄는 거, 별로 좋아하지 않아서.

상배 그치. 아마 1년도 더 됐지... (컴퓨터 하드를 퍽- 친다) 어허- 또 뻑났네. 이건 언제 바꿔줄라나. (컴퓨터 리셋 버튼 누르는)

주원 (소장실 너머 보며) 제 파트너는 누굽니까.

씬22 만양 파출소 안 (D, 오후)

아줌마 하나 남아 동식 앞에 앉아 있고. 조서 작성 중인 동식.
길구, 믹스커피 타서 휘- 젓는. 우아하게 발 꼬고 앉아 줄줄 읊는 광영.

광영 한주원 경위. 27세. 무녀독남. 경대 수석 입학 수석 졸업.

지훈 (감탄) 대박! 경찰대 수석이면 공부 진짜 잘한 거잖아요.

길구 공부만 잘했겠어? 수석 졸업할라문 몸 쓰는 것도 만점이었단 건데. 생기기도 멀끄름하니 부모가 누군지 밥 안 먹어도 배가 터지겠구만~

광영 개천에선 개만 나는 세상인데, 용이 아무 데서나 날까요. (큰 비밀 털어놓듯) 부친이.... 본청 차장님!

동식 (자판 치던 손이 멈춘다)

길구 (정수기 앞에서 물 마시다 쿨럭!) 뭐?

지훈 (하얗게 질려) 누구요?

광영 (끄덕- 하고는) 차기 경찰청장. 우리 대한민국 경찰 2인자! 한기환 차장 아들이라고!

동식 !! (쿵- 심장이 가라앉은 것 같은 얼굴. 재빨리 추스르고 다시 자판 치는데. 덤덤해보려 하지만 표정 감출 수 없고)

씬23 동 장소 (D, 오후, 시간 경과)

소장실 문 열고 나오는 주원. 상배 뒤따라 나오는데.
광영과 지훈 단둘뿐인 파출소 안이 소란스럽다.

지훈 선생님, 흥분을 가라앉히시고요.

민원인 애가 지금 어젯밤부터 연락도 없고 집에 안 들어왔다니까! 흥분 안 하게 됐어? 왜 실종 신고가 안 되는 거냐고!

광영 그래서 제가 아드님이 꼬박꼬박 집에 들어오는 편이냐고 여쭈어봤잖습니까. 그건 아니라면서요.

민원인 (벽의 TV를 삿대질하듯 가리키며) 저것도 첨엔 실종인 줄 알았는데 살해당한 거라면서!

모두 TV 화면 보면, 음소거 된 뉴스 화면이 흘러나오고 있다.
'부산에서 실종된 여성, 내연남 긴급 체포!'
'실종된 여성, 내연남에게 살해당한 것인가!'
때마침 숙직실 쪽 복도에서 문 열고 들어오는 동식. 평상복으로 갈아입은 채다.

광영 아니 저 사건은 그러니까 여성이잖아요. 선생님은 아드님 얘기하시는 거고.

민원인 남자면 뭐! 살해당하지 않을 거란 보장 있어?

동식 신고해드릴게요.

주원 (동식에게 시선 주는데)

광영 (동식을 막아서며 낮은 목소리로) 원래도 자주 그런다는데, 게다가 여자도 아니고 남잔데 하루 이틀 두고 본 뒤에 처리하는 거 몰라요?

동식 (그래서 뭐. 무심히 광영을 보고는 스윽 지나쳐 제 자리로 가며) 이쪽으로 오세요.

광영 (황당해서 상배 향해 나지막이) 소장님.

상배 (놔둬, 눈짓으로 말린다)

광영 (허- 기막혀 문 열고 숙직실 쪽 복도로 나가버리고)

동식 가출 신고 접수하겠습니다.

민원인 가출 신고? 당신, 뭔 소리 하는 거야? 지금 내 아들이 가출했다는 거야?

동식 실종일 수도 있죠. 일단 가출인으로 등록, (하는데)

민원인 가출인이라니! 실종이라고! 난 실종 신고하러 왔다니까!

동식 그건 불가능합니다, 선생님.

민원인 (버럭) 왜? 여자가 아니라서?

동식 아드님이 여성이어도 불가능합니다.

민원인 허- 더 웃기는 사람이네? 신고받기 싫음 싫다고 하던지! 대한민국에 파출소가 여기만 있는 것도 아니고! (돌아서 거칠게 나가는데)

동식 (덤덤히 민원인의 뒤에 대고) 대한민국 어느 파출소, 지구대, 경찰서, 경찰청에 가셔도 선생님 아드님은, 아니 따님이라 하더라도 실종 신고 못 합니다.

민원인 (나가려다 돌아보며) 뭐요?

동식 실종 아동 등의 보호 및 지원에 관한 법률 제2조.

상배 (하아- 중얼) 이동식.. 저 또라이..

동식 만 18세 미만의 아동이거나 지적장애인, 자폐성 장애인, 정신장애인, 그리고 치매 환자가 실종되었을 경우 실종 신고 접수하고 지체 없이 수색 또는 수사의 실시 여부를 결정하여야 한다. 이게 대한민국에 존재하는 유일한 실종법이라서요.

주원 (나가려다 멈칫 돌아보면)

동식 아드님이 방금 말씀드린 기준에 포함됩니까?

민원인 그.. 그건 아니지만.

동식 아드님은요, 실종되었다고 해도 무조건 대한민국에선 가출인인 겁니다, (올려다보며) 가출인.

씬24 만양 정육점 인근 건널목 앞 (N)

해가 진 만양읍 도로. 평상복 차림으로 갈아입은 동식, 건널목에 서 있다.
파란 불 바뀌자 보도를 건너려고 한 발 내딛는데 휘청- 허벅지에 강한 통증이 밀려온다. 참고 길을 건너려는 순간 더한 통증이 밀려오는. 주머니를 뒤져 진통제 꺼내서 입에 넣는 동식. 하아- 다시 숨을 들이마시고 길을 건너는데.

씬25 만양 정육점 인근 건널목 근처 도로 - 주원 차 안 (N, 동 시각)

골목에서 빠져나오는 주원의 차. 저 멀리 횡단보도를 건너는 동식이 보인다.

주원 이동식 경사.. (중얼) 법을 아주 잘 아시네..

씬26 만양 정육점 인근 건널목 앞 (N, 동 시각)

건너편에 도착한 순간 주원의 외제차가 1차선으로 속도 내어 부웅- 지나간다.
돌아보는 동식. 주원 차에 시선. 못 보던 차다. 제 몸에 익은 버릇처럼 차 넘버 훑는다.

동식 (중얼) 31 규 8305. 차 좋네..

씬27 만양 정육점 안 (N)

최백호의 '부산에 가면'이 반복적으로 흘러나오는 정육점 안.
탕! 시뻘건 돼지고기를 내려치는 정육도.
긴 머리 틀어 올려 나무젓가락 꽂은 **유재이(28세, 여)**, 정육도로 돼지고기를 내려치고 있다. 재이 너머 정육점 안쪽에 드럼통 불판이 하나 놓여 있고.
둘러앉은 지훈, 동식. 그리고 깔끔 댄디한 차림의 **박정제(40세, 남)**.

동식 (김치찌개 국물 한 수저 떠서 입에 넣는)
지훈 어머님 여덟 분 조서 써서 넘기고 국물이 입에 들어갑니까?
동식 (후룩- 먹고는) 재이야. 오늘 국물 칼칼하니 끝내준다?
지훈 하- 한 동네 여덟 집을 초토화해 놓고 칼칼하니 끝내줘요?
정제 역시 우리 똥식이 그뤠잇~! 존경한다, 친구!
동식 (빈 술잔 내밀며) 존경심 좀 채워봐라~

지훈　두 분이 아무리 둘도 없는 친구 사이래도, 그러는 거 아닙니다. 이거 공권력 남용이에요.

정제　오~ 마이 갓! 재이야. 우리 오순경이 이동식한테 공권력 남용이란다?

재이　(잘라온 돼지고기를 찌개에 넣으며) 오지훈 많이 컸다?

지훈　내 말이 틀려? 맞잖아요!

동식　오순경님 말씀 다 맞습니다. (두 손 모아 내밀며) 체포하시죠.

지훈　(버럭) 형!

지화　(뒷문에서 들어오며) 뭐야. 어린 놈 목소리가 왜케 커?

정제　오경위가 이 시간에 퇴근을 다 하고 강력은 오늘도 잠잠했나 보다?

지화　항상 칼퇴근 하시는 문주서 서무반장님을 여기서 다 뵙고 영광입니다?

정제　(으쓱-)

지화　(앉으며) 손목 왜 주고 있었어? 사고 쳤냐?

동식　사고는 무슨. (술 따라주는데)

지훈　누나, 오늘 동식이 형 똘아이 게이지 완전 올라가지고! (하는데)

지화　(동식이가 주는 술 받으며) 아. 쩜 오십 화투판 아줌마들 도박으로 잡아들인 거? 서에 민원 들어왔다드라?

지훈　것 봐요! 쩜 오십 그거 어차피 기소도 안 될 껀을!

지화　(받아) 기소도 안 될 껀을 이동식이 왜 그랬을까?

재이　싸롱 사장님, 요즘 외지에서 온 사람들하고 돈놀이하는 것 같던데. 질이 좋아 보이진 않더라고요, 그 사람들.

화/훈/정제 (재이 보면)

재이　화투판 아줌마들이 돈놀이에 끼어서 잘못될까 봐 판 깨버린 거잖어.

지훈　!! (동식 보면)

동식　그래? 몰랐네. (국물 후릅-)

정제　(피식) 저 자식 또 아닌 척 기술 들어간다.

지화　(앉은 그대로 다리 들어 올려차기 자세 취하며) 파트너가 뭔 짓을 하든 믿고 의심하지 말라! 얘기했냐 안 했냐! (지훈 등짝 내리치려는데)

동식　내 파트너 차지 마라.

지화　내 동생이다. 집안 교육이야. (다시 다리 드는데)

동식　어허! (탁- 막는데)

지훈　걍 맞고 정신 차리겠습니다. 자격두 없구 며칠 후면 파트너 아닐지도 모르구.

지화	뭔 소리야.
재이/정제	(동식 보면)
동식	경위가 하나 왔어. (지훈 보며) 내 타입 아냐.
지훈	왜요? 스펙 쩔어서요?
정제	얼마나 쩌는데?
동식	(귀찮은 듯 툭-) 경대.
지훈	그냥 경대 아니잖습니까. 그런 빽이 지방 지파(지구대 파출소)에 말이 됩니까. 아무리 생각해도 이해가 안 돼서.
재이	얼마나 대단무쌍하길래?
지화	청장님 아들내미라도 돼?
지훈	곧 되겠지. 차기 경찰청장님 아들이니까!
정제	차기.. 경찰청장?
지화	!! (동식 보면)
동식	(툭-) 본청 차장. 한기환.

씬28 동식의 집 - 거실 (N)

어두운 거실. 어지럽게 붙어 있는 기사들. 카메라 기사 중 하나 클로즈업.
'문주 경찰서장, 여대생 실종 사건 수사 중단 발표!'
기사 속 경찰 정복 입은 30대 후반의 남자 사진 보이고. 사진 아래 붙은 설명.
문주 경찰서장 한기환.

씬29 경찰청 앞 (D)

정복 입고 현관에서 나오는 **한기환(58세, 남)**. 경찰들 호위하며 따라 나온다.
오가던 사복형사들, 기환 발견하자마자 모두 멈춰 서서 자세 바로 하고 선다.
한기환, 차량에 올라타고 출발하면 동시에 목례하는데.
목례한 채 그대로 선 경찰들 배경으로 빠져나가는 차량.
경찰청 입구에 지키고 선 의무경찰들, 지나는 차를 향해 절도 있게 경례.

씬30 한식당 - 룸 (D)

냉면 마지막 한 젓가락을 맛있게 후루룩- 먹는 한기환.
맞은편에 앉은 주원, 절반쯤 남긴 냉면 그릇을 두고 젓가락을 내려놓는데.

기환 입맛이 없나?
주원 많이 먹었습니다.
기환 경기 서부까지 굳이 왜 가냐고 서울청에서 많이 섭섭해하더라. 지금이라도 발령 보류할 수 있는데. (보면)
주원 (미소) 중요한 시기에 그렇게까지 힘쓰지 마세요.
기환 (헛웃음) 중요한 시기? 그럼 처음부터 힘쓸 일 만들지 말던가.
주원 (미소 지우고. 물잔 잡는다)
기환 어차피 지파에서 6개월 순환 보직해야 하는 거 그것만 채워. 그담엔,
주원 외사로 돌아가겠습니다.
기환 한주원. 정신 못 차려? 지금 네 입에서 돌아가겠다는 말이 나와?
주원 (덤덤하게 물잔을 드는데)
기환 얌전히 있어. 한주원.
주원 (물 마신다)
기환 (이게 대답을 안 해?) 한주원!
주원 (물잔 내려놓고 걱정하지 말라는 듯 미소, 대답) 네. 아버지.

씬31 만양 파출소 - 앞 주차장 (D, 일주일 후 아침)

낡았지만 말끔한 티셔츠에 청바지 입은 동식, 덜 마른 머리를 툭- 털면서 파출소로 올라가는데. 가던 걸음을 멈추고 주차장에 세워진 차 번호판에 시선. 31 규 8305.
달칵- 운전석 문 열리더니 근무복 차림의 주원, 차에서 내리며 동식을 쳐다보는.

동식 차가.. 이 동네엔 한 대도 없는 거라 눈에 잘~ 띄겠는데,

주원 (단호) 그래서요?

동식 (씨익- 성큼성큼 다가가서는) 지난번엔 제대로 인사 못 드렸습니다. (손 내민다) 1팀 이동식 경삽니다.

주원 (손 내려다보며) 제가 손 닿고 그러는 걸 별로 좋아하지 않아서. (얼굴 똑바로 보며) 한주원입니다. (뱉어버리고는 파출소로 올라간다)

동식 (피식- 중얼) 도련님 상콤하시네..

동식, 올라가는 주원을 보는 시선이 서늘해졌다가 이내 표정 지우고.
두 손을 바지 주머니에 넣고는 따라 올라가는 동식.

씬32 만양 파출소 안 (D)

테이블에 앉은 1팀. 상배, 상석에 앉아 있고.

상배 일단은 한경위가 새로 왔으니까 조 편성을 다시 해야 하지 않겠나~

광영 (손 든다)

상배 어. 황경위.

광영 자원하겠습니다.

상배 뭘?

광영 우리 서에 저만큼 정보력 갖춘 사람 있습니까? 한경위님과 파트너로 함께 하면서 우리 관할에 대해 샅샅이 낱낱이 알려드리고,

지훈 (자르며) 그건 안 될 말이죠!

모두 (보면)

지훈 저희 팀에 같은 직급, 경위는 딱 두 분 계시는데, 두 분이 한 조 되는 건 좀 그렇죠.

상배 그치~이?

지훈 순경인 제가 자원하겠습니다! 한경위님 잘 보필하면서 부사수로서 열심히 배워보겠습니다.

동식 (눈짓, 입 모양) 너 지금 뭐 하냐?

지훈 (테이블 밑에 숨겨서 휴대폰 문자 찍어 전송)

상배 (흐뭇-) 기특하네! 오순경. 이거 어쩌나? 지원자가 벌써 둘이네? 우리 한경위가 인기가 많어~ 좋겠어?

주원 (반어법) 좋아 죽을 것 같습니다.

동식 (테이블 아래로 지훈이 보낸 문자 확인, '타입 아니라면서요. 살신성인하겠습니다.') 이 자식이..

상배 뭐라고? 이경사 너도 자원한다고?

동식 아닙니다.

상배 진짜?

동식 절대 괜찮습, (하는데)

주원 (바로) 저도 됐습니다. (동식에게 한심한 시선) 또라이, 별로 좋아하지 않아서.

동식 (히죽- 미소)

상배 그렇다면~ (길구를 쳐다본다)

길구 (쩝-) 나야 뭐, 소장님이 까라면 까야, (했다가 주원과 눈 마주치고는) 아유~ 한경위님 모시는 건 영광이죠~

상배 오케이! 결정했으!

모두 (주원, 동식 빼고 모두 상배 집중)

상배 한주원! 이동식! 1조!

동식/주원 (동시에) 네?

상배 여기서 한경위랑 이경사, 니들 둘만 서로 싫잖어. 고로 니들 둘 사이만 좋아지면 1팀 팀웍은 완벽! 펄~펙트!란 거지. 당분간 오순경은 상황실 콜 받으면서 살림 좀 하구. 자자- 1조부터 순찰 갑시다. (일어나는)

모두 (일어나 각자 자리로 흩어지는데)

주원 (그대로 앉은 채) 소장님. 파트너를 이렇게 독단적으로, (하는데)

상배 (몸 휙 돌려 동식에게) 야- 이동식! 너 지금 뭐 하냐?

동식 (.. 내가 또 독박인가..)

상배 아무리 일개 경사래도 새파랗게 어린 경위보다 받아먹은 호봉이 얼만데! 집구석 참 잘 돌아간다? 경위는 소장 말 무시하고! 경사는 경위 까내고!

동식 (일어나서 주원에게 허리 숙이며) 한경위님. 제가 잘 모시겠습니다.

주원 (지금 이게 무슨)

상배 오케이! (소장실로 총총 들어간다)

씬33 도로 - 순찰차 안 (D)

운전 중인 동식. 조수석에 앉은 주원, 물티슈로 문 안쪽을 닦는데 강박적으로 꼼꼼히.

주원 (닦으며) 핸들 잡는 것도 호봉순입니까.

동식 어유- 이 더러운 핸들 잡으시려고요? 아주 균이 바글바글~

주원 (서늘하게 본다)

동식 한경위님이 운전을 좀 험하게 하시는 거 같던데. 제가 하겠습니다.

주원 (자르며) 내가, 운전을, 험하게, 해요?

동식 일주일 전에 여기 첨 왔을 때 건널목 신호 바뀌자마자 액셀 밟았죠? 이 동넨 노인이 많아요. 그렇게 바로 밟다가 인명 사고 나면 나까지 피곤해지니까.

주원 (기억이 날 것 같기도 하지만) 그런 적 없습니다.

동식 7일 전 19시 20분경 만양 파출소에서 대로로 나와 첫 번째 건널목. 31 규 8305 내가 봤는데? 경위님도 내가 길 건너는 거 분명 봤을 건데?

주원 (하...)

동식 건널목 CCTV 딸까요?

주원 (감정 누르며, 창밖으로 시선 돌린다)

동식 경위님. 조심하세요.

주원 (다시 보면)

동식 여긴요.. 비밀이 없어. 어디서 누군가 다 보고 있거든.

주원 (무슨 헛소린가 싶은데)

동식의 휴대폰이 울린다. 핸즈프리로 받는.

동식 네. 언제요? 지금 갈게요. (갑자기 차선 바꿔 유턴 차선에 선다)

주원 순찰 중에 뭐 하는 겁니까?

동식 신고받고 출동하는데요?

주원 개인 휴대폰으로 신고, 그게 말이 됩니까? 서에선 이동식 경사가 개인 폰으로 신고받고 일 처리하는 거 알고 있습니까?

동식 관할 벗어나는 것도 아닌데 뭐. 꺼림칙하면 무전 쳐서 보고하시든가. 중심 꽉 잡으십쇼. (말 끝나기가 무섭게 핸들 확- 꺾어 유턴!)

주원 (몸이 확 쏠리는! 채 닦지 않은 손잡이에 손이 쑥!)

씬34 문주천 갈대밭 앞 도로 (D)

바람에 휘청이는 갈대밭. 끼익- 멈춰 서는 순찰차. 내리는 동식, 주원.

주원 누구보고 운전을 험하게 한다고..

동식 방호철. 74세. 중증 치매 환잡니다. 저기 갈대밭 가운데 계실 건데, 중간에 쓰러졌을 수도 있으니까, 경위님은 이쪽부터 훑으시고, 나는 저쪽. (반대쪽으로 황급히 걸음 옮기는데)

주원 여기 있는 거 어떻게 확신합니까? CCTV부터 확인해서, (하는데)

동식 재개발 지역에 CCTV는 얼어 죽을.

동식, 돌아보지도 않고 손짓으로 가요, 가-
저쪽으로 와다다 뛰어가더니 갈대밭에 훅- 뛰어들어 사라진다!
어쩔 수 없이 갈대밭으로 내려가는 주원. 여길 들어가야 하나.
이내 마음잡고, 동식이 가리킨 방향으로 내딛는데.
진흙밭에 반짝반짝 잘 닦은 명품 구두가 쑥- 빠진다. 이런 씨..

씬35 문주천 갈대밭 (D)

발이 쑥쑥 빠지는 갈대밭을 힘겹게 들어가는 주원.

주원 (둘러보며) 방호철씨! 어르신!

무성한 갈대에 아무것도 보이지 않는. 뒤돌아보는 주원.
얼만큼 들어왔는지, 어디까지 가야 하는지 모르겠다. 저쪽에서 갈대가 흔들!

주원　　방호철씨?

헤치고 그쪽으로 들어가는데 아무것도 없다.

주원　　있긴 한 거야.. (하다가 문득) 무전으로 받은 것도 아닌데.. 이거 다.. (순간 짜증이 올라오는데)

다시 저쪽에서 갈대가 흔들! 누군가 스륵- 지나가는 것 같다.
갈대를 헤치고 그쪽으로 가보는데 다시 반대쪽으로 스스슥 움직이는 갈대.

주원　　이경사님. 혹시 지금 나 갖고 노는 겁니까?

저편에서 스륵! 움직이는 갈대. 주원, 가지 않고 노려보는데.
흔들렸던 갈대가 갑자기 멈추더니, 누군가 달려오듯 주원을 향해 갈라지는 갈대!
무서운 기세로 달려오는 무언가에 주원, 놀라 그대로 굳어버리는!
뒤에서 나와 주원의 팔을 잡아채는 동식.
매서운 돌풍이 주원이 있던 자리를 할퀴고 멀어지는!

동식　　피해야지. 돌풍이 부는데 그대로 서서. (쯧쯧) 싸대길 맞아봐야 정신을 차리지. (가는)

주원　　(기막혀) 뭐라구요?

동식　　주춤주춤 뭐 하는 겁니까. 할배 빨리 찾아야지.

주원　　방호철씨 실존 인물이긴 한 겁니까?

동식, 말없이 갈대를 헤치고 들어간다.
주원, 저 자식이, 싶지만 어쩔 수 없이 동식의 뒤를 따르는데.
갈대를 헤치고 들어가던 동식. 우뚝 멈춰 선다. 주원, 따라가서 보면.
70대 노인 한 사람이 갈대밭 한가운데 서 있다.

동식　　(그대로 할배를 향해) 아부지.

할배, 멀뚱히 돌아본다. 초점 없는 눈동자. 동식과 눈 마주치자 슬몃 눈빛이 돌아오며.

할배　동식아.
동식　.. 집에 갑시다.
할배　(헤에-) 우리 막내 딸.. 이쁜이 아즉 안 왔어.
동식　(천천히 다가가며) .. 집에 갑시다.
주원　(할배 쪽으로 걸음 옮기면)
할배　(그제야 주원에게 시선) 누구..?
주원　저는 만양 파출소 한주원, (하는데)
동식　(재빨리) 하지 마십쇼!
주원　네?
할배　(부들부들 떨며) 이 경찰 노무 새끼들! 어딜 감히!
주원　!!
동식　(어우 씨-) 할배. 아니야. 나 알잖아. 동식이. 응? 거기 있어요! 같이 집에 갑시다. 응? (할배 쪽으로 다급히 들어가는!)
할배　(초점 나가) 이 새끼.. 오지 마! 가! (뒤로 돌아 도망치기 시작한다!)
동식　할배!! (쫓으며 주원에게) 뭐 합니까! 안 쫓습니까!!
주원　(다급히 갈대를 헤치고 뛰기 시작하고)

발이 푹푹 빠지는 갈대밭 안에서 할배를 쫓는 동식과 주원.
동식, 겨우 할배를 잡았다 싶은데 몸부림치는!! 치매 노인의 힘이 장사다.

동식　뭐 합니까! 하체 잡으십시오!

주원, 다급히 할배의 다리를 잡는데 결국 세 사람, 진흙밭에 나동그라지는.

할배　(몸부림치며) 놔! 이놈들!! 놔!!
동식　(할배를 꼭 끌어안는) 할배.. 할배.. 다쳐요. 가만히.. 가만히 좀! (애기 달래듯) 괜찮아.. 괜찮아요..
할배　(점점 몸에 힘이 빠지고)

진흙투성이 주원, 바닥에 주저앉아 할배와 동식을 보는.

씬36 할배 집 앞 (D)

얼굴과 손의 진흙을 닦아낸 주원, 물티슈로 손톱의 진흙을 강박적으로 문지르는데.
진흙 묻은 그대로의 동식은 할배 딸과 대문 확인 중.

동식 (대문 흔들어본다) 이거 안 되겠는데. 걸쇠가 약해졌네.

할배 딸 노친네가 힘이 얼마나 좋은지 나가겠다고 흔들어대는데 10월이면 매일 발광하듯 아주 더 그냥.. (해놓고 흠칫)

동식 철물점 가서 더 단단한 놈으로 달아놓을게요.

할배 딸 (당당하게) 그래. 진작 좀 그렇게 하지.

주원 (황당한 시선으로 보면)

할배 딸 왜요? 내가 염치없어 보여요?

주원 (하-) 선생님, 앞으론 이경사 개인 폰으로 신고하지 마시구요. (하는데)

할배 딸 뭐?

동식 아니에요, 누나. 저한테 전화하세요.

주원 이경사님!

동식 (신경도 안 쓰고) 누나, 들어가요. 아버지 힘드실 거야.

할배 딸 너도 지겹지? 저 노친네 그만 요양원에 갔음 좋겠지?

동식 그런 생각 해본 적 없어요.

할배 딸 난 해. 하루에도 열댓 번씩 매일매일. (쾅- 문 닫고 들어가버리는)

동식 (후.. 한숨 쉬고. 돌아서는데)

주원 (서늘) 뭡니까. 무슨 약점이라도 제대로 잡힌 모양인데.

동식 들어가서 샤워하셔야죠. (운전석으로 가고)

씬37 만양 파출소 안 (D)

수건으로 젖은 머리를 문지르며 숙직실에서 나오는 동식.
머리 살짝 덜 마른 주원, 자리에 앉아 물티슈로 손톱을 강박적으로 문지르고 있고.

길구 방씨 그 형님이 힘이 장산데.

광영 전임 첫날부터 한경위님 고생 진짜 많으셨네요. (물티슈 하나 놔주면)

주원 (받지 않고 목례만)

상배 (커피 든 컵 들고 소장실 앞에 기대고 서서) 고생은 무슨. 민생 치안 최일선의 현장에서 근무하는데 흙도 묻히고 똥도 좀 밟는 거지. 먼저 순환 보직으로 지파 거쳐간 친구들이 얘기 안 해줬어?

주원 친구 없습니다.

모두 (고개 들어 보면)

상배 필요도 없고?

주원 네.

상배 왜?

주원 (담담하게) 학연, 지연으로 엮고 (광영이 건네준 물티슈 쓱- 밀어내며) 원치 않는 친절, 관심 이런 거 던져주고 (모두를 둘러보며) 뒤풀이, 회식 같은 데서 내가 가진 게 뭔지 내 주위에 뭐가 있는지 캐고 묻고 떠들다가 결국엔 이거 알아봐달라, 저거 해달라.. (미소) 그런 거 별로 좋아하지 않아서요.

동식 그렇게 쉬운가?

주원 (보면)

동식 하나같이 바라고 다가온다는 게 인간이 그렇게 단순한가 싶어서요. 뭘 그렇게 혼자 많이 가졌길래 천상천하 유아독존인가..

광영 (주원 눈치) 그냥 한경위님 주위에 청탁하는 사람이 많을 수도 있죠.

길구 그지~ 다들 알잖아요. 한경위님 아버님이, (하는데)

광영 (하지 마! 하지 마!)

주원 (다음 말 기다리며 길구를 보고 있다)

길구 (어색하게 미소) .. 살아.. 계시니까....?

동식 (피식-)

지훈 (주원에게 다가와) 그만 닦으시고 차 드세요. 손톱 주위 다 까지겠어요.

주원 (내 얘기 못 들었나) 됐습니다. 공용 물품 사용하지 않아요.

지훈 (공용 물품? 하다 아- 컵?)

상배 (컵에 든 커피 호록- 마시며) 결벽증이여?

길구 어이구 경찰이 결벽증이면 그건 진짜, (했다가 눈치 보고 입 다물고)

광영 결벽증 그렇게 나쁜 건 아니라던데요~

주원 (짜증스럽다. 저도 모르게 목소리 높아진) 결벽증!

모두 (보면)

주원 (차분히) 아닙니다. 청결하지 않은 걸 별로 좋아하지 않을 뿐입니다.

상배 다행이네. 오늘 우리 회식할 거거든. 결벽증이면 영 힘들 거 같아서 취소할라 그랬는데.

주원 (회식? 표정 굳어서 보면)

상배 재이네 깨끗해. 걱정 마, 한경위. (소장실로 총총 들어간다)

씬38 만양 정육점 앞 도로 (N)

주원의 차, 도로에 정차한다. 정육점 건너다 보는 주원. 딱 봐도 낡고 오래된.
빗방울이 앞 유리창에 떨어지기 시작하고. 주원, 휴대폰 꺼내서 문자 찍는다.
'소장님, 오늘 회식은 참석하지 못,' 했다가 '오늘' 지우고 '앞으로'라 쓰는데.
톡톡톡- 운전석 창문을 두드리는 소리. 주원, 짜증 섞인 얼굴로 올려다보면.
긴 머리의 청초하게 생긴 여자가 차 안의 주원을 내려다보고 있다. 재이다.
재이, 창문 내려봐요.. 손짓. 주원, 창문 내린다.

재이 만양 파출소?

주원 네?

재이 (저 앞 CCTV 가리키며) 아무리 저게 깡통이래도, 경찰이 이 앞에다 주차하면 안 되죠.

주원 주차하는 거 아니구요. (하는데)

재이 주차장 뒤에 있어요. 세워요. (앞으로 돌아 정육점으로 가는데)

주원 (황당해서 보면)

재이 (돌아보고, 단호하게 손가락으로 주차장 가리킨다)

씬39　만양 정육점 안 (N)

드럼통 불판 두 개 붙여 둘러앉아 재잘재잘 떠들고 있는 지훈, 길구, 광영, 정제, 상배.
주원, 뒷문에서 들어오다 정제 앉아 있는 것 보고.

상배　어- 한경위! 일루 와 앉어.

주원　(다가가면)

상배　(정제를 가리키며) 여긴 문주 경찰서 서무반장 박정제. 우리 문주시 시의원 아드님 되시고~

정제　뒷말은 왜 붙이세요. (하고는 일어나 손 내밀며) 박정제 경윕니다.

주원　(가볍게 고개만 까딱) 한주원입니다.

주원, 의자 내려다보는데. 옆자리 앉은 광영, 물티슈 꺼내 내밀며 미소.

상배　한경위. 동식이는?

주원　그걸 제가 어떻게, (하는데)

재이(E)　진묵이 아저씨네요.

주원　(돌아보면)

재이　(앞치마 메고 젓가락으로 머리 틀어 올리며) 막걸리랑 소주 떨어져서.

상배　(쯧쯧-) 파트넌 챙겨갖구 다녀야지.

지훈　365일 24시간 딱 붙어서 빤스 색깔까지 파악하고 있는 게 파트넌데.

주원　(어이 상실)

길구　오순경 경찰 다 됐네~

상배　누나가 그렇게 가르키드나?

지화　(빗물에 젖은 어깨 툭툭 털면서 뒷문으로 들어오며) 그런 걸 내가 왜 가르쳐요? 잠복하면 몇 날 며칠 갈아입지도 않는 사내자식들 더러운 빤스 색깔은 알아서 뭐 하게. (뒤 가리키며) 이 자식이 가르쳤겠지.

동식　(소주 박스 안고 오며) 양말 개수 정돈 세라고 했지. 짜식이 하나를 가르치면 둘을 알어.

동식 뒤로 두 손에 막걸리 든 비닐봉지 들고 따라오는 **강진묵(45세, 남)**.

상배 어- 진묵이 왔어? 한경위! 만양에서 없어서는 안 될, 젤루 중요한 분이야.

주원 (보면)

진묵 (막걸리 봉지 내려놓는데 눈도 못 맞추고 엉거주춤)

상배 인사혀. 여긴 우리 파출소에 새로 온 한주원 경위. 이짝은, 저 위에 만양 슈퍼 사장님.

주원 (뭐?)

상배 거기가 우리 동네에서 유일하게 생막걸리를 파는 곳이거든. 항상 고맙다, 진묵아.

진묵 (눈도 못 맞추고) 뭐.. 뭘요..

주원 (어이없고)

상배 앉어. 한잔하구 가.

진묵 (손사래) 가.. 가게 비.. 비워놔서요.

길구 민정이는?

진묵 과.. 과제 많다고 서.. 서울에서 자.. 자고 온다고. 드.. 드시고 가세요. (꾸벅- 돌아선다)

광영 (구시렁) 1학년이 뭐.. 과제가 많기는, (하는데)

지화 (발로 광영이 의자를 툭- 찬다)

광영 (뭐요?)

지화 (주원에게 손 내밀며) 처음 보죠? 문주서 강력1팀 오지화예요. (다른 손으로 지훈의 이마 툭- 치며) 이놈 누나.

주원 (손 보기만 하고) 한주원입니다.

지화 (흣- 손 거두고) 아버지 별로 안 닮았네? 한기환 차장님께서 문주서에 계실 때 몇 번 뵀어요.

모두 (지화 본다)

지화 분위기 왜 이래? 내가 못 할 말 했나?

동식 (막걸리 흔들며 앉으면서) 이름을 말하면 안 되는 그런 게 있나 봐.

정제 왜?

재이 (고기를 불판에 쏟으며) 홍길동인가.

상배 (막걸리 받으며) 나도 아까부터 궁금하드라.

길구 차장님은 치안정감이시고 나는 경사니께 (센다) 경위, 경감, 경정, 총경, 경무관, 치안감, 치안정감, 어이고- 일곱 계급 차이!

광영 대한민국 경찰 (손가락 2개 다른 손으로 받쳐 조심히 올리며) 2인자신데 성함을 감히 입에 올리면 안 되죠.

주원 (짜증 누르며) 그냥 싫은 겁니다. 안 됩니까?

동식 (풋-) 우리 아버지는 이, 한 자 오 자. 이한오. 마음껏 불러요. (빙글)

씬40 동 장소 (N, 시간 경과)

모두 얼큰하게 취해서 왁자지껄. 주원, 일어나 화장실 쪽으로 가는 듯하면서 앞문으로 향하다 멈칫. 동식, 정육도 들고 쓱쓱- 고기 썰고 있다.

동식 (계속 썰며) 혼자 몰래 도망가는 거, 소장님이 진짜 싫어하시는데.

주원 그래서요?

동식 안녕히 가세요. (탕- 탕- 갈비뼈 자르는)

주원, 유리문 너머 엄청나게 쏟아지는 빗방울에 멈칫. 우산 없나 둘러보는데.
낡은 우산이 벤치 위에 놓여 있고. 우산이 꼬질꼬질 더러워서 멈칫.
그 옆의 비닐봉지. 새로 산 자물쇠 세트가 들어 있다.

주원 (그것 보다가 툭-) 아까 내 질문에 답을 못 들었는데.

동식 (쓱- 올려다보면)

주원 얼마나 대단한 약점을 잡혔길래 그 부녀한테 쩔쩔매는지.

동식 (다시 눈 내리깔고 별거 아니라는 듯) 사람을 죽였거든.

주원 !

동식 (뼈를 탕- 내리치고는) 그 집 막내딸. 내가 죽여가지고.

주원 .. 어떻게?

동식 (멈칫. 다시 주원을 본다)

주원 어떻게 죽였는데?

동식 (덤덤히 보다가 씨익-) 웃자고 한 농담에 죽자고 달려드시네. 딱 친구 없을 타입. 좋네. 맘에 드네.

주원 이경사님 마음에 조금도 들고 싶지 않은데.

동식 내 맘은 내가 알아서 할게요. (상배 쪽 고개로 까닥 가리키며) 잡히기 전에 가시죠. (빙긋-)

주원, 시선 거두고 돌아서 문 열고 나가는데 그 뒤로 탕탕- 갈비뼈 내리치는 소리가 귀를 때리고. 뼈 내리치던 동식, 닫히는 문 사이로 사라지는 주원을 보는데.
웃음기 완전히 사라진 싸늘한 눈빛이다.

씬41 프라이빗 바 (N)

웃음을 참지 못하는 **권혁(34세, 남)**. 맞은편에 앉은 주원은 왜 이래? 싶은 표정.

혁 (큭큭-) 천하의 한주원이 골 때리는 데 제대로 들어갔네~

주원 아주 고소해 죽네?

혁 고소하긴. 뿌~듯하다. 이러다 우리 꼬맹이 진짜 경찰 되겠어.

주원 (꼬맹이?) 파일이나 줘.

혁 무슨 파일?

주원 권검사님.

혁 (씨익-) 외사에서 틀어쥐고 안 주더라? 피곤하게 받았네. (가방에서 두툼한 파일첩 꺼내더니 주지는 않고) 누가 사고 제대로 쳐서 그렇겠지?

주원 (쯧, 뺏듯이 파일 받아 첫 장 펼쳐 확인, 여성 사체 사진 얼핏 보이고)

혁 소성물산 막내딸이 미국에서 잠깐 들어온다드라. 재계 50위권 밖인 게 좀 걸리긴 하는데. (중요한 정보인 것처럼 속삭) 외모가 나쁘지 않나 봐. 차장님 마음에 드실지 먼저 여쭈어봐야겠지?

주원 (파일 넘기며 퉁명) 웬 오지랖이지? 대한민국 검사, 참 할 일 없나 봐. 관심 없습니다. (하는데)

혁 (황당) 너 말고 나.

주원 (더 황당) 형? (본다) 형이 결혼할 사람을 왜 우리 아버지한테 물어봐. 형 아버지한테 여쭤봐야지.

혁 차장님, 아니 아버님 기대에 어긋나면 안 되잖아.

주원 아버님? (허..) 가족이란 굴레에 그렇게 묶이고 싶나. (다시 파일을 넘겨보며) 그게 뭐 대단한 거라고.

혁 대단하지. 가족은 끊을 수가 없잖냐. (멀리 먼 산 보며) 주원아, 난 말이다. (혼자 추억에 젖어든다) 너 고1 때 너희 집에 입주 과외 들어간 날을 잊을 수가 없어. 차장님이 날 잠깐 보신 것뿐인데, 통장에 장학금 이천만 원을 딱 쏴 주셨을 때! 그때 생각했다? 평생 이분의 기대에 어긋나지 않는, 가족이 되겠다. 그래서, (파일 툭- 치며) 그 은혜 보답하고 있는 거야, 임마.

주원 (관심 없다) 그렇게 하세요. (파일 들고 일어난다) 가요. (걸어 나가는)

혁 (뒤에 대고) 그거 잘 만들어서 가지고 와. 형이 도와줄게.

주원 (허..) 누가 누굴 도와줘..

씬42 주원의 오피스텔 - 거실 (N)

오피스텔 고층. 심플한 인테리어. 확 트인 거실 창밖으로 멀리 문주시가 보인다.
소파 테이블에 파일첩을 던지듯 내려놓는 주원. 문자 울린다. 아버지다.
'잠잠해질 때까지 없는 듯 살어. 아비 얼굴에 먹칠하지 말고.'

주원 (비웃는 듯) 청장.. 되기나 하세요. (중얼) 내가 도와드리기 전에.

주원, 거실 벽 쪽에 시선 돌리면. 벽면 한쪽에 세워져 있는 화이트보드.
백골 사체를 찍은 감식반 사진 붙어 있고. 각기 다른 여성의 시신이 3구다.
모두 손끝이 잘려 나간 채 기도하듯 쪼그리고 누웠다.
시신 사진을 따라 올라가 보면 위로 다른 여성의 사진이 보인다.
사체로 발견된 방주선의 낡은 기록 사진. 그리고 다른 한 장은 현수막 속 이유연.
사진들 모두, 경찰 정복 입은 남자의 증명사진 한 장과 연결되어 있다.
사진 속의 남자, 27살의 동식이다.

씬43 서울청 - 외사과 사무실 (D, 과거 - 9개월 전)

블라인드 모두 내려져 있는 사무실. 프로젝터 스크린 위의 사진. '27살 이동식'이다.

주원 이동식. 2007년 경찰 임관 당시 사진입니다. (리모컨 누르면)

유연의 사진, 스크린에 뜬다.

주원 20년 전인 2000년 10월 15일 새벽, 당시 20세, 이동식의 쌍둥이 여동생인 이유연이 자택 마당에 손끝 한 마디 열 개만 남긴 채 실종됐습니다. (리모컨 누르면)

방주선의 사체 사진, 스크린에 뜬다.

주원 당일 새벽 인근 하천 갈대밭에서 방주선, 당시 22세 여성의 사체 또한 발견 됐습니다. 보시다시피 현재 저희가 조사 중인 사건의 피해자, (리모컨 누른다)

화면에 손끝 잘려 기도하듯 쪼그리고 누운 사체 3구 뜨고.

주원 사체와 유사한 형탭니다. 현재 이동식은, (리모컨 누르면)

파출소 앞에서 근무복 입은 동식과 상배 등을 찍은 사진 몇 장.
만양 정육점. 진묵, 지화, 정제, 지훈, 재이 외 상배와 파출소 직원들이 모여 회식 중인 사진도 보이고.

주원 만양 파출소 경사로 재직 중입니다.
형사1 잠깐만. 광수대 있던 이경위 아냐?
형사2 맞네.. 이동식 경위. 광수대 또라이라고 되게 유명했는데.
과장 광수대 경위? 근데 왜 지금은 파출소 경사야?
형사1 아.. 그게, 이 친구가 완전 미친놈이었거든요..

/INS. 과거. 외곽 국도변 일각 – 폐건물 앞 공터

짓다 만 폐건물 앞 공터. 추락해 만신창이가 된 채 죽어 있는 **이상엽(당시 27세, 남)**.
허벅지가 피로 잔뜩 젖어든, 눈 위는 찢어져 피범벅인 동식이 옆에 서 있다.
흘러내린 피로 동공이 빨갛게 물든. 동식의 시선으로 세상이 온통 빨갛게 보이는데.
빨건 시선으로 만신창이가 되어 죽어 있는 상엽을 내려다보는 동식.
아무런 표정을 읽을 수 없다. 그저 짐승의 눈빛 같다. 멀리 경찰차 사이렌 소리 울리고. 갈기갈기 찢긴 허벅지에서 피가 울컥울컥 쏟아져 나오는데.

/과거. 서울청 – 외사과 사무실

형사2 파트너가 어떻게 죽은 건지 설명을 못 했지 아마.

형사1 그 껀으로 지네 팀 하나 날려먹고 좌천됐어요, 저 냥반.

과장 상또라이구만. 저 친구 얘기가 지금 왜 나오는 건데?

주원 이동식은, 20년 전 방주선 살해, 이유연 납치 상해, 두 건의 (리모컨 누르면)

오래된 신문 기사 사진. 포승줄에 묶인 20살 동식, 모자 푹 눌러쓴 얼굴.

주원 용의자였습니다.

씬44 동식의 집 – 지하실 (D, 현재)

지하실 문 열고 들어서는 동식. 스위치 켜면 전구에 불이 들어와 붉은빛이 퍼지고.
지하실 벽 한쪽에 가득 쌓여 있는 커다란 현수막 뭉치들.
동식, 하나 집어 들고서 나오는데 걸쳐 있던 현수막 하나가 주르르 풀리며 떨어지고.
20살의 앳된 유연의 얼굴이 덜 풀린 주름에 일그러지듯 보인다.
동식, 다가가더니 발로 툭 밀어버리고는 돌아 나와 스위치 끄고.
달칵- 전구 불 꺼지고 나가는 동식 뒤로 문 닫히는.

씬45 문주 교차로 (N, 저녁)

해가 뉘엿뉘엿 넘어가는 교차로 전경. 동식의 SUV가 저쪽에 서 있고.

'실종된 우리 유연이 찾아주세요.' 낡은 현수막을 떼내는 지훈과 진묵, 작게 보이고.
주원의 차, 교차로에 다가와 좌회전 차선에 선다.

씬46 문주 교차로 - 차 안 (N, 저녁)

주원, 신호 기다리며 문주 쪽 시선 주면.
사다리 타고 올라가 '실종된 우리 유연이 찾아주세요.' 새 현수막을 거는 지훈과 진묵 보이고. 아래 서서 수평 지시하는 동식이 보인다.
동식의 얼굴을 빤히 보는 주원. 신호 떨어지면 좌회전. 세 사람 지나쳐 액셀 밟고

씬47 문주 교차로 (N, 저녁)

부웅- 지나가는 주원의 스포츠카.

지훈 어? 저거 한경위님 차 아니에요?
진묵 (시선 준다)
지훈 와- 저 차 진짜 잘 나가는데. 부잣집 아들은 다르네요.
동식 (무관심) 지훈아, 좀 더 위로. 형은 괜찮아요. 그대로 묶으심 돼요.
진묵 어, 어.. (묶는)

팽팽하게 펼쳐진 현수막 속 유연의 얼굴. 동식, 올려다보는데.
지이잉- 지이잉- 울리는 휴대폰.

동식 (번호 확인하고 바로 받는) 네. 언제요? 지금 가요. (전화 끊고) 지훈아, 가자.
지훈 어딜요?
동식 할배, 집 나가셨대.
지훈 네?

씬48 만양 파출소 안 (N)

파출소 문 열고 들어오는 주원. 길구, 광영은 2팀과 인수인계 중이고.

상배 어- 한경위 왔어? 들어오지 말고 출동해.

주원 네?

상배 방씨 형님 또 집 나갔대. 동식이랑 지훈이가 현장으로 바로 갔으니까, 얼른 지원해줘. 갈대밭 어딘지 알지?

주원 (제 옷 내려다보는. 안에 입은 빳빳한 하얀 셔츠)

상배 뭐 해? 비 많이 와가지고 힘들 건데, 튀어가 빨리.

씬49 문주천 갈대밭 앞 도로 (N)

해가 떨어져서 어두워진 갈대밭. 주원, 순찰차에서 내리면.
저 멀리 흔들리는 갈대 속 휴대폰 불빛이 보였다 사라지고.
할배- 찾는 지훈 목소리 들린다.

씬50 문주천 갈대밭 (N)

주원, 갈대를 헤치며 나가는데 진흙에 걷기 힘들다.
휴대폰 불빛을 아래로 비추면 발이 쑥쑥 빠지는. 어느새 밀려온 안개가 시야를 가린다.
뒤에서 바스락- 갈대 밟는 소리. 주원, 몸을 휙- 돌려 불빛 비추면.
훅- 들어오는 동식의 얼굴. 서로 비춘 불빛에 인상 찌푸리는 두 사람.

동식 할밴 줄 알았더니. 여기서 뭐 합니까?

주원 지원 나온 겁니다.

동식 또 길 잃고 헤매서 피곤하게 하지 말고 딱 붙어서 따라와요. (주원을 지나치려는데)

지훈(E) 으아악! (퍽-)

동식 (우뚝-) 오지훈! 왜? 무슨 일이야?

지훈(E) 아닙니다. 그냥 넘어진, (하다가) 으아악- 아악!! 허어- 허어- 형!! 동식이 혀-엉!!!!

동식 !! (사색이 돼서는, 주원을 밀치고 소리가 나는 쪽으로 달린다) 어디야! 불! 라이트 하늘로 쏴!!

주원 (동식을 따라 달려가는데!)

동식, 불빛이 올라온 곳을 향해 미친 듯 갈대를 헤치고 뛰어간다.
지훈, 바닥에 주저앉아 넋이 나갔다!

동식 왜! 뭐! (하는데)

지훈 (헉허억헉- 입도 못 떼고 벌벌 떨리는 손가락을 들어 가리킨다)

지훈의 손끝에 휴대폰 불빛을 비추는 동식. 이내 완전히 굳어버린다.

지훈 어.. 어... 어....

주원 (헤치고 들어와) 무슨 일입니까? (했다가 멈칫-)

동식의 불빛에 비치고 있는 것은 진흙밭에 반쯤 드러난 시체다!!
기도하듯 두 손을 모은 백골 시체! 동식이 비추던 빛이 시체의 손끝에 멈춘다.
바닥에 곱게 포개진 두 손의 손끝이 모두 잘려 나가 한 마디씩 없다.

동식 (완전히 얼어) .. 유연아..

주원 (이유연? 차분해지는 표정. 놓치지 않고 동식을 살피는데)

불빛에 뭔가 반짝인다. 손가락뼈에 끼워진 금반지. 흔치 않은 무늬가 새겨져 있고.
동식, 정신이 퍼뜩 든다. 유연이가 아니다?
동식을 관찰하던 주원, 동식의 시선 따라 내려다본다. 그리고 경악!

씬51 카페 (D, 과거 - 8개월 전)

기억에 남은 그림처럼 맞은편 사람의 시선으로 뿌옇게 보이는.
38세의 여자, 뭐라 뭐라 말하는데, 말소리는 웅웅- 소음처럼 들릴 뿐이고.
테이블 위에 사진 한 장 놓는 남자의 손. 만양 정육점에서 회식 중인 동식의 모습.
동식 얼굴에 동그라미 쳐져 있고. 여자, 사진을 잡는다. 손가락에 끼워진 반지.
손가락뼈에 끼워진 바로 그 반지다! 여자 앞에 앉아 있는 남자를 카메라가 잡으면.
서늘하게 여자를 보고 있는 그는 바로 주원이다.

씬52 문주천 갈대밭 (N, 현재)

동공이 확장된 주원. 웅웅- 울리는 이명.
떨리는 손끝. 저도 모르게 한발 뒤로 주춤 물러나는데.
주원의 경악한 표정을 알아챈 동식. 한주원이 피해자를 알고 있는 건가?!!

동식 (나직이) 누굽니까.
주원 (안 들리는 그대로 경악해서 서 있는데)
동식 (확신하는! 주원의 멱살을 확 잡아 마주 세우고는) 한주원!! 당신.. 이 여자 누군지 알지?

동식과 눈 맞추는 주원. 정신이 퍼뜩 돌아온다.

주원 (차분히) ... 당신은.. 어떻게 알아?
동식 (보면)
주원 백골 사체만 보고 여자인지 어떻게 알지?
동식 !
주원 (서늘) 이 손 놓고 말씀해보세요. 이동식 경사.
동식 (멱살 탁- 풀며) 보고하세요. 한주원 경위님.
주원 (보면)
동식 신원 미상의 사체 발견, 보고하셔야죠.
주원 그것만 보고하면 됩니까?

동식 그럼 또 뭐, (하는데)

주원 (바로) 의심이 가는 용의자, 라든지.

동식 (허-) 있으면 하세요. (지훈에게로 돌아서려는데)

주원 (바로) 이동식 경사. 내가 궁금한 게 하나 있는데.. 이유연씨 말이에요, 경사님 동생.

동식 ! (돌아본다)

주원 경사님이 진짜,

동식 (서늘한 눈빛)

주원 안 죽였어요?

동식, 표정이 사라지는 얼굴. 눈빛이 짐승의 것처럼 바뀐다.
천천히 얼굴 근육이 꿈틀대는가 싶다가 일그러지는데. 웃는 것이다.
주원을 향해 소리 없이 활짝 웃는 동식. 그로테스크한 그 얼굴에서.

- 1회 끝 -

2회

사라지다

씬1　　문주천 갈대밭 앞 도로 (N)

경광등을 번쩍이며 서 있는 순찰차, 과학수사계 차량.
멀리 울창한 갈대밭. 사체 주위에 켜져 있는 조명 불빛으로 그로테스크하다.
폴리스라인을 지키고 서 있는 광영과 길구.
갈대밭에서 올라오며 일회용 장갑과 덧신 벗는 지화와 파트너 경사 **강도수 (34세, 남)**.

도수　(덧신 벗으며 통화 중 난감한 표정) 네? 네, 알겠습돠. (끊고는 지화에게) 이쪽 비추는 CCTV는 아예 없고, 이 근처도 작동하는 게 거의 없을 거라는데요?

지화　뭔 소리야.

광영　CCTV.. 우리 만양읍 주택가도 턱없이 부족한데, 갈대밭까진 못 깔죠. (사진 찍는 시민에게) 거기, 찍지 마시고요.

지화　문주시에 작년에 200대 충원했잖아요.

광영　시내 유흥가에 집중해서 깔았죠. 읍 단위까지 순번이 올 리도 없고.

길구　(불퉁해서) 재개발한다니까, 다 때려 부술 동네에 새 기계 달아준다는 게 아까우셨겠지. (시민에게) 아 거참. 나오지도 않을 걸 왜 찍는지. 찍은 거 지우세요.

지화　(복잡한 표정) 하- (길구 광영에게 목례하고) 이쪽으로 들어온 차량은 확보

해야 하니까, 상황실에 다시 연락해서 도로 쪽 카메라 전부 따. (강력계 승합차로 향하는)

도수 넵! (지화 따라가며 상황실로 전화하려다가 다시 오더니 길구에게 속삭) 저희 선녀 좀. 진흙밭이 미끄러워가지고요.

길구 알았어. 걱정 말구 가서 일해.

도수 (꾸벅 인사하고 후다닥 뛰어가며, 휴대폰에) 문주서 강력1팀 강도수 경삽니다.

라이트 비추며 현장에서 걸어 나오며 투닥거리는 과학수사계 형사들.
임신 4개월의 경장 **임선녀(33세, 여)**, 옆머리가 희끗희끗한 경위 **하홍철(43세, 남)**이다.

홍철 (선녀가 넘어질까 조심조심 부축해서 나오며) 아 이놈의 진흙. 텐트 어디다 치냐. 어으.. 이 동네 이슬 장난 아닌데. (한탄) 어디서부터 어디까지 떠야 돼..

선녀 (도로 쪽 살피며) 도로가 좁아서 공간이 안 나올 거 같은데, 일단 뜨죠? 빨리 해서 이슬 내리기 전에 끝내면, (하는데)

홍철 임선녀 경장아, 과수팀 몇 년 찬데 쯧쯧. 계획을 세워야지, 계획을! 후다닥 하다 실오라기라도 하나 빼먹어서 범인 놓치면 니가 책임질래?

길구 에헤- 뭘 또 책임을 지래. 희망이 듣는데. (떠나는 승합차 가리키며) 애 아부지가 들으면 펄쩍 뛰겄어. (선녀에게 미소) 축하해잉?

선녀 (미소, 배 안으며) 괜찮습다. 하경위님 퉁박이 희망이 자장갑니다.

광영 사체 백골이라면서요. 계획까지 세워서 주변부까지 다 떠야 돼요?

홍철 백골은 백골인데.. (선녀를 보면)

선녀 (메고 있던 디지털카메라 액정을 켜며) 진흙 속에 묻혀 있던 하반신이 이렇게 되어 있더라고요.

광영과 길구, 머리를 맞대고 선녀가 내민 카메라의 액정을 본다.
시신의 발 클로즈업. 시신의 두 발이 검정 비닐봉지로 포장되어 싸여 있는데 발목 부분에 곱게 매듭지어 있다. 길구, 순간 멈칫-! 매듭을 들여다본다. 반나비 모양으로 깔끔하게 마무리 지어진 매듭.

광영 발을 다 싸놨어.. (하는데)

길구 (중얼) 이런 젠장할..

선녀/홍철 (길구의 거친 말투에 놀라 보는)

광영 경사님, 왜요?

길구 (감정 누르며) 아니 아니여. 끔찍해가지구.

광영 (찜찜한 눈으로 보는데)

길구 어떤 놈이 쯧쯧. 에이- 미친놈. (반대쪽 시민에게 가며) 아, 거 찍어도 안 나온다니까 찍지 마세요! 가요, 가!

광영 (다른 쪽 향해) 거기 기자분들! 넘어오지 말아요 쫌!

길구, 겨우 눌렀던 눈빛에 설핏 공포가 서린다.
저도 모르게 갈대밭을 돌아보는데.

씬2 문주천 갈대밭 (N)

휘 불어오는 바람. 흔들리는 갈대. 조명 아래로 드러난 백골 시체.
기도하듯 두 손 모으고 누운 사체가 하반신까지 완전히 드러나 있다.
사진의 모습처럼 검은 비닐에 포장되어 곱게 묶여 있는 두 발목에서.

씬3 문주천 갈대밭 (D, 새벽, 과거)

하얗게 드러난 종아리 아래로 이슬이 고인 검은 비닐봉지. 반나비매듭.
방주선의 사체다. 그 위로 자막. '2000년 10월 15일'.
사체 주위에 둘러선 강력반 형사들의 뒷모습. (얼굴이 보이지 않는 앵글)

형사1 허어.. 발을 이렇게 싸놨어.

형사2 도망치지 못하게 하려고 한 거 아닙니까.

형사3 도망은 무슨. 너 같으면 반항하는데 선물 포장하듯 저렇게 공들여서 쌀 수 있냐? 도망치는 건 애저녁에 물 건너간 상태였을 거고..

형사1 그럼 굳이 왜?

형사2 발에 집착하는 변태인 건가요? (하는데)

사체 곁에서 한 발짝 물러나는 형사3. 쭈그려 앉아 들여다보는데 무언가 반짝.
주머니의 볼펜을 꺼내 흙을 살짝 걷어내면, 기타 피크다.

/INS. 플래시컷. 만양카페 안 (1회 4씬)
기타 피크가 부러져라 기타를 쳐대던 동식.

/과거. 문주천 갈대밭
흙 속에 꽂혀 있는 건, 바로 그 동식의 기타 피크다.

씬4 동식의 집 (D, 과거 - 20년 전)

손목에 수갑 채워진 20살의 동식. 형사들에게 이끌려 밖으로 끌려 나오고 있다.
동식아!! 동식아아-!! 울면서 쫓아 나오는 동식의 부모.

동식 저 아니에요! 저 아니라니까요!
형사1 (뒤통수 퍽- 치며) 시끄러, 살인마 새끼야!!
형사2 조용히 가자, 응?
동식부 (형사 붙잡고) 우리 동식이 아니에요. 뭐가 잘못됐나 본데.
형사1 현장에서 확실한 증거가 나왔다니까요!
동식부 (저도 모르게 힘이 풀려- 동식을 보면)
동식 아니에요! 엄마! 아부지!! 나 아니야!! 나 아니라고-!!!

끌려가는 동식의 절규에 찬 비명에서.

씬5 문주 경찰서 - 강력계 진술 녹화실 (N, 현재)

좁고 어두운 진술 녹화실. 컴퓨터와 프린터가 놓여 있고. 천장에 달린 카메라와 마이크. 뒤로 기우뚱하는 의자. 넘어갈 듯 기우뚱기우뚱하면서도 넘어가지 않는. 무료한 듯 의자를 뒤로 젖혔다 세웠다 반복하는 남자, 마흔의 동식이다. 관찰실을 사이에 둔 벽의 검은 유리를 쓱 쳐다보는 동식의 얼굴.

상배(E) 진술 녹화실? 조사실도 아니고 진술 녹화실? 그게 말이 돼?

씬6 문주 경찰서 - 강력계장실 (N)

강력계장 **곽오섭(52세, 남)**에게 소리 지르고 있는 상배.

상배 사체 발견자, 참고인을 진술 녹화실에 집어넣어?

곽계장 (넣긴 누가) 그 미친놈이 지 발로 들어갔어!

상배 뭐?

곽계장 형 요즘 또라이 수집해? 새로 온 경위 갠 왜 같이 들어가?

씬7 문주 경찰서 - 강력계 진술 녹화실 (N)

기우뚱 넘어갈 듯 동식의 의자 옆, 단정하게 앉은 주원.

주원 이렇게까지 하는 이유가 뭡니까.

동식 어떤 경찰님이 날 의심하는 거 같으니까 제대로 조사받을라고. (주원을 보고 히죽-) 내가 그렇게 좋아요? 내 뒷조사도 하시고.

주원 뒷조사는 무슨. 이경사님 용의자였던 거 다들 알던데?

동식 다들? 누구?

주원 글쎄. 기억이 안 나네.

동식 이것도 기억 못 해, 저것도 기억 못 해.. 뭘 그렇게 기억을 못 해.

주원 (보면)

동식 사체 신원이요.

/INS. 플래시백. 문주천 갈대밭 (1회 52씬)
동공이 확장된 주원. 웅웅- 울리는 이명.
떨리는 손끝. 저도 모르게 한발 뒤로 주춤 물러나는데.
주원의 경악한 표정을 알아챈 동식. 한주원이 피해자를 알고 있는 건가?!!

동식 (나직이) 누굽니까.
주원 (안 들리는 그대로 경악해서 서 있는데)
동식 (확신하는! 주원의 멱살을 확 잡아 마주 세우고는) 한주원!! 당신.. 이 여자 누군지 알지?

/현재. 문주 경찰서 – 강력계 진술 녹화실
동식 내가 아직도 답을 못 들었네?
주원 (잠시, 덤덤히) 동생 이유연씨 아닙니까?
동식 (설핏- 덤덤한 척 가장한 주원을 보는. 눈빛이 서늘해지는데)
지화 (문 덜컹- 열고 들어오며) 으- 이 또라이들.
주원 (또라이들?)
지화 (동식에게) 진술 녹화실이 니네 집 안방이냐?
동식 강력1팀 팀장님이 참고인 조사에 다 들어오시고 영광이네~
지화 진술서 작성 다 하시고선 굳이 진술 녹화실에 기어 들어와 자리 잡고 앉아 뭉개는 최초 발견자 (주원 보며) 들께 보조 맞춰드려야죠. (주원에게) 이러고 싶어요?
주원 같이 발견했으니까 형평성에 맞게 저도 앉아야죠. (지화 보며) 조사 시작하시죠.
지화 (허- 컴퓨터 켠다. 우웅- 크게 소리 나며 눈에 띄게 천천히 돌아가는 본체를 퉁- 치고는) 아 이 똥차..
동식 거 아직도 맨날 그러냐? 안 바꿔줘?
지화 컴퓨터만 바꾸면 뭘 해. 질문하는 수사관이 동시에 조서 작성해야 하는 이 짜증 나는 조사 방식을, 꺾지 않는 법원 판사 나으리들의 고집을 갈아엎어야지. (계속 로딩 중. 쯧! 가져온 파일 열며) 진술서 내용부터 확인하겠습니다. (동식이 쓴 진술서 들어서 본다) 이동식 경사가 보호자에게 신고받고 치매 노인을 찾아 갈대밭에 들어갔다..? (보면)

동식 (끄덕) 넵.

지화 (주원의 진술서 보며) 지원하러 출동했더니 오지훈 순경이 비명을 질러댔다..? (보면)

주원 그렇습니다.

지화 (쯧) 오지훈 이 깡도 없는 눔.. (하고는) 사체 발견 즉시 현장 보존하고 상황실에 보고. (동식과 주원 보며) 잘들 하셨구만 진술 녹화실엔 왜 들어와서 이러고 계시는지?

동식 (툭-) 사체, 국과수 들어갔어?

주원 (덤덤) 신원은 언제 나옵니까?

지화 (허-) 뭐지? 이 기분. 진술 내가 하는 거? (진술서 챙기며) 이동식 경사님, 한주원 경위님. 현장 보존까지가 파출소 근무자 소관인 거 알죠? 할 일 다 하셨으니, 그만들 가라. (일어나는데)

주원 끝입니까? (여전히 로딩 중인 컴퓨터 가리키며) 조서 작성하셔야죠.

지화 넵, 끝이요. (진술서 흔들어 보여주며) 조서, 여기 여기.

동식 (일어나며) 하늘 같은 강력1팀장님이 끝이라시니, (히죽-) 나, 조사 다 받은 거다? (나간다)

지화 뭐래니.

주원 (나가는 동식 뒷모습 보고, 일어나는데)

씬8 문주 경찰서 앞 (N)

성큼성큼 걸어가는 상배. 동식이 뒤따르고 그 뒤를 주원이 따르고 있다.

동식 내가 앱니까. 뭐 하러 여까지. 할배는요.

상배 찾았어! 댁에 모셔다 놨다!

동식 지훈이는요? 많이 놀란 거 같던데.

상배 (획- 돌아서더니 선다) 청심환 먹이고 집에 눕혀놨다! 니가 지금 그 사람들 걱정, (했다가 괜히 주원에게 버럭!) 한경위는 얘한테 낚여서 뭐 하는 거여?

주원 제가 낚여요?

상배 저 자슥 머리 굴린 거 안 보여? 쟤들이 오라 마라 귀찮게 할 거 같으니까 먼저 진술 녹화실 들어가서 조사받겠다 그런 거 아냐. 담에 또 부르면 지는 할 만큼 했다고 체포 영장 치기 전엔 안 간다 그럴라고!

주원 (동식 보면)

동식 재들이 날 왜 귀찮게 하는데요?

상배 그거야 사체가, (했다가)

주원/동식 (보면)

상배 (주원 눈빛 느끼고) 사람 죽으면 사체 다 그렇지 뭐. 에이- 배고파. (돌아서 가며 구시렁) 할매는 설렁탕 장사 여즉 하시나~

씬9 할매네 설렁탕 안 (N)

상배와 동식, 마주 보고 앉아 설렁탕을 후룩후룩 먹고 있다.
동식 옆에 앉은 주원, 수저만 들었다가 다시 놓는.

상배 왜? 입에 안 맞어?

주원 고기 우린 국물을 별로 좋아하지 않아서요.

동식 크- 이 집 국물이 더 진해졌네. (후룩후룩 먹는데)

가게 안으로 들어오는 주인 할머니. 등 돌려 앉은 동식은 알아보지 못하고 상배 발견.

할매 이게 누구야. 남대장님 아니여?

상배 어유~ 할매 더 이뻐지셨네?

할매 이그~ 시방 만양에 있담서 여그 워쩐 일이여. 아- 그 시체 나온 거 땜에 온겨?

상배 예~ (하는데)

할매 20년 전 거기서 또 나왔담서. 그때 없어졌던 딸아가 나온 거 맞어? 걔 오빠가 죽였다 했자너. 그.. 만양가든 아들내미. 이름이 뭐드라?

동식 (수저질 미세하게 멈칫)

할매 (생각났다) 그랴! 동식이!

주원 (동식 보면)

동식 (다시 후룩 먹는데)

상배 아녀. 아적 몰라요. 것도 그 오빠가 한 거 아녔고.

할매 왜 갸가 아니여? 그때 갸 잡은 사람이, (하는데)

상배 아녀. 아니라니까!

동식 (국그릇 들어 내밀며) 가득 리필이요~

할매 (얼레?) 뭔 리필?

동식 섭하게 왜 그러신대. (돌아보며 스스로 가리킨다) 만양가든 아들내미. 억울하게 누명 썼다고 고기도 더 주고 국물도 채워줬잖아요. (빙긋이) 기억 안 나요, 할매?

할매 !!!!

동식 (히죽-) 우리 할매 이팔청춘이네. 얼굴이 확- 피셨어. (그릇 내민다)

할매 줘야지.. 기둘려봐. (그릇 들고 주방으로 다급히 들어가고)

동식 (깍두기 입에 넣고 와작와작 씹는다)

상배 (맘에 안 든다, 수저 놓고) 배부르다. 가자. (일어나려는데)

동식 국물 달래놨는데 어딜 가요. (하고는 주원 보며) 별루 안 좋아하신다고? (주원 그릇 가져와 제 앞에 두고 수저 든다. 후루룩-)

상배 에이씨. 짜식이 말도 드럽게 안 들어! (벌떡 나가버린다)

주원 (따라가지 않고, 두 사람 하는 거 관찰하듯 보고 있는데)

동식 재밌습니까.

주원 (보면)

동식 고깃국물 좋아하지 않는다면서 죽치고 계시는 게, 구경하는 재미가 쏠쏠한가 싶어서. (씨익-)

주원 파트너는 365일 24시간 붙어 있는 거라고 들어서요.

동식 (피식) 아하! 든든하네요~ (수저 들어 다시 국밥 먹기 시작하고)

주방에서 동식이 범인인 양 쏙닥거리는 할매와 아줌마들. 주원, 동식을 보면.
동식, 뻔히 알지만, 신경도 쓰지 않고 그릇 들어 국물 쭈욱- 마신다.

씬10 동식의 집 - 마당 (N)

제멋대로 자란 침엽수. 말라버린 잔디와 잡초가 무성히 뒤엉킨 마당.
1회 9씬의 단란해 보이던 동물 가족 장식품이 먼지와 비바람에 더러워져 있고.
녹슨 대문 열리고 동식이 들어온다. 터덜터덜 현관으로 향하다가 장식품 근처에서 멈칫. 장식품 옆으로 잡초 가려져 얼핏 드러나는 평평한 돌.
유연의 손가락이 놓여 있던 바로 그 돌이다.
동식의 시선. 슬픔인지 무엇인지 알 수 없는 눈빛에서.

씬11 동 장소 (D, 과거 - 20년 전)

돌 위에 놓여 있는 마네킹 손가락 한 마디 열 개. 펑펑- 터지는 카메라 플래시.
강력반 형사들에게 이끌려 현장 검증 중인 20살의 동식. 수갑 찬 팔목에 피멍이 들어 있고 정신이 나간 듯하다.

동식 (중얼) 아닌데..
형사1 뭐?
동식 (마네킹 손가락에 시선 고정, 중얼) 이거 유연이 아닌데.. 유연이 손가락에 봉숭아 물 있는데...
형사2 야. 이동식. 정신줄 못 잡어?
형사1 이담에 어떻게 했어? 어?
동식모 (E) 동식아! 동식아아-!!

마당 초입에서 경찰들에게 밀려나고 있는 동식의 부모.
동식모, 얼굴이 퉁퉁 부어 쓰러질 듯 울부짖고. 부축하는 동식부의 참담한 표정.
쓰레기 떠밀듯 두 사람을 밀쳐내는 경찰의 완력에 넘어지는!
동식, 그제야 정신이 퍼뜩- 든다.

동식 (중얼) 하지 마.. (괴성) 하지 마! 이 새끼들아!

형사1, 2를 밀치고 부모님에게 달려가는 동식. 형사들, 어어! 하다 동식에게 덤벼들고.
채 몇 발짝 못 가서 떼로 달려드는 경찰에게 잡혀 나뒹구는 동식.

동식　엄마!! 아부지이-! (넘어진 상태로 부모에게 기어가는)

동식모　(손 뻗으며) 동식아.. 동식아!

동식부　(쓰러진 채로 눈물이 터져버렸다)

동식　아부지.. 엄마.. (경찰에게 제압당한 채 수갑 찬 손을 뻗어본다)

기자들, 플래시 펑펑- 터뜨리며 사진 찍고. 경찰들, 찍지 마세요- 막는데.
경찰들에게 질질 끌려가면서도 수갑 찬 손을 뻗는 동식.
구둣발에 손이 밟혀도 간절히 동식을 향해 뻗는 동식모. 닿지 못한 두 손. 그 모습에서.

씬12　요양원 - 1인실 (D, 다음 날, 현재)

말라비틀어져 쪼글거리는 손이 침대 위에 놓여 있다.
침대에 누워 천장만 보고 있는 여자, 실제 나이에 비해서도 늙어버린 동식모다.
침대 옆 협탁에는 귤이 든 비닐봉지 놓여 있고 의자에 앉아 귤을 까는 동식.

동식　(덤덤히) 귤이 잘다. 달~달하겠네. 드셔보실래? (어머니 보면)

동식모　(미동 없이 텅 빈 눈으로 천장만 볼 뿐이고)

동식　(깐 귤을 제 입에 넣고 우걱우걱 씹는다)

문 열리는 소리. 만양 슈퍼 주인 강진묵이 대야와 수건을 들고 들어오는.

진묵　(동식 발견하고 환해져서) 도.. 동식이 와.. 왔어?

CUT TO.
젖은 수건으로 동식모 손을 닦는 동식. 딱 봐도 대충, 어설픈 솜씨다.
따뜻한 물 담은 대야 내려놓는 진묵.

진묵　그.. 그렇게 말고, 아.. 아니, 그.. 그렇게 세게 자.. 잡으면 아.. 프시니까, (하다가) 도.. 동식아.. 내가 하.. 할게.

동식 (진묵에게 수건 주고 일어난다)

진묵 (의자에 앉아 대야에 수건 담그며 망설이다 조심스럽게) 괘.. 괜찮아...?

동식 (보면)

진묵 어.. 어제 저녁에.. 그 가.. 갈대밭에서.. (시체가 혹시 유연이일까 말 못 잇고)

동식 (복잡해진. 어머니 보고는 말 돌리는) 적당히 하고 이거 드셔.

진묵 (귤 보고 미소) 귤 사.. 사 왔구나. 사.. 사모님이 귤 조.. 좋아하셨지?

동식 형 먹으라고 사 온 거야.

진묵 (미소) 저.. 정신 드시면 채.. 챙겨드릴게. (동식모 손을 세심하게 닦는데)

동식 (보다가 툭-) 여기 와서 왜 이러고 있어. 아들도 안 하는 걸.

진묵 보.. 봉사 오는 김에 겨.. 겸사겸사. (미소)

동식 봉사는 무슨. 엄마 땜에 오는 것 같다구 수녀님이 그러던데. 장사하는 사람이 일주일에 한 번씩 문 닫고 왜 이러고 있어.

진묵 (수건 적시고) 그 자.. 장사, 사장님 사.. 사모님 아니었음 시작도 모.. 못 했잖어. (사람 좋은 미소) 은혜 가.. 갚아야지.

동식 두 냥반 덕 아냐. 형이 열심히 살았어. 쉬는 날 여기서 이러지 말고, 민정이랑 밖에 나가서 밥도 좀 사 먹구.

진묵 (표정이 어두워진다)

동식 (알아채고) 왜? 민정이 고거 집에 또 안 들어왔어?

진묵 (겨우 미소) 과.. 과제하느라 바.. 바쁜 거 같어. 그.. 그런 거야. 동식아.

동식 (하아- 답답한 한숨 내쉬는데)

씬13 요양원 - 주차장 (D)

주차된 차로 가던 동식, 멀리 세워진 '만양 슈퍼' 낡은 트럭 차량을 보고 마음 쓰이고. 휴대폰 꺼내서 강민정 번호 찾는데. 저장된 이름. '동식의 영원한 사랑 민정'

동식 (하- 기막혀) 이놈의 기집애가 또. (전화 건다. 한참을 기다리는. 음성사서함으로 넘어간다) 강민정. 그놈의 과제 한단 사기 언제까지 치고 돌아다닐 건데? 형 알기 전에 적당히 하고 집에 들어와라. 내가 홍대부터 강남까지 클럽이며 바, 모조리 확 다 뒤집어놓는 꼴 보고 싶지 않으면. (끊으려다 다시) 그리고 너, 내 핸드폰 만지지 말랬지? 또 한 번 건들면 손가락을 아주, (했다가 후우, 한숨 내쉬고) 나 돌기 전에 들어와라. (끊고 차에 올라타는데)

도해원(E) 이동식? 그 또라이 이름이 왜 여기서 나와?

씬14 도해원 의원 선거 사무소 (D)

창에는 경기도의원 도해원 문주시장 선거 사무소라는 글자.
한 벽면 책장엔 교육 관련으로 받은 표창이며 의정활동 관련 감사패들,
각종 문주시 인사들, 선거 자원봉사단 등과 찍은 기념사진들이 진열되어 있고.
'범죄 없는 도시 문주' 캐치프레이즈 크게 걸려 있다.
다른 벽면엔 개발 구획이 표시된 문주시 지도와 '문주시 2차 개발 계획' 붙어 있다.
책상 회장님 의자에 앉아 빙글- 돌리고 있는 정제 보이고.
정장 입은 **도해원(65세, 여)**이 짜증을 뱉는 중. 그녀 앞에 서 있는 **장비서(30세, 남)**.

장비서 현장에 출동한 경찰이 이동식 경사고, 그 현장에서 사체가 발견됐기 때문이죠.

해원 그걸 내가 몰라서 물어? 범죄 없는 도시 타이틀 붙이느라 쌩고생 했는데 왜 하필 20년 만에! (2차 개발 계획 가리키며) 딱 이 타이밍에 또! 그 자식 이름이 시체 옆에 철썩 붙어서 나오냐고!

장비서 이경사가 은근히 불운의 아이콘이라던가, (하는데)

해원 (째려본다)

장비서 (익숙한 듯 목례 꾸벅- 하고 나간다)

해원 (획- 돌려) 시체 신원은 나왔어?

정제 서무반장이 강력 사건을 어떻게 알아요.

해원 (매섭게 보면)

정제 (의자 빙글 돌리며) 국과수에서 긴급으로 처리하겠지만, 지문이 없으니까 꽤 걸리겠죠?

해원 손가락 끝이 잘려 있었다 그랬지?

정제 (쓱 보고) 손가락이 있대도 백골인데 뭐.

해원 백골이면.. 오래된 시체? (동공이 살짝 흔들리며) 한 20년 정도 됐을 수도 있겠네?

정제 (멈칫했다가 이내 별거 아닌 듯) 20년 정도 된 시체.. 아- 20년 전에 실종된 이유연 시체? 딱이네.

해원 (나직이) 박정제..

정제 그럼 20년 동안은 살인이 없었던 거니까, (범죄 없는 도시 문주 캐치프레이즈 가리키며) 저 타이틀은 갖고 갈 수 있겠네. 그죠?

해원 (의자 확 잡아당기며) 박정제! 니가 지금 빙글거릴 때야?

정제 빙글거리면서 태평하게 살라면서요. (웃음기 지우고) 어머니.

씬15 문주 경찰서 - 과학수사계 (D)

선녀 (두유를 쪽 마시며 컴퓨터 쪽으로 간다) 8개월 안쪽인 거 같아요.

지화 (유연이가 아니라고? 다급히) 국과수 결과 나온 거야?

선녀 그건 아니구요. 오팀장님, 나 구두홀릭인 거 알죠?

선녀, 컴퓨터 '문주천 신원 미상' 폴더 클릭해서 '유류품' 폴더 안 사진 파일을 연다. 다가가 보는 지화. 화면에 깨끗한 구두 사진 한 장 뜬다.

선녀 사망자가 신고 있던 이 명품 구두 올해 FW 제품인데, 올 초에 출시해서 곧바로 솔드아웃이었어요.

지화 사망자가 구두 주인 아닐 수도 있잖아.

선녀 그럴 수도 있지만, 구두 바닥에 남은 발바닥 자국이 예상 골격이랑 맞거든요.

지화 (자세히 신발 보며) 백골 될 만큼 묻혀 있었던 거치곤 너무 깨끗한데?

선녀 두 발을 검정 비닐로 싸놨단 얘긴 들으셨죠? 그래서 그런가 싶었는데..

다른 사진 파일 여는 선녀. 사체에서 떼어내서 따로 찍은 검은 비닐봉지 사진 뜬다.

선녀 봉지 안도 아주 깨끗하드라고요. 보세요. 먼지 하나 없죠?

지화 (유추하는) 봉지에 발을 넣기 전에 구두를 털고 닦았다? 먼지 한 톨 없이 깨끗이?

선녀 (고개 끄덕하고는 사체 폴더에서 사진 하나 클릭하며) 더러운 거 하나 없게 털고 닦아서 넣고 (검은 비닐봉지로 꼼꼼하게 감싼 사체 하부 사진 화면에 뜬다) 흙먼지 한 톨 못 들어가게 꼼꼼하게 감싸서 (매듭 클로즈업 사진 띄우고) 예쁘게 반나비로 매듭.

지화 (사진 처음 보는) !!

선녀 소중한.. 선물 포장하듯이. (카디건으로 태중 아이 감싸듯 배 감싸며 낮게) 완전 미친놈이에요, 이 인간.

씬16 만양 읍내 도로 - 순찰차 안 (D, 다음 날)

순찰차 운전석에 앉은 동식. 무표정한 얼굴로 운전 중.

광영(F) (무전) 50분 순찰, 10분 휴식 규칙 지키는 건 바라지도 않구요.. 우리 퇴근은 해야지 않습니까. 듣고 있습니까? 이동식 경사!

동식, 무전은 신경도 안 쓰고 비가 주룩주룩 내리는 길을 휘- 둘러볼 뿐인데.
조수석에 앉은 주원, 짜증스러운 표정.

주원 (무전기에) 곧 도착합니다.

동식 (중얼) 장담할 수 없는 말은 하면 안 되는 거 아닌가..

주원 (하..) 그럼 안 들어갈 겁니까? 영원히 순찰 돌아요?

동식 돌아야 할 상황이면 돌아야죠. (마침 건널목 신호에 걸려 차 세우며) 잡아야 할 사람이면 잡고, (주원을 쓰윽 보며) 찾아야 할 사람이면 세상을 다 뒤져서라도 찾고.

주원 (멈칫했다가 지지 않고) 그렇죠?

동식 (시선 떼지 않고 보면)

주원 (맞받아 보며 더 의미심장하게) 어떻게든 찾아서, 잡아야겠죠?

동식, 이내 귀엽다는 듯 피식. 그러다 주원 너머 창밖으로 무언가를 발견한다.

건널목 신호 바뀌기 전에 핸들 확- 틀어 길가에 차를 세우는.
끼익- 서는 순찰차. 차에서 내려 순찰차 앞으로 돌아 걸어가는 동식.
주원, 또 시작이다 싶고. 동식이 가는 방향으로 시선 돌리면.
비를 맞으며 가로수 끌어안고 상체를 흔들고 있는 남자.

씬17 만양 읍내 도로 (D)

동식, 주취자를 내려다본다.
갓 스물이 되었을까, 남학생이 비 맞으며 눈도 제대로 못 뜨고 오들오들 떨고 있다.

동식 바람도 부는데 계속 비 맞으면 큰일 납니다. 일어나세요.

학생 (계속 상체를 흔들며 알 수 없는 말을 웅얼거리고 있다)

동식 (학생에게 몸을 숙여 냄새를 맡는다)

주원 (후- 또 주취자구나 싶고) 일어나십시오. (학생의 어깨를 잡는데)

학생 (세차게 주원의 팔을 뿌리친다!)

주원 (넘어갈 뻔하다 겨우 중심 잡고) 하!! (다시 다가가 어깨 잡으려는데)

동식 (갑자기 학생 앞에 한쪽 무릎을 세우고 앉는다) 어디서 여기까지 걸어온 거예요? 힘들었겠네.

주원 !! (뭐 하는 거지? 싶은데)

학생 (상체를 흔들던 것을 멈춘다)

동식 하.. 신발이 이게.. (신고 있던 신발 벗어서 학생에게 신기는)

주원 (동식이 벗긴 학생의 신발을 보면. 접어 신은 신발이 찢어져 엉망진창. 학생이 겹쳐 입은 셔츠 안쪽에서 무언가 발견. 그제야 알겠는)

학생 (뭐라고 중얼거리는데)

동식 (귀를 가까이 대며) 응?

학생 발.. 아파요.. 아까.. 아침부터.. 집에서부터.. 걸었어..

동식 그랬구나. 집이 어딘데?

학생 (국어책 외우듯 달달 외운다) 문악동 3번지 지하 1층. 스물한 살 신석구입니다.

동식 (들여다보며) 난 마흔, 이동식.

학생 (그제야 동식을 보고는 헤- 미소) 이동식.. (다시 상체를 흔들흔들)

주원 (동식에게, 나직이) 지적장앱니까?

동식 이 비에 우산 없이 쓰러져 있는데 술 냄새 없고 신발은 엉망진창. 그리고 잃어버리지 않게,

주원 (바로) 휴대폰.

석구의 셔츠 안쪽으로 보이는 목걸이 줄. 휴대폰을 목에 걸었다.

주원 일단 차에 태우시죠. (가까이 앉으며) 선생님. 바닥이 축축하니까 경찰차 타고, (하는데)

석구 (고개를 미친 듯이 저으며) 으으응. 싫어어!! (가로수에 머리를 쿵쿵 박는다!)

동식 (재빨리 손으로 가로수 막아 석구 머리 다치지 않게 보호하며) 알았어. 석구야. 그럼 아저씨한테 그거 잠깐 빌려줄 수 있어? (목에 건 휴대폰을 가리킨다) 엄마 오시라고 할게. 응?

석구 (잠시.. 끄덕. 휴대폰 건네면)

동식 (받아 주원에게 건네며) 보호자, 1번일 겁니다.

주원, 자연스럽게 받아 들고 1번 길게 누르면 '엄마' 뜬다.
받기를 기다리며 차 트렁크로 가서는 우산과 비닐 덧신 꺼내고.
신호는 가지만 받지 않아 다시 재다이얼 누르고는 동식에게 우산과 덧신 내민다.

동식 (일단 우산 받고 덧신 보면)

주원 난 이경사님한테 신발 못 벗어드려요.

동식 (피식- 덧신 받고 우산 펴는데)

주원 안 받네요. 계속 걸겠습니다. (주위를 살핀다)

동식 혹시, (편의점 가리키려는데)

주원 (편의점 발견) 우비랑 핫팩 사 오겠습니다. (건널목 뛰어 건너가는)

뛰어가는 주원. 덧신 신는 동식. 둘 다 동시에, 뭐지 이 기분은? 왜 딱딱 맞지?

씬18 편의점 앞 (D)

계속 전화하며 우비와 핫팩 뭉치 들고 나오는 주원.
동식, 당연하다는 듯이 우산은 석구에게 온전히 다 씌워준 채 옆에 서 있다.
거센 빗줄기가 동식의 머리, 어깨 위로 내리치는데 장승처럼 우뚝 서 있는 동식.
그가 도무지 어떤 인간인지 알 수 없는 혼란의 빛이 살짝 스치는 주원.

씬19 만양 정육점 앞 (N)

스산한 밤. 정육점 안쪽에서 셔터를 드륵 내려버리는 재이.

씬20 만양 정육점 안 (N)

드럼통 주위에 둘러앉은 지화, 정제, 지훈, 그리고 동식.

지화 사체 신원이 아직 나오진 않았는데.. 유연이는 아닌 거 같아.
정제 (표정 살짝 굳었다가 이내 풀고 동식에게 시선)
동식 (표정 담담하다)
정제 (잠시) 동식이 너, 알고 있었어?
동식 확신은 아니고...

/INS. 플래시백. 문주천 갈대밭 (1회 52씬)
동공이 확장된 주원. 웅웅- 울리는 이명. 떨리는 손끝. 한발 뒤로 주춤 물러난다!

동식 (주원의 멱살을 확 잡아 마주 세우고는) 한주원!!
주원 (그제야 정신이 들어 보면)
동식 당신.. 이 여자 누군지 알지?

/INS. 플래시백. 문주 경찰서 – 강력계 진술 녹화실 (2회 7씬)

동식 내가 아직도 답을 못 들었네?

주원 (잠시, 덤덤히) 동생 이유연씨 아닙니까?

덤덤한 척 가장한 주원의 눈빛.

/현재. 만양 정육점 안

동식 그냥 아닐 것 같았어.

재이 (소주랑 소주잔 내려놓는다) 다시 나타난 거야? 20년 전 그 살인마.

지훈 (애써) 그.. 뭐라드라. 모방범일 수도 있잖아요. 옛날 기사 같은 거 찾아보거나 그래가지구, (하는데)

지화 시신 하체, 묻혀 있어서 못 봤지?

동식 (설마)

지화 (동식 보며 씁쓸) 수법이 언론에 공개되지 않은 거까지 다 방주선, 주선 언니 사체에 해놨던 거랑 똑같아.

모두 !!!

동식 (흡- 충격에 순간 띵해오는. 겨우 수습하는데)

지훈 그게 말이 돼? 20년 동안 잠잠했다가 다시 살인을 시작했다고?

정제 .. 20년 만이 아니라면..?

동식/지화/정제 (생각했던 바다. 시선 교환하는데)

지훈 그사이에 더 있었을 거라구요? 그런데 왜 아무도..

재이 살해당했는데 시체가 안 나와서 몰랐을 수도 있잖아.

지훈 그럼 실종자 중에 피해자가 또, (했다가 재이 보면)

재이 (소주 따르는데)

정제 (소주잔 잡으며) 아직 몰라. 아닐 수도 있어.

지화 수사 중이니까 뭐든 찾아낼 거야, 곧.

동식 (툭-) 사체 신원.

모두 (보면)

동식 죽은 사람이 누군지,

/INS. 플래시컷. 문주천 갈대밭 (1회 52씬)

사체를 내려다보는 주원. 동공이 확장된. 주원의 경악한 표정을 알아챈 동식.

한주원이 피해자를 알고 있다?!!

/현재. 만양 정육점 안

동식 (의미심장하게) 그것부터 알아야겠네.

씬21 주원의 오피스텔 - 거실 (N)

선녀의 컴퓨터 화면에서 보였던 백골 사체 현장 사진들이 소파 테이블 위에 놓여 있고.
거실에 놓였던, 사체 사진과 동식의 사진 붙은 화이트보드는 치워진 상태.
한기환, 주원과 마주 보고 앉은. 매서운 표정의 기환.

기환 시체 여깄는지 알고 있었던 거냐? 그래서 그쪽으로 자원한 거야?

주원 우연이에요.

기환 (표정 일그러진다) 우연..? 니가?

주원 (기환 표정 보고는) 왜 그렇게 보세요. 누가 보면 내가 죽여서 거기다 묻은 줄 알겠네.

기환 (멈칫- 저도 모르게 혹시 하는 마음이 스친다)

주원 (알아챈다. 분노) 내가 했다? (비싯- 중얼) 하긴 했지.

/INS. 플래시컷. 카페 (1회 51씬)
주원, 여자에게 만양 정육점에서 회식 중인 동식의 사진을 내민다.
사진 잡는 여자, 손가락에 끼워진 반지.

/현재. 주원의 오피스텔 - 거실

주원 제가 그 여잘 미끼로 이용했죠.

기환 (듣기 싫어) 한주원..

주원 (지지 않고 도발하듯) 윗선의 허락 없이 단독으로 함정 수사 하겠다고 여자를 미끼로 이용했는데, 미끼가 갑자기 사라져버렸다.. (차분히 보며) 함정 수사한 게 문제 될 거 같으니까, (사진 속 백골 사체 툭- 치며) 여자를 죽여서 (손날로 다른 손끝 자르는 모션) 손끝은 자르고, (두 손으로 동그랗게 감싸는 모션) 발은 잘 감싸서, 땅속에 묻었다. 모방한 거죠. 20년 전 문주 경찰서장이 종결시킨 사건 그대로.

기환 (멈칫- 굳어 주원을 노려본다)

주원 그런데 그때 왜 사건은 종결시키신 거예요?

기환 (표정 풀며 덤덤하게) 20년 전.. 20년 전이라. (잠시) 좋네. (미소)

주원 네?

기환 20년 전 그대로 모방했다? (여유로운 미소) 모방범. 괜찮네, 그거. (머릿속 굴리는) 국과수 애들이 아무리 날고 긴대도 (사진 속 사체 툭, 툭) 이 여자 신원 밝히는 거 어려울 테니, 모방범으로 버무려서 미제로 정리.. (주원 보며) 종결.

주원 아버지!

기환 (매섭게) 빨리 종결하면 여자 신원 나올 리 없고! 그럼 사망 전에 (주원을 노려보며) 누굴 만났는지, 알 수 없을 테고. (나직이) 한주원. 너만 입 다물면 되겠는데.

주원 아버지..

기환 (단칼에) 아들. 넌 누구보다 습득이 빠르잖아. 이번에 제대로 배웠겠지. 아무것도 하지 않고 가만히 있으면 어떤 사고도 발생하지 않는다. 그러니까, (서늘하게) 아무것도 하지 말고 제발 가만히 있어. (사진 속 사체를 쿡- 찍어 누르며) 이 여자가 누군지 밝혀지는 날엔.. 너, 나.. 다 죽는다. (이를 악물고 분노 뱉어낸다) 명령이야. 한주원 경위.

주원 (테이블에 놓인 사진 본다. 일그러지는 얼굴. 사진 속 백골 사체, 이 여자가 끔찍하게 원망스럽다)

씬22 문주 경찰서 - 서고 초입 (D, 다음 날)

서고 초입 데스크. 쓱쓱- 종이에 그려지는 사슴 스케치.
경찰 제복 입고 인간의 초상화 같은 포즈를 취하고 있는 사슴이 묘하게 주원과 닮았다.
스케치하던 정제, 고개 든다. 정제 앞에 서 있는 주원.

정제 뭐라구요?

주원　이동식 경사 동생 이유연씨 사건 조서 어딨습니까.
정제　(잠시, 다시 스케치하며) 그건 왜?
주원　서무반장에게 설명하고 반장이 납득해야만 조서 볼 수 있는 겁니까?
정제　(스케치 들어 보여준다) 어때요? 닮았죠? (턱으로 획획- 너야 너)
주원　지금 뭐 하시는 겁니까?
정제　아닌가. 미완성이라. (히죽- 다시 스케치)
주원　박정제 경위님. (하는데)
정제　(스케치하며, 찾아보지도 않고 그대로 줄줄 윈다) 사건번호 2000-031486. 34줄 3열에 있어요.

씬23　문주 경찰서 - 서고 (D)

낡은 사건 자료가 쌓여 있는 서고 안. 2000년 사건 자료들이 모여 있는 블록.
정제가 말한 34줄 3열에는 실종으로 분류된 사건 상자가 쌓여 있다.
문주시 만양읍 상자를 꺼내는 주원. 상자 안 파일 사이사이 뽀얗게 쌓인 먼지.
주머니에서 꺼낸 손수건으로 먼지가 묻지 않도록 감싸고 사건 조서 꺼낸다.
조서 앞장에 적힌 이름 확인하는 주원. '실종자 이유연.'
'개요: 10월 15일 새벽 문주시 만양읍 단독주택 마당에서 손가락 끝마디 열 개 발견.'
그런데 뭔가 이상하다. 파일이 너무 얇다. 주원, 훽- 넘겨보면.
사건 개요 첫 장 말고는 아무것도 없다!!

주원　!! (불길한. 잠시 고민하다) 이유연 전에.. 첫 번째 피해자.. (기억해낸다) 방주선.

다급히 2000년 블록에서 살인으로 분류된 칸을 찾아가는 주원.
미제 사건 상자 찾아서 꺼내 뚜껑 연다. 파일명을 모르겠고.
파일의 두께를 더듬어본다. 가장 얇은 파일을 휙- 꺼내서 첫 장 연다. '피해자 방주선.'
다급히 다음 장으로 넘기는 주원. 역시나 아무것도 없다.

씬24 문주 경찰서 – 서고 초입 (D)

정제 자료가 없다고요?

주원 (파일 보여주며) 사건 조서 앞 장만 있고 그 외 자료는 전부 사라지고 없습니다.

정제 (넘겨보는, 착잡한.. 그러다) .. 그때 누락됐나 보네..

주원 (보면)

정제 얘기하기 좀 그런 건데.. 경찰서 청사를 몇 번 이전했거든요. 이게 옮겨 다니다 보면 중간에 빠지고.. 또 한번은 불이 났어요. 그럼 또 타버리고. 우리가 신경 많이 쓰는데도 어쩔 수가 없네요.

주원 (분노) 그게 서고를 담당하는 서무반장이 할 말입니까?

정제 아까부터 서무반장~ 서무반장~ 계속 그러시네? (빙글) 뭐, 대단한 사람 된 거 같아서 좋긴 합니다?

주원 파일 전체가 누락된 것도 아니고 (파일 들어 흔들며) 조서 한 장 빼고 나머지가 사라졌는데 이상하지 않아요? 확인 안 합니까?

정제 한경위님. 우리 잠깐 사고의 전환을 해봅시다. 저 안에 상자들이 왜 쌓여 있을까~요?

주원 (분노 누르며) 수수께끼 같은 거 별로 좋아하지 않습니다.

정제 저게요. 원래는 다 데이터베이스화하고 소각해야 하거든. 근데 걔들은 아직도 저기 쌓여 있지. 태워질 권리가 있는데 그걸 누리지 못해. 와이? 지금 당장 발생한 껀부터 전산에 입력하기 바쁘니까. 하루에 수십 껀, 한 달이면 몇 천 껀, 1년이면 몇만 껀씩 새로운 애들이 막 밀려와. 나이 든 애들은 뒷방 늙은이 되는 거예요. 여기가 바로 그 뒷방이고.

주원 (간단하게 정리해버리는) 시간이 없어서, (스케치 내려다보며) 바빠서 확인 못 하셨다? (한심하다)

정제 20년 동안이나 미제라는 게 무슨 의미인지 몰라요? 범인을 특정할 만한 증거가 하나도 남은 게 없단 거지. 범인이 지금에 와서 제 발로 나타나 내가 했소, 자백하지 않는 한 해결할 방법이 없는데 대한민국 어떤 경찰이 그런 사건을 최우선으로 둡니까? 아무도 관심이 없는 껀인데 그걸 왜, (하는데)

주원 (파일을 거칠게 내려놓으며) 이건 그런 껀하고 다르죠!

정제 왜요?

주원　이건 이동식! (까지 하고 멈칫)
정제　(본다)
주원　(다시 차분하게) 이동식 경사 동생이 사라진 사건이잖습니까.
정제　그러게요. (조서 챙긴다) 하... 녀석한테 어떻게 말해줘야 되지..

씬25　문주 경찰서 - 서고 앞 복도 (D)

문 쾅- 닫고 나온 주원. 눌렀던 분노가 다시 치밀어 오르는데, 후- 가라앉히고.
휴대폰 사진 폴더 연다. 어느새 조서 앞 장을 다 찍어 저장한.
이유연 사건 조서를 내려다보던 주원, 갑자기 조서를 확대한다.
확대된 것은 사건 담당 형사란이다. 거기에 적힌 이름.. '남상배'.
다급히 방주선 조서를 열어 확인하는 주원.
담당 형사란에 적힌 이름 역시, 남상배다.

/INS. 플래시백. 할매네 설렁탕 안 (2회 9씬)
할매　갸 오빠가 죽였다 했자너. 이름이 뭐드라? (생각났다) 그랴! 동식이!
상배　아녀. 아적 몰라요. 것도 그 오빠가 한 거 아녔고.
할매　왜 갸가 아니어? 그때 갸 잡은 사람이, (하는데)
상배　아녀. 아니라니까!

/현재. 문주 경찰서 - 서고 앞 복도
일부러 할매 말을 막은 거다. 대체 왜? 그때 손에 들고 있던 휴대폰 울린다.
'남상배'.

주원　(하- 타이밍 죽이네. 받는다)
상배(F)　(바로) 한경위.
주원　(휴대폰에) 네.
상배(F)　(밝게) 경찰서에서 뭐 해?

씬26 만양 파출소 - 소장실 (D)

마주 앉은 상배와 주원. 사람 좋은 미소로 주원 앞에 찻잔 놔주는 상배.

상배 단박에 달려왔네. 많이 놀랐어?

주원 어느 부분에서 놀라야 하는데요?

상배 음... 한경위가 경찰서에 있는 걸 내가 어떻게 알았을까 하는 부분?

주원 박정제 경위가 연락했겠죠.

상배 아이구~ 우리 한경위, 사람 잘 못 보는구만. 정제 갸는 입이 무거워. 삐락치 노릇 안 해~ (씨익- 찻잔 들어 김을 후후 불면서) 동식이가 말 안 해주드나? 이 동네는 비밀이 읎다고.

/INS. 플래시백. 도로 - 순찰차 안 (1회 33씬)

동식 경위님. 조심하세요. 여긴요.. 비밀이 없어. 어디서 누군가 다 보고 있거든.

/현재. 만양 파출소 - 소장실

주원 (덤덤히) 어디서 누군가 다 보고 있다..

상배 그지. 이런 동네서는 그냥 단도직입, 정공법으로다가 승부를 봐야지. (차를 호로록 마시는데)

주원 방주선.

상배 (큽-)

주원 며칠 전 저, 오지훈 순경, 이동식 경사가 시신을 발견한 바로 그곳에서 20년 전에도 여성의 사체가 발견됐죠. 피해자 이름은 방주선.

상배 (잔 놓고 입가에 흐른 차를 손으로 대충 훔치는데)

주원 용의자 이동식. 담당 형사 남상배.

상배 (닦던 손 멈춘다)

주원 20년 전에 자신이 체포한 사람을 부하로 데리고 계시네요.

/INS. 플래시백. 문주천 갈대밭 (2회 3씬)

사체 곁에서 한 발짝 물러나는 형사3. 쭈그려 앉아 들여다보는데 무언가 반짝.

주머니의 볼펜을 꺼내 흙을 살짝 걷어내면, 기타 피크다.

기타 피크를 들여다보는 형사3, 카메라 얼굴 잡으면, 39살의 상배!

/현재. 만양 파출소 – 소장실

상배 (잠시, 히죽-) 그르게. 사람 인생 한 치 앞을 모른다더니 그지?

주원 설렁탕집에서 주인 할머니가 얘기하려던 거 왜 막으셨습니까.

상배 그게 그렇게 궁금해가지고 비번날에 문주서 서고까지 찾아갔어?

주원 (서늘하게 보는데)

상배 아님, 그 전부터 궁금해가지고 이쪽으로 전임 오셨나?

주원 !!!

상배 (찻잔 내려놓는다) 한주원 경위. 어디서 어떻게 꽂혀서 여기까지 내려왔는지는 모르겠는데.. 그냥 가만히 있어.

주원 (하..) 가만히 있어라?

상배 내가 동식이 걔를 위해서, 걔가 너무 이뻐가지고 암것도 못 하게 막구선 막 뭐를 은폐하는 거 같어? 아녀. 나 걔 별루야. 싫어. 너무 피곤해~ 으~ 생각만 해도 얻다 갖다 던져버리구 싶어~

주원 지금 뭐 하시는 겁니까.

상배 이동식 그 자식 제정신 아녀. 치매 노인네 가출하면 지 개인 휴대폰으로 전화 받아가지고 그걸 다 찾구 다니지. 어제 그 지적장애인, 보호자 올 때까지 길바닥에서 6시간 동안 서 있었다며. 비닐 덧신 그거 하나 신고서 장승처럼 비 다 맞고서. 지 동생일지두 모르는 사체를 지가 발견해놓구 그러구 있어. 경찰 사명감이 투철해서? 아녀. 걔 사명감 하나도 없어. 걔는 그냥 지 한풀이 하는 거야. 사라진 딸내미 언제 돌아올지 모른다고 매일 새벽 쩌기 사거리에서..

/INS. 과거. 초입 사거리. 새벽 – 17년 전

함박눈이 쏟아지는 마을 초입 사거리에 장승처럼, 마치 동식처럼 서 있는 동식부.

어깨를 늘어뜨리고 선 그의 처연한 얼굴. 얼굴을 때리듯 쏟아지는 눈덩이에도 초점 나간 눈 한번 깜빡이지 않고 마을로 들어오는 너머를 보고 선 동식부.

하얗게 세버린 머리, 비쩍 마른 어깨 위로 함박눈이 투둑투둑 쌓여가는데.

상배 (덤덤) 기다리고 섰다가 얼어 죽은 지 아버지랑,

주원 !

상배 손끝만 놓고 사라진 딸에, 남편까지 동사한 걸 발견하고 정신 놔버린 지 어머니.

/INS. 과거. 초입 사거리. 새벽 - 17년 전
하염없이 내리는 눈. 눈더미가 소복이 쌓여 있다.
동식모가 신발이 벗겨지는 것도 모르고 눈더미로 달려가더니 미친 듯 눈더미를 헤친다.
눈더미 아래 동식부가 얼어 죽어 있다. 미친 듯 오열하는 동식모, 오열하다 순간 눈이 멍허니 넘어가는 모습에서.

주원 !!

상배 부모가 그렇게 될 때까지 걔는 딴 데로 돌았다고. 용의자였던 거 여기 사람들은 잊지를 않으니까, 갸는 여기서 살 수가 없었거덩.

주원 (흔들리는 시선)

상배 한경위. 하지 마라.

주원 (보면)

상배 선무당이 사람 잡는다구.. 우리같이 합법적으로 총 들고 수갑 찬 인간들이 작두 한번 잘못 타버리면 내 이 발모가지가 나가는 게 아니구 그 사람 목을 치는 거야. (자조적 미소) 그게 내가 동식이한테 한 짓이야.

씬27 서울청 앞 (N)

서울청 올려다보는 동식. 한때 집처럼 드나들던 곳이었다.
건물을 올려다보던 동식, 헉! 허벅지 잡는다. 통증이 밀려온다. 흘러나오는 신음.
주머니에서 진통제 꺼내 입에 넣고 까득- 씹어 삼키는데.
겨우 고개를 들어 보면 서울청 건물에서 튀어나오는 광수대 김형사 보인다.
동식을 발견하고 여어- 하며 손들어 보이는 김형사. 동식도 손 들어 보이는.

씬28 보리밥집 (N)

텅 빈 보리밥집 구석자리에 앉아 보리밥을 비벼 먹고 있는 동식과 광수대 김형사.

김형사 (밥 먹으며) 거... 다리.. 재활 안 되는 거래?

동식 (봤구나) 재활해서 뭐 하게.

김형사 광수대(광역수사대) 돌아와야지.

동식 미쳤냐. 지긋지긋하다 거기. 파출소 딱 좋아. 적성에 맞는 걸 이제 찾았네?

김형사 (피식-) 지랄. 그런 놈이 왜 경찰청 차장 아들 뒤를 따?

동식 뭐 좀 건졌어?

김형사 외사에서는 입을 아주 조개처럼 꼬옥- 다물더라.

동식 암것도 없는데 여까지 불러? 밥값 니가 내.

김형사 밥도 니가 사고, 커피도 니가 사야 될 건데?

동식 (보면)

김형사 그동안 강력에, 여청(여자청소년계), 우리 광수대에까지 꽁꽁 감추고 외사 지들끼리만 뭘 좀 하고 있었나 봐. 그런데 갑자기 외사 엘리트 중에서도 제일 빽 좋은 에이스, 니가 모시는 한주원 경위가 전임을 신청한 거지. 인 서울도 아니고 경기, 것도 파출소에.

동식 외사에서 하고 있던 게 뭔데.

김형사 불체자(불법 체류자).

동식 불체자면 외사 담당 맞잖아.

김형사 맞지. (하고는) 근데 그게.. (나지막이) 살인 사건이면?

동식 (눈빛 번쩍) 살인이면 강력이 맡아야지. 여청에 감췄다는 말이 나온다는 건 피해자가 여자?

김형사 (끄덕)

동식 광수대는 왜? (설마) 광수가 담당이 되어야 했다는 건, (본다)

김형사 피해자가 한 명이 아니다.

동식 !!!!

김형사 신원이 불분명한 불체자, 여성만 노린..

동식 (받는) 연쇄 살인...!

씬29 주원의 오피스텔 - 거실 (N)

거실에 놓인 화이트보드. 각기 다른 3명의 여성 시신 사진.
모두 손끝이 잘려 나간 채 기도하듯 쪼그리고 누웠다.
주원, 그 옆에 한 여성의 증명사진을 붙인다. 아래에 사체 발견 날짜 적는.
그렇다. 그녀가 문주천에서 백골 사체로 발견된 여자다.
사체로 발견된 방주선의 낡은 기록 사진. 그리고 현수막 속 유연 사진을 보는 주원.
그리고 시선, 사진들 모두와 연결된 동식에게 가려는데. 휴대폰 울린다. '아버지.'

주원 (옅은 한숨 내쉬고 받는) 네.
기환(F) 너 이 새끼, 내가 얌전히 가만히 자빠져 있으랬지!!!
주원 얌전히, 가만히, 자빠져 있는데요.
기환(F) 그런데 왜 쥐새끼가 붙어? 대체 어떻게 하고 다니길래, (하는데)
주원 누군데요.
기환(F) 광수대!!!
주원 걱정하지 마세요. 별거 아니에요.
기환(F) 걱정하지 마? 별거 아냐? 이 새끼가 아직도 정신 못 차리고, (하는데)
주원 (전화 끊어버린다)

다시 울리는 휴대폰. 주원, 받지 않는. 화이트보드의 사진 속 동식을 바라본다.

주원 (예상치 못했던. 툭-) 전 광수대 경위 이동식 형사. 광수대에 민폐 끼치고 쫓겨나서도 연줄이 남았나 봐.

씬30 요양원 - 1인실 앞 복도 (N)

복잡한 얼굴의 동식, 문을 열고 들어가려다 멈칫 선다.
1인실 문에 붙은 창 너머로 누운 어머니의 등을 돌려 눕히는 진묵이 보인다.
동식, 후- 한숨 내쉬고 문을 열고 들어가는.

동식 왜 또 이러고 있어?

진묵 어, 도.. 동식아. 요새 자.. 자주 오네?

동식 왜 또 이러고 있냐고.

진묵 저.. 저번에 보니까 어.. 어머니 등에 요.. 욕창이 생길 거 가.. 같은 게 자꾸 새.. 생각이 나가지구..

동식 가게는? 민정이가 보고 있어?

진묵 (표정 어두워진다)

동식 이놈의 기집애 아직도 안 들어왔어?

씬31 문주 경찰서 - 강력계 복도 일각 (N)

지화의 손에 든 휴대폰이 울린다. 액정에 뜬 이름 '똥식.'

지화 (받는) 국과수에 연락해봤는데 사체 신원에 대해서 파악할 수 있는 게 없어.

동식(F) 알아.

지화 (멈칫-) 안다고? 어떻게 아는데?

씬32 요양원 - 주차장 (N)

동식 (휴대폰에) 통신사 줄 댄 거 살아 있지? 지금 꺼져 있는데 켜지면 바로 위치 하나만 따줘.

씬33 문주 경찰서 - 강력계 복도 일각 (N)

지화 (휴대폰에) 사체 신원하고 관계된 거야?

동식(F) 그런 건 아니고. 하나만 따줘, 빨리.

지화 (하..) 법규 달달 외시는 분이 위법을 종용하시네. 미쳤냐?

동식(F) 010-0578-4343. 명의자 강민정.

지화　　야! 귀먹었어? (했다가) 잠깐만. 그 강민정 혹시 우리 강민정?

씬34　만양 정육점 안 (N)

드럼통 위에 집 반찬 몇 개 놓여 있고. 몇 수저 뜨다 마는 지훈.

재이　　(숭늉 들고 오며) 다 먹었어?
지훈　　입맛이 별로 없네. (일어나려는데)
재이　　누군 입맛 있어 먹냐? 앉아 얼른 먹어. (앉아서 수저 드는데)
지훈　　자꾸 보여.. 그.. 백골 사체.. (후- 한숨) 나는 경찰 자격도 없어.
재이　　원래 다들 그런 거 아닌가?
지훈　　(보면)
재이　　경찰도 사람이잖아. 밥 다 먹고 얼른 가서 딴 거 해.
지훈　　딴 거 뭐?
재이　　PC방 가서 초딩들하고 쌍욕하면서 게임을 하든 클럽에 가서 몸을 흔들든.
지훈　　그럼 잊혀지려나..
재이　　(단호) 아니.
지훈　　(응?)
재이　　그냥 아무것도 안 하는 거보다는 나아. (수저 내민다)
지훈　　(하아- 수저 다시 받아 드는데)

지잉- 지잉- 지잉. 드럼통 위에 놓인 지훈의 휴대폰 울린다.
'사진이 전송되었습니다.' 연속으로 파바바박-! 지훈, 휴대폰 액정 보면.
거의 헐벗은 **강민정(21세, 여)**이 각종 클럽 안에서 샴페인 잔 들고 섹시 포즈! 파바박!

지훈　　어우- 깜짝야. (안 본 눈 삽니다! 짜증스럽게 눈 부비며 버럭) 이 기집애가 미쳤나. (했다가 보낸 사람 이름에 동식이 형) 엥?

지잉- 전화 울린다. '동식이 형.'

지훈 (받아 전화에) 형. 이거 뭐예요?

씬35 도로 - 차 안 (N)

동식 (핸즈프리에) 뭐긴. 니 일감이지. 너 옛날 연습생 친구들한테 연락해서 사진에 나온 장소 전부 수배해! (전화 끊고 서울 방면으로 부웅-)

씬36 만양 정육점 안 (N)

각각 다른 클럽에서 갖가지 섹시 포즈로 찍은 강민정 사진.

지훈 (다시 봐도 끔찍) 아우씨- 강민정! (언제 우울했냐는 듯 사진 한 장씩 휙휙 넘기며) 이놈의 기집애! 골고루 놀고 있다 증말.

재이 (피식-)

와씨-! 누나, 이거 봐! 어우- 제정신이야? 갖가지 리액션 던지며 사진 저장하는 지훈. 카메라, 그중 한 장 잡으면.

씬37 클럽 (N, 새벽)

사진의 배경과 같은 클럽. 쾅쾅 울리는 디제잉에 너 나 할 것 없이 몸을 흔들고 있다. 갑자기 스피커를 찢는 듯한 파열음! 끼익- 찌익- 모두 귀를 막는데!

동식(E) 친애하는 남녀노소 선생님 여러분.

사람들 (디제이 스테이지 보면!)

동식 (디제이 스테이지에 서서 마이크 잡은) 늦은 밤, 아니 이른 아침까지 불철주야 흔드시느라 노고가 많으십니다. 저는, (경찰공무원증 높이 들며) 만양 파출소 이동식 경삽니다.

사람들　(푹-) 뭐?/어디?/파출소?

동식　잠시 협조 부탁드리겠습니다. (바로 쩌렁쩌렁) 강민정!! 좋은 말 할 때 곱게 튀어나온다!

사람들, 웅성거리며 주위를 둘러보는데. 남학생 하나, 출구 쪽으로 움직이는 것 보이고.

동식　분홍 셔츠에 찢어진 청바지 선생님! 스톱!!

사람들　(두리번거리다 모두 남학생을 보면)

남학생　(돌아본다, 저요?)

동식　(씨익- 그래 너. 표정 매섭게 싹- 바뀌며) 민정이, 어딨냐?

씬38　클럽 - VIP룸 (N, 새벽)

허벅지 다 드러나는 줄도 모르고 만취해 의자에 쓰러져 잠든 민정.
동식, 언짢은 한숨 내쉬는. 바로 걸치고 있던 셔츠 벗어 드러난 다리에 덮는데.

남학생　(짜증 난다는 듯) 봐요. 아무 일 없었잖아요.

동식　(돌아보면)

남학생　왜요. 나 얘한테 나쁜 짓 하나도 안 했어요.

동식　(갑자기 남학생에게 달려들어 멱살 잡고 벽에 쾅- 밀친다!)

남학생　!!!

동식　(주먹을 치켜들고 확- 내리치는)

남학생　(눈 질끈) 어어어억!- 왜 이래요!

동식　(거의 턱에 닿을락 말락 한 상태로 멈춰) 아무 사이 아닌 여자, 정신 잃도록 마실 때까지 냅두는 거 나쁜 짓 아니고? (한 번 더 주먹 들어 날린다!)

남학생　!!!

동식　(관자놀이에 닿을락 말락 멈추고) 만취한 여자, 아무나 오고 갈 수 있는 방에 내버려둔 거 나쁜 짓 아니고?

남학생　(위협에 눌려) 왜 이러세요..

동식　직접 손댄 거 아니니까 범죄 아니다? 그지? (확 놔줘버리고 민정이에게 다시

가는데)

남학생 (어우씨.. 문 열고 나가려는데)

동식 선생님!

남학생 ?? (보면)

동식 여기서 쓰신 카드 내역서 받고 클럽 앞 CCTV 따면 선생님 신원에 차량 넘버 다 나옵니다. 조심 또 조심하세요. 예?

남학생 (움찔- 도망치듯 튀어나간다)

동식, 옷으로 민정을 잘 감싸서는 훌쩍 안아 올려 성큼성큼 나간다.

씬39 만양 파출소 안 (D, 아침)

파출소 벤치에 수갑 채워진 민정, 휘황찬란한 네일아트에 클럽 복장.
미니스커트 안에 경찰 추리닝 입은 밸런스 파괴 패션.
광영, 지훈 모두 자리에 앉아 업무에 집중. 길구는 커피믹스 따서 컵에 붓는 중.

민정 (혀 꼬여) 오지훈! 오꼬봉! 물!

지훈 (꾹 참으며 일어난다) 저걸 내가 왜 도와줬을까..

민정 (광영 가리키며) 야! 떠벌이~

광영 (누구? 나? 아니야. 나 아냐. 무시)

민정 아닌 척 오져. (길구 가리키며) 구리구리~ 아즈씨 똥배 한라산인 줄!

길구 (믹스 넣으며 쯧쯧) 민정이 술 끊어야지. 건강에 백해무익인디.

상배 (컵 들고 소장실 문 열고 나오는데)

민정 (상배 보고는 갑자기 코 막는다) 냄새..

상배 내 냄새 아녀. 나는 같은 옷 세 번씩밖에 안 돌려 입어~

민정 (노노) 홀아비 냄새~ 완존 뿜뿜~

상배 쟈 입 좀 막어.

민정 그래! 와라! (벌떡 일어나는데 수갑 채워진 반동에 다시 벤치로 털썩) 하- 놔라. (휙- 내려다보며 수갑에게) 존 말 할 때 놔라, 너!

출근하는 주원. 문 열고 들어오다 수갑과 실랑이 중인 민정 발견하고 멈칫.

민정　워우~ 워우~ 이 비쥘 뭐니. (정자세로 앉아 요염하게 다리 꼰다고 꼬는데 훅- 미끄러지는 다리와 손) 어뜨케 오셨어요?
주원　(무시하고 들어오며) 주취잡니까? 보호자는요?
민정　(수갑 안 채워진 손의 검지로 주원을 가리키며) 쟤 나 지금 무시했니? 이 강민정을? 야! 잘생기면 다냐!
광영　(재빨리 주원 옆에 붙으며) 그게 아니구요.
상배　(별일 아니라는 듯 정수기에서 물 조르륵 받고는) 이경사가 서울 가서 잡아 온 겨. (다시 소장실로 총총)
주원　네?

그때 숙직실에서 근무복 갈아입고 나오는 동식. 국방색 담요 들었다.

민정　야- 멀끔이~ 내가 부킹 받아줄라 그랬드니,
동식　강민정! 정신 못 차려?
민정　(흡-) 동식씨~ 내가 바람 필라 그런 거 아니구,
동식　입 다물고 자라. 술 안 깨면 너 오늘 여기서 못 나간다.
민정　(훌쩍- 콧물 들이켜더니 벤치에 모로 눕는다)
주원　아무리 그래도 여자분을. 수갑은 풀어주시죠.
동식　저대로 튀면 한경위님이 잡아 올 겁니까?
길구　(속삭) 새벽에 세 번이나 튀었댜.
광영　(괜히 에스코트) 그냥 한 마리 거친 주취자다 생각하시고, 근무복 입고 나오시죠~
주원　(떠밀리듯, 황당한 표정인데)
동식　(들고 온 담요 대충 훅- 던져 민정에게 덮어주고 있다)

씬40　만양 슈퍼 인근 도로 - 순찰차 안 (D)

순찰 중인 순찰차. 조수석에 앉은 주원, 운전석엔 동식이 아니라 지훈이 앉아 있다.

지훈　　민정이 술 깰라문 한참 걸릴 거예요. 걔가 동식이 형 말만 들어가지구. (헤에-) 오늘은 저하고 파트너 괜찮으시죠?

주원　　누구든 상관없구요. (무심한 듯) 누굽니까. 이경사 애인입니까?

지훈　　예-? 동식이 형 들으면 난리 나겠네. (하고는) 접때 회식 때 보셨죠. 만양 슈퍼 진묵이 형. 그 형 딸이에요.

주원　　동네 슈퍼 주인 딸을 서울까지 가서 잡아옵니까?

지훈　　그게 단순히 동네 슈퍼집 딸은 아니라가지구. 진묵 형이 고아였는데 동식이 형 부모님이 진묵 형을 아들 키우다시피 그러셨거든요.

우회전해서 골목으로 들어가는 순찰차. 안쪽에 만양 슈퍼 보이고.

지훈　　저기가 만양 슈퍼에요. 저 슈퍼 자리도 동식이 형 부모님이 알아봐주고 계약도 해주고 그러셨다구.

그때 만양 슈퍼에서 나오는 진묵. 순찰차 보고는 걸음이 빨라져서는 다가오는.

지훈　　(창문 연다) 형.

진묵　　.. 지.. 지훈이구나.. (조수석에 앉은 주원에게 눈 못 맞추고 목례만)

지훈　　동식 형 일이 좀 있어가지구 오늘은 내근이에요.

진묵　　.. 그.. 그래. 수고해. (주원에게 다시 목례. 축 처져서 슈퍼로 돌아가는데)

주원　　따님 이야긴 왜 안 해줍니까?

지훈　　(출발하며) 얘기해줄 거였으면 서울서 잡아와서 수갑 채워 파출소에 눕혀놨겠어요. 민정이 고게, 친구들이랑 과제 하는 거 아니구, 클럽 죽순이에 꽐라될 때까지 마시느라 집에 안 들어오는 거 알면 형 뒤로 넘어가요.

주원　　그건 부모 몫이고요.

지훈　　진묵 형 사람 눈도 못 맞추는 거 보셨죠? 순하구 기도 약하고 혼자 민정이 키우면서 맨날 꺼이꺼이.

주원　　(보면)

지훈　　민정이 엄마 없거든요. 태어나고 얼마 안 돼서 집 나갔대요. (에효-) 20년이 지났는데 진묵 형은 아직도 잊질 못하고, 도망간 그분 사진을 지갑에 넣어

갖고 다녀요, 바보같이. 그 집은 동식 형이 엄마 몫에 아빠 몫 반 해요.

주원　(기막힌) 그러니까 지금, 백골 사체로 동네가 발칵 뒤집어진 상황에서도, 엄마 몫에 아빠 몫 반 하고 있는 거다?

지훈　이동식이니까.

주원　(보면)

지훈　이동식이니까요.

씬41　만양 파출소 - 숙직실 (D)

발은 다 내놓고 담요를 턱 밑까지 쓰고 누워 있는 민정.
담요 아래로 삐죽 튀어나온 손에 수갑 자국이 남았다.
동식, 빨대 꽂은 컵하고 연고와 붕대, 반창고 같은 것 옆에 놔주는데.

민정　(잠에 취해 술이 안 깨 부스스 고개 내밀고) 나 물.

동식　(컵 훅- 밀어주면)

민정　(빨대 잡고 누운 채로 쪼르륵 마시곤 다시 휙- 쓰러져 담요 올리고 웅얼) 아부지한테.. 말하지 마...

동식　(담요 잡은 손톱 네일아트 보고) 손톱이나 지우고 오늘은 바로 들어가.

동식, 일어나려다 담요 밖으로 튀어나온 발에 시선.
민정의 발을 담요로 꼼꼼히 여며주고는 일어나 나간다.
민정, 빼꼼히 담요를 내리는. 후우- 한숨. 가방에서 뭔가를 찾다가 다 뒤집어버리는.
잡동사니 속에서 나뒹구는 휴대폰. 민정, 남자들과 연락한 문자와 통화목록 지운다.
술이 여전히 안 깨는지 담요를 훅 뒤집어쓰고 잠을 다시 청하는 민정.

씬42　만양 파출소 안 (N)

교대 중인 파출소 직원들 사이로 휴대폰 들여다보는 지훈, 얼떨떨한 표정.

길구 오순경 뭐 해? 퇴근 안 할 거야?

지훈 아니요, 지금 난리 났어요! 부산 사건이요, 실종된 여성, 내연남 체포된 사건! (하는데)

상배 (소장실 문 열고 나오며) 속보 봤어? TV 좀 틀어봐.

광영 네? 네. (재빨리 리모컨을 들어 틀면)

TV 화면, 속보 뉴스. '부산 실종 여성 내연남 석방!' '긴급 체포된 내연남, 석방!'

앵커(E) 이틀 전 긴급 체포된, 실종 여성의 내연남이 오늘 석방됐습니다. 경찰은 용의자가 여성을 살해했을 가능성에 무게를 두고 집중 추궁했으나 실종된 여성의 살해 및 생사 여부를 파악하는 데 실패한 것으로 보입니다. 한 경찰 관계자는 현재 확보된 증거만으로는 체포 영장을 청구하기 부족하다고 판단하였기 때문에 보강 수사 후 용의자를 다시 특정하겠다고 밝혔습니다.

TV 화면에 모자와 마스크로 얼굴을 가리고 고개를 푹 숙인 채 차에 올라타는 내연남의 모습이 보인다.

상배 (쯧-) 그만 보자. 꺼.

길구 아이고야. 죽은 사람만 불쌍하게 생겼네.

주원 죽은 사람인지 아닌진 아직 확실치 않죠.

동식 (주원을 보는데)

지훈 한경위님, 왜 그러세요. 실종자 집 화장실에서 혈흔이 나왔잖아요.

상배 (씁쓸하게) 혈흔이 나왔다고 사망했다고 볼 순 없지.

광영 추정되는 혈액 양도 그렇게 많지 않은 것 같더라고요.

지훈 그래도 저 사람이 맞는 거 같은데. 일단 혈흔도 나왔고 내연 관계 숨기고 싶어 했으니까 동기가 확실하잖아요. 근데 경찰이 체포 영장도 안 치고 풀어주는 건 좀, (하는데)

동식 영장 치면 뭐가 달라져?

지훈 형까지 왜 그래요.

동식 (피식) 대한민국에서 사체 없는 살인이 기소 가능한가?

주원 (동식을 바라보며) 불가능하죠.

동식 (그 소리에 주원에게 시선. 빤히 보며) 그렇죠. 영장 쳐도 어차피 기각이지. 판사들 좋아하는 사유 있잖아. 그놈의 합리적 의심을,

광/길 (동시에) 배제할 수 없어서.

지훈 그렇다고 범죄자를, 살인마를 처벌을 못 하는 거 이건 아니잖아요.

동식 법이 그렇다는데 어쩌겠어. 안 그렇습니까, 한경위님?

주원 (이 자식.. 이거 지금 무슨 뜻이냐..) 그러게요. (하는데)

길구 사체 못 찾으면 저것 또 미제 되는 거 아녀. (해놓고 멈칫)

모두 (멈칫- 쯧! 동식을 보면)

주원 (동식에게 시선)

상배 (재빨리) 동식아, 너 민정이 깨워서 데리고 가야지. 퇴근 준비들 해. (소장실로 들어가는)

모두 네.

동식 (책상 물건 대충 정리하고 돌아서는데)

주원 (막아선다)

동식 (보면)

주원 저거 빠트리신 거 같은데. (책상 아래 떨어진 무언가를 가리키는)

동식이 내려다보면 열쇠 세 개가 달린 귀여운 열쇠고리다.

씬43 도로 (N)

밤. 개천 옆 도로. 안개가 자욱하게 밀려오고 있다.
느리게 껌뻑이며 켜졌다 꺼지는 가로등 빛이 자욱한 안개를 비췄다 숨겼다 하는데.
멀리 또각- 또각- 또각- 걸어오는 민정의 구두 소리.
걷다 비틀하는 민정, 속이 안 좋은지 헛구역질 몇 번 하고.
지이잉- 지이잉- 휴대폰 진동 소리 울린다. 수갑 채워졌던 흉터가 남은 손으로 가방에서 휴대폰 꺼내는 민정. 휴대폰 액정에 뜬 이름. '동식씨'.

민정 (받자마자) 밤새구 온종일 한 지붕 아래 있고도 모자라?

동식(F) 시끄러. 너 어디야. 내가 바로 집에 들어가랬지?

민정 들어왔는데? 아빠 몰래 살금살금 들어오느라고 완전 개고생, (하는데)

동식(F) 이 자식이 입만 열면 거짓말이네. 열쇠도 없는데 몰래 어떻게. 담 넘어 들어갔냐? 파출소에 흘리고 갔어, 임마.

민정 (급 당황. 가방에 손을 넣어 열쇠 찾는다. 없다. 화려한 네일아트 한 손톱 본다) 아우.. 아부지 알면 안 되는데.

그때 인기척 느낀 민정, 앞을 보면. 꺼진 가로등 아래 어둠 속에 선 남자의 실루엣.
누구지? 민정, 불안한 표정. 그때 가로등 불이 다시 껌뻑- 들어온다.
안개 속에 서 있는 남자. 민정, 살짝 겁에 질린 얼굴이었다가 어?
상대를 알아본 민정, 표정 밝아지는데.

씬44 지하실 (N)

초점 없는 민정의 눈. 무언가에 졸린 듯 목이 벌겋게 부어 있고.
카메라 뒤로 빠지면 청테이프로 입이 막힌 민정이 나무 테이블 위에 누워 있는데.
정확히 어딘지 알 수 없는 어두운 지하실.
사지가 묶인 채 낡은 나무 테이블 위에 눕혀져 있는 민정. 양 손가락이 펼쳐진 채다.
스윽스윽 규칙적으로 들리는 소음. 누군가 정육도 같은 커다란 칼을 갈고 있다.
스치기만 해도 모든 게 베어 나갈 것같이 날이 선 칼을 들고 민정에게 다가오는 사람의 그림자. 민정의 흐릿한 동공에 비치는 남자. 번쩍- 칼을 든다!

씬45 만양 정육점 안 (N)

쾅! 내려치는 정육도. 잘려 나가는 고깃덩이. 재이가 소갈비를 자르고 있다.
드럼통 그릴에 자글자글 구워지는 생갈비. 뻘건 핏물이 배어 오른다.
진묵, 다른 쪽 드럼통 앞에 서서 진지하게 고기 굽고 있고.
동식, 소주 마시는데 얼굴이 굳었다. 진묵을 돌아본다.

상배 (동식이 진묵 돌아보는 것 보고) 그놈의 넘치는 부성애~ 진묵아, 일루 와서 앉어. 따님 드실 건 꼭 그르케 궈야 돼?

진묵　수.. 숯불에 초.. 초벌해 가면 더 마.. 맛있잖아요.

광영　(중얼) 초벌까지.. 그 난장이 뭐 그리 이쁠까.

길구　(어허- 쉿) 덕분에 우리도 소괴길 다 먹네~ 강사장님 땡큐~

지화　(진묵에게) 형, 내가 구울게 가서 앉아요.

진묵　괘... 괜찮어. (잘 구워진 고기 두 점 집어 동식 그릇에 놔주며) 어.. 얼른 먹어.

동식　(고기 내려다보는 얼굴이 묘하게 일그러졌다가 자리에서 일어나더니 진묵에게로 다가가 집게 빼앗는다) 가서 앉아요.

진묵　아.. 아냐. 미.. 민정이 내가 구.. 구운 거 좋아해. (가위 든다)

동식　(멈칫- 굳어, 대꾸 없이 가위도 빼앗아버리는데)

지화　그냥 다 와서 앉지? 민정이 기집애 부르면 되잖아. (휴대폰 꺼낸다)

동식　(고기 뒤집으려던 집게 멈춘다. 당황한 눈빛)

진묵　(재빨리 지화 손 잡으며) 하.. 하지 마. 과.. 과제 하느라구 며칠 밤 꼬.. 꼬박 새웠대. 내가 가.. 갖다줄게.

정제　(툭-) 먹을 순 있을라나.

모두　(멈칫)

정제　걔 속이 말야. 어제 과음 심하게 한 것 같던, (하면)

지화　(막으며) 야-!

정제　(응?)

상배　아이구- 저저- 갈비 타잖어. 황경위, 연장 뺏어. (카운터에서 고기 썰던 재이 향해) 재이야.

지훈　(박수) 고기 여신 유재이님 등판하십니다~!

모두　(워어- 박수)

재이　(장갑 벗으며 오더니 안 쓴 젓가락으로 순식간에 머리 틀어 올리며) 주세요. (광영에게 가위, 집게 받아서 고기를 불판에 올리는 우아한 몸짓)

상배　자- 고기도 자리 잡았고! (일어난다) 일어나. 함 가야지.

모두　(아 또 뭘 가요. 하면서도 일어난다)

상배　(정자세로 딱 서고는) 나흘 전, 우리 관내, 문주천 갈대밭에서 사체가 한 구 발견됐다.

모두　(바로 진지해진다)

상배　이름이며 나이도 알 수 없는 신원 미상의 사체다. 어디서 어떻게 살았는지 아무것도 알 수 없지만 한 가지 확실한 건, 그분의 마지막에 우리 경찰이 없었다는 거다.

모두 (숙연)

상배 다시는 같은 일이 반복되지 않도록, (지화, 정제, 광영, 길구, 지훈, 동식을 훑어보며) 반드시 범인을 잡는다.

모두 (고개를 끄덕이는)

동식 (진지하게 상배 보는데)

상배 일동 눈 감고. 피해자를 위해, 잠시 묵념.

모두 (눈 감고 묵념)

상배 (잠시) 바로. (눈 뜨고는 잔 든다) 잔 들자.

모두 (잔 든다)

상배 돈 많냐!

모두 아뇨, 형님!

상배 건강하냐!

모두 아뇨, 형님!

상배 인생 뭐 있냐!

모두 아뇨, 형님!

상배 그럼 잡자!

모두 (함께) 잡자! 잡자!

상배 (원샷! 잔 비운다)

모두 (파도 타듯 잔을 비우기 시작하는데)

복잡한 표정으로 잔을 내려다보던 동식, 단숨에 들이켜고는, 천천히 고개를 든다. 입가를 훔치고는 쿨럭거리는 진묵. 등 두드려주는 재이. 정제 건너뛰고 광영과 지화에게 술 따르는 지훈. 서로의 잔 채우는 길구와 상배. 그들을 둘러보는 동식의 눈빛이 어느새 무표정하게 바뀌는데.

씬46 동식의 집 앞 골목 (N)

무표정한 동식, 주머니에 열쇠 꺼내며 대문으로 다가서는데.

대문 너머로 보이는 집 안. 어두워야 할 거실에 불이 들어와 있다.

씬47 동식의 집 - 거실 (N)

천천히 현관문을 여는 동식. 조심히 안을 들여다보면.
오래된 신문기사 앞에 서 있는 사람은 정제다.

동식 집에 간다며 여기서 뭐 하냐?

정제 (돌아본다, 빙글) 같이 나와 놓구 어딜 갔다 왔길래 나보다 늦어? 아까 고기 먹을 때부터 너 좀 이상하드라?

동식 이상하긴 무슨. 그냥 한 바퀴 뛰었어. (구두 벗고)

정제 구두 신고 달밤에 조깅이라? (소파에 슈욱- 엎드리며 오들) 나 오늘 자고 갈라는데 벌써 왜 이렇게 쌀쌀하냐. 보일러 한번 돌리자.

동식 (안방으로 들어가며) 니 집 가서 자. 보일러 고장 났어.

정제 고장 나면 고쳐 써야지! 보일러 지하에 있지?

동식 니 손에 우리 집 보일러 황천길로 보내고 싶지 않거든?

정제 믿어봐 쫌. (현관으로 가는데)

동식 지하실 전등 나갔어. 후레쉬도 없고. 들어가봐야 아무것도 안 보여.

정제 유연이 사건 파일도?

동식 뭐?

정제 파일이 없어졌드라. 방주선 파일까지 전부. 동식아, 니가 가져갔니?

동식 그걸 내가 왜.

정제 나한텐 다 말해도 돼. 너랑 나, 친구잖아.

동식 그걸 내가 왜 가져가야.. (손으로 벽에 붙은 기사들 가리키며) 저거.. 엄마 땜에 찢어버리지도 못하는 저거만으로도 충분히 미쳐버리겠는데.

정제 (잠시 보다가) 그렇지? (미소) 쏘리. 내가 서무반장이잖어. 오버 좀 해봤다. (아무 일 없던 듯) 어우-- 서늘해서 가야겠다. (현관으로 향하는)

동식 (그 모습 잠시 보다가 순간 저도 모르게) 정제야.

정제 (신발에 발을 넣다가 돌아본다)

동식 (정제와 시선 마주치고는 오히려 멈칫-)

정제　　왜. 뭐.. 할 말 있, (어? 하려는데)

동식　　(자르며) 아니. 들어가.

정제　　(흐음.. 다시 신발 신으며) 야. 파일 없어진 거 내가 발견한 거 아니다.

동식　　뭐?

정제　　(신발 다 신고 일어서며) 한주원 경위. 그 친구가 찾았어.

동식　　(멈칫, 흔들리는 동공)

정제　　(빙긋이 미소) 간다. (현관문 열고 나가는데)

씬48　동식의 집 – 마당 (N)

총총 걸어 나가는 정제. 미소 따위 싹 지워진 얼굴.
낡고 더러워진 동물 가족 장식품, 유연의 손가락이 발견된 평평한 돌에 시선.
돌아보는 정제. 불 켜진 거실 창에 아무도 없다. 정제, 대문 열고 밖으로 나가면.
그제야 창에 다가서서 내다보는 동식.

씬49　동식의 집 – 지하실 (N)

어둡다. 동식이 안으로 들어온다. 전등 스위치 달칵- 켜는 소리.
지하실 전체가 환하게 밝혀지면 빛이 새어 나가지 않게 막아놓은 창문 보이고.
동식, 잡동사니를 쌓아놓은 곳을 지나 지하실 가운데로 걸어간다.
잡동사니 뒤로 자바라 걷으면! 너머 공간이 나오는데 벽면에 붙어 있는 각종 자료들!
서고에서 사라진, 방주선과 유연의 20년 전 조서와 자료들이 빼곡하게 붙어 있다!
공간 한가운데 어렴풋 낡은 나무 테이블 보인다. 나무 테이블에 시선 주는 동식.
뚜벅뚜벅 걸어가는 동식. 카메라, 서서히 테이블에 포커스 주면, 테이블 위는 비었다.
사진 한 장뿐이다. 20살 유연의 손가락 사진. 손끝에 봉숭아 물이 어렴풋이 보인다.
동식, 마치 오열하는 사람처럼 얼굴이 일그러지는데. 눈물은 흐르지 않는다.
광기 어린 듯 웃는 것도 같다가 다시 일그러지더니 일순간 다 사라져버린다!
어떤 것도 느낄 수 없는, 사람이 아닌 것 같은 동식의 얼굴.

씬50 문주천 전경 (D, 새벽)

무성한 갈대밭, 서서히 밝아오며 멀리 해가 뜬다.

씬51 동식의 집 – 마당 (D, 새벽)

말라버린 잔디와 무성한 잡초. 장식품. 평평한 돌 위에도 햇빛이 스민다.
잔디를 밟는 발. 버적- 소리를 내며 부스러지는 잔디.

씬52 동식의 집 앞 골목 (D, 새벽)

대문 열고 나오는 동식. 티에 운동복 차림이다.
방향 잡고 몸을 가볍게 푸는 것 같더니, 갑자기 반대로 몸을 돌린다.

동식 .. 31 규 8305..

골목 저편에 주차된 차. 주원의 차다. 전면 창을 통해 주원과 눈 마주치는 동식.
주원, 운전석 문 열고 내린다.

동식 여기서 뭐 합니까.
주원 지리 익히는 중입니다. 아시겠지만, 제 관할이라.
동식 아시겠지만 제 관할이기도 한데, 한 바퀴 돌면서 설명 좀 해드릴까?
주원 괜찮습니다. 제가 민폐 별로 좋아하지 않아서.
동식 (대뜸) 운이 참 좋으시네, 한경위님.
주원 네?
동식 원래 있던 곳으로 곧 다시 돌아가실 거 같아서요.
주원 그게 무슨 소립니까.
동식 (빙긋) 이렇게 새벽부터 나와서 예습까지 하시니 말입니다. (하고는) 8305는

두고 가시죠. (먼저 나서려는데)

주원 (황당) 됐다니까요.

동식 (다리 들어 운동화 툭- 치며) 경찰은 발로 뛰어야지. 차 가지고 휘- 그게 뭡니까. 빨리 와요. (가며) 찬찬히 샅샅이 둘러보자고요, 우리 관할.

주원 (하- 어쩔 수 없이 따라나서는데)

씬53 만양 슈퍼 인근 골목 일각 (D, 새벽)

만양 슈퍼 보이고. 동식의 집 앞 골목에서 걸어 내려오는 동식과 주원.

동식 (열심히 설명 중인) 자 지금 우리 집에서 내려왔죠. 이 골목 따라 쭉 내려가서 좌회전하면 우리 파출소. 우회전해서 따라 올라가면 읍사무소. 읍사무소 뒷길로 올라가면 산으로 올라가는 등산로, (하는데)

주원 이 라인으로 빈집 있습니까?

동식 (빈집? 보면)

주원 이사 와볼까 싶어서요.

동식 곧 돌아가실 건데, 이사까진 오버 아닙니까. (하는데)

주원 오고 싶어져서요. 올 겁니다, (동식 빤히 보며) 이 라인, 이 동네로.

동식 (우뚝- 멈추고는 빙긋이) 내 어디가 그렇게 좋습니까?

주원 (멈추고 돌아보면)

동식 경찰 이동식은 아닌 것 같고. 용의자 이동식?

주원 (잠시 여유로운 미소) 그러는 이경사님은 내 어디가 그렇게 좋습니까. 내가 과거에 외사에서 뭘 했는지 궁금해 미칠 정돈 거 같던데.

동식, 주원을 빤히 보며 씨익- 미소 지었다가 너머로 무언가를 발견한 듯하다.
휙- 지나쳐 만양 슈퍼 쪽으로 다가가는 동식. 점차 동공이 흔들리기 시작하는데.
더 다가가지 못하고 우뚝 멈춰 서는 동식.

주원 왜요. 뭡니까. (다가가는)

평상 위에 무언가 놓여 있다. 주원, 표정이 굳어버리는!
평상 위에 놓인 그것은... 손가락이다.
피가 말라붙은 잘린 손가락 한 마디 열 개가 가지런히 놓여 있다!

주원 (말이 안 나와 우뚝 섰다가, 재빨리 휴대폰 꺼내서 보고하려는데)
동식 (꽉 다문 이빨 사이로 신음 소리)
주원 (동식을 보면)

동식, 시뻘겋게 충혈되기 시작하는 눈에 눈물이 차오른다.
주원, 그제야 다시 손가락을 내려다보면! 눈에 확 들어오는 네일아트!

/INS. 플래시백. 만양 파출소 안 (2회 39씬)
민정 (수갑 안 채워진 손의 검지로 주원을 가리키며) 재 나 지금 무시했니? 이 강민정을? 야! 잘생기면 다냐!

/현재. 만양 슈퍼 앞
주원 (강민정??) !!!!!
동식 (손가락에서 눈을 떼지 못하고, 다가가지도 못하는데)

/INS. 플래시백. 만양 파출소 – 숙직실 (2회 41씬)
민정 (빨대 잡고 누운 채로 쪼르륵 마시곤 다시 휙- 쓰러져 담요 올리고 웅얼) 아부지한테.. 말하지 마...
동식 (담요 잡은 손톱 네일아트 보고) 손톱이나 지우고 오늘은 바로 들어가.

/현재. 만양 슈퍼 앞
손톱 위의 화려한 네일아트. 평상 위 가지런히 놓인 잘린 손가락 한 마디 열 개.

주원 (설마.. 하는 그때!)
동식 (걷잡을 수 없는 눈물, 밀려오는 슬픔에) 민정아..
주원 !!!!!!

한 대 맞은 것 같은 충격에 주원, 저도 모르게 동식을 보면.
동식, 슬픔과 분노가 뒤섞인 얼굴. 참지 못하고 서서히 흔들리는 등.
흘러넘치는 눈물. 소리 없는 오열. 그 모습에서.

씬54 만양 슈퍼 앞 (N, 새벽 – 1시간 전)

어둠 속의 슈퍼. 후드티를 뒤집어쓴 누군가 슈퍼 앞으로 걸어온다.
비닐봉지를 든 손. 비닐장갑을 끼고 있다. 슈퍼 앞 평상에서 멈추는 발.
잠시 서 있던 그가 비닐봉지에 든 것을 꺼내서 하나씩 내려놓기 시작한다.
민정의 손가락이다. 진열하듯 손가락을 가지런히 내려놓는 남자.
열 개를 늘어놓고 상체를 일으켜 손가락을 내려다보는 남자.
카메라, 남자의 얼굴을 잡는다.
동식이다.

- 2회 끝 -

3회

웃다

씬1　만양 슈퍼 안 (D)

진묵, 무표정한 얼굴. 불 켜지지 않은 어두운 가게, 계산대 옆 의자에 앉은 채다.
고개를 들어 입구 보면, 닫힌 알루미늄 새시의 불투명 유리창 너머로 두 사람이 움직이고 있다.

씬2　만양 슈퍼 앞 (D)

슈퍼 앞 평상 주위를 둘러싼 증거 텐트 안.
현장 감식 복장의 과학수사계 임선녀 경장과 하홍철 경위, 두 사람 표정 말이 아니다.
선녀, 눈물 참으며 바닥의 증거품에 번호판을 내려두고 사진 찍어나가고.
홍철, 어두운 표정으로 평상 위를 내려다보다 카메라를 든다.
찰칵 찍히는 사진. 앵글에 잡힌 것은 민정이의 손가락이다.

씬3　만양 슈퍼 안 (D, 동 시각)

증거 사진을 찍는 두 사람의 모습이 불투명한 유리창 너머로 어른거린다.

시선 돌리는 진묵. 다시 가게 안을 둘러본다. 차곡히 쌓인 과자, 생필품 모두 그대로다. 진묵 앞에 서는 남자, 근무복 입은 상배다. 차마 쳐다보지도 못하고 참담한 표정인데.

진묵 (툭-) 다.. 다 있어요.
상배 (보면)
진묵 어.. 어제 내가 저.. 정리한 대로 그대로 다.
상배 (겨우) 진묵아..
진묵 그.. 근데요.. 우리 미.. 민정이가 없어.
상배 (감정이 올라오는 걸 겨우 누르는)
진묵 (텅 빈 눈으로) 걔.. 걔는 지금 어.. 어디 있는 걸까..
상배 (겨우) 진묵아.. 가자.. 여기 비워줘야 돼..
진묵 (손을 뻗어 겨우 상배의 바지를 잡는다) 혀.. 형...
상배 (보면)
진묵 (눈물이 뚝뚝 떨어진다) 민정이... 우.. 우리 민정이 좀 차.. 찾아줘요.. 형..

씬4 만양 슈퍼 앞 도로 (D)

과수계 텐트 앞에 서 있는 경찰 무리 속에서 지화 보인다.
텐트 쪽을 돌아보는 지화, 분노와 슬픔, 괴로운 심경이 그대로 드러나는 표정.
과수계 텐트 몇 미터 너머에서 폴리스라인을 지키는 길구와 광영.
사진 찍는 사람들을 막는 광영, 그 어느 때보다 예민해 보인다.
길구는 사람들을 막아내다 결국 돌아서 눈물을 훔치고.

씬5 만양 파출소 안 (D)

미친 듯 울리는 전화벨 소리. 멍한 표정으로 앉아 있던 지훈, 전화 받는다.

지훈 (기계적으로) 만양 파출소입니다.
임기자(F) (와다다 쏟아내는) JSB 임규석 기잡니다. 새벽에 발견된 손가락 말입니다. 피해자 신원 확인됐습니까?

지훈 (피해자 신원이라는 말에 얼어버리는 눈빛)

임기자(F) 제보에 따르면 손가락이 발견된 현장, 그러니까 만양 슈퍼에 거주하는 21세 여대생, (하는데)

들고 있던 수화기를 내려놔버리는 지훈. 아니야.. 아니야.. 고개를 내저어보는데.
결국, 눈물이 터져버린다. 소리 죽여 오열하는 지훈.

씬6 만양 정육점 일각 (D, 몽타주)

앞치마 멘 재이, 무표정한 얼굴. 기계적으로 냉장고에서 고기를 꺼내 도마에 올린다.
재이, 정육도를 잡고는 도마 위의 고기를 내려다보는데 순간 욕지기가 올라오는.
정육점 밖으로 뛰어나가는 재이, 신물을 토해낸다. 눈가에 고이는 눈물.

씬7 문주 경찰서 - 서고 일각 (D)

지이이잉- 지이이잉- 휴대폰 진동음이 고요한 서고 안을 흔든다.
서고 초입, 책상 위에 놓인 정제의 휴대폰, 미친 듯 울린다.
울리던 휴대폰, 이내 멈추고. 문자 하나씩 줄줄이 들어온다. 액정에 뜬 이름 '어머니'.
'너 이 새끼 전화 안 받을 거야?' '슈퍼집 딸 확실해?' '20년 전 그때랑 정말 똑같아?'
의자에 눕다시피 기대고 앉은 정제, 그저 멍하니 천장을 바라보고 있다.

씬8 주원의 오피스텔 - 거실 (D)

주원, 덤덤해 보이는 듯하지만, 몰트 위스키를 잔에 따르는 손끝이 사뭇 떨린다.
테이블 위 휴대폰 진동음. 문자 들어온다.
'만양서 강력1팀 오지화 경위입니다. 참고인 조사를 위해 오후 3시까지 서로 출석하시기 바랍니다.'

위스키 원샷 하는 주원. 거실 한쪽에 놓인 화이트보드를 바라본다.
방주선, 유연의 사진부터 20년 동안의 기록이 빼곡히 붙어 있다.
주원이 마지막으로 붙여놓은 피해자 6번 여자의 증명사진에 시선.
동식을 잡으려 함정을 놓기 위해 카페에서 만났던, 백골로 발견된 그 여자다.
화이트보드로 다가선 주원, 마커펜을 든다.
카페 여자의 증명사진 옆, 빈 곳에 적기 시작하는데. '피해자7'.
그 위로 번쩍- 플래시컷.

/INS. 플래시컷. 만양 슈퍼 앞 (2회 53씬)
평상 위에 놓인 민정의 손가락.

/현재. 주원의 오피스텔 – 거실
주원, 저도 모르게 일그러지는 얼굴. 피해자7 옆에 이름을 적는다. '강민정'.
다른 피해자들은 모두 다 27살의 동식 사진에 선으로 연결되어 있는데.
강민정의 이름에도 선을 연결하려던 주원, 동식의 사진에 시선.

/INS. 플래시컷. 만양 슈퍼 앞 (2회 53씬)
손가락을 내려다보고 선 동식. 시뻘겋게 충혈되기 시작하는 눈에 눈물이 차오른다.

/INS. 플래시컷. 만양 슈퍼 인근 도로 – 순찰차 안 (2회 40씬)
지훈 그게 단순히 동네 슈퍼집 딸은 아니라가지구.

/INS. 플래시컷. 만양 슈퍼 인근 도로 – 순찰차 안 (2회 40씬)
지훈 그 집은 동식 형이 엄마 몫에 아빠 몫 반 해요.

/INS. 플래시컷. 만양 슈퍼 앞 (2회 53씬)
동식 (걷잡을 수 없는 눈물, 밀려오는 슬픔에) 민정아..

/현재. 주원의 오피스텔 – 거실
그 눈물이, 그 슬픔이, 그 모든 게 다 거짓일 수 있을까.
복잡해진 주원, 선을 연결하지 못한 채 사진 속 동식을 노려보는데.

씬9　동식의 집 – 지하실 (D)

동식의 충혈된 눈. 감정이 느껴지지 않는 무표정한 눈동자.
불빛 하나 없는 지하실, 나무 테이블에 걸터앉아 있는 동식.
위이이잉- 어디선가 쉬파리 소리가 들린다.
동식의 팔등에 앉는 쉬파리. 마치 시체에 붙은 벌레 같다.
동식, 무심한 표정으로 가차 없이 팔등을 툭- 내리친다. 바닥에 떨어지는 파리.
파리를 밟아 죽이려는 듯 오른발을 드는 순간, 허벅지에 통증이 밀려온다.
허벅지를 부여잡는 동식. 숨을 들이마시지도 내쉬지도 못하고 컥컥- 거리는 그때,
동식의 눈앞에 스치는 장면들!

/INS. 플래시컷. 동식의 집 – 마당
화단 옆 평평한 돌. 가지런히 놓인 마네킹 손끝. 아니, 유연의 손가락이다.

/INS. 플래시컷. 문주천 갈대밭
흔들리는 갈대 속 기도하듯 무릎 꿇은 방주선. 아니, 마네킹이다.

/INS. 플래시컷. 지하실
어딘지 모를 지하의 공간. 낡은 나무 테이블 위, 비닐 위에 놓여 있는 민정의 손가락.
손가락을 바라보고 선 남자의 실루엣.

/INS. 플래시컷. 만양 슈퍼 앞
평상 위에 놓이는 민정의 손가락. 그것을 내려놓는 남자의 얼굴.
동식, 그 자신인가. 그렇다. 그 자신의 무표정한 얼굴.

/현재. 동식의 집 – 지하실
고통에 일그러져 꿈틀거리는 얼굴. 동식, 주머니에서 진통제 꺼내 입에 털어 넣는다.
가라앉는 통증. 이내 언제 통증을 느꼈냐는 듯 무표정해지는 눈동자.
벽면에 가득 붙은 자료에 시선 꽂는 동식, 자료 앞으로 다가선다.

방주선의 시신 사진과 유연의 손가락 사진을 하염없이 바라보다가 천천히 벽에 붙어 있던 자료를 떼어내기 시작한다. 자료를 떼어내어 나무 테이블 위로 툭툭 올리는 동식. 나무 테이블 한쪽 편에 검붉은 핏방울이 굳어 있다.

씬10　문주 경찰서 - 서고 초입 (D)

보자기로 둘둘 싼 꾸러미를 든 동식이 정제 앞에 서 있다.

정제　(황당한 표정) 방금 뭐라 그랬냐?
동식　나가 있으라고. 잠깐이면 돼.
정제　(보자기에 시선 준다) 그거 뭐야.
동식　박정제. 너랑 나, 친구라 그랬지?
정제　(무슨 소릴 하려는 건지, 황당한 시선으로 보면)
동식　이번에 넌 빠져. 듣지도 말고 보지도 말고. 오늘 지금 여기 없었던 걸로 해. (서고 문 열더니 정제 등 떠민다)
정제　(떠밀려 열린 문을 잡지만 혼란스러움에 성나기 시작) 이동식.
동식　나가, 얼른.

동식, 정제 어깨를 툭 한번 치고는 서고 안으로 향하는데.
정제, 뒤죽박죽 엉킨 얼굴로 서 있다가 서고 문고리를 스륵 다시 놔버리는.

정제　동식이 너, 이번이라는 거..
동식　(서고 안으로 들어가려는데)
정제　민정이야?
동식　(멈칫, 정제에게 시선 주는데)

아슬하게 닫히지 않은 서고 문. 바깥쪽에서 누군가 문을 잡았다.

씬11　문주 경찰서 - 서고 앞 복도 (D, 동 시각)

설핏 문이 닫히지 않게 잡고 서 있는 남자, 주원이다. 열고 들어가야 하나 망설이는데.

정제(E) 민정이..
주원 (멈칫, 집중하는데)
정제(E) 니가 그랬니?
주원 !!

씬12 문주 경찰서 - 서고 초입 (D, 동 시각)

무표정한 얼굴 그대로 서서 정제를 보고 있는 동식.

동식 내가 뭘.
정제 니가 민정이를.. (차마 더 잇지 못하는데)
동식 내가 민정이를, 죽였냐고?

정제, 동식을 바라본다. 아닐 것이다 마음을 다잡지만, 점점 슬픔이 차오르는데.
동식, 그 눈빛을 읽고는. 천천히 일그러지는. 우는가? 아니다. 웃는 것이다.
동식의 입가에 미소가 떠오른다. 정제, 그 미소가 무섭다.
차마 다시 묻지 못하고. 동식이 입을 열려는 그때 미세한 소음.
이이이잉- 모깃소리 같은 진동음 문 너머에서 희미하게 들린다.
서고 문에 시선 주는 동식. 문이 덜 닫힌 채로 미세하게 움직이는데.

씬13 문주 경찰서 - 서고 앞 복도 (D, 동 시각)

주원 휴대폰에 문자. '오지화 경위: 도착하셨습니까. 기다리고 있습니다.'
주원, 다급히 휴대폰 버튼 눌러 진동음을 멈추는데. 다시 한번 지이잉-
'오지화 경위: 1층 진술 녹화실입니다.'
재빨리 버튼 눌러 진동 멈추는 주원. 문틈으로 소리가 들렸을까 긴장하는데.

씬14 문주 경찰서 - 서고 초입 (D, 동 시각)

동식, 소리를 들었다. 정제도 마찬가지다. 두 사람, 시선 교환.
정제, 문을 열어 확인하기 위해 몸을 돌리는데.

동식 (쉬익- 입으로 바람 소리)
정제 (돌아보면)
동식 (하지 말라고 고개를 내젓는다)
정제 (왜?)

동식, 뚜벅뚜벅 문을 향해 걸어가서는 문을 열지 않고 그대로 닫아버리는데!

씬15 문주 경찰서 - 서고 앞 복도 (D, 동 시각)

쿵- 닫히는 문. 주원, 흠칫 놀라서 문을 노려보는데.

씬16 문주 경찰서 - 서고 초입 (D)

정제 지금 우리가 한 얘길 누가 들었으면, (하는데)
동식 들었으면 뭐.
정제 뭐? (동식의 덤덤함을 이해할 수 없고)
동식 누가 듣는 게 무슨 문제야? 누가 널 보는 게 문제지.
정제 그렇게까지 지금 내가 여기 있으면 안 되는 이유가 뭐야. (동식이 들고 있는 꾸러미에 시선 주며) 그거 뭐냐, 동식아.
동식 (답해줄 생각이 없는 표정으로 다시 서고로 들어가는데)

그때 지이잉- 울리는 휴대폰. 동식의 바지 주머니에서 나는 소리다.

동식, 휴대폰 꺼내서 문자 확인. '오지화: 너도 도착했지? 1층 진술 녹화실로 와.'

동식　(중얼) .. 너도 도착했지...

문 너머 있던 사람이 혹시.. 문고리 잡는 동식, 슬며시 문을 연다.

씬17　문주 경찰서 - 서고 앞 복도 (D)

텅 빈 복도. 주원, 어느새 사라지고 없다.

씬18　문주 경찰서 - 강력계 진술 녹화실 (D)

진술 녹화실 문을 열고 들어가는 동식. 지화 앞에 주원이 앉아 있다.

동식　(주원에게 시선 한번 주고는 지화에게) 진술 녹화실? (걸어가 주원 옆에 털썩 앉으며) 진술서 받는데 넓은 강력1팀 사무실 두고 왜.

주원　배려하는 거죠.

지화　(보면)

주원　형사도 사람이고, 지금 사람들이 이동식을 어떤 시선으로 볼지 아니까.

동식　어떤 시선으로 보는데?

주원　(시비인가 아님 위악인가 싶어 보는데)

지화　괜찮아? (해놓고) 이 와중에 괜찮아라니.. (기막히다)

동식　뭐 좀 나왔어?

지화　(고개를 살짝 내젓는다)

동식　과수팀은?

지화　이 동네 사람 중에 만양 슈퍼 물건 안 산 사람 있어? 족적이든 DNA든 나와도 증거 능력 없는 거지.

동식　손가락에선?

지화　국과수 들어갔는데 며칠 걸리겠지. (한숨 쉬면) 뭐든 나와야 하는데.. (자조적) 안 나오겠지.

동식 (보면)

지화 유연이 때.. 깨끗했잖아.

동식 그래도 혹시, 뭐라도 나오면 알려줘.

지화 (복잡한 심경으로 고개를 가볍게 끄덕이는데)

주원 지금 두 사람 뭐 하는 겁니까? (하, 단호하게) 오경위님 주무팀에서 빠져야 하는 거 아닙니까?

지화 그게 무슨 소립니까.

주원 참고인으로 앉혔으면 조사를 해야지, 사건 브리핑을 다 해주시고. 그것뿐인가. 담당 수사관이 피해자와 친분이 있었고 또, (동식 보는)

동식 (보고 있다)

주원 다들 일종의 가족 같은 뭐 그런 관계잖습니까. 담당 수사관이 수사에 감정적으로 접근하면 안 되죠.

동식 (툭) 그게 왜.

주원 (황당) 그게 왜?

동식 형사가 감정적으로 접근하면 왜? 돈독한 친분, 가족 같은 관계인 게 왜? 내 사람 그렇게 만든 인간 잡아 처넣고 싶은 게 왜?

주원 지금 같은 상황이 벌어지니까!

지화 (차분) 지금 같은 상황이 어떤 상황입니까?

주원 몰라서 묻습니까?

동식 20년 전 용의자였던 사람한테 사건 브리핑해주는 상황, 아니, 이번 사건 용의자에게 수사 정보를 넘기는 황당한 상황이란 건가?

주원 (당황하지도 부인하지 않는. 아닙니까, 되묻듯 본다)

지화 (하..) 참고인 조사 녹화 시작하겠습니다. (관찰실 창문으로 들어와 까닥 손짓) 참여인, 참관 들어오시고.

도수 (문 열고 들어와 지화 옆에 앉고는) 이번 조사에 참여할 형사 강도수입니다.

지화 (컴퓨터 자판을 치며) 조사 담당 형사 오지화입니다. 두 분 모두 1대1 조사 거부하고 함께 조사받는 걸 선택하셨습니다. 맞습니까.

동식/주원 네.

지화 질문하겠습니다. 이동식 경사.

동식 (보면)

지화 피해자 강민정을 유인하거나 납치해 피해자의 신체를 훼손하고 유기한 사실이 있습니까.

동식 없습니다.

지화 (착잡한 표정으로 자판을 치며 뱉는다) 강민정이 만양 파출소를 떠난 23일 19시 이후부터 신체 일부가 발견된 다음 날 05시 13분까지 피해자를 목격하거나 만난 사실이 있습니까.

동식 없습니다.

주원 주장을 뒷받침할 사람이나 증거는?

동식 그것도 없는데?

지화 (자판 치다가 동식을 보면)

동식 아.. 정육점에선 있구나. 그때가 몇 시지?

씬19 만양 정육점 앞 (N, 과거 - 전날 밤)

안에서 야물딱지게 셔터 내려버리는 재이.
'묻지 말아요~ 내 나이는 묻지 말아요~ 올가을엔 사랑할 거야.'
술 취한 상배, 심수봉의 '올가을엔 사랑을 할 거야' 부르며 노래방 가즈아!
들어가셔야죠! 상배 붙잡고 휘청대는 지훈. 길구, 구석에서 토하고 있고.
광영은 짜증스러운 얼굴로 길구의 등짝을 팍팍 내리치는.
그 난리통에도 간다- 손 휘젓고는 뒤도 안 돌아보고 떠나는 정제.
동식, 초벌 갈비 든 봉지 들고 비틀거리며 걸어가는 진묵을 보고 서 있다.
지화, 아- 진상들, 하는 표정으로 슬쩍 손목시계 확인하는데. '11시' 갓 넘어간다.

씬20 문주 경찰서 - 강력계 진술 녹화실 (D, 현재)

지화 (중얼) 열한 시.

동식 23시 이후부턴 없는 거네. 집에 가서 잤으니까.

주원 23시 이전 행적을 뒷받침할 사람이, (지화 보며) 담당 수사관이다?

도수 (쩝- 지화 보면)

지화　내가 맘에 안 들어요? 그럼 다른 사람도 있고.

주원　다 그 가족 같은 관계.. 그분들입니까?

지화　(신경질적으로 자판 탁- 치다 멈추고) 그 가족 같은 관계가 피해자 아버지랑 경찰인데, 못 믿으시겠다?

주원　합리적 의심을 하는 겁니다. 저도 경찰이고 형사라서.

지화　경찰이고 형사인 한주원 경위. 그 합리적 의심 한번 들어봅시다.

주원　20년 만에 동일 수법의 사건이 발생했다. 범행 방식이 언론을 통해 외부로 유출된 적 없으니 모방범일 가능성은 희박. 동일범이라고 생각하시니까 아까 그렇게 말한 거죠. 20년 전 이유연씨 사건 때도 깨끗했으니까 이번에도 안 나올 거다. 동일범이라는 데 이견 없으시죠?

지화　(무언의 동의. 계속하라는 눈짓)

주원　20년 만에 범인이 다시 나타나서 같은 수법의 범죄를 저질렀습니다. 그런데 참 신기하죠. (동식에게 시선) 20년 전 용의자가 최근에 이 마을에 다시 나타나서 살고 있거든요.

동식　(무료하다는 듯 손으로 입가를 쓰윽 훔치는데)

주원　심지어 그 사람이 이번에 발생한 두 건 모두의 참고인이죠. 피해자들의 최초 발견자.

동식　(입꼬리에 빙긋이 미소)

주원　어떻습니까, 오경위님. 신기합니까? 아님, 듣고 보니 그럴 수 있겠다 싶습니까. (중얼) 어느 쪽이든.. 둔한 건지, 형사가 아닌 건지.

지화　(불쾌) 형사가, 아니다...?

주원　(도수 향해) 수사관 교체해주십시오. 저는 그 후에 협조하겠습니다. (일어난다)

지화　한주원 경위, 자리에 앉아요.

주원　(목례하고 나가려는데)

동식　(의자 뒤로 획 젖혀서 나가려는 주원을 막는다)

주원　비키시죠.

동식　말은 해주고 가야지..

주원　협조하지 않는다고, (하는데)

동식　협조 그딴 거 말고. 한주원의 알리바이.

주원　(순간 잘못 들은 건가) 뭐라구요?

동식 갑자기 최근에 여기 나타난 사람이 나 하나가 아니거든요.

지화 동식아.

동식 왜? 한주원 경위는 사람 안 죽일 거 같아? 합리적 의심인가 뭔가 그런 건 나한테만 적용되는 건가?

주원 제정신입니까. 20년 전에 전 7살이었습니다.

동식 (스윽- 일어나서 마주 보며) 그래서요?

주원 7살 소년이 성인 여성 두 명을 납치해서 살해했다?

동식 그건 아닐 수도 있겠지만, 지금 한주원 경위는 스물일곱 살의 건장한 청년이잖아요.

주원 분명 아까 동일범의 소행이라고,

동식 난 그런 적 없는데?

주원 범죄 수법이 외부로 유출된 적 없고, (하는데)

동식 외부로 유출된 적 없지. 근데요, 한경위님이 아까 그랬잖아, 나는 경찰이고 형사다. 그 말인즉 한주원은 외부인이 아니란 거지. 사건 자료에 언제든 접근할 수 있는 내. 부. 인.

주원 (하-) 서고에 자료 같은 건 남아 있지도 않은데!

동식 (바로) 그래요? 정말? 근데 그걸 경위님은 어떻게 아시나?

지화 동식아, 그만.

동식 아니 지화야, 생각해봐. 20년 전 사건 조서야. 그딴 게 없어진 걸 누가 알어. 가져간 사람이나 알지.

주원 (뭐?)

동식 서고에 없는 걸 경위님이 발견해서 아는 거다, 라고 말할 건 아니죠? 거 되게 변명처럼 들리잖아~

주원 (하-) 그러니까 모방범의 소행이고 모방범이, (하-) 나다?

동식 심지어 그 사람이 이번에 발생한 두 건 모두의 참고인이죠. 피해자들의 최초 발견자.

주원 !!!!!!

씬21 한식당 - 룸 (N)

곱게 잘려 지글거리는 장어구이. 한기환, 한 점을 집어서 입에 넣으려다가 갑자기 박장대소. 기환 앞에 앉은 주원, 그런 아버지를 가만히 보는데.

기환 허허허.. 또라이. 그 자식 맘에 드네. 하하하하. 그 자식 형사로 괜찮은 재목인데 아깝다?

주원 그렇게 좋아하실 때가 아닌 거 같은데. 그 괜찮은 재목이 아버지 아들을 범인으로 몰고 있는데.

기환 (보면)

주원 (젓가락 들며) 아버지 바람대로 얌전히 조용히 가만히 있는 건 글러버렸네요.

기환 (웃음기 사라진다) 너 지금 뭘, 하겠다는 소리야?

주원 그럼 이대로 모방범 될까요? 하긴 지난번에 아버지가 그러셨죠?

/INS. 플래시컷. 주원의 오피스텔 – 거실 (2회 21씬)

기환 (여유로운 미소) 모방범.. 괜찮네, 그거. (머릿속 굴리는) 국과수 애들이 아무리 날고 긴대도 (사진 속 사체 툭, 툭) 이 여자 신원 밝히는 거 어려울 테고. 초반에 모방범으로 버무려서 미제로 정리하면 되겠네.

/현재. 한식당 – 룸

주원 한주원이 모방범이다. 그렇게 정리할까요?

기환 (답 없이 장어를 집어 입에 넣고 씹는다. 복잡한 표정)

주원 (중얼) 진짜 그런 거면 어떡하나, 고민되시나.

기환 (이 자식 못 하는 소리가 없네. 눈꼬리 치켜뜨고 보면)

주원 그런 거로 정리할까요? (덤덤하게 장어 집는다)

기환 (바로 냉정하게) 한주원. 이성적, 합리적인 척 다 하면서 누구보다 감정적이고 무분별하지. 그 또라이가 너보다 백배는 이성적인 놈이란 걸, 모르겠어? 계속 그따위로 굴다간 평생 가도 너 그 자식 못 잡는다.

주원 그러니까 아무것도 하지 말고 가만히 있어라?

기환 알리바이는 뭐라고 했어. 잘 얘기했지?

주원 했죠.

씬22 문주 경찰서 - 강력계 진술 녹화실 (D, 과거 - 당일 오후)

주원, 선 채로 동식을 내려다본다.

주원 없습니다.

동식 전혀?

주원 19시 정각 퇴근 후에 곧장 귀가했고 다음 날은, (멈칫 굳는다)

동식 다음 날이라. 아- 아무도 다니지 않는 이른 새벽 시간에 우리 집 앞에 계셨지.

주원 !

지화 (응?)

동식 손가락이 발견된 현장에서 얼마 떨어지지 않은 우리 집 말야.

주원 !!

씬23 한식당 - 룸 (N, 현재)

기환 이런 미친...!! (젓가락 내팽개치듯 내려놓는데)

주원 (수저 들더니 국물을 후룩- 맛있게 먹는다)

기환 (이 자식이 미쳤나?) 한주원! 너 대체 무슨 생각이야!

주원 (자르며) CCTV 녹화본 좀 빼주세요.

기환 (바로) 너 그날 밤 오피스텔 밖에 나갔어?

주원 (허..) 제 오피스텔 CCTV 말구요. 오늘 날짜로 문주서 2층 서고 앞 복도 그리고 서고 안 CCTV 빼주세요.

기환 그건 왜?

주원 왜는요. 아버지가 좋아하시는 그 또라이를 이성적, 합리적인 방법으로 잡으려고요.

씬24 문주 심주산 일각 (D, 다음 날)

문주시를 둘러싸고 서 있는 심주산. 드드드드- 헬기 소리가 들리고.
의용소방서, 기동타격대, 경찰 인력이 민정을 찾기 위해 수색 작업을 벌이고 있다.
체취증거견이 산 중턱을 향해 뛰어 올라가고 그 위로 드론이 날아오른다.
줄 맞춰 산을 오르며 수색 중인 인원들. 그 가운데 지훈, 길구, 광영도 보이고.

씬25 동식의 집 - 지하실 (D)

일회용 방진복을 반쯤 걸친 동식, 허리춤에 소매 부분을 묶은 채다.
구석 안쪽에 설치한 작은 CCTV가 잘 작동되는지 휴대폰 화면으로 확인하고.
묶었던 소매를 풀어 후드까지 온전히 입는 동식. 비닐장갑을 끼고 바닥에 세제를 뿌린다. 사건 자료가 붙어 있던, 테이프 흔적이 남은 벽면에 락스 뿌리고 닦기 시작하는데.
동식이 열심히 벽을 문지르는 소리만 고요한 공간에 가득하다.
멀리 벽을 타고 들리는 소리. 동식, 문지르는 것 멈추면 1층에서 초인종이 울리고 있다.

씬26 동식의 집 - 거실 (D)

벽에 붙은 오래된 기사들 앞에 서 있는 지화.
소파에 앉은 정제, 탁자 위의 잡동사니를 대충 치우고 죽이 담긴 그릇을 꺼낸다.

동식 서무반장이야 딱히 할 일이 없으니 그렇다 치고, 사건 터졌는데 주무팀 형사가 여기서 뭐 하냐.
지화 (벽면의 기사를 보면서) 진묵 형한테 갔다가.
동식 (멈칫)
지화 이 와중에 너 괜찮냐고 물어보더라.
동식 형은 어때.
지화 어떻겠어?
동식 (슬픔과 분노로 일그러지는데)
정제 와서 앉어. 너랑 진묵 형 아무것도 못 먹고 있을 거라고 재이가 자투리 넣고

끓였다는데 말은 그렇게 하고 등심 썰어 넣었을걸.

동식 나중에 먹을게.

정제 이런 말 하면 나만 냉혈한 같은데.. 산 사람은 살아야지.

지화 (기사 속 유연의 사진을 보면서 중얼) 산 사람.. (하고는) 그럼 민정인.. 죽은 건가.

정제 (지화 본다)

지화 (몸을 돌려 똑바로 동식을 바라보며) 그런 거니, 동식아?

씬27 지하실 (N, 과거)

나무 테이블. 비닐 위에 놓여 있는 열 개의 손가락. (동 회 9씬 플래시컷)
잘린 한 마디씩 가지런히 놓여 있는 손가락. 손톱 위 화려한 네일아트.
그것을 바라보고 서 있는 남자. 제정신이 아닌 것 같은 눈빛의 그는 동식이다.

씬28 동식의 집 - 거실 (D, 현재)

동식 지화야. 유연이는 살아 있을까?

지화 뭐?

동식 작년엔가 어디 무슨 카페에서 유연이 닮은 애를 봤거든. 대학교 1학년? 20살 정도 되어 보이는데, 카페에서 알바하고 있더라. 얼마나 닮았던지 놀라가지고 내가 어쨌는 줄 알어? 손가락을 봤어. 유연이가 맞으면 손가락이 한 마디씩 없어야 되니까.

정제 (옅은 한숨을 내쉬는데)

동식 알어, 임마. 유연이가 스물이겠냐. 마흔 아줌마가 되어 있겠지. 아줌마가 된 유연이를 길에서 마주쳤는데 내가 못 알아본 거면 어쩌지.. 걱정도 엄청 한다? 근데 그딴 걱정을 왜 하나 싶어. 당연히 알아보겠지.. 바로 알아보겠지.. 열 손가락이 한 마디씩 없는 여자가 세상에 흔하냐.

지화 (하아..)

동식 근데 지화야. 자그마치 20년 동안, 손가락 한 마디씩 없는 우리 유연이를 봤다는 사람이 아무도 없는 거냐? 죽은 거야.. 유연이. 그렇지?

정제 (눈을 질끈 감는데)

지화 (슬픈 눈으로) .. 그래서 그렇게 물었던 거야?

/INS. 플래시컷. 문주 경찰서 – 강력계 진술 녹화실 (동 회 18씬)

동식 뭐 좀 나왔어?

/현재. 동식의 집 – 거실

지화 첫마디가 그랬잖아. 민정이 찾고 있냐, 아니었어. 다른 사람도 아니고 민정인데. 확실하게 시체로 발견된 것도 아닌데.

정제 찾고 있는 게 당연하니까. 실종자 수색 매뉴얼을 얘가 몰라?

지화 확신한 거야. 민정이, 죽었다고.

동식 죽었어.

정제 (흠칫 보면)

동식 시체도 못 찾아.

지화 (격앙된 감정을 누르며) 왜?

동식 줄 생각이 없으니까.

지화/정제 (놀라 동공 흔들린다, 동식을 보면)

동식 (이를 악물며 나직이) 그 새끼가.. 돌려줄 생각이 조금도 없으니까.

씬29 동식의 집 앞 (D)

대문을 닫고 나오던 정제, 주머니에서 휴대폰 꺼낸다. 무음으로 걸려오는 전화. '어머니'.
정제, 휴대폰을 주머니에 넣어버리는데 앞서 나오던 지화, 몸을 홱- 돌려 정제를 본다.

지화 누군지 동식이는 알고 있는 거지?

정제 (짜증스럽게) 모른다잖아.

지화 (보면)

정제 (후-) 다들 미쳐 돌아가는 건지.. 동식이 저 자식도 제정신 아냐. 지가 뭔 소리 하는지, 아니 그냥 뭘 하는지 모르는 게 틀림없어.

지화 (중얼) 제정신이 아니다.. 뭘 하는지도 모른다..? 정제 너, 동식이가 범인이라고 생각하는 건 아니지?

정제 오지화.

지화 (꿰뚫듯 가만히 보는데)

정제 (하.. 아니라고 하려다가 이내) 너도 의심했잖아. 민정이가 죽은 걸 어떻게 확신한 건지 물었잖아.

지화 어. 의심했어. 난 경찰이니까.

정제 그래. 나도 경찰이니까.

지화 친구인 박정제는 어때. 동식이가 범인 같아?

정제 너 뭐 하는 거야. (기막혀 피식) 지금 뭐, 탐문 수사 중이니?

지화 궁금해서 그래. 20년 동안 쭉- 궁금했거든.

정제 (보면)

지화 20년 전에 난, 경찰이 아니었던 오지화는, 한 번도 이동식을 의심한 적 없었어. 걔가 체포돼서 TV에 나오고 이 마을 사람들 모두 다 범인이라고 손가락질할 때도. 내 친구 동식이는 그런 애가 아니니까. 지금도 그래. 내 친구 이동식은 그런 애가 아니거든. (한발 다가가 올려다보며) 넌 어때, 정제야?

정제 (미소) 나도 그래.

지화 그래? 근데 20년 전엔 왜 그랬던 거야?

정제 뭘.

지화 왜, 바로 가지 않았던 거야?

정제 (얼음처럼 굳었다가, 이내 미소 지으며) 지화야.

지화 (보면)

정제 (가만히 내려다보며, 툭-) 나도 그래. 20년 전에도 지금도 친구인 박정제는, 이동식이 범인 아니라고 생각해.

씬30 주원의 오피스텔 - 거실 (N)

화이트보드에 붙은 사진을 보고 있는 주원.

백골 사체로 발견된 여성에게 주원이 카페에서 건네줬던 바로 그 만양 정육점 회식 사진이다. 쭉 훑는 눈빛. 동식, 진묵, 재이, 지훈, 상배, 광영, 길구, 그리고 지화와 정제.
동식의 바로 옆에 붙어 앉은 정제, 누구보다도 친밀해 보인다.
그 옆, 27살 동식의 증명사진에 시선 주는 주원.

씬31 카페 (D, 과거 - 1회 51씬, 2회 21씬 플래시컷과 동일)

테이블 위, 동식의 증명사진을 손가락으로 툭- 밀어버리는 이금화(38세, 여).

이금화 이 경찰 아저씬 본 적 없다니까. 지난번에 말했잖아요.

주원 (동식 얼굴에 동그라미 쳐져 있는 만양 정육점 회식 사진을 꺼내 내민다) 최근에 찍은 사진입니다. 평상복 차림이구요.

이금화 (반지 낀 손으로 사진 잡는다, 들여다보고는) 아 몰라. 모르겠어.

주원 (사진 속 동식을 한 번 더 툭 찍으며) 마사지 나갔는데 이 사람이 손님이면 숫자 1 찍어서 문자 줘요. 제가 바로 갈 겁니다. (휴대폰 하나 꺼내 밀어준다) 위치추적 앱 깔아놨습니다.

이금화 (휴대폰 툭- 밀어버리며) 왜 이래요, 형사님? 24시간 감시하는 거야 뭐야? 문자 가면 그때 내 위치 따!

주원 위치추적은 판사한테 영장 받아야 하거든요. 이금화씨 불법 체류 중인데, 법원에 이름 올라가도 괜찮겠습니까?

이금화 아이씨- (반지 낀 손으로 휴대폰을 들어 흔들며) 구리게 회색이 뭐야. 난 핑크가 좋은데. (손에 쥔 휴대폰을 보며) 1(일) 하나만 찍는다?

씬32 주원의 오피스텔 - 거실 (D, 오후, 과거)

테이블 위에 놓인 주원의 휴대폰이 지이잉- 돈다.
마시던 물잔 내려놓고는 휴대폰 액정에 찍힌 번호 확인하는 주원. 눈이 번쩍.
다급히 액정을 열어 문자 확인하는데.
'ㄱㅕㅇ ㅊㅏㄹ 아..'
다시 지잉-! 울리는 폰.

'ㅎ.. 미..'
다시 지이이잉-!
'1111111111111111111111111111111'

씬33　문주 심주산 일각 (N, 현재)

어두운 밤. 숲 여기저기 떠다니는 순찰 손전등 불빛.
수색대의 속도가 눈에 띄게 느리다.
뒤처져 오르던 강력계장 곽오섭도 지친 기색이 역력하다.
곽계장, 한 발 더 내디뎠다가 훅- 미끄러지는데. 미끄러지는 곽계장을 잡는 손. 지화다.

곽계장　(쩝) 아이고. 왜 이렇게 미끄러. 탐문에서 나온 거 있어?
지화　아뇨.
곽계장　(하아..) 어떻게 이렇게 감쪽같이 사라져.
지화　지금부턴 제가 있겠습니다. 들어가세요.
곽계장　안개 밀려오면 암것도 안 보일 건데 밤새지 말고 21시에 하산해.
지화　네. (목례하는데)

그때 컹컹컹컹컹컹-!

CUT TO.
같은 자리를 맴돌며 컹컹 짖는 수색견을 다독이는 핸들러.
지화, 바닥에 손전등을 비추는데. 흙 속에 반쯤 묻혀 있는 것은 낡은 기종의 휴대폰.
주원이 이금화에게 건넸던 바로 그 회색 휴대폰이다.

씬34　주원의 오피스텔 - 거실 (N, 현재)

이금화의 백골 사체 사진. 옆에 붙은 유류품 사진은 손가락에 끼워진 반지뿐인데.
그것을 내려다보고 선 주원. 그때 노트북에서 메일 수신 알람 울린다.

노트북을 열어 메일함을 확인하는 주원. 새로운 메일 하나.
메일을 열면 본문은 없고 두 개의 영상이 첨부되어 있다.
첨부된 영상 하나를 클릭하는 주원. 문주서 서고 앞 복도 CCTV 영상이다.

/INS. 과거. 문주 경찰서 일각. 낮 - 전날
주원, 1층 계단에서 조심스럽게 위를 올려다본다. 동식이 2층으로 올라가고 있다.
서고로 들어가는 것을 확인한 주원, 시간을 체크하는데. '14시 52분'.

/현재. 주원의 오피스텔 - 거실
주원, CCTV 영상을 14시 50분에 맞추고 4배속 플레이하는데 훅- 파일이 튄다!
리와인드 해서 정속으로 재생하는 주원. 영상이 14시 53분에서 15시 5분으로 점프한다!
동식이 서고로 들어가고 나간 그 시각의 파일을 누군가 지웠다!!
주원, 하-! 재빨리 문주서 서고 CCTV 파일을 열어 14시 50분에서 플레이.
역시나 똑같이 뚝 끊기는 파일!! 어디에도 동식의 흔적은 없다!
한 치도 움직이지 않은 것처럼 책상에 앉아 있는 정제의 모습만이 보일 뿐이다.

씬35 문주 경찰서 - 서고 앞 복도 (D, 다음 날 아침)

정제, 서고 쪽으로 걸어오다 멈칫. 서고 앞 복도에 선 주원이 CCTV를 쳐다보고 있다.

정제 CCTV랑 원수라도 졌어요?
주원 (보면)
정제 그렇지 않고서야 아침부터 그걸 그렇게 노려보고 서 있을까 싶어서.
주원 문 좀 열어주시죠.
정제 아, 나 기다린 거예요? 왜요? 또 뭐 때문에?
주원 열어주시죠.

씬36 문주 경찰서 - 서고 초입 (D)

벌컥 문을 열고 들어오는 주원. 서고 안으로 다급히 들어간다.
정제, 천천히 따라 들어와서는 그런 주원을 보는데.

주원(E) 하! 아하하하하하하!
정제 (멈칫- 웃음소리?)
주원(E) 하하하하하하하!

씬37 문주 경찰서 - 서고 (D)

2000년 사건 자료들이 모여 있는 블록.
34줄 3열 앞에 선 주원이 파일 박스 안에 든 자료들을 꺼내 보며 웃고 있다.

정제 (천천히 다가가) 지금 뭐 하는 겁니까.
주원 하하.. 하아.. (자료를 들어 보여주며) 이유연씨가 돌아왔네요?
정제 (멈칫- 보면)
주원 이동식 경사가 가지고 온 겁니까? 아님 박경위님이 되돌려놓은 겁니까.
정제 그게.. 다른 사건 박스에 들어가 있더라고요. 그걸 내가 찾아서 돌려놓은 거지.
주원 방주선 사건 자료도 말이죠?
정제 뭐 그것도.. (히죽)
주원 (가만히 정제를 본다)
정제 이제라도 찾았으니까 다행이지 않나 싶은데.
주원 내가 그 생각을 못 했네. 왜 그랬을까.
정제 (무슨...?)
주원 공범.
정제 !!
주원 이동식, 박정제. 두 사람 공범입니까?

씬38 문주 경찰서 - 조사실 (D, 과거 - 20년 전)

자막. '2000년 10월'.
조사실에 앉은 젊은 상배, 당혹스러운 얼굴로 맞은편에 앉은 20살 청년을 보고 있다.

상배 뭐라고? 그... 그러니까.. 다시 한번 말해봐.

정제 동식이.. 아니라고요. 걔가 그런 거 아니에요.

상배 무슨 말도 안 되는! 박정제!! 친구 구하려고 거짓말하는 거지? 너 지금 공범 되는 거야. 네가 지금 뭔 짓을 하는지도 모르고,

정제 아니에요! 동식이 진짜 저랑 있었다니까요. 아침에 해 뜰 때까지 밤새 같이 술 마셨다고요. 정말이에요. 형사님. 믿어주세요. (눈물 주룩)

상배 (하..) 지금 현장 검증까지 다 끝났어. 인제 와서 이게 무슨.. 그걸 내가 어떻게 믿어. 네가 걔랑 같이 있었다는 걸 어떻게 증명할 건데? 증인 있어?

정제 ... 동식이요.

상배 (벌떡 일어나며) 야!

정제 정말 아니에요. 우리 같이 있었다고요.

상배 (저도 모르게 주먹을 획- 치켜들며) 이 새끼가!

정제 죄송합니다. 잘못했습니다. 정말 죄송합니다!!

정제, 꺼이꺼이 울면서 죄송합니다, 외치고 있다. 마치 뭐에 들린 것 같다.
끊임없이 죄송합니다, 잘못했습니다, 반복하는 20살 정제의 그 모습에서.

씬39 만양 파출소 - 소장실 (D, 현재)

상배, 소파 테이블에 찻잔을 내려놓는다. 맞은편에 앉은 사람은 동식이다.

상배 휴가는 왜.

동식 쉬려고요.

상배 쉬면서 뭐 하게.

동식 (피식) 뭐든 다.

상배 쉬지 마. 출근해. 사람 필요해. 다들 휴무도 반납하고 민정이 수색팀으로 나가 있잖아.

동식 난 수색 나가면 안 될 건데. 최초 발견한 참고인에 심지어 20년 전 용의잔데 괜찮으시겠어요?

상배 그럼 동네 순찰이라도 돌아. 너 빠지면 다른 사람들 더 힘들어. (단호하게) 말 들어.

동식 싫은데.

상배 (하..) 이 새끼가.

동식 (피식) 그거 오랜만이네. 말 안 들으면 그때처럼 두들겨 패서 주저앉힐 건가?

상배 (멈칫, 동공 흔들리는데)

동식 뭘 또 꿈찔해요. (상배의 찻잔을 집어 오며) 증거 수집도 제대로 못 해.. 과학수사에 기댈 수도 없어.. 저 자식이다 촉이 오면 두들겨 패서라도 자백 받아야 했겠지. 소장님은 개중 양반이었고.

/INS. 과거. 문주 경찰서 – 조사실

입술이 터지고 여기저기 멍이 든 스물의 동식, 조사실 한가운데 서 있다.

덜덜 떨면서 고개를 내젓고 있는 동식. 팔을 걷어붙인 형사1이 위압적인 표정으로 동식을 발로 확- 차버린다! 나가떨어지는 동식! 형사1, 거침없이 짓밟으려는데, 그의 어깨를 탁- 잡는 손! 서른아홉의 상배다. 형사1 앞을 막아선 상배, 동식 앞에 쭈그리고 앉는다. 어금니를 꽉 악무는 상배, 덜덜 떠는 동식에게 손을 치켜드는데.

/현재. 만양 파출소 – 소장실

상배 이해하지 마. 용서하지도 말고.

동식 (덤덤히 차를 마신다)

상배 (후회 섞인) 세상이 달라져서... 다행이야.

동식 달라지긴 개뿔. (찻잔을 내려놓는다) 그때나 지금이나 증거 없는 사건, 범인 자백 못 받고 해결할 수 있어요? 어떻게든 받아내야지. 괴물 같은 새끼들 잡으려면 괴물이 되는 거 말곤 방법이 없어요.

상배 동식아. (하는데)

지이잉- 전화 들어오는 소리. 동식, 주머니에서 휴대폰 꺼낸다. '박정제'.

동식 (받는) 왜.

씬40 문주 경찰서 - 서고 (D)

책상 앞에 홀로 앉은 정제.

정제 (전화기에) 한주원이 다녀갔어.

동식(F) 그런데?

정제 (짜증스럽게) 파일 확인하고 갔다고.

동식(F) 그래서.

정제 그래서? 한주원이 웃더라. 아주 미친 것처럼.

씬41 만양 파출소 - 소장실 (D, 동 시각)

동식 허- 허허허 허허허허. 그래?

상배 (그런 동식을 심각한 얼굴로 보는데)

씬42 문주 경찰서 - 서고 (D, 동 시각)

정제 (완전 황당) 넌 또 왜 웃어? 웃음이 나와? 뭐라 그랬는 줄 알어? 너랑 나, 공범이냐고 묻더라.

씬43 만양 파출소 - 소장실 (D)

동식 (허-! 다시 웃는다) 알았어. 끊어.

정제(F) 야, 이동식! (하는데)

동식 (가차 없이 끊고는 일어나며) 출근할게요.

상배 뭐?

동식 소장님 말씀이 맞아요. 가뜩이나 바쁠 텐데 내가 없으면 내 파트너가 힘들지.

씬44 만양 파출소 앞 (D, 다음 날 아침)

근무복 차림으로 순찰차 앞에 서 있는 동식. 주원은 차 키 들고 운전석 옆에 서 있고.

동식 운전, 내가 한다니까요. 관할 파악 아직 못 하셨을 건데.

주원 제가 머리가 좋아서 암기를 잘해요. (조수석 가리키며) 타세요. 이경사님 마음 편치 않으시잖아요. 조카나 다름없는 강민정씨가 그렇게 됐으니까. (운전석에 올라탄다)

동식 (하- 피식했다가 이내 조수석으로)

씬45 도로 - 순찰차 안 (D)

고요한 순찰차 안. 나란히 앉은 동식과 주원. 말은 없지만 묘한 긴장감.
주원, 핸들을 돌려 만양 슈퍼 골목 쪽으로 방향을 튼다.

동식 (슈퍼 쪽으로 가는 것 눈치챘지만 일부러 빈정) 머리 좋은 거 같진 않은데? 순찰 노선 제대로 못 외우셨네.

주원 상황이 상황이니까 임의로 순찰하는 겁니다. 강력계 형사분들 항상 입에 달고 사는 말도 있잖아요. 범인은 현장에 반드시 다시 나타난다.

씬46 만양 슈퍼 인근 골목 (D)

올라오는 순찰차. 멀리 만양 슈퍼가 보인다.

씬47 만양 슈퍼 인근 골목 - 순찰차 안 (D)

브레이크를 밟아 속도를 늦추는 주원. 동식, 덤덤한 얼굴로 만양 슈퍼를 바라보는데.
과수계에서 수거해 갔는지 슈퍼 앞 평상은 사라진 상태다.
누군가 슈퍼 안쪽에서 문을 열고 나온다. 진묵이다.
동식, 순간 시선 흔들린다. 놓치지 않고 보는 주원.

씬48 만양 슈퍼 앞 (D)

절뚝이며 걸어 나온 진묵. 사람의 몰골이 아니다.
허리 숙여 슈퍼 앞 바닥에 배달된 신문을 집는 진묵.
몸을 일으키나 싶다가 평상이 있던 자리에 시선.
울컥- 치밀어 오르는 눈물. 채 일어나지 못하고 무너지듯 다시 주저앉는다.
동그랗게 몸을 웅크리고 울지 않으려고 참는데 사정없이 흔들리는 어깨.
한없이 작은 몸뚱이로 파도처럼 밀려오는 슬픔을 겨우 감당하고 앉아 있는데.

씬49 만양 슈퍼 인근 골목 - 순찰차 안 (D)

멈춰 선 순찰차. 그 모습을 뚫어져라 보고 있는 동식.
눈물이 밀려 올라온다. 시뻘겋게 충혈되는 눈. 슬픔, 그리고 무기력함에 대한 분노.

주원 (그 모습 보다가 툭-) 당신이죠?
동식 (잠시 흔들렸던 눈빛에 다시 초점이 어린다)
주원 당신이 한 거 맞죠?
동식 (주원 본다. 차분해진 시선) 뭘 말입니까. 아직도 내가 민정이를,
주원 아니, 그거 말구요. 사건 파일.
동식 (보면)

주원　이동식 경사가 돌려놓은 거 맞죠?
동식　(가만히 주원을 보다 툭-) 맞으면 어떻고 아니면 어쩔 건데?
주원　(뭐?)
동식　(덤덤하게) 누가 그랬는지 그게 그렇게 중요한가?

황당한 표정의 주원, 동식을 보고 있는데. 지이잉- 휴대폰 진동음.
휴대폰 꺼내는 주원. '오지화 경위'. 오지화가 나한테 왜? 이해가 안 되는데.

동식　전화 안 받습니까? 그럼 출발하시던지.
주원　(받는다) 네.
지화(F)　오지화입니다. 지금 서로 들어오시죠.
주원　근무 중인데요.
지화(F)　만양 파출소로 가서 내가 모시고 와요? 소장님한테 말해놓을 테니까 들어오시라구요. (끊는다)
주원　!! (대체 뭐지. 슬며시 불안한 표정)
동식　(덤덤하게 주원을 보는 시선)

씬50　문주 경찰서 - 강력계 진술 녹화실 (D)

평온한 표정의 주원, 지화의 맞은편에 앉아 있다.

지화　문주시 만양읍에 처음 온 게 언젭니까.
주원　(잠시) 16일 전 만양 파출소에 전임 보고하러 왔습니다.
지화　그 전엔 여기 이 지역에 발 들인 적 없구요?
주원　일곱 살 즈음에 몇 번 있었을 수도 있죠. 아버지가 문주서에서 근무하셨으니까.
지화　그 이후엔?
주원　없습니다.
지화　강민정을 알고 있습니까?
주원　(잠시 생각했다가) 아니요.

지화　대답이 바로 안 나오네? 왜 마가 뜨지?

주원　실종 전날 만양 파출소에서 주취자로 끌려온 강민정씨를 처음 봤고, 몇 시간 동안 같은 공간에 있었고, 그렇다면 한 번도 본 적 없는 사람은 아닌데 그렇다고 아는 사람이라고 할 수는 없으니까.

지화　파출소 이전엔 두 사람 만난 적 없다?

주원　없습니다. (슬며시 짜증) 왜 그러시죠?

지화　(흐음-) 민정이 체취를 쫓던 수색견이 어젯밤에 뭘 찾았는데, (옆에 놓인 노트북을 열어 클릭하며) 한주원 경위가 알 것 같아서요.

지화, 노트북 돌려 보여준다. 화면에 뜬 증거 기록용 사진에 담긴 것은 휴대폰이다.
주원이 이금화에게 건넨 바로 그 회색 휴대폰!

주원　!!!!

지화　대포폰인데 통화한 기록은 단 한 통도 없더라고요. 문자 발신 기록만 세 건 있는데.

다시 다른 사진을 클릭해 옆에 띄우는 지화. 전송된 메시지를 찍은 사진이다.
'ㄱㅕㅇ ㅊㅏㄹ 아..'
'ㅎ.. 미..'
'1111111111111111111111111111111'

지화　강민정의 체취가 묻은 대포폰에서 발신한 문자 세 통이, 모두 한주원 경위한테 보낸 거네?

주원　(동요한 마음을 누르려 애쓰는데)

지화　한주원 경위. 강민정 정말 몰라요?

주원　모릅니다.

지화　그럼 이 휴대폰은, 누구 겁니까?

씬51　경찰청 - 차장실 (D)

굳은 표정으로 앉아 있는 기환, 휴대폰 문자 사진 담긴 경찰 자료를 들고 있다.
맞은편에 앉은 남자는 문주지청 형사3부 검사 권혁.

기환 (부들부들 떨며) 미친 새끼! 오만한 새끼! 제정신 아닌 새끼!!

혁 차장님, 고정하십시오. 우연히 잘못 온 문자일 수도 있습니다. 주원이 성격에 범죄에 휘말렸을 리가, (하는데)

기환 문자가 세 통이나 잘못 온 거다?

혁 (안다, 말 안 되는 거)

기환 권검사가 우리 집에 입주 과외 온 게 언제지?

혁 (그건 왜) 2010년입니다.

기환 (한심) 한주원 그 자식을 10년이나 보고도 그딴 소릴 하나. 권검사 사람 볼 줄 모르네? 이래서 큰일 하겠나.

혁 (흠칫. 얼굴이 벌게지는데)

기환 어디까지 나온 거야? DNA 같은 건 나왔나?

혁 국과수에서 검사 중입니다.

기환 (검사 중이다.. 고민하다 혁을 지그시 본다) 혁아. 지난번에 그 그룹 비리 건, 말끔하게 잘 처리했다며? 청 내에서 칭찬이 자자하던데.

혁 (아.. 목례) 차장님께서 잘 만들어주신 덕분에 바로 기소할 수 있었습니다. 감사합니다.

기환 뭐.. 계속 경제통으로 가는 것도 나쁘진 않지만, 저 위까지 올라가려면 두루두루 경험이 필요하지 않겠나. (보며) 문주지청에서 강력 전담하는 형사2부 말야. 부장이 내 고등학교 후밴데, 사람이 필요한 모양이야.

혁 강력 쪽은 저도 희망하고 있습니다. (결심하고 미소) 그런데 차장님. 아시다시피 이번 사건이 여대생, 손가락, 자칫하면 (기환을 빤히 보며) 경찰청 (차장의 아들은 삼키고) 이야기도 나올 수 있어서.. 그게 언론이나 여론이 좋아하는 스토리라, (다시 미소) 방을 옮긴대도 아시다시피 제가 사람도 잘 못 보고 큰일 하기엔 그릇이 작아서요. 또.. 형사2부 부장님께서 아끼는 에이스가 따로 있습니다. (사죄하듯 고개를 숙이면)

기환 (허.. 이 자식) 권검사. 에이스는, (내가) 만들면 되는 거야.

혁 (천천히 고개를 들면)

기환 걱정하지 말고 이사 준비해.

혁 (다짐) 최선을 다하겠습니다.

기환 (일어나며 덤덤하게) 국과수.. 거기서 뭐든 나오면 알려주고.

혁 (일어나며) 네.

씬52 경찰청 - 차장실 앞 복도 (D)

혁 (문 닫고 나오는데 겸손했던 표정이 확- 바뀌며) 뭐든 나오면 알려줘? 나오면 안 되는 뭔가 있는 모양인데.. (슬며시 미소) 고맙다, 주원아~ 너 도대체 무슨 짓을 한 거니~ (건들거리며 걸어 나간다)

씬53 문주 경찰서 - 앞 주차장 (D)

점심 식사 후 커피 들고 들어오던 정제, 굳는다.
경찰서 앞 주차장에 서 있는 고급 차. 운전석 앞 유리에 공무 수행 표식이 붙었다.
도해원의 차다.

씬54 문주 경찰서 - 강력계 앞 복도 (D)

굳은 얼굴의 정제, 복도로 들어서다 고급 양복을 입고 최고급 맞춤 지팡이를 짚으며 가는 남자와 지나치는데. 멈칫- 굳는 정제. 지나간 남자를 돌아본다. 분명 **이창진(49세, 남)**이다. 저 자식이 왜.. 정제, 표정 더 굳어져서는 앞을 보면, 강력1팀 사무실 앞에 서 있는 장비서.

정제 (굳은 얼굴로 걸어와 스치는데)

장비서 의원님 전화 좀 받으시지.

씬55 문주 경찰서 - 강력1팀 사무실 (D)

강력1팀 포함한 다른 팀 형사들까지 사무실 안에 빽빽하게 엉거주춤 서 있고.
강력계장 곽오섭, 해원과 마주 보고 서 있는데.

해원 지역구에 이렇게 큰 사건이 발생했는데 내가 사무실에 가만히 앉아만 있을 수 있어야죠.

곽계장 (문가에 엉거주춤 서서) 마음 써주셔서 감사합니다.

해원 내가 남인가. 나도 경찰 가족, 캅 패밀리잖아요. 패밀리는 패밀리가 도와야지. 회식이라도 하시라고 금일봉 챙겨드려야 하는데 시의원이 법을 어길 수도 없고.. 괜히 나중에 말 나와서 형사님들 피곤해지실까 봐 드링크 하날 못 사 왔네?

곽계장 이렇게 방문해주셔서 격려해주시는 것만으로 저희는 힘이 납니다. (모두 보며 그치?)

형사들 (몇은 네, 하기도 하고 몇은 대충 다른 데 보고)

해원 다들 우리 아들 같아가지고, (하는데)

정제 (열린 문으로 들어서며 계장에게 목례)

해원 아이그- 호랑이도 제 말 하면 온다더니.

정제 (모두에게 미안하다) 사건 수사 중인 사무실에 들어오시면 안 됩니다. 그만 가시죠.

씬56 문주 경찰서 - 강력계 앞 복도 (D)

곽계장, 해원과 장비서 앞서 걸어가고. 정제, 뒤따르는데.

해원 (장비서에게) 얼굴들 봤어? 몇 안 되는 인원으로 실종자 수색하느라 얼마나 힘들면. 아우- 맘 아퍼. 이래서 우리 지역구에도 자치경찰제, 이걸 제대로 운용해야 한다니까.

정제 (경멸과 한심 담아 해원을 보는데)

해원 걱정하지 마세요, 계장님. 내가 시장 되면 확실하게 밀어붙일게. 장비서. 우리 공약집에 최우선 공약으로 올려놓자구.

장비서 이미 올려두셨습니다, 의원님.

해원 (까르르) 아- 그렇지?

곽계장 (빨리 갔으면 싶다, 정제에게 시선)

정제 (죄송하다, 조용히 목례)

씬57 문주 경찰서 - 앞 주차장 (D)

주차된 도해원 차량으로 향하는 정제, 해원. 장비서 재빨리 운전석으로 향하고.

정제 (차갑게) 가만히 계시기가 그렇게 힘들어요?

해원 (덤덤하게) 가만히 있게 해줄 순 없었니?

정제 그 인간은 왜 불러 올리셨어요?

해원 누구?

정제 시치미 떼지 마세요! 이창진 그 인간 여기 왜 불러 올리셨냐고요?!

해원 JL건설 이창진? 이대표가 여기 있어?

정제 어머니!

해원 오랜만에 연락 한번 해봐야겠네. (차량 뒷좌석으로 향하는데)

정제 (차 문 손잡이를 확 잡는다. 열어주지 않고 차갑게 보며, 나직이 그르렁대듯) 하지 마세요. 그 인간 손 다시 잡지 마시라고요.

씬58 문주 경찰서 - 복도 (D)

복도로 들어서는 지화와 지화의 파트너 강도수.
지화, 2층에서 내려오는 지팡이남에게 시선. 완전히 굳는.

창진 이게 누구야. 오랜만이다, 지화야. 진짜 형사 된 거야? 오올- (러시아어) 귀여운 건 여전하네.

지화 (도수에게) 먼저 들어가 있어.

도수 (눈치) 네. (간다)

창진 (빙글) 니가 부리는 애야? 멋지네, 오지화.

지화 누가 누굴 부려. 여전하네, 이창진씨.

창진 사람 변하면 죽어.

지화 (하..) 여긴 무슨 일이신지.

창진 이혼한 전 와이프 보고 싶어서,

지화 (이 새끼가)

창진 왔을 린 없지. 왜? 기대했어?

지화 (서늘하게 보면)

창진 (주머니에서 새로 만든 면허증 꺼내서 보여주며) 갱신 기간이 지났더라고. 벌금 2만 원 냈다. 아우- 아까워.

지화 서울 사시는 분이 그걸 왜 여기서 하시냐고요.

창진 (양복 안주머니에서 지갑 꺼내 면허증 넣으며) 나 여기 이제 자주 올 건데? 아예 이사 올지도 몰라.

지화 이사를 왜 와, 당신이.

창진 20년 전에 여기서 우리 지화 만나서 연애하구 결혼하구 이혼하느라 못 한 거 다시 할라구. (지갑에서 명함 한 장 꺼내 내민다)

명함 받아서 보면. '문주 드림타운 개발 대책위원회 위원장 이창진'.
지화, 창진을 서늘하게 올려다보는데 창진, 환하게 웃는다.

창진 이번엔 꼭 성공해야 되거든? (몸을 살짝 지화 쪽으로 숙이며) 그러니까 이번엔 나 꼬시지 마라, 지화야.

지화 이 새끼가..

창진 (피식- 귀엽다는 듯 웃으며 어깨 툭- 치고 가며, 러시아어) 좋으면서.

지화, 분노로 일그러지는. 주먹 쥔 손에 구겨지는 명함.

씬59 프라이빗 바 (N)

구석 자리에 앉은 혁. 옆에 서류 봉투 놓여 있고.

들어와 옆자리에 앉지 않고 서는 주원.

주원 뭐야. 형 얘기 들어줄 정신 없다는데 굳이 불러서, (하는데)
혁 (자르듯) 심주산에서 발견된 휴대폰 얘긴데 안 들을 거야?
주원 (멈칫)
혁 (덤덤하게) 국과수에서 휴대폰 검사한 결과 나왔어.
주원 (서류 봉투에 시선 준다)
혁 경찰에 넘어가기 전에 내가 받아서 너한테 전화한 거다, 임마.
주원 심주산은 어떻게 알았어. (했다가 바로) 아버지가 얘기하셨어?
혁 이번 사건 담당 검사.. 누굴까. (빙긋)
주원 (하아.. 아버지..)
혁 아버님이 간곡하게 부탁하시더라고. 그러니까 주원아, 할 얘기 있으면 지금 해. 그래야 나도 대비하지.
주원 (잠시) 담당 검사가 그러면 안 되지.
혁 (뭐?)
주원 못 들은 걸로 할 테니까 경찰에 빨리 넘겨. (돌아서 나가려는데)
혁 너 정말 괜찮겠어? 경찰이 그 여자 뒤를 캐도?
주원 (그 여자?)
혁 지난주에 니가 발견한 백골 사체, 그 여자 말야.
주원 !!
혁 (서류 봉투를 바 위로 휙- 날리며) 휴대폰에 그 여자 DNA 나왔어.
주원 !!!

씬60 주원의 오피스텔 - 거실 (N)

소파에 마주 앉은 주원에게 감정서 휙- 집어 던지는 기환. 펄렁이며 떨어지는 감정서.
대꾸 없이 그대로 앉은 주원. 바닥에 떨어진 감정서의 글귀.
'010-0421-1001에 송신한 세 통의 문자가 마지막 기록임.'

기환 오만한 새끼! 그걸 니 번호로 받어???!!!

주원 (말없이 뚫어지게 감정서를 보고 있다)

기환 함정 수사 단독으로 진행해서 범인 체포하면, 네 공인 건 세상이 다 알아야 했겠지. 그래서 대포폰 안 쓰고 니 번호 알려준 거지?

주원 (슬며시 이를 악문다)

기환 내가 짠 판이다! 내가 생각하는 대로 다 된다! 무조건 성공이다! 오만한 새끼! 너 이제 어떡할 거야!! 어쩔 거냐고!!

주원의 눈에 바닥에 떨어진 또 다른 감정서 페이지가 눈에 들어온다.
'문주시 만양읍 문주천 갈대밭에서 발견된 변사체의 DNA와 일치함.'

주원 (감정서를 뚫어지게 보며) 저는 모르는 일인데요.

기환 뭐?

주원 번호 말곤 저랑 관련된 거 하나도 안 나왔습니다. 모른다고 하면,

기환 (자르며) 문주서 애들이 외사까지 타고 올라가면? 너희 팀에서 안마방 불체자 사건 조사하던 거 까지면 그 여자 신원은 안 나올 거 같아?

주원 불체자예요. 제대로 신원 나올 일 없고, 나온대도 제가 이 여자와 관계 있다는 증거, 없습니다. 그냥 모든 게 정황일 뿐이에요.

기환 정황일 뿐이야? 이 새끼가 아직도 정신을 못 차렸네! 언론에서 냄새 맡으면 정황만으로도 넌 유죄야! 잡혀 들어가지 않아도 끝이라고! 내가 너 같은 오만한 새끼 때문에 청장을 눈앞에 두고 미끄러져야겠어? 어???!!

주원, 비참함에 눈을 내리깐다.
내가 내 발목을 잡은 거다. 견딜 수 없는 모멸감, 패배감, 후회가 뒤섞여 엉망인데.
이를 악무는 주원, 이대로 끝날 순 없다. 그럴 순 없어..

CUT TO.
홀로 남은 주원. 바닥에 흩뿌려진 감정서를 하나씩 집어 든다.
소파 테이블 위에 떨어진 감정서 첫 페이지를 집으려다 보면.
'발견 장소: 문주시 만양읍 심주산 중턱.'

주원 (잠시 혼란) 이게 왜.. 거기.. 있었던 거지.

씬61 만양 파출소 안 (D, 다음 날 아침)

근무복 갈아입은 동식, 숙직실에서 나오는데.

길구 (커피믹스를 컵에 부으며) 그 휴대폰 말야. 민정이 체취 묻은 거. 그게 왜 거기 있었을까. 산을 샅샅이 다 뒤졌는데도 민정이 흔적 하나 발견 못 했잖아.

지훈 (날이 서서) 그거 민정이 꺼 아니에요. 진묵 형도 한 번도 본 적 없대요.

동식 (덤덤히 자리에 앉는데)

길구 (정수기 앞에서 컵에 물 받으며) 허.. 어떻게 달랑 휴대폰 하나 찾고 끝이야.. 그 수많은 사람이 동원돼서 샅샅이 다 뒤졌는데.

광영 사실은 그 폰에서, (하는데)

상배 (찻잔 들고 소장실에서 나오며) 황경위. (고개 슬쩍 젓고는 정수기로)

광영 소장님, 제가 생각을 해봤는데요. 저희끼리 쉬쉬해서 될 일이 아닙니다. 저희 팀은 다 알고 있어야죠. 나중에 큰일 날지도 모르고,

상배 뭔 큰일? 민정이 못 찾고 있는 거 말곤 큰일이 어딨어?

광영 소장님! 왜 이러세요. 퇴임 얼마 안 남으셨다고 너무 여유로우신 거 아닙니까? 남은 저희는 앞날이 창창한데,

상배 (버럭) 황경위! 지금 그게 제정신으로 하는 소리야?!!!

길구 아이고- (광영에게 그만하라는 눈짓) 소장님. 참으십쇼.

광영 이경사. 파트너 얘기 들었어? 한주원 경위가 어제 순찰 돌다 말고 문주서에 불려간 이유 말야.

상배 (이 자식이 그만하라니까! 매섭게 노려보는데)

동식 아니요. (상배 향해) 왜 불려갔는데요?

상배 (하아..... 이걸 어째야 할지)

길구 뭔데요? 예?

지훈 민정이랑 한경위님.. 관련 있는 거예요? 그래요?

상배 심주산에서 발견한 대포폰에서 한주원 경위 번호가 나온 모양이야.

길구/지훈 네?????

동식 (눈을 내리까는데)

광영 번호만 나온 거 아닙니다.

상배 (본다)

광영 오늘 아침에 들은 건데요. 오순경이랑 이경사, 한경위 세 사람이 발견한 백골 사체 있잖습니까. 그 사체가 여성인데, 그 여성 DNA가 휴대폰에서 나왔답니다.

상배 뭐?!!!!!!

지훈/상배 (놀라 입을 막고/허어....)

주원(E) 그러게요. 그랬네요.

모두 (돌아보면)

주원, 어느새 서 있다. 다들 흡-! 표정 관리 안 되고.

주원 말씀드리러 왔는데 알아서 다 해주시고, (광영을 보며) 감사합니다, 황광영 경위님.

광영 아니.. 그게.. 그게 아니라..

주원 소장님. 제가 잠시, 휴직하게 될 것 같습니다. 죄송합니다.

모두 !!!!

주원 이경사. (서늘하게 보며) 미안하게 됐어요.

동식 (본다, 그저 가볍게 목례)

씬62 만양 파출소 - 앞 주차장 (D)

비참한 얼굴의 주원, 차로 걸어가는데.

동식(E) 한경위님!

주원 (표정 가다듬고, 돌아본다)

동식 그동안 수고하셨습니다. 안녕히 가십시오. (목례한다)

주원 (빠직- 올라오는데 누르고, 목례에 답하려는 바로 그때 동식의 입가가 움직인다. 보면)

동식 (고개 숙인 채 웃고 있다. 그것도 아주 활짝. 즐거워 죽겠다는 듯)

주원 !!!!

동식 (고개를 다시 든다. 언제 그랬냐는 듯 표정 싹 바뀐 채다)

주원 웃어?

동식 (금시초문인 양) 네?

주원 (성큼성큼 동식에게 다가가더니) 막 웃음이 나와?

동식 (이게 뭔 말인가 하듯 실눈을 가늘게 뜨고 보는데)

주원 눈앞의 방해물이 사라지는 것 같아서 즐거워 죽겠어? 이제 다 내 세상 같아? 맘대로 할 수 있겠다 싶어?

동식 한경위님. 무슨 오해가,

주원 나는..! (협박하듯 나직이) 사라지는 사람 아니야. 당신 눈앞에서 사라지지 않는다고! 넌 내가 잡는다. 내가 반드시, (하는데)

동식 (덤덤하게) 아무래도 멘탈이 좀 나가신 거 같은데?

주원 뭐?

동식 좀 쉬어요. 상담을 받아보는 것도 좋고.

주원 야...! (확- 멱살 잡는데) 너.. 이 새끼...

동식 (주원의 눈을 똑바로 보며) 놓지? (고개로 까딱 파출소 가리키며) 저 안에 다 경찰인데.

주원 (매섭게 노려보는데)

동식 (속삭) 빨리 놓는 게 좋을걸. 지금 이 모습.. (경찰서 앞 CCTV 가리키며) 찍혀서 좋을 거 없잖아.

주원 !!!

동식, 주원의 손가락을 하나하나 떼서는 멱살을 푼다.
주원. 비참하다. 정중히 목례하는 동식. 돌아서 유유히 들어간다.
이를 악무는 주원, CCTV를 원망하듯 노려보는데. 그러다 멈칫.

씬63 심주산 등산로 주차장 (D, 오후)

낡은 주차장. CCTV를 올려다보는 주원. 먼지가 뽀얗게 쌓여 있는데.
CCTV를 둘러보던 주원, 전선이 삭아 끊겨 있는 것을 발견한다. 이런 젠장!

씬64 심주산 초입 도로 일각 (D, 오후)

주원, 도로를 휘- 둘러보며 걷는데. 작동하는 CCTV가 하나도 없다.
한숨 내쉬는 주원. 멀리 슈퍼 하나 보이고.

씬65 심주산 초입 슈퍼 안 (D, 오후)

슈퍼주인 CCTV? 길바닥에도 제대로 된 CCTV를 안 달아주는데 내 돈 주고 그걸 왜 달아.

주원 그럼 혹시, 등산로 주차장에 정기적으로 주차하러 올라가는 차량을 보신 적 있습니까.

슈퍼주인 거기에 정기적으로요? 왜? 아, 서울서 오셨구먼. 거기야 다닥다닥 건물 짓고 사니까 주차 자리 잡는 게 힘들겠지만, 이 동네 둘러봐요. 널리고 널린 게 공터인데 굳이 힘들게 저기까지 올라가서 왜 주차를 해놔? 내 집 가까운 데 아무 데나 하면 되지.

씬66 심주산 초입 슈퍼 앞 도로 (D, 오후)

슈퍼에서 나오는 주원. 그래서 여기였던 건가? 찍힐 위험이 없어서?

주원 (다시 정신을 잡고는, 중얼) 내 집 가까운 데 아무 데나 하면 된다..?

고개 들어 산 중턱의 등산로 주차장까지 훑어보는 주원.
나무와 잡초가 무성해 아무것도 보이지 않고.
이제 어쩌지.. 다시 주차장으로 걸어 올라가는데.

씬67 심주산 등산로 주차장 인근 (D, 오후)

주차장에 거의 다다른 주원. 주머니에서 손수건을 꺼내 땀을 닦다가 떨구는. 짜증스러운 얼굴. 허리 숙여 손수건을 집으려는데 저 멀리 풀숲, 무성한 잡초가 짓밟혔던 흔적이 보인다. 분명 자동차 바퀴 자국이다.
수풀 안쪽으로 이어져 있는 바퀴 자국.

CUT TO.
잡초를 헤치고 들어오는 주원.
낡은 컨테이너 박스가 놓여 있고. 그 앞에 트럭이 하나 세워져 있다!
잡초와 나무로 가려져 있지만, 주차장 가까이에 세워진 트럭.
주원, 다급히 다가가 블랙박스가 있는 것 확인하고 컨테이너 문을 두드린다. 쾅쾅쾅-!
삐걱 문이 열린다.

주원 (신분증 보여주며) 경찰입니다.

씬68 심주산 등산로 주차장 (D, 해 질 녘)

노트북에 꽂혀 있는 SD카드 리더기. 블랙박스 목록에서 날짜와 시간을 확인하는 주원. 영상을 찾아 재빨리 플레이하는데. 주원, 제 눈앞에 펼쳐지는 장면을 믿을 수 없다.

/INS. 블랙박스 화면
새벽. 등산복을 입은 남자가 주차장 CCTV를 올려다보고 있다.
등산 장갑 낀 손에 비닐에 싼 물건을 쥐었다.
등산로 초입으로 몸을 돌려 걸어 올라가는 남자. 갑자기 멈춘다.
주위를 휘- 둘러보는. 조심스러운 몸짓.
뒤를 돌아보는 남자의 얼굴이 화면에 잡힌다!
동식이다!!

주원 !!!!!!!

동식의 얼굴이 제대로 잡힌다. 주원, 이 자식이었어! 내가 잡았어-!
얼굴에 환희가 어리는데 순간 주원, 동공이 흔들린다.
동식이 웃고 있다. 환하게 웃고 있다!

/INS. 플래시컷. 만양 파출소 - 앞 주차장 (동 회 62씬)
동식 (고개 숙인 채 웃고 있다. 그것도 아주 활짝. 즐거워 죽겠다는 듯)

/현재. 심주산 등산로 주차장
바로 그 웃음이다. 블랙박스 화면 속의 이동식이 악마처럼 즐겁게 웃고 있다.

씬69 도로 (D, 해 질 녘)

멀리- 해가 진다. 미친 듯 달려가는 주원의 차.

씬70 동식의 집 앞 골목 / 주원 차 안 (N)

주원의 차가 동식의 집 인근에 멈춰 선다. 차 창문 너머로 동식의 집이 보인다.
불빛 하나 없이 덩그러니 서 있는 동식의 집, 마치 검은 암 덩어리 같다.

씬71 동식의 집 대문 앞 (N)

벨 누르는 주원. 기다려보지만 기척 없고. 주원, 가만히 대문을 밀어본다.
스르륵 열리는 대문. 저편 낡고 어두운 폐가 같은 집이 보이고.
아무도 살고 있지 않은 것처럼 잡초가 무성한 마당.
마당 한 켠 기우뚱 늘어진 빨랫줄에 등산복이 걸려 있다.
블랙박스 화면에서 동식이 입고 있던 바로 그것이다.

씬72 동식의 집 - 마당 (N)

유연의 손가락이 놓여 있던 돌 옆을 지나는 주원.
때가 덕지덕지 묻어 오히려 기괴해 보이는 동물 가족 장식품을 한번 내려다보고.
빨랫줄에 걸린 등산복을 확인하는 주원. 하.. 이 자식.
현관 계단 아래 지하실로 내려가는 문이 시야에 들어온다.

씬73 동식의 집 - 지하실 (N)

덜컹- 열리는 문. 열린 문밖에서 훅- 들어오는 휴대폰 라이트.
라이트를 비추며 지하실 안으로 들어서는 주원.

주원 (흡- 지하실에 가득한 냄새에 호흡을 멈췄다가) 락스?

다시 한 발 한 발 들어서는 주원.
바닥에 쌓여 있는 현수막. 라이트가 현수막 속 유연의 얼굴을 비춘다.
흡! 놀라는 주원. 후... 다시 숨을 고르고 벽을 비추는데 전등 스위치가 보이고.
달칵- 어두웠던 지하실에 불이 쨍하게 들어온다.
주원, 쏟아지는 빛에 눈이 부시다. 지잉- 이명이 울리는.
잠시 눈을 감았다가 뜨는 주원. 저편에 자바라를 발견하고.
지하실 구석 설치된 CCTV에 주원의 모습이 찍히는데 주원은 알지 못하고.
CCTV에 잡히는 주원의 모습. 주원, 자바라를 젖히고 안으로 들어간다.
낡은 나무 테이블 하나가 가운데 놓여 있고 정면의 말끔하게 청소된 벽에는 커다란 게시판이 하나 붙어 있다. A4 전단이 덕지덕지 붙은 게시판. 낡은 전단들이 잔뜩인데.

'사람을 찾습니다. (미귀가자) 성명: 한정임 (실종 당시 42세, 여성)
실종 일시: 2010년 11월 3일. 경위: 문주시 만양읍 심주사에서 귀가하던 중 사라짐.'
'실종자를 찾습니다. 이름: 방현숙 (실종 당시 32세, 여성)

실종 일시: 2014년 2월 11일. 실종 장소: 문주시 만양읍 문주천 갈대밭 인근에서 마지막 으로 목격.'

그 모든 게 다 실종자를 찾는 전단이다.
문주시 만양읍에서 실종된 여성들의 전단지가 빼곡하게 붙어 있는 것이다!
목덜미에 서늘한 한기를 느끼는 주원. 이걸 왜! 왜 모아둔 거지!
다시 돌아보는 주원. 나무 테이블 위에 뭔가 보인다. 다가가 숙여 보는데, 쿵-!!
핏자국이다. 이건 분명 검붉게 말라붙은 핏자국이다.

씬74 만양 파출소 - 숙직실 (N)

진통제 한 알 입에 넣고 까득- 씹는 동식. 보고 있던 휴대폰을 사물함에 내려놓는.
동식, 근무복 첫 단추를 푸는데. 밖에서 소란스러운 소리 들린다.

상배(E) 이게 무슨 개소리야! 말도 안 되는 소리 하지 마!
길구(E) 아무리 그래도 그렇지, 이건 말이 안 되잖어.
광영(E) 허어... 허.....
지훈(E) 왜 그래 진짜! 이러지 마요!

동식, 신경도 안 쓰고 무심하게 단추를 하나둘 풀어 내릴 뿐이다.
이내 벌컥- 열리는 문. 그제야 돌아보는 동식.
지화와 도수가 서 있다. 두 사람 표정이 심상찮다.
그들 뒤로 광영, 길구, 지훈 모두 충격에 빠진 표정인데.
이건 아니야.. 동식아, 이건 정말 아니야. 상배, 동식을 호소하듯 보는데.

동식 (덤덤하게 지화를 보면)
지화 (믿기지 않는 듯 차마 입을 열지 못하고 입술 파르르 떤다)
도수 팀장님, 제가 하겠습니다.
지화 (그럴 순 없다) 이동식 경사.
동식 .. 네.

지화 (이를 악물고 허리춤에서 수갑을 꺼내며) 강민정에 대한 납치 및 감금, 상해 등의 혐의로 긴급 체포합니다.

씬75 도로 - 경찰 승합차 안 (N)

운전하는 도수. 앞만 보고 있는 지화. 누구에게인지 무엇에게인지 분노한 채다.
수갑을 찬 손이 손잡이에 묶인 채 뒷좌석에 앉은 동식. 그저 창밖을 보고 있는데.
동식의 집 골목인가. 저 너머가 온통 빛으로 환하다.

씬76 동식의 집 앞 골목 (N)

골목 근처에 세워진 경찰차와 과수계 차량. 동식의 집 대문이 활짝 열려 있고.
어두웠던 마당과 지하실을 과수계 라이트가 환하게 비추고 있다.
바삐 움직이는 과수팀과 경찰들. 멀찍이 서서 그 모습 보고 있는 주원.
휴대폰에 문자 지잉- 들어온다. '권혁: 이동식 긴급 체포. 문주서로 이송 중'.
문자 가만히 보던 주원, 입꼬리가 슬며시 올라간다.
어느새 환하게 웃는 주원의 얼굴.

씬77 도로 - 경찰 승합차 안 (N, 동 시각)

멀리 빛을 보던 동식의 입꼬리가 천천히 올라간다. 웃는 것이다.
동식도 누구보다 환하게 웃고 있다.
그 웃음이 그로테스크하다.

- 3회 끝 -

4회

울다

씬1 동식의 집 - 지하실 (N, 몽타주)

- 벽에 잔뜩 붙은 실종 전단.
- 청소 도구와 각종 세제.
- 나무 테이블 위 검붉은 혈흔 한 방울.
- 그 앞에 놓이는 증거 식별 번호판.
- 감식복 입은 과수계 경위 하홍철, 경장 임선녀. 카메라를 들고 증거 사진을 찍는다.
- 나무 테이블 위 검붉은 혈흔 한 방울도 액정에 담긴다. 찰칵.
- 홍철, 증거 수집용 봉투에 증거들 챙겨 넣고,
- 선녀, 증류수에 적신 면봉으로 조심스럽게 테이블 위 혈흔을 여러 번 채취한다.
- 증거 수집용 봉투 실려 나가고. 나무 테이블 하나만 두고 텅 빈 지하실.
- 홍철, 묽은 과산화수소수에 루미놀 용액을 넣고 천천히 흔들어 시약을 만든다.
- 테이블 위와 그 주변에 시약을 뿌리는 홍철.
- 탁- 꺼지는 불. 깜깜한 지하실. 테이블 위 혈흔만큼 딱 그 자리만 발광할 뿐, 어둡다.
- 홍철, 다른 곳에 치익- 시약을 분무하는데. 발광하는 곳이 전혀 없다.
- 시선 주고받는 홍철과 선녀.
- 달칵- 지하실 전등 전원 버튼 누르면, 밝아지는 지하실.
- 지하실 전체에 꼼꼼히 시약을 뿌리기 시작하는 홍철과 선녀.

씬2 문주 경찰서 – 경찰 승합차 안 (N)

경찰서 뒤편 주차장 어두운 구석에 세워진 경찰 승합차 안. 시동이 꺼져 있다.
운전석의 도수. 뒷좌석에 앉은 동식, 여전히 수갑 찬 손이 손잡이에 묶여 있다.
무표정한 눈으로 창밖만 내다보고 있는 동식.

도수 (몸을 최대한 낮춘 채 힐끔 밖을 내다보며) 아우씨- 이거 뭐 어떻게 돌아가는 거야..

동식, 덤덤히 고개 돌려 도수가 내다보던 쪽에 시선 준다.
경찰서 현관 앞. 어느새 몰려온 기자들, 방송 준비하며 부산스럽게 움직이고 있다.

씬3 문주 경찰서 – 경찰서장실 (N)

몰려든 기자들을 내려다보는 강력계장 곽오섭, 인상 팍 쓰는데.
붉으락푸르락하는 문주 경찰서장 **정철문(56세, 남)**.
그 앞에 서 있는 지화. 덤덤한 표정인데.

정서장 곽계장! 일을 이따위로 처리합니까? 사람 관리가 그렇게 안 돼요?!!

곽계장 저희 애들이 흘렸다는 증거도 없는데, (하는데)

정서장 (버럭) 그게 말이야 범벅이야? 영장 치다 새나갈까 봐 바로 긴급 체포했는데 딴 팀에서 어떻게 알고? 강력 쪽 아니면 흘러 나갈 데가 없잖아!

곽계장 (알고 있다. 열받지만 누르며) 후문 쪽은 뻗치기하는 기자애들 안 보입니다. 얼굴 씌워서 데리고 들어오겠습니다.

지화 (덤덤하게) 복도에서 뻗치기하는 애들은요. 걔들한테 사진 찍혀서 납치 용의자 경찰 긴급 체포, 속보 뜨면, (하는데)

정서장 경찰 긴급 체포?

곽계장 이동식이 경찰인지 걔들이 어떻게 알고?

지화 서장님께서 당장 긴급 체포하라셔서 옷 갈아입힐 새가 없었거든요. 이동식 지금 근무복 입고 있습니다.

곽계장/서장 뭐?!!!!

씬4 문주 경찰서 - 경찰 승합차 안 (N)

순찰 근무복 차림의 동식, 앞자리의 도수를 흘끔 보는.
도수, 운전석에 몸을 감추듯 숙여 앉은 채 다시 현관 쪽 기자들 훔쳐보는데.

도수 아우- 씨, 어떤 새끼가 흘린 거야.

동식 도수야. 담요 꺼내 와. 가리고 들어가자.

도수 형 지금 체포된 거거든? 가만 좀 있어요.

동식 후문 쪽엔 안 보이잖아. 후딱 들어가자.

도수 나 혼자 어떻게 들어가요. 지화 누나 기다려야지.

동식 저치들 좀 있으면 후문까지 몰려올 텐데.. 괜찮겠어?

도수 (안다, 복잡한 표정으로 현관과 후문을 번갈아 살피는데)

그때 정문 쪽으로 기자 차량 더 들어온다.
어어! 이거 뭐야. 도수, 당황하는 눈빛. 우르르 내리는 기자들. 심상찮다.

도수 (휴대폰 꺼내 지화에게 전화 걸며) 서장실에서 뭐 하는 거야.. (받지 않는다) 아으 씨.

도수, 어쩔 수 없다. 눈 질끈 감고 휴대폰 집어넣는. 달칵- 운전석 문 여는데.

씬5 문주 경찰서 - 후문 근처 복도 (N)

모자를 쓰고 담요를 뒤집어쓴 동식이 후문으로 들어와 복도로 들어선다.
긴장한 채로 동식의 팔을 잡고 들어서던 도수, 다행이다- 안도의 숨을 내쉬고.
복도 저편에서 다급히 오고 있는 지화와 곽계장 그리고 강력계 팀원들.

중앙 현관 쪽에서 기자들이 웅성거리며 들어오고 있다.
기자들, 복도 반대편에서 걸어오는 강력계 발견하고, 다시 동식 쪽으로 시선.

곽계장 이런 씨. (뒤로 주춤 빠지는데)
지화 (당황함을 누르고 도수에게 한 손으로 천천히, 다른 손으로 일단 와)
도수 (완전히 굳어서) 천천히 갑시다. (동식을 잡아끄는데)

고개를 푹 숙인 동식, 슬쩍 기자들 쪽을 본다.
마치 모자를 푹 눌러쓰려는 듯 수갑 찬 두 손을 들어 모자를 잡는데!
그 결에 담요가 들린다! 고스란히 드러나는 순찰복!

기자들 경찰이야!/경찰이 수갑 찼어!/경찰이다!/경찰!!/야- 찍어!/일단 찍어!
지화 !! (동식을 향해 달리며) 막아!
강력계 (기자들 향해 달린다!)
기자들 (아랑곳하지 않고 지화와 동식에게 우르르 달라붙으며) 누굽니까?/경찰 맞죠!/여대생 실종 사건 용의잡니까?/지금 경찰을 긴급 체포한 겁니까?

동식, 지화 그리고 강력계와 기자들 뒤엉키는 난장판!!!

씬6 동식의 집 - 지하실 (N, 동 시각)

지하실 전체에 꼼꼼하게 루미놀 시약을 도포한 과수계 직원들.
홍철, 고개를 끄덕이면 선녀, 손을 뻗어 전원 스위치에 갖다 댄다.

씬7 문주 경찰서 - 후문 복도 일각 (N, 동 시각)

아수라장 속에 지화와 강력계, 동식을 감싸고 옷을 벗어 씌우고 끌고 들어가는데!
번쩍번쩍- 쉴 새 없이 터지는 플래시. 강력계 형사들에게 막힌 기자들 외치고 있다.

기자들 용의자가 경찰입니까?!!/경찰이 납치한 겁니까?/여대생은요?/피해자 살아 있습니까?

강력계 (막으며) 찍지 마세요!/찍은 거 다 지우세요!!/카메라 주십쇼!

완전히 열받은 지화, 동식을 밀고 다급히 들어가는데. 기자들의 외침이 등을 때린다!

기자들(E) 증거 있는 겁니까?/손가락 자르고 유기한 증거 나왔습니까?/긴급 체포한 근거가 뭡니까?!!!/명확한 증거 있으니까 긴급 체포한 거 아닙니까!

씬8 동식의 집 - 지하실 (N, 동 시각)

달칵- 꺼지는 불. 어둠에 휩싸이는 지하실.
나무 테이블 위에서 발광하는 혈흔 한 방울의 흔적.

선녀 (동공 지진) 하경위님...

홍철 (완전히 굳어서) ... 이거.. 왜.... 아무것도 없어...?

그렇다. 어떤 곳에도 혈흔에 발광하는 빛이 없다.
그저 딱 한 곳. 나무 테이블 위의 그 점 같은 혈흔 한 방울뿐이다.

씬9 문주 경찰서 - 후문 복도 일각 (N, 동 시각)

강력계로 끌려 들어가는 동식, 뒤집어쓴 옷 사이로 슬며시 보이는 입가.
천천히 올라가는 입꼬리. 동식이.. 웃고 있다.

씬10 문주 경찰서 - 강력계 복도 일각 (N)

다급함을 누르며 단호하게 걸어가는 주원의 뒷모습.

주원을 지나 강력팀별 사무실로 들어가는 사람들.
열린 문틈으로 보이는 사무실 안의 형사들 모두 소리 죽인 TV를 보고 있다.
동식의 근무복이 드러나는 순간이 반복 방송되는 중이다.
커다랗게 박힌 자막. '여대생 납치 상해 용의자 경찰 긴급 체포!'
텅- 텅- 닫히는 문을 지나 진술 녹화실로 향하는 주원. 밀랍처럼 굳어버린 그의 얼굴.

씬11　문주 경찰서 - 강력계 진술 녹화 관찰실 (N)

주원, 문을 열고 들어서면 곽계장과 상배 돌아본다.

주원　(상배 발견하고 멈칫) 소장님.
상배　(덤덤하게 예측했다는 듯) 한경위 왔어?
곽계장　형 지금 뭐 하는 거야? 여기서 만양 파출소 계모임이라두 하시게?
상배　내가 부른 거 아니다. (다시 창 너머 진술 녹화실로 시선)
곽계장　(서늘하게) 한주원 경위. 관할도 아닌데 맘대로 들어오면 돼? 나가. (휴대폰 든 손으로 휘휘- 나가) 형! 형도 그만 가고. 뭐야. 왜 안 나가?
주원　(곽계장의 손에 든 휴대폰 가리킨다)

웅? 하는 그때. 곽계장 손에 들고 있던 휴대폰에 문자 삐록-
'정철문 서장님: 한주원 경위가 제보해서 체포한 사건이니까 관찰실 들이세요.'

곽계장　하- 관할이고 뭐고 없냐! 위고 아래고 진짜 다들 빠져가지고 잘하는 짓이다. (못마땅한 시선 날리는데)
주원　(아랑곳하지 않고 들어서면)
상배　(옆의 의자 밀어주며) 우리 한경위 어쩌냐. 꽁지 빠지게 달려왔는데 엿 되는 거 실시간으로 방청하게 생겼다?
주원　(창 너머 진술 녹화실로 시선) 묵비권 행사 중입니까?
곽계장　묵비권? 차라리 그랬으면 좋겠다. 저 또라이 오늘 컨셉 저거 뭐냐.

창 너머로 보이는 진술 녹화실의 동식, 테이블 위 무언가를 가만히 들여다보고 있다.

동식, 천천히 눈을 들어 지화와 도수를 본다.
모두 동식의 입에 집중하는 그때.

씬12 문주 경찰서 - 강력계 진술 녹화실 (N)

동식 땡땡면.

도수 (자판 치려다) 네????

동식, 다시 노트북 속 사진을 내려다본다. 블랙박스 화면을 캡처한 사진이다.
동식이 검정 비닐봉지를 들고 올라가다 돌아보던 순간이 찍혀 있는데.

동식 (사진 속 들고 있던 비닐봉지를 툭툭 치며) 땡땡면이라고. 컵라면 말고 봉지라면.

도수 십 분 넘게 들여다보더니, 이 검정 봉지 안에 있는 게 라면이라구요?

동식 신중해서 나쁠 게 없잖아. (지화에게) 안 그래?

지화 (너 지금 뭐 하는 거냐)

도수 이선배. 지금 이게 다 장난으로 보입니까?

동식 장난은 무슨. (옆에 떠 있는 다음 사진을 툭- 치며) 이건 모른다니까. 이걸 왜 나한테 물어.

동식, 관찰실 쪽에서 보이도록 노트북 획 돌리면 이금화의 휴대폰을 찍은 증거 기록용 사진이다.

동식 한주원 경위한테 물어야지. 이거 한경위 번호 나온 대포폰 맞지?

씬13 문주 경찰서 - 강력계 진술 녹화 관찰실 (N, 동 시각)

주원 (표정이 굳는데)

상배 (주원을 쳐다보는)

곽계장 크음- (주원 상배 의식하며 괜히 헛기침하는데)

씬14 문주 경찰서 - 강력계 진술 녹화실 (N, 동 시각)

동식 내가 이 대포폰을 (사진 속 비닐봉지를 가리키며) 요 깜장 비닐에 싸갖고 올라가면서 블랙박스에 찍힌 거다, 이거냐? (피식) 투시력 장난 아니네. 요즘 강력에선 초능력 훈련하냐?

도수 좋아요. 이 안에 든 게 라면이다 칩시다. 그건 왜 갖고 올라갔는데요? 산꼭대기에 올라가서 끓여 드시려고 아래서부터 곱게 봉지에 싸갖고 올라가셨나?

동식 (지화에게) 너 애들 교육 안 하니? (도수 향해) 이런 준법정신 더~럽게 모자란 경찰 봤나.

도수 (자판 치다) 뭐라구요?!

지화 (쯧! 도수 제지한다, 다시 동식에게 시선)

동식 산 정상에 올라가는데 (비닐봉지 툭툭 치며) 컵라면도 아니고 봉지라면을 어떻게 끓여? 버너, 부탄가스! 산에서 인화성 물질 사용하는 거 불법이야 아니야? 내가 법까지 어겨가면서 이걸 왜 끓여? (한심) 아- 강도수 너 준법정신 더럽게 부족하다?

도수 지금 납치 상해 용의자로 체포된 사람이 준법정신을 따지는 겁니까.

동식 그럼 경찰이 법을 지켜야지. 이런 법은 법도 아냐? 이딴 법은 안 지켜도 그만이야? 정신 차려. 티끌 모아 태산, 천 리 길도 한 걸음부터!

도수 와 씨- 그놈의 티끌! 내가 듣긴 들었지만 뭐 이런 또라이, (흥분을 누르지 못하고) 형, 내가 되게 존경했었거든요? 이 동네 구석 파출소에서 서울청 광수대까지 올라간 이동식 형사, (하는데)

지화 (나지막이) 강도수. (도수를 차분히 본다. 너 지금 뭐 하냐)

도수 (아씨- 보면)

동식 (아랑곳하지 않는, 여유로운 표정) 칭찬 고맙다.

도수 (하아.. 감정 누르며 다시 컴퓨터 화면에 시선 꽂는. 자판 치며) 끓여 먹으려고 갖고 간 거 아니면 그건 왜 들고 올라갔습니까.

동식 라면땅.

도수 (자판 치다 허- 동식을 본다)

지화　(허- 실소)

동식　라면땅 몰라? 생라면 쪼개가지고 스프 넣고 흔들어서 먹는 거. 라면땅엔 땡땡면이지.

도수　하... (기막혀 보면)

동식　얘가 이것도 모르나 봐. 도수야. 내가 굳이 땡땡면, 라면 상호를 밝힌 이유가 뭐 같아? 구매 내역, 니들이 확인하기 편하라고? 그런 이유도 있지. 뭐, 나도 경찰이고, 니들이 아닌 사람 붙잡고 헛발질하는 시간 아까우니까. 물론 그게 전부는 아니고, 니들이 내 말을 눈곱만큼도 의심하면 안 되잖아. (하다가) 내가 너무 말이 빠른가? 도수 너 아직도 분당 200타 못 넘지? 천천히 다시 할게. 제가.. 땡.. 땡.. 면이라는 상호를.. 밝힌 이유는..

도수　(자판 더더덕 치며 버럭) 의심받기 싫어서 굳이 상호를 말씀하셨다?

동식　도수야. 땡땡면 특징이 뭐니? 시판되는 라면 중에 면발이 제일 얇잖아. 라면땅은 얇은 면빨로 해 먹어야 빠삭빠삭한데, 내가 그거 해 먹는다고 두꺼운 면빨 들고 산에 올라갔다? 그건 코미디지. 그래서 내가 땡땡면이라는 상호를 명확하게, (하는데)

도수　(땡땡 치다가 자판 쾅-!) 와- 씨! 그놈의 땡땡면! 헛소리 집어치워요! 우리가 지금 당신 면발 튀는 소리 들으려고 긴급 체포까지 한 줄 알아???

동식　도수야, 왜 그래. 너 라면 싫어하니?

지화　이동식. 적당히 해.

동식　적당히? (미소) 오케이. 그럼 면발 얘긴 그만. 이제 무슨 얘길 할까. (하다) 화면발..? (미소) 어떻게.. 나 화면에 잘 받디?

지화　!!

동식　대한민국 경찰이 (천천히 관찰실 쪽 창을 본다) 긴급 체포해서 끌고 온 사람을 기자들 카메라에 찍히게 했다.. 명확하게 범인인지 확증되지 않은 사람의 신원을 만천하에 공개했다.. (도수 바라보며) 도수야, 이런 얘기는 좋아하니?

도수　(굳어버린다)

지화　(잠시 눈을 내리깔았다가 도수에게 속삭) 휘둘리지 말고 넘어가.

도수　(마음 다잡고) 그날 새벽 땡땡면을 들고 심주산에 올라간 이유는요.

동식　라면땅, (하는데)

도수　라면땅 말고. 산에 왜 올라갔냐고요.

동식　(지화 본다) 넌 알잖아.

지화 ??
동식 나 비번일에 심주산 등산하는 거.. 너 알잖아.
지화 (멈칫- 그날이 비번이었나)
동식 (지화에게 눈 떼지 않고 나직이) 오지화 경위. 알잖아.
도수 비번이라 등산했다? 조카나 다름없는 강민정씨가 실종됐는데?
동식 평소 하던 행동을 안 하는 게 이상한 거지, 평소대로 하는 게 이상한가?
지화 (노트북을 제 앞에 당겨서 무언가 찾는데)
동식 그래서 니가 안다는 거야, 모른다는 거야.
지화 (보면)
동식 날 위해서 증언을 해주겠다는 거야, 안 해주겠다는 거야?
지화 (천장의 마이크를 향해) 이동식 경사가 비번일에 심주산 등산하는 거 제가 잘 알고 있습니다. 그런데 동식아. (노트북 돌려) 이건 모르겠어.

동식, 노트북에 크게 뜬 사진을 내려다본다.
지하실 테이블 위의 혈흔이 고스란히 담겨 있는 사진이다.

지화 너희 집 지하실에 왜, 민정이 혈흔이 있는 거니.

씬15 문주 경찰서 - 강력계 진술 녹화 관찰실 (N, 동 시각)

상배 !!!!
곽계장 (그렇지! 하는 표정)
주원 (입가에 슬쩍 비릿한 미소가 올라오는데)

씬16 문주 경찰서 - 강력계 진술 녹화실 (N, 동 시각)

동식 (사진을 가만히 보며) 혈흔.. 민정이 혈흔이라.
지화 (지긋이 본다)
동식 (노트북을 툭 밀며) 그걸 내가 어떻게 알아. 민정이야 우리 집 밥 먹듯 드나

들던 녀석인데 지하실 들어갔다가 뭐에 찔렸는지, (하는데)

지화 청소는 왜 했어?

동식 (본다)

지화 락스랑 세제로 아주 깨끗하게 구석구석 청소했잖아. 흔적을 완전히 지워야 하는 사람처럼.

동식 (두 손을 들어 손바닥으로 마른세수를 하듯 얼굴을 감싸 두 눈을 문지른다) 그러니까 내가 민정이를..

씬17 도로 (N, 과거 - 2회 43씬)

개천 옆 도로. 느리게 껌뻑이며 켜졌다 꺼지는 가로등.
또각- 또각- 또각- 저 멀리 걸어오는 민정의 구두 소리.
걷다 비틀하는 민정, 속이 안 좋은지 헛구역질 몇 번 하는데.
지이잉- 지이잉- 휴대폰 진동 소리 울린다. 수갑 채워졌던 흉터가 남은 손으로 가방에서 휴대폰 꺼내는 민정. 휴대폰 액정에 뜬 이름. '동식씨'.

민정 (받자마자) 밤새구 온종일 한 지붕 아래 있고도 모자라?

동식(F) 시끄러. 너 어디야. 내가 바로 집에 들어가랬지?

민정 들어왔는데? 아빠 몰래 살금살금 들어오느라고 완전 개고생, (하는데)

동식(F) 이 자식이 입만 열면 거짓말이네. 열쇠도 없는데 몰래 어떻게. 담 넘어 들어갔냐? 파출소에 흘리고 갔어, 임마.

민정 (급 당황. 가방에 손을 넣어 열쇠 찾는다. 없다. 화려한 네일아트 한 손톱 본다) 아우.. 아부지 알면 안 되는데.

인기척 느낀 민정, 앞을 보면. 꺼진 가로등 아래 어둠 속에 선 남자의 실루엣.
누구지? 민정, 불안한 표정. 그때 가로등 불이 다시 껌뻑- 들어온다.
어? 상대를 알아본 민정, 표정 밝아지는데. 동식이 휴대폰을 들고 서 있다!

동식(E) 지하실로 끌고 가서...

씬18 동식의 집 - 지하실 (N, 과거 - 2회 44씬의 상상)

초점 없는 민정의 눈. 무언가에 취한 듯하다.
카메라 뒤로 빠지면 청테이프로 입이 막힌 민정이 나무 테이블 위에 누워 있는데.
사지가 묶인 채 낡은 나무 테이블 위에 눕혀져 있는 민정. 양 손가락이 펼쳐진 채다.
스윽스윽 규칙적으로 들리는 소음. 누군가 정육도 같은 커다란 칼을 갈고 있다.
스치기만 해도 모든 게 베어 나갈 것같이 날이 선 칼을 들고 민정에게 다가오는 사람의 그림자. 민정의 흐릿한 동공에 비치는 남자. 일회용 방진복을 입은 동식이다!
동식, 번쩍- 칼을 들더니 민정의 손가락에 내리친다!

동식(E) 손가락을 자르고..

비닐을 깐 바닥에 뚝뚝 떨어지는 피.
초점을 잃은 민정의 얼굴에 비닐을 덮는 손. 얼굴에 딱 맞게 흡착되는 비닐.
숨 막히는 민정. 헉헉거리는 소리. 비닐이 조여온다. 끔찍하게 드러나는 얼굴의 자욱.
의식 저 너머에 있으면서도 꿈틀거리는 몸뚱이. 손끝에서 마구 튀는 핏방울.

동식(E) 살해했다...

씬19 문주 경찰서 - 강력계 진술 녹화실 (N, 현재)

동식 (덤덤하게) 손가락을 자르고 살해한 증거를 지우려고 락스랑 세제로 청소했다.
지화 (누구에게 향하는 것인지 모를 슬픔과 분노가 뒤섞이는데)

씬20 문주 경찰서 - 강력계 진술 녹화 관찰실 (N, 동 시각)

모두 숨죽여 동식을 지켜보고 있다. 그때, 진술 녹화실 안 동식이 씨익- 웃는다.

동식(E) 왜 이래.. 아마추어처럼.

주원 !!!

씬21 문주 경찰서 - 강력계 진술 녹화실 (N, 동 시각)

동식 (되묻듯) 내가 거기서 민정이 손가락을 자르고 여기저기 튄 피를 없애려고 깨끗하게 청소했다? 락스랑 세제로?

지화 (지긋이 보면)

동식 (혈흔 사진을 툭 치며) 근데 왜 이 사진밖에 없어? 설마 락스랑 세제로 청소해서 혈흔이 모두 사라진 거다, 그딴 소리 하려는 거 아니지? 니들이 TV 드라마에 나오는 형사야? 락스랑 세제로 지운다고 루미놀에 혈흔이 안 나오냐? 다 나오잖아. (사진을 다시 들여다보더니) 딱 한 방울. (지화를 픽- 올려다보며) 정말 이게 다야?

/INS. 플래시컷. 동식의 집 - 지하실 (동 회 8씬)
어두운 지하실. 어떤 곳에도 혈흔에 발광하는 빛이 없다.
그저 딱 한 곳. 나무 테이블 위의 그 점 같은 혈흔 한 방울뿐.

/현재. 문주 경찰서 - 강력계 진술 녹화실
정말 그게 다다. 도수, 옅게 한숨을 내쉬는데.
지화, 이렇게 될 줄 알았다. 차분히 동식을 바라보는데.
여유로운 표정의 동식, 천천히 고개를 돌려 관찰실 쪽을 본다.
마치 주원이 거기 있는 걸 다 알고 있다는 듯.

씬22 문주 경찰서 - 강력계 진술 녹화 관찰실 (N, 현재)

주원, 동식의 시선을 고스란히 받고 노려보고 있는데.

상배 한 방울? (곽계장 보면) 야.

곽계장 아니 형. 상식적으로 말이 안 되잖아. 가족 같은 민정이가 실종됐는데! 손가락 열 개, 것도 지가 발견해놓고 그 와중에 락스랑 세제까지 써서 거길 왜 구석구석 청소하냐고!

상배 구석구석은 지랄. 구석구석 청소했는데 저건 왜 나와! 그리고! 열 손가락이 잘렸는데, 나올 거면 피가 넘치고 터지게 나와야지, 뭔 어거지야! 진짜 저 한 방울 땜에 긴급 체포한 거야?

곽계장 어쨌든 거기서 실종자 혈흔이 발견됐잖아. 싹싹 닦아서 청소하는 게 지가 설치한 CCTV에 다 찍혔다니까.

상배 (버럭) 말 한번 잘했다! 그놈의 CCTV에 동식이가 훼손하는 장면이 나오디? CCTV 지운 흔적은?

곽계장 (쩝) 아니 뭐.. 그런 건 안 나왔는데, (하면)

상배 어떤 미친놈이 CCTV를 지 손으로 설치하고선, 사람을 살해하고 청소했다? 근데 지운 건 없다? 진심이냐.

주원 (여유만만한 동식에 시선 고정. 툭-) 지하실에서 자른 게 아니다..

상배/곽계장 (주원을 보면)

주원 (여유로운 동식을 가만히 보며) 다른 장소...

곽계장 한경위, 집히는 데라도 있어?

주원 피범벅이 돼도, 칼과 톱을 써도 이상하지 않은 곳이면..

상배 !!!

씬23 만양 정육점 앞 (D, 다음 날 아침)

만양 정육점 간판이 화면에 잡힌다. 십여 년의 세월을 고스란히 담은 간판.

씬24 만양 정육점 안 (D, 아침)

칼날에 핏물이 얼룩져 있는 육절기. 사진 찰칵!

골절기와 분쇄기를 둘러보던 감식복 차림의 하홍철 경위, 찰칵- 사진 찍는다.

냉동실 문을 여는 과수계 직원. 발골하기 전의 벌건 돼지와 소가 걸려 있다.
도마 위에 나란히 놓인 여러 종류의 칼. 낡고 오래되어 많이 닳았지만, 날이 서 있는 칼 하나. 나무 손잡이에 오래된 핏물이 얼룩져 있다. 사진 찍는 임선녀 경장. 증거 수집용 봉투에 낡은 칼을 담는데.

씬25 만양 정육점 앞 (D, 아침)

과수계 차량과 경찰차 여러 대가 정육점 앞에 세워져 있다.
창 너머로 정육점 안에서 감식복의 과수계 직원들이 사진 찍고 물품들을 수거하느라 분주한 모습 보이고. 멀찍이 떨어져서 서 있는 재이, 무표정한 얼굴로 손에 든 압수수색 영장을 다시 내려다본다.
'압수수색 검증 영장
죄명: 약취 및 유인, 상해 등 압수·수색·검증을 요하는 사유
2020년 10월 24일 발생한, 강민정(여, 21세) 납치 감금 및 상해 (신체 훼손 - 손가락 절단) 사건에 관하여 압수수색을 실시한다.'
번쩍- 뒤쪽에서 카메라 플래시 터진다.
재이, 돌아보면 길 건너 모여든 사람들과 기자들 보인다.
찰칵찰칵- 사진 찍는 기자들. 수군거리며 휴대폰으로 동영상을 찍는 사람들.

동네주민1 옛날에도 저기서 무슨 일 있지 않았나.
동네주민2 (귓속말로 수군수군)
동네주민1 아.. (하고는 재이 보며) 아직도 장사를 하네.

사람들의 말소리가 벌들이 웅웅거리는 것 같은 소음으로 재이의 귓가를 때린다.
괴로운 소음에 재이, 눈을 감아버린다!

/INS. 플래시백. 만양 정육점 앞 (과거 - 10년 전)
다시 눈을 뜨면 교복을 입은 18살의 재이가 초점 잃은 눈으로 서 있다.
경찰들 정육점 안과 밖을 오가며 조사 중이고.
사람들 모여서 웅성웅성. 손가락질하고. 쯧쯧- 혀를 차고. 터가 안 좋아. .. 죽은 지 얼

마나 됐다고. 그런 소리들이 마구 들리는데. 눈을 감아버리는 18살의 재이.

/현재. 만양 정육점 앞
재이, 천천히 눈을 뜬다. 오전에 배달 온 채로 쌓여 있는 달걀이 보이고.

씬26-0 주원의 오피스텔 - 지하 주차장 (D, 아침)

주름 하나 없이 말끔한 차림의 주원, 자동차 키 버튼을 누르면.
대형 SUV(트래버스) 옆에 선 스포츠카 라이트에 불이 들어왔다 사라진다.
운전석으로 가던 주원, 차 앞 유리에 먼지가 조금 묻은 것 발견하고,
가방 속 이니셜 적힌 손수건 여러 장 중 하나를 꺼내서 꼼꼼하게 유리를 닦는다.

씬26 도로 (D, 아침)

헬멧을 쓴 재이, 스쿠터를 타고 차도를 달린다.
스쿠터 뒤에 묶여 실려 있는 건 30개들이 달걀 여러 판이다.

씬27 만양 파출소 - 앞 주차장 (D, 아침)

스포츠카 운전석의 주원, 반듯하게 주차하고 시동을 끈다.
잠시 복잡한 표정으로 만양 파출소를 바라보는 그때. 퍽!
차창에 부딪혀 흘러내리는 달걀! 다시 퍽! 퍽! 날아오는 달걀!!
건너편 차량 옆에 쪼그리고 앉은 재이가 달걀을 던지고 있다.
마치 주원의 얼굴에 던지는 것 같다. 달걀 찌꺼기가 끔찍하리만치 더럽게 느껴지는데.
무표정한 얼굴의 재이. 달걀 한 판 들더니 일어선다.

주원 (분노를 누르며 차 문을 연다) 지금 뭐 하는, (하는데)

재이, 대꾸 없이 다시 달걀을 던진다. 퍽-!
주원의 명품 셔츠 가슴팍에 명중하는 달걀!

주원　!! (흘러내리는 달걀을 내려다본다. 더러움이 끈적거리며 달라붙는다)

재이　(무표정한 얼굴로 다시 가슴에 달걀을 던진다! 퍽-)

주원　(열받아서 차분해진 목소리로) 정육점 털리는 게 그렇게 기분이 더러웠습니까.

재이　(덤덤하게) 정육점?

주원　유재이씨 지금 본인 정육점 압수수색 들어가니까 열받은 거잖아요. 내 가게가 살인 사건에 연루됐다 싶으니까 기분 더러워서 이러는 것 같은데, 그걸 왜 나한테 풉니까. 이동식 같은 인간하고 오빠 동생 사이로 지낸 당신 자신을 탓해야지. (하는데)

재이　(달걀을 던진다. 이번엔 주원의 얼굴을 겨냥해서!)

주원　!!! (휙- 피한다, 분노 치민다) 이봐요. 그만하죠.

재이　(아랑곳하지 않고 그 무표정한 얼굴로 다시 던진다)

주원　(도저히 이해가 되지 않는 여자다. 그대로 서서 본다. 달걀이 얼굴을 스치고 지나가는)

재이　(다시 던진다. 이번엔 목덜미에! 퍽-!)

주원　(주르륵 흘러내리는 달걀 노른자와 흰자. 결국 폭발) 유재이씨!

그때 파출소에서 우르르 쏟아져 나오는 광영, 길구, 지훈.

길구　재이야! 지금 뭐 하는 겨?!

광영　재이씨 제정신이야?? (어느새 수건 챙겨 들었다)

지훈　누나!!

재이, 눈 깜빡 않고 다시 달걀을 집어 든다. 재이를 감싸고 말리는 길구, 지훈.
광영, 이걸 어째- 하며 주원에게 수건을 건넨다. 주원, 받아 들긴 했는데 깨끗한 건지도 모르겠고. 달라붙은 계란이 너무 불쾌하게 느껴지는데. 그때 찰칵- 소리.

광영　뭡니까! 사진 찍은 겁니까? 당장 지우십쇼!

사진 찍은 사람들, 지워요. 지웠어요! 하면서 황급히 가버리고.
도대체 뭔 짓을 했길래 저 꼴이야? 키득거리는 소리. 수군거리는 사람들의 목소리.

주원 (짜증이 머리끝까지 올라와 재이를 노려보는데)

재이 짜증 나? 달걀 좀 묻은 거 가지고 왜. 씻으면 되는걸.

길구 (말리며) 재이야..

재이 사람들 수군거리는 게 짜증 나? 이 정도 가지고? 당신은 죄 없는 사람한테 범죄자 낙인찍어놓고, 평생 범죄자로 살게 주홍글씨 박아놓고 그것 좀 몸에 묻었다고 그렇게 짜증 나?

주원 (하-) 내가 죄 없는 이동식한테 범죄자 낙인을 찍었다?

재이 (주머니에서 압수수색 영장 꺼내 던지며) 아주 쇼를 하고 있잖아.

주원 (압수수색 영장을 집어 든다) 이게 다 쇼다? (피식- 비웃으며) 유재이씨는 사는 게 그렇게 쉬워요? 유재이씨가 사는 세상 참 부럽네. 쇼하면 무고한 사람이 범인 되고, 사람들이 다 그렇게 믿어주고.

재이 !!

주원 당신의 그 같잖은 세상이, 그따위 편견이! 내가 지금 달걀을 처맞는 유일한 이유라면 당신은.. 대한민국 경찰을 다 엿같이 보는 거고!

재이 (주원의 버럭에도 지지 않고 보는데)

주원 (분노를 누르며 나지막이) 당신, 지금 엄청 오버하는 거 알지. 적당히 해. 그러다 밑바닥까지 털리는 수 있어. (돌아서는데)

재이 (달걀을 주원의 뒤통수에 퍽- 으깨버린다)

주원 (퍽!!) !!!

모두 (말리며) 재이야!/그만!/누나!!

재이 (더 던지려다 잡혀서는) 털어봐.

주원 (이 여자가 진짜 미쳤나.. 기가 막혀 돌아보면)

재이 (눈물이 뚝- 떨어지며) 뭐가 나오는지 나도 좀 보게.

슬픔과 괴로움이 뒤범벅된 재이의 얼굴에 눈물이 주륵 흐른다.
사람들에게 막혀 채 던지지 못한 달걀도 재이 손에서 으깨져 흘러내린다.
예상치 못했던 눈물에 주원, 조금은 당황해서 보는데.

상배, 파출소 안에서 그 모습 보고 있다.

씬28 만양 파출소 - 숙직실 (D, 아침)

계란 묻은 셔츠를 벗은 주원. 자신의 이니셜이 새겨진 손수건으로 머리에 묻은 달걀을 닦아보는데 택도 없고. 거울에 비친 제 모습이 더럽고 끔찍하다.
그때 벌컥- 문 열고 들어오는 상배.

주원 (저도 모르게 들고 있던 손수건으로 벗은 상체 가리며 짜증 돋는) 노크 같은 거 안 하십니까.

상배 걸 왜 해? 남자 시키들만 드글드글한데. 우리 일 하면서 동료 직원들하고 내외하고 그러면 안 돼. 못써. (들고 있던 새 수건을 내민다)

주원 (보면)

상배 남이 쓰던 건 안 쓴다며. 갖고 들어가 씻으라고.

주원 저 아무 데서나 샤워 안, (하는데)

상배 어허- 그렇지. 그 생각을 못 했네. 하아- 이걸 어쩌지. 귀가할 수는 없고. 잘 알고 있겠지만, 동식이가 잡혀가갖고 한경위까지 빠지면 1팀 인원이 턱없이 모자라잖어. (수건 내민다)

주원 저 지금 휴직 중, (하는데)

상배 한경위가? 언제 휴직했는데? 난 휴직계에 사인한 적이 없는데?

주원 소장님.

상배 샤워실에 락스 있어. 걸루 싹 청소하고 씻음 안 되려나? (수건을 곱게 안겨준다) 사는 게 이게 참 쉽지 않어, 응? 아무 데서나 씻지도 못하고.. (주원을 지긋이 보며) 누군들 쉽게 사는 사람이.. 쉬운 세상이 있을까. (안겨준 수건을 툭툭- 치고는 나가는데)

주원 (표정 굳어지며 나가는 상배를 보는데)

씬29 만양 파출소 - 앞 주차장 (D, 오전)

머리끝에 물기가 살짝 어린 모습의 주원, 순찰복을 입고 주차장을 내려오는데.
주원의 차를 세차하고 있는 지훈이 보이고.

주원　지금 뭐 하는 겁니까.

지훈　(미소) 더러운 거 혐오하시잖아요.

주원　그거 내 찹니다. 지금은 근무시간이고. 두세요. 내가 알아서 합니다. (순찰차로 향하는데)

지훈　재이 누나요.. 나쁜 사람 아니에요.

주원　(하..)

지훈　(계속 닦으며 해맑게) 누나 진짜 좋은 사람이에요. 제가 누나 대신 세차도 하고 경위님 마음 풀리는 일 전부 다 할 테니까요, (하는데)

주원　(짜증이 치밀어 오른다) 오지훈 순경! 당신이 그걸 왜 해? 당신 호구야? 바보야? 왜 이래, 진짜?

지훈　(굳어서) 그게.. 아니구.. (애써 다시 해맑게) 한경위님이 잘 모르시는 것 같아서..

주원　(자르며) 웃기지 마요, 오순경. 내가 모르긴 뭘 몰라? 당신이야말로 모르는 거지. 당신, 이동식도 좋은 사람이랬지? 그렇게 좋은 사람이 왜 이런 짓을 벌이는데? 진짜 좋은 사람이 왜 (자기 차를 가리키며) 저딴 짓을 하는데!

지훈　(고개 숙이더니.. 나직이) 당신이.. 건드렸잖아.

주원　(멈칫- 잘못 들었나 싶어 보면)

지훈　(고개 숙인 채 눈만 치켜뜨고 노려보는데 평소와 완전히 다른 서늘한 얼굴) 찬밥처럼 담겨서 이 지긋지긋한 동넬 벗어나지도 못하고 처박혀 사는 사람들을 당신이 건드렸잖아...

주원　!!

지훈　(다시 눈을 내리깔았다가 뜬다. 평소 표정대로 해맑게 웃는) 아, 죄송해요. 제가 괜히 세차를 해가지고. (닦던 거 내려놓고) 순찰 가시죠. 한경위님이 운전하실 거죠? (해맑게 순찰차로 간다)

씬30　문주 경찰서 - 과학 수사계 (N)

만양 정육점 안을 루미놀 검사해서 찍은 사진들이 컴퓨터 화면에 떠 있다. 여기저기 온통 푸른빛이 발광하는 사진인데. 그것을 내려다보고 있는 지화.

선녀 (국과수 감정서 내밀며) 여기 아니에요. 혈흔이 많이 발견되긴 했는데 거의 대부분 동물 피에요.

지화 (감정서 들여다보다가) 거의 대부분?

선녀 (사진 하나 더 불러온다. 선녀가 찍었던 낡은 칼 사진이다) 여기 이 칼, 나무 손잡이에서 여성 혈흔이 나왔어요. 오래된 혈흔이고 오염됐을 가능성이 높아서 기대 안 했는데 DNA가 나왔어요. 일치하는 DNA가 데이터베이스에 올라와 있더라고. (감정서 넘겨서 보여주려는데)

지화 한정임.

선녀 어? 어떻게 알았어요?

씬31 주원의 오피스텔 - 거실 (N)

권혁, 주원과 마주 보고 앉아 있다. 국과수 감정서를 미친 듯 넘겨보는 주원.

주원 한정임? 이게 전부야?

혁 누구 덕에 우리 완전 엿 됐단 소리지!

주원 (국과수 감정서를 다시 넘기고 또 넘겨본다)

혁 백번을 봐라! 아무것도 없어.

주원 (감정서 넘긴다) 어쨌든 여자 DNA는 나온 거잖아.

혁 강민정도 아니고! (손가락으로 감정서 거칠게 치며) 혈흔이래봤자 나무 손잡이에 쬐끔 남아 있던 거 갖고 뭘 어쩌라고! 만양 정육점은 아닌 거야!

주원 (감정서를 테이블에 텅- 내려놓는다. 그럼 대체 어디지)

혁 (손목시계 보고) 긴급 체포 48시간 얼마 안 남았다? 체포 영장 칠 증거가 없으면, 이동식한테 자백이라도 받아야 하는데, 니네 경찰 나으리들, 그 자식한테 돌돌 말렸다며?

주원 (쯧! 인상 찌푸리는데)

혁 (하아-) 이동식 풀려나고, 긴급 체포 미끄러지고 압수수색 영장까지 잘못 친

거 알려지면.. (헐-)

주원 (짜증) 알려지는 게 문제야? 범죄자가 빠져나가는 게 문제지!

혁 답지 않게 웬 흥분? 니가 왜 화를 내? 화낼 사람은 니 말 믿고 긴급 체포 밀어붙인 니 아버지랑 영장 친 나야! 우리가 너한테 완전히 낚인 상황이라고! (일어나며) 한주원! 사건에서 손 떼.

주원 형!

혁 널 생각해서 빠지라는 거야. 경찰대 수석 졸업에 지금까지 살아온 대로 경찰 인생도 승승장구하고 싶은 맘 다 알겠는데! 여긴 학교가 아니야. 세상은 네 마음대로 돌아가지 않아요, 도련님.

주원 (기막혀 올려다보면)

혁 (이내 걱정하는 표정) 얼굴이 그게 뭐니. (주원의 어깨에 손 얹더니) 이번 건은 나랑 아버님이 해결해줄게. 자라. (한번 토닥이고 나가는)

현관으로 향하는 혁. 비싯- 승리의 미소로 묘하게 입꼬리 올라간다.
혁이 텅- 문 닫고 나가는 소리 들리고. 주원, 그제야 날이 섰던 눈가에 힘이 빠진다.
몸을 숙여 테이블 위에 팔꿈치를 괴고 머리를 부여잡는 주원.
대체 어디서부터 잘못된 거지. 그때 괸 팔꿈치 아래로 감정서가 보인다.
'손잡이 부분에서 발견된 여성의 혈흔에서 DNA 검출. 데이터베이스 확인 결과 '한정임(여, 52세)'의 것과 일치.'

주원 한정임... (숙였던 상체를 세우며 되뇐다) ... 한정임..

/INS. 플래시컷. 동식의 집 - 지하실 (3회 73씬)
말끔하게 청소된 벽에는 커다란 게시판이 하나 붙어 있다.
A4 전단이 덕지덕지 붙은 게시판. 낡은 전단들이 잔뜩인데.

'사람을 찾습니다. (미귀가자) 성명: 한정임 (실종 당시 42세, 여성)
실종 일시: 2010년 11월 3일. 경위: 문주시 만양읍 심주사에서 귀가하던 중 사라짐.'

/현재. 주원의 오피스텔 - 거실
어느새 거실에 놓인 화이트보드. 그 앞에 서 있는 주원, 동식의 지하실 벽 게시판 곳곳을 찍어둔 사진 중 하나를 들여다본다. 전단에 쓰여 있는 이름. '한정임'.

'사람을 찾습니다. (미귀가자) 성명: 한정임 (실종 당시 42세, 여성)
실종 일시: 2010년 11월 3일. 경위: 문주시 만양읍 심주사에서 귀가하던 중 사라짐.
실종된 한정임을 가족이 애타게 찾고 있습니다.
목격하신 분은 아래 번호로 연락주시기 바랍니다.'
'034-942-8245, 010-0324-8245'

주원 실종된 사람 혈흔이 왜..

주원, 만양 정육점 안에서 회식 중인 모습을 찍은 사진에 시선.
진묵, 재이, 지훈, 상배, 광영, 길구, 지화와 정제, 그들 속에 섞여 앉아 있는 동식을 노려본다. 그러다 멈칫- 사진 한 곳에 시선이 멈춘다.
만양 정육점 간판 속 전화번호가 눈에 들어온 것이다. **034-942-8245.**
주원, 전단지를 찍은 사진을 떼서 옆에 댄다. 한정임의 실종 전단과 똑같은 번호가 간판에 박혀 있다.

주원 !!!!!

씬32 만양 정육점 앞 (N)

불 꺼진 낡은 간판에 확연하게 찍혀 있는 번호. **'034-942-8245'**.
길 가던 학생들, 만양 정육점 앞을 지나다 수군대더니 사진 한 장 찰칵- 찍고 다시 길을 간다.

씬33 만양 정육점 안 (N)

압수수색이 끝난 실내가 엉망진창이다. 재이, 쭈그리고 앉아서 각종 검사하느라 지저분해진 벽과 거울을 닦고 있다. 거울에 찍힌 지문 채취용 파우더를 닦다가 보면, 구석에 실종자 전단지 몇 장이 구겨져 있다. 전단지 집어 드는 재이. 전단지 속 한정임의 얼굴도 마구 구겨져 있다. 손으로 전단지를 펴기 시작하는 재이.

재이　(구겨진 엄마의 얼굴을 반듯하게 펴며) 내가 다 찾아올 거야. 엄마 니가 두고 사라져버린 그대로 전부 다 찾아올 거야. 돌아오면 돌려주고 다신 여기 발도 안 붙일 거니까.. 엄마 너한테 그대로 다 주고 뒤도 안 돌아볼 거니까.. 걱정하지 마.. 내가 다 찾아올 거야..

전단지를 차곡차곡 펴는 재이. 쭈그려 앉은 그녀의 뒷모습.
유리문 너머 그런 재이를 바라보는 남자. 주원이다. 복잡한 심경으로 돌아서는데.

씬34　문주 경찰서 - 유치장 (N)

동식, 철창 안의 유치장 바닥에 다리를 꼬고 누워 있다.
눈을 감고 있는 동식, 한껏 여유로운 느낌인데.

주원(E)　좋아 보이네요. 마음이 편한가 봐.
동식　(천천히 눈을 뜨고 보면 철창 밖에 서 있는 주원 보이고) 왜 이렇게 늦었어.
주원　네?
동식　(상체 일으켜 앉으며) 파트넌데 일찍 좀 오지. 되게 보고 싶더라. 전화할까 고민하고 있었어. 사람 정이 이렇게 무서워, 그지?
주원　아.. 정이 중요한 분이셨구나.. 그래서 죽이기 전에 피해자들하고 돈독하게 정을 쌓으셨나 봐.
동식　(금시초문이라는 듯) 내가요?
주원　한정임. 유재이씨 어머니. 이동식씨 지하실에 실종 전단도 딱 붙여놓으셨던데. 사람들에게 가까워져서 방심하게 한 뒤 살해한다.. 그놈의 정이 함정이었던 거죠.
동식　함정이라니까 생각나네. (벌떡 일어난다) 한주원 경위. 내가 여기 있으니까 시간이 많아서 말야. 생각을 좀 해봤는데.. (철창으로 걸어가 주원에게 다가서며) 대포폰 그 여자 말야. 그 여자야말로 당신이 놓은 함정이지?

주원 !!

동식 그 여자는 당신이 죽으러 가라고 등 떠미는 거, (눈빛 반짝이며) 알고 있었어?

씬35 문주 경찰서 - 강력1팀 사무실 (D, 다음 날 낮)

컴퓨터 폴더에서 각종 증거 사진을 넘겨보고 있는 지화.
이금화의 대포폰을 찍은 사진에서 멈추고 곰곰이 생각하는데.
뒤편 팀원의 통화 소리 들린다.

팀원(E) (휴대폰에) 이봐요, 임기자. 우리 지금 대박 비상이거든? 다른 것도 아니고 긴급 체포가 새어나간 건데, (상대가 얘기하는지 멈추는)

지화, 돌아보면 팀원 하나가 휴대폰으로 기자와 통화 중이다.

팀원 (휴대폰에) 그냥 지나다 보긴 뭘! 식당 주인한테 다 들었거든? 저녁 먹던 거 던져놓고 뛰어나갔다며! 어느 팀에서 흘린 거야? 힌트만 줘. 나머진 내가 다 알아서,

지화 (책상 탕- 치고, 나지막이) 뭐 하냐.

팀원 네? (휴대폰 막고) 흘린 놈 어떻게든 알아내라고 서장님이랑 계장님이,

지화 (하-) 끊어.

팀원 팀장님..

지화 끊으라고! 지금 이 상황에 그딴 걸로 전화통 붙잡고 있는 게 말이 돼!! 너, 사수 누구야? 누구 명령이 우선이야? 팀에서 나가고 싶어??!!

팀원 (재빨리 전화 끊으며) 끊었습니다. 죄송합니다, 팀장님.

지화 (하나같이 마음에 안 든다, 성이 머리끝까지 났는데)

도수 (문 열고 들어오며) 와- 진짜 말도 안 돼. 이해할 수가 없네..

지화 왜? 너한테도 프락치 알아내래?

도수 프락치요?

팀원 (뒤에서 고개 절레절레. 하지 마- 하는데)

도수　아니요, 그런 게 아니라.. 지금 동식이 형한테 누가 면회를 왔는데 그 사람이.. 강진묵씨예요. 실종된 강민정 아버지요.

지화　뭐?

도수　만나게 하면 안 되는 거 아는데, 형이 괜찮다고 만나겠다고..

씬36　문주 경찰서 - 유치장 (D)

유치장 구석에 선 동식, 멀찌이 떨어져 철창 밖을 보고 있다.
철창 밖에 쭈그리고 앉은 진묵, 검정 비닐봉지에 담아온 걸 주섬주섬 꺼내는 중이다.

진묵　(얼굴 쓱 한번 보고는) 마.. 말랐다. 며.. 며칠 새 쭈.. 쭉 빠졌어. 자.. 잠은? 바닥이 어.. 어째.. 배겨서 제대로 모.. 못 잤겠네. (반찬 그릇 꺼내서 보여주며) 이.. 이거 장조림, 너 주.. 줄라고 만들었어. 이따 바.. 밥 시켜주면 꺼내 다.. 달래서 먹어.

동식　나 주려고 장조림을 만들어? 그럴 정신이 돼?

진묵　미.. 민정이 돌아올 거야. 근데 도.. 동식이 너까지 자.. 잘못되면 안 되니까, (하는데)

동식　내가 왜 여기 있는지 몰라?

진묵　(고개 푹 숙인 채) 아.. 알어.

동식　그런데 왜 이래.

진묵　내.. 내가 널 몰라? 너.. 너 아니야. 절대 아.. 아니야.

동식　왜 그렇게 확신해?

진묵　도.. 동식아. (눈물이 고여) 아니야. 아.. 알어, 나는.

동식　(진묵을 바라보는 눈에 물기가 슬쩍 맺히는데)

진묵　(다시 반찬 그릇 비닐에 싸며) 마.. 맡겨놓을 테니까 잊지 마.. 말고..

동식　(자르며) 가져가서 형 먹어. (철창을 탕- 치며) 끝났어요. 내보내세요.

진묵　도.. 동식아..

밖의 직원, 들어온다. 진묵, 슬픈 눈망울로 동식을 보다 어쩔 수 없이 몸을 일으키는데.

동식 형.

진묵 (나가려다 돌아보면)

동식 거르지 말고 밥 챙겨 먹어. 잘 자고. 약도 꼭 챙겨 먹고.

진묵 (눈물이 글썽해서 동식을 보는데)

씬37 문주 경찰서 - 경찰서장실 (D)

정서장 뭔 소립니까! 이동식을 왜 풀어줘요! 48시간 안 됐잖아!

지화 (탄원서 내밀며) 피해자 강민정의 아버지 강진묵씨가 써온 탄원섭니다.

정서장 아니, 피해자 가족한테 탄원서까지 받았으면 더 붙잡아둘 생각을 해야지. (하고 보면)

삐뚤빼뚤한 글씨로 쓰여 있는 탄원서.

'안녕하십니까. 대한민국 경찰 선생님 여러분. 저는 강민정의 아버지 강진묵입니다. 제가 이렇게 연필을 든 거는 우리 민정이를 해친 죄로 잡혀가잇는 이동식의 억울함에 대해서 제가 호소하려고 합니다. 동식이를 당장 풀어주세요. 우리 동식이는 그럴 사람이 아닙니다. 제가 보증하겠읍니다. 억울한 사람을 더 만들면 안됩니다. 동식이를 풀어주세요. 그리고 민정이를 찾아주세요. 부탁합니다. 가슴이 문드러지고 있는 강민정의 아버지 강진묵 올림.'

정서장 이 사람 미친 거 아닙니까! 지금 내 자식이 살았는지 죽었는지 모르는데 누굴 풀어주란 거야!

곽계장 그게.. 이동식하고 강진묵은 가족 같은 사이라서요.

정서장 가족 같은 거지, 가족은 아니잖습니까! 내 가족을 그렇게 만든 놈을 풀어주라니 무슨, (하는데)

지화 그렇게 만든 놈이 이동식인지 확실하지 않습니다. 긴급 체포, 무리한 결정이었고요.

정서장 오팀장! 그게 주무팀 팀장이 할 소리야!

곽계장 이 상태로는 체포 영장 청구도 못 합니다. 어차피 몇 시간 후면 내보내야 할 건데, (하는데)

정서장 당신들 무능하단 얘기가 그렇게 당당하게 나옵니까!

지화 (열받지만 누르며) 내보내고, 처음부터 다시 조사하겠습니다.

정서장 사진까지 찍힌 마당에 지금 내보내면, (한숨) 우리가 무고한 사람을, 그것도 경찰을 오인 체포한 걸로 알려질 건데!

지화 (한심, 짜증)

정서장 이동식이 진짜 범인이면? 그게 나중에 밝혀지면!! 48시간도 채우지도 않고 풀어줬다고 난리 날 건데, 그 책임은 누가 집니까? 48시간에서 1초라도 안 돼. 뭐든 찾아요! 끝까지 해보고 말하라고!

그때 밖에서 소란스러운 소리. '지금 들어가시면 안 됩니다.'
우당탕 문이 열리고, 막아선 직원을 밀고 들어오는 사람은 바로 정제다.

정제 죄송합니다, 서장님. 급히 드릴 말씀이 있습니다.

지화 박정제..?

정서장 도해원 의원 아드님, (크음-) 수사지원팀 박정제 경위 아닙니까.

정제 (꾸벅 인사하고) 빨리 말씀드렸어야 했는데, 제가 생각이 많아서 때를 놓쳤습니다. 계장님, 팀장님도 들으셔야 할 얘깁니다. 제가 큰 실수를 했습니다.

곽계장 무슨 실수길래 여기까지, (하는데)

정제 이동식 경사, 당장 내보내셔야 합니다.

정서장 아니 박경위까지 왜 그럽니까.

정제 이경사는 범인 아닙니다. 강민정이 실종된 날 밤, 이경사.. 저랑 같이 있었습니다.

곽계장/서장 뭐??!!

지화 !!!!!

씬38 문주 경찰서 - 경찰서장실 앞 복도 (D)

곽계장 (분노) 어머님은, 도의원님은 박경위가 저지른 미친 짓 알고 계시나?

정제 말씀.. 드려야죠.

곽계장 경찰 생활 내내 서무반으로만 돌았대도 이게 무슨! (어우-) 강민정이 시체로 발견되고 이 사건 미제 되면 초동 수사 방해한 혐의로 박경위가 제대로 책임 져야 할 거야!! (붉으락푸르락 가버린다)

정제　(허리 숙여 깊게 인사하는데)

지화　(그런 정제를 차갑게 내려다보는)

정제　니네 방 가서 진술서 쓰면 되지? (가려는데)

지화　너 지금 뭐 하니.

정제　(본다, 괜히 가볍게) 뒤늦은 양심의 고백?

지화　(여전히 서늘)

정제　미안하다. 너한텐 말했어야 했는데.. 민정이 혈흔이 나왔다길래.. 그날 밤에 혹시라도 내가 잠이 깊게 들어서, (하는데)

지화　(바로) 동식이 집 거실에서 잠들었지만, 동식이가 밖에 나간 소릴 못 들었나 싶어서 말 못 하고 망설이고 있었다? 저 안에서 구구절절 말씀하셨죠. 그거 또 들으려고 내가 묻는 거 같아?

정제　니가 왜 화났는지 알아. 맞아. 내가 동식이 의심했어. 근데 며칠을 생각해봐도.. 너도 알잖아, 걔네 집 현관문 삐걱대는 소리 엄청 큰 거. 그 소리에 깨지 않을 리가 없는데.. 내가, 제일 친하다는 친구란 놈이 걜 의심했다.

지화　(버럭) 그 얘기가 아니잖아! 너 지금! (해놓고는 누군가 들을까 다가가 나직이) 20년 전 유연이 때랑 똑같은 짓 하고 있잖아.

/INS. 플래시백. 문주 경찰서 – 조사실 (3회 38씬)

정제　아니에요! 동식이 진짜 저랑 있었다니까요. 아침에 해 뜰 때까지 밤새 같이 술 마셨다고요. 정말이에요. 형사님. 믿어주세요.

상배　(하..) 지금 현장 검증까지 다 끝났어. 인제 와서 이게 무슨.. 그걸 내가 어떻게 믿어. 네가 걔랑 같이 있었다는 걸 어떻게 증명할 건데? 증인 있어?

정제　... 동식이요.

/현재. 문주 경찰서 – 경찰서장실 앞 복도

지화　그때랑 똑같이, 이번에도 네 증언을 증명할 사람은 동식이뿐이네? 그런데 왜, 이번에도 이동식은 너랑 같이 있었다고 말하지 않았을까.

정제　네 말처럼, 그때랑 똑같으니까.

지화　(보면)

정제　내가 다시 엮이는 게 싫어서 입 다물고 있었을 거야. (미소) 가자. 진술서 빨리 써야 동식이가 나오지. (터덜터덜 걸어가기 시작하는데)

그 모습 보는 지화, 이 자식들 지금 무슨 짓을 하는 거지.. 불안감이 엄습해오는데.

씬39　일식집 - 룸 (N)

잘 차려진 회 정식을 놓고 앉은 기환과 해원, 창진.
깨작거리는 기환과 전혀 먹지 못하는 해원. 창진만 맛있게 챱챱- 먹고 있다.

해원　(급기야 수저 내려놓고) 죄송합니다. 제 아들놈이 갑자기.. (하는데)
기환　왜 그러십니까, 의원님. 아드님이 아닌 걸 거짓으로 증언한 것도 아닐 테고.
해원　그렇죠. 절대 아니죠.
기환　뭐, 제가 좀 먼저 알았으면 좋았겠지만..
해원　사람들 오해 살까 싶어서 연락드리기가 좀.
기환　그러게요. 참 오랜만이네. (창진 본다) 이대표님은 그대로야.
창진　(회 씹으며) 이 집 괜찮네. 광어가 아주 쫄깃하네요. 자연산이야.
기환　(저 자식을 씹어 먹고 싶다) 많이 드세요. 식사하시러 먼 길 오셨는데.
창진　(러시아어) 뭔 개소리. (한국어) 식사하러 온 거 아닌데? 우리 중에 여기 밥 먹으러 온 사람 있습니까?
해원　이대표, 그게 무슨 말이야.
기환　그러게요. 난 간만에 연락이 닿은 소중한 옛 인연들을 만나러 온 건데.
창진　(히죽-) 소중한 옛 인연은 무슨. 각자 원하는 게 있어서 다시 조인한 거 아닙니까.
해원　이대표.
창진　우리 사이에 웬 가식? 두 분도 입맛 없어서 깨작대고 있었잖아요. (젓가락 탁- 내려놓으며) 후딱 꺼내놓고 정리합시다. 나는요, 이번에 문주시 개발 꼭 해야 되거든요? 내가 지금 뿌린 돈이 얼만데.. 20년 전처럼 살인이니 뭐니 해서 무산되면, 저 상거지 됩니다?
해원　그게 이번 개발은 우리 지역 주민들이 자그마치 20년을 기다려온, 너무나 염원하던 사업이라 여기서 또 멈추면 지역 사회에 미칠 영향이 어마무시하거든요. 문주 전체가 나락으로 떨어질 수도 있는, (하는데)

창진 (러시아어) 지랄한다. (한국어) 의원님 문주시장 될 확률이 나락으로 떨어지겠지. 차장님은요?

기환 글쎄요. 문주시를 떠난 지 오래라 개발이 나랑 무슨 상관인지, (하는데)

창진 아드님 번호가 무슨 대포폰에서 나왔다던데.

기환 !!

창진 사연은 내 알 바 아니니까 말씀 마시고, 지금 기집애 실종된 사건이 사람들 관심에서 멀어지면 그것도 스리슬쩍 넘어가는 거 맞죠?

기환 (서늘) 이대표가 지금 무슨 소리를 하는 건지 모르겠는데, (하는데)

창진 차장님 청장 되는 거 걱정 마시란 소리 하는 거죠. 하나밖에 없는 아드님 인생 스크래치 날 일도 없을 거고. 발 쭉 뻗고 주무시게 해드릴 테니까 우리 문주시 개발하는 거 경찰 쪽 협조, 응? 연쇄 살인 같은 거는 아예 나오지도 못하게, 응? 부탁드려요.

기환 (흐음..)

해원 문주시 주민들 모두 개발을 목 빠지게 기다리고 있는데 민중의 지팡이, 그중에도 가장 높은 곳에 계신 우리 차기 경찰청장님이 국민의 염원에 당연히 보답해주시겠죠. 그렇죠?

기환 (창진을 지긋이 보며, 천천히 고개를 끄덕인다)

창진 오케이. 그럼 민원 접수합니다? (광어 지느러미 두 점 입에 넣으며, 휴대폰 꺼낸다)

해원 (밝아지는) 이대표. 무슨 일을 어떻게 할 건데. 우리도 알아야지.

창진 (광어 씹으며 휴대폰으로 문자 찍는다. 'K양 작업 시작해.') TV 보세요. 뉴스. (전송 버튼 누른다)

해원 뉴스에 나올 일이야? 그럼 오래 걸리는 거 아냐? 이동식이 당장 나오는데, (하는데)

창진 (바로) 이동식? 지가 나와서 어쩔 건데. (다시 광어 한 점 집는다)

기환 신경 쓸 필요 없다?

창진 가치 없는 것들엔 신경 끊으시고. (회 가리키며) 자연산이라니까? 꼭꼭 씹어들 드세요~? (광어를 입에 넣고 쫙쫙 씹는다)

씬40 문주 경찰서 - 후문 앞 주차장 (N)

평상복 입은 동식, 모자를 푹 눌러쓰고 후문에서 나온다. 정제, 두유 들고 서 있다.

동식 뭐냐.

정제 (두유 내민다) 마셔.

동식 두부 사 와.

정제 요즘 누가 두부 먹냐. 유치장에서 고작 하루 자고선.

동식 허리 배겨 죽을 거 같거든? 거짓말할라문 빨리 하던지. (두유에 빨대 꽂아 쭉- 빨아 먹는다)

정제 거짓말? 누가? 나 그날 너랑 같이 있었잖아.

동식 (가만 보다 툭-) 너 내가 범인이면 어쩌려고 그러냐.

정제 (그대로 가만히 동식의 눈을 바라보더니) 너는 나 믿냐?

동식 (잠시 그대로 보고 섰다가 히죽-) 배고프다. 밥 먹자. (간다)

주차장 구석에 서 있는 주원의 차. 운전석의 주원, 동식과 정제를 노려보고 있다.

씬41 할매네 설렁탕 일각 (N)

동식과 정제, 설렁탕집으로 들어서는데.
식사하고 있던 토박이 주민 몇이 동식을 알아본다. 수군거리는 사람들.

정제 (눈치채고) 재이네 가서 먹자니까. 밥 다 해놨다는데.

동식 (앉으며) 앉어. 먹자.

손에 스텐 그릇을 든 할매가 주방에서 다급히 나온다.

동식 (미소) 할매. 설렁탕 곱빼기로 말아줘요.

할매 미친놈. 내가 너한테 밥을 왜 말아줘!

정제 (당황해서 보는데)

할매 (스텐 그릇에 담긴 소금을 한 움큼 집어 동식에게 확- 뿌린다) 이 썩을 놈! 나가, 이놈아!

그대로 소금을 뒤집어쓰는 동식. 입구로 들어서던 주원, 멈춰 선다.

할매 너 왜 자꾸 우리 마을 사람들을 괴롭히는 거여! 20년 전에도 사람 죽여갖고, 개발 들어갈 걸 망쳐놓드니! 니 놈이 망가뜨려 놓은 마을에, 아파트 좀 짓겠다는데 또 사람을 해쳐? 대체 뭔 빽으로 유치장서 자꾸 기어 나오는 겨? 너 땜에 땅값 떨어지면 책임질 겨?

주민들 (속삭) 맞어./염치도 없어./어이그.

할매 (스텐 그릇에 담겨 있는 소금을 동식에게 뿌리며) 나가, 이놈아! 니놈한테 줄 밥 없으니께 나가!!

정제 (일어나 막으며) 할머니!

그때 동식, 자리에서 스윽- 일어난다. 주원, 뒤로 주춤 물러서며 그런 동식을 보는데.

동식 (히죽- 웃으며 사람 좋게) 나 같은 놈한테 아까운 소금은 왜 뿌려. 갈 테니까 뿌리지 말어요. 것도 돈인데.

할매 썩- 나가! 썩-! (괜히 소금을 다시 한 움큼 집는데)

정제 할머니!

동식 (미소, 꾸벅- 인사하며) 건강하세요, 할매.

씬42 할매네 설렁탕 앞 (N)

재빨리 몸을 감추는 주원. 동식, 성큼성큼 나오고. 정제, 따라 나오는데.

동식 아- 진짜 괜찮다니까. (소금 맛보고는) 짭짤하니 좋다야.

정제 미친놈. (화가 나서 앞서 가버리는데)

동식 (헤헤 웃으면서 머리의 소금 툭툭- 털어내며 따라간다)

주원 (그 모습 가만히 보다가, 중얼-) .. 즐거워..? .. 웃음이 나와..?

씬43 만양 정육점 안 (N)

아직 채 정리가 되지 않은 정육점 안.
구석에 놓인 휴대용 버너 위에 찌개 냄비가 끓고 있다.
정제에 끌려 들어오는 동식. 카운터 위의 접시에 두부 놓여 있다.
재이, 저쪽에서 전기밥솥 뚜껑 열고 있고.

정제 (찌개 뚜껑 열어 확인하고) 아- 맛있겠다. 국그릇 가져올게.
동식 (엉망인 정육점을 훑고는 두부 버석 베어 먹으며 쓰러져 있는 서랍장 세우는데)
재이 밥 먹을 건데 먼지 나게 뭐 하는 거야.
동식 내가 다 정리하고 갈게.
재이 됐어요. 두부 드시면서 TV나 보세요. (옆의 리모컨 들어 TV 켜주고 다시 주걱으로 밥을 담는다)
동식 (허- 이 자식. 의자 끌어 앉고는 TV에 시선 줬다가) !!!!!

음소거 된 TV 화면. 몸에 딱 맞게 교복 입은 민정의 사진이 모자이크 처리되어 떠 있다. 자막 '피해자 강모씨, 여대생이 아니라 유흥업소 종사자'.
민정이 SNS에 올린 사진이 화면에 휙휙 지나간다. 모두 클럽에서 찍은 사진들이다!
국그릇을 들고 나오던 정제도 화면에 시선 줬다가 완전히 굳어버리는데!

동식 ... 소리 좀.. 켜봐..

정제, 재빨리 리모컨으로 볼륨 올린다!
기계음처럼 음성 변조된 인터뷰어의 목소리가 터져 나온다!

인터뷰어1(E) 걔 고딩 때부터 유명했다던데. 요새 유학생들이나 연예인들 클럽에서 놀 때 부르는 애 있잖아요. 2차 가고.

인터뷰어2(E) 입학식에서 봤던 기억은 나는데 그 후에 학교에서 본 적 없어요. 클럽에서 봤단 애들은 많았어요. 완전 걸레처럼 논대요. 술집 다닌단 얘기 있었는데?

인터뷰어3(E) 순진한 여대생, 이렇게 나올 때랑 우리 학교 이름 나올 때 좀 그러긴 했어요. 개랑 같은 급으로 엮이는 거 같아서 불쾌해서요.

인터뷰어4(E) 그냥 가출한 거 아닌가? 원체 집에 안 들어왔대요. 이 동네, 재개발한다고 CCTV가 별로 없거든. 거 있었으면 지 발로 나가는 거 찍혔을 건데, 그런 애 찾으려고 우리가 낸 세금을 써야 돼요?

동식 !!! (완전히 얼어붙어 화면을 보고 있다)

재이 저런 게 왜 TV에 나와? 민정이 그런 애 아니잖아!

정제 (허옇게 질려서 화면만 보고 있다)

재이 저 사람들 왜 저래? 왜 말도 안 되는 소릴 하는 거야!

동식 하.. 하하하...

정제/재이 !!!

동식 하하하하하하하하하!!!

동식, 미친 듯이 웃기 시작한다. 제정신이 아닌 것처럼 마구 웃는다.
재이와 정제, 너무 당황해서 동식을 쳐다보는데.
동식, 아랑곳하지 않고 웃고 또 웃고.. 화면을 보고 미친 듯이 웃어댄다.
아하하하하하하하하하하하!

씬44 만양 정육점 앞 (N, 동 시각)

정육점 밖에 선 주원, 그런 동식을 보고 있다. 완전히 질려버린 얼굴이다.
저 새끼는.. 싸이코다. 저건 세상에 존재하면 안 될 미친놈이다.

씬45 동식의 집 - 마당 (N)

현관으로 올라가는 누군가의 숨죽인 발걸음. 창 너머로 안을 살피는데.

고요하다. 인기척 하나 느껴지지 않고. 그때, 아래쪽에서 무언가 번쩍이는 것 같다.
지하실 문으로 다가가는 남자. 슬며시 창문을 넘어다본다.
불투명 유리에 불빛이 번쩍이다 사라진다.
문 손잡이를 잡는 손. 잠기지 않은 손잡이가 부드럽게 돌아간다.
슬며시 문을 여는 남자. 주원이다.

씬46　동식의 집 – 지하실 (N, 동 시각)

음소거 한 TV의 불빛이 화면에 따라 번쩍인다.
민정의 사생활에 관련된 뉴스가 흘러나오고 있다.
모자이크된 민정의 클럽 사진이 계속 등장하며 흐르는 자막.
자막- '피해자의 문란한 사생활' '유흥업소 종사자가 범죄의 피해자가 될 확률은?'
동식은 의자에 앉아 있다. 고개를 푹 숙인 채 브라운관의 불빛을 그대로 받고 있다.
바닥에 툭.. 툭.. 떨어지는 무언가. 물방울이다. 동식의 눈에서 흘러.. 떨어지는 눈물.
동식, 입을 달싹이고 있다. 나지막이 중얼거리는 음성. 같은 말을 반복하는 것이다.

동식　미안해... 내가.. 너무 미안.. 민정아.. 미안해.. 내가.. 너무 미안해..

씬47　동식의 집 – 마당 (N, 동 시각)

지하실 문밖에 서 있는 주원. 순간 자신이 잘못 들었나 싶다.
미안해? 지금 미안하다고 했어? 살해해놓고 저렇게 만들어놓고 미안하다고?
분노한 주원, 허리에 찬 권총에 저도 모르게 손을 대는데.
그때 삐이걱- 문이 열린다! 어느새 눈물을 지운 동식이 주원을 보며 서 있다.

동식　한주원 경위. 무단 침입이 취민가?
주원　!!!
동식　(피식 웃고는) 들어와요. (돌아서 들어간다)

씬48 동식의 집 - 지하실 (N)

달칵- 불을 켜는 동식. 쏟아지는 불빛에 주원, 잠시 눈을 찡그렸다가 뜨면.
벽에 온통 붙은 유연의 기사와 실종자들에 관한 정보들이 눈이 확 들어온다.
실제 사망자의 사진들. 기록들. 전단지. 빼곡하게 정돈되어 붙은 지하실.
어둠의 기운이 눅진하게 내려앉아 그 자체가 이동식인 것 같은데.

주원 (분노) 그새 다시 붙여놓으셨네?
동식 들어와 앉아요. (돌아보면)

주원, 동식을 향해 총을 겨누고 있다.

동식 우리 한경위님답지 않게 왜 이러시나.
주원 조심해서 나쁠 거 있습니까. 3년 전, 이상엽 경위 사망 사건. 파트너였던 이 동식 경사가 살해한 거라는 이야기가 내 귀에도 들려서요.
동식 (갑작스럽다) 이.. 상엽..?

/INS. 과거. 외곽 국도변 일각 (7회 4씬)
고통에 일그러진 표정의 상엽, 피에 젖은 손을 겨우 올려 동식의 팔을 탁 잡는다.
마치 동식의 행동을 막으려는 듯한데.

상엽 (겨우) 초.. 총..

/현재. 동식의 집 - 지하실
찌릿- 허벅지에 통증이 밀려온다. 번쩍! 정신이 드는 동식.
눈앞에 자신을 겨누고 있는 총이 보인다. 이를 악물어 고통을 참는데.

주원 뭐가 미안합니까.
동식 (보면)
주원 납치해서 살해하고 손가락 열 개 잘라버린 여자가 세상 사람들한테 난도질

당하는 게 그렇게 미안합니까?

동식　(고통을 누르며 천천히) 응. 그러네.

주원　!!

동식　라고 말하면, 내가 자백이라도 하는 거처럼 들리겠네. 그렇죠? (빙긋- 주머니 가리키며) 휴대폰 녹음하고 있어?

주원　(주머니에서 휴대폰 꺼내서는 테이블 위에 내려놓는다, 음성 녹음 중이다)

동식　우리 한경위가 왜 이러지? 강압에 의한 자백은 법정에서 효력 없는 거 잘 알고 있을 텐데.

주원　강압이라니요. 내가 뭘 했다고. (총을 그대로 겨누고 있다)

동식　(총 보며 미소) 여기 압수수색 했을 때 CCTV 카메라 설치되어 있더란 얘기 못 들었어? (손가락으로 천장 구석을 슬쩍 가리킨다)

주원　(피식-) 치우면 그뿐.

동식　아.. 조작이라도 하시겠다? 그거 내 휴대폰에 실시간으로 전송되는 건데. 휴대폰이 어디에 있을까~요?

주원　!!!!

동식　(히죽) 이렇게까지 해서 나한테 자백받고 싶었어? 이해는 돼. 자백 말곤 방법이 없으니까. 나한테 완벽한 알리바이가 생겼잖아. 박정제.

주원　그게.. 완벽할 거 같아?

동식　당연하지. 20년 전에도 완벽했잖아.

주원　(멈칫-)

동식　이유연, 방주선 사건이 왜 미제가 됐는데. 제대로 된 증거 하나 없는 상황에서 알리바이가 딱 등장해버리니까 끝.

주원　(알고 있다, 이를 악문다)

동식　그때도 깨지지 않은 알리바인데 지금이라고 흔들릴까. (씨익- 웃으며) 강민정 사건으론 날 죽었다 깨나도 잡아넣을 수 없단 얘기지.

주원　(총을 잡은 손이 부들 떨린다)

동식　한정임? 10년 전 실종된 사건.. 증거는 있을까. 대한민국 수많은 실종자들 중 하나인데. 실종자는 맞아? 가출해서 돌아오지 않는 사람이 세상에 얼마나 많은데.

주원　(이 자식....)

동식　아, 그 대포폰! (지하실 벽에 붙은 대포폰 증거 사진을 가리킨다) 그 사람은 세상에 나오면 안 되잖아. 나보다 한경위 자신을 위해서 말야.

주원 !!!

동식 그럼 이제 우리 한주원 경위는 뭘 해야 하나.. 쏴야 하나? (주원에게 한 발 다가선다)

주원 (멈칫- 다른 손을 들어 총을 받쳐 잡는데)

동식 사람 안 쏴봤지? 심장이나 머리를 잘 겨눠야 돼. 그게 생각보다 어렵더라고. 자칫해서 살아나면 니 인생 플러스 니 아버지, 차기 경찰청장 인생까지 엿 되는 거야. (한 발 더 다가가며) 해봐. 실습한다 생각하구.

주원 (이를 악문다. 방아쇠에 걸어놓은 손가락에 힘이 들어간다)

총을 더 세게 움켜쥐는 주원. 흔들리는 눈동자.
한 발 더 한 발 다가가던 동식, 피식 웃는다. 쏘지 못할 것을 이미 알고 있다.

동식 그동안 수고했어요.. 한주원 경위님.

주원을 지나쳐서, 지하실에서 나가는 동식. 총을 든 채로 주원 서 있다.
그제야 거친 숨을 들이마시는 주원. 눈에 눈물이 고인다.
지하실 벽에 시선. 엎드린 채 발견된 방주선의 사체 사진. 그리고 돌 위에 놓여 있는 유연의 손가락 사진이 눈에 들어온다.

/INS. 플래시컷. 동식의 집 - 지하실

동식 이유연, 방주선 사건이 왜 미제가 됐는데. 제대로 된 증거 하나 없는 상황에서 알리바이가 딱 등장해버리니까 끝.

/현재. 동식의 집 - 지하실

주원의 시선이 벽면을 타고 올라간다. 실종자들의 전단이 주르륵 붙어 있다.

/INS. 플래시컷. 동식의 집 - 지하실

동식 한정임? 10년 전 실종된 사건.. 증거는 있을까. 대한민국 수많은 실종자들 중 하나인데. 실종자는 맞아? 가출해서 돌아오지 않는 사람이 세상에 얼마나 많은데.

주원 (이 자식....)

동식 아, 그 대포폰! (지하실 벽에 붙은 대포폰 증거 사진을 가리킨다) 그 사람은 세상에 나오면 안 되잖아. 나보다 한경위 자신을 위해서 말야.

/현재. 동식의 집 - 지하실
실종자 전단 옆에 붙은 대포폰 사진! 동식의 목소리가 주원의 귀에 달라붙는다!

동식(E) 대포폰 그 여자 말야. 그 여자야말로 당신이 놓은 함정이지?

동식(E) 그 여자는 당신이 죽으러 가라고 등 떠미는 거 알고 있었어?

/INS. 플래시컷. 카페 (1회 51씬, 2회 21씬, 3회 31씬)
- 대포폰을 꺼내 주는 남자의 손.
- 대포폰을 툭- 밀어버리는 이금화.
- 협박하듯 나직이 말하는 남자의 입술.
- 어쩔 수 없이 휴대폰을 집어 들어 흔들던 이금화.
- 사진 속 동식을 툭툭- 찍던 손가락. 그 모든 게 주원의 것이었다.

/현재. 동식의 집 - 지하실
숨이 막힐 것 같다. 주원, 더듬거리며 문으로 다가간다. 문고리를 거칠게 돌려 뛰어나간다.

씬49 동식의 집 앞 골목 (N)

문을 박차고 나오는 주원. 허리를 숙이고 숨을 헉헉 들이마신다. 눈물이 고여 터질 것 같은 바로 그때.

동식(E) 운이 참 좋으시네, 한경위님.

주원, 멈칫- 고개를 든다.

씬50 동 장소 (D, 새벽, 과거 - 2회 52씬)

주원 네?

동식 원래 있던 곳으로 곧 다시 돌아가실 거 같아서요.

주원 그게 무슨 소립니까.

동식 (빙긋) 이렇게 새벽부터 나와서 예습까지 하시니 말입니다. (하고는) 8305는 두고 가시죠. (먼저 나서려는데)

주원 (황당) 됐다니까요.

동식 (다리 들어 운동화 툭- 치며) 경찰은 발로 뛰어야지. 차 가지고 휘- 그게 뭡니까. 빨리 와요. (가며) 찬찬히 샅샅이 둘러보자고요, 우리 관할.

씬51 만양 슈퍼 인근 골목 (D, 새벽, 과거 - 2회 53씬)

훅- 지나쳐 만양 슈퍼 쪽으로 다가가는 동식. 점차 동공이 흔들리기 시작하는데.
더 다가가지 못하고 우뚝 멈춰 서는 동식.

주원 왜요. 뭡니까. (다가가는)

평상 위에 무언가 놓여 있다. 주원, 표정이 굳어버리는!
평상 위에 놓인 그것은... 손가락이다.
피가 말라붙은 잘린 손가락 한 마디 열 개가 가지런히 놓여 있다!

주원 (말이 안 나와 우뚝 섰다가, 재빨리 휴대폰 꺼내서 보고하려는데)

동식 (꽉 다문 이빨 사이로 신음 소리)

주원 (동식을 보면)

동식 (걷잡을 수 없는 눈물, 밀려오는 슬픔에) 민정아..

주원 !!!!!!

한 대 맞은 것 같은 충격에 주원, 저도 모르게 동식을 보면.

동식, 슬픔과 분노가 뒤섞인 얼굴. 참지 못하고 서서히 흔들리는 등.
흘러넘치는 눈물. 소리 없는 오열. 그 모습에서.

씬52 동식의 집 - 지하실 (N, 과거 - 동 회 46씬)

동식의 눈에서 흘러 떨어지는 눈물. 동식, 입을 달싹이고 있다.
나지막이 중얼거리는 음성. 같은 말을 반복하는 것이다.

동식 미안해... 내가.. 너무 미안.. 민정아.. 미안해.. 내가.. 너무 미안해..

씬53 동식의 집 앞 골목 (N, 현재)

주원, 돌아본다. 불빛 하나 없는 어두운 동식의 집.
검은 암 덩이 같은 그곳에서 동식이 스스로, 선택해서 살고 있다.

/INS. 플래시컷. 동식의 집 - 지하실 (동 회 48씬)
동식 (씨익- 웃으며) 강민정 사건으론 날 죽었다 깨나도 잡아넣을 수 없단 얘기지.

/현재. 동식의 집 앞 골목.
동식의 집을 바라보는 선 주원, 그의 귓가에 반복되는 동식의 목소리.

동식(E) 강민정 사건으론 날 죽었다 깨나도 잡아넣을 수 없단 얘기지.
동식(E) 강민정 사건으론 날 죽었다 깨나도 잡아넣을 수 없단 얘기지.
동식(E) 강민정 사건으론 날 죽었다 깨나도 잡아넣을 수 없단 얘기지.
동식(E) 강민정 사건으론 날 죽었다 깨나도 잡아넣을 수 없단 얘기지.

씬54 오남매의 집 - 지훈의 방 (D)

노트북 화면에 민정의 사생활 뉴스 모음 유튜브 영상이 플레이 중이고.
보고 있는 지훈, 눈 밑이 퀭하다. 노트북 옆에 놓인 휴대폰에 띄워져 있는 사진.
동식에게 전송받았던(2회 36씬) 클럽에서 찍은 민정 사진이다.
유튜브 영상 속에서 같은 사진이 모자이크된 채 반복 등장하는데.
그때- 쾅-! 문 열고 들어오는 지화.

지화 오지훈! 제정신이야?
지훈 (돌아본다)
지화 (프린트물 한 장을 지훈 얼굴에 냅다 던지며) 기자들한테 긴급 체포.. 정말 니가 흘린 거야?

바닥에 떨어지는 프린트물 속 사진. PC방에 앉아 있는 지훈의 모습이다.

지훈 (눈을 꿈뻑하더니) 어. 내가 했어.
지화 왜!! 왜 그런 짓을 했는데! 동식이라고 밝혀지길 바랬어?
지훈 (덤덤하게) 어.

씬55 도로 (N, 과거 - 2회 43씬)

개천 옆 도로. 느리게 껌뻑이며 켜졌다 꺼지는 가로등.
또각- 또각- 또각- 저 멀리 걸어오는 민정의 구두 소리.
걷다 비틀하는 민정, 속이 안 좋은지 헛구역질 몇 번 하는데.
지이잉- 지이잉- 휴대폰 진동 소리 울린다. 수갑 채워졌던 흉터가 남은 손으로 가방에서 휴대폰 꺼내는 민정. 휴대폰 액정에 뜬 이름. '동식씨'.

민정 (받자마자) 밤새구 온종일 한 지붕 아래 있고도 모자라?
동식(F) 시끄러. 너 어디야. 내가 바로 집에 들어가랬지?
민정 들어왔는데? 아빠 몰래 살금살금 들어오느라고 완전 개고생, (하는데)
동식(F) 이 자식이 입만 열면 거짓말이네. 열쇠도 없는데 몰래 어떻게. 담 넘어 들어갔냐? 파출소에 흘리고 갔어, 임마.

민정 (급 당황. 가방에 손을 넣어 열쇠 찾는다)

멀리 껌뻑이는 가로등 아래, 누군가 서서 민정을 보고 있다.
서 있는 그 남자... 지훈이다. 민정을 향해 환하게 웃던 지훈, 순간 싸해지는 얼굴.
설핏 분노가 서렸다가 이내 서늘하게 굳어버리는 지훈의 눈빛에서.

씬56 오남매의 집 - 지훈의 방 (D, 현재)

지훈 .. 밝혀지길 바랬어.
지화 왜.....? 왜 그러길 바랬는데.
지훈 (눈을 들어 지화를 보며) 그건..

그때 지화의 휴대폰이 미친 듯 울리기 시작한다.
지훈의 휴대폰에도 단톡방 알람음이 미친 듯이 울린다.
'황광영 경위님: 다들 뉴스 보고 있어요???'
'조길구 경사님: 오메- 한경위 지금 뭔 짓을 한 겨!'

씬57 문주 경찰서 - 정문 앞 (D)

주원, 몰려든 기자들과 TV 카메라 앞에 서 있다.

기자들 그러니까 지금 한 껀이 아니란 말입니까!/여대생 말고 또 있단 말입니까!
주원 네. 피해자는 여대생 한 사람이 아닙니다. 9개월 전 외사과에서 동일 방식으로 살해된 것을 확인한 피해자는 3명. 최근 이곳 문주시에서 동일 방식 피해자 1명이 발견되었으며 그 외 살해, 실종된 여성이 2명 더 있습니다. 사체의 일부 등으로 확실하게 확인된 피해자만 여대생 포함 현재 7명. 모두 여성이며,
기자1 확실하게 확인된 피해자라뇨!
기자2 피해자가 더 있단 말입니까?

주원　대한민국에서 1년에 실종되는 성인 실종자는 대략 6만 명! 그중에서 지금까지도 소재를 파악하지 못한 실종자는 매년 천여 명! 지난 5년간 누적된 미발견자만 해도 5천 명이 넘습니다. 이 중에서 사체가 발견되지 않은 피해자가 존재할 가능성을 배제할 수 없으므로, (하는데)

기자2　그게 무슨 말입니까!

기자1　사체가 발견 안 된 피해자라뇨!

기자3　실종자 이야기가 왜 나오는 겁니까!

주원　동일 방식의 사건이 처음 발생한 시기는 2000년. 즉 이 사건은 20년에 걸쳐 발생한 연쇄 살인 사건일 가능성이 높기 때문입니다!

미친 듯 터지는 플래시 세례! 기자들 다들 고함치고 난리 났다!
연쇄 살인이라고요! 20년 확실합니까!!! 한주원 경위님! 지금 말씀하신 거 확실합니까!

씬58　동식의 집 – 지하실 (N)

어두운 지하실. 테이블 위의 진통제 몇 알. TV를 보고 있는 동식.
TV에 나오는 불빛이 번쩍이고. 플래시 세례받는 주원의 모습 보이는데.
주원의 인터뷰 장면 위로 붙은 자막. '한주원 경위. 전 서울중앙경찰청 외사과 경위'.
아래로 흐르는 자막, '20년에 걸친 연쇄 살인 사건!' '피해자는 현재 7명, 모두 여성!' '실종자 중 피해자가 더 존재할 가능성 높아!' '천여 명의 실종자 중 피해자는 얼마나!'
브라운관 불빛이 번쩍일 때마다 동식의 얼굴도 함께 번쩍인다.
동식, 화면 속 주원을 보며 진통제를 집어 사탕을 씹어 먹듯 와작- 깨물어 먹는다.
동식, 주원을 향한 얼굴이 점점 일그러진다. 씨익- 웃는 건가. 아니 다시 일그러지는 것 같다. 그때 인기척. 동식, 고개를 들면 어느새 주원이 지하실에 서 있다.

동식　한주원 경위. (TV 가리키며) 자폭이야?

주원　뭐. 원래대로 빨리 돌아가고 싶어서. 당신이 그랬잖아. 곧 원래 있던 그곳으로 돌아가게 될 거라고.

동식　(가만히 본다)

주원 (옆에 놓인 의자 하나 끌어다 동식의 앞에 놓고 앉는다) 그래서 말이에요. 내가 마음이 좀 급해.

동식 (주원이 하는 것 보며 황당하다는 듯 피식- 웃는데)

주원 그 얘기 한 것도 기억나? 누가 그랬는지가 그렇게 중요한가?

/INS. 플래시컷. 만양 슈퍼 인근 골목 - 순찰차 안 (3회 49씬)

동식 (가만히 주원을 보다 툭-) 맞으면 어떻고 아니면 어쩔 건데?

주원 (뭐?)

동식 (덤덤하게) 누가 그랬는지 그게 그렇게 중요한가?

/현재. 동식의 집 - 지하실

주원 누가 그랬는지, 그게 당신한텐 왜 그렇게 중요하지 않은 걸까...

동식 (피식- 웃고 있던 입가가 천천히 가라앉는다)

주원 강민정.

동식 (본다)

주원 이금화. 여춘옥. 위순희. 진화림. 아마도.. 한정임 그리고 다수의 실종자들.. 방주선에.. (보며) 이유연..

동식 (동공이 투명해진다)

주원 (동식 눈을 들여다보며) 누가 죽인 거예요?

- 4회 끝 -

5회

속다

씬1 동식의 집 - 지하실 (N, 4회 58씬 이어)

어두운 지하실. 테이블 위의 진통제 몇 알. TV를 보고 있는 동식.
TV에 나오는 불빛이 번쩍이고. 플래시 세례받는 주원의 모습 보이는데.
주원의 인터뷰 장면 위로 붙은 자막. '한주원 경위. 전 서울중앙경찰청 외사과 경위'.
아래로 흐르는 자막, '20년에 걸친 연쇄 살인 사건!' '피해자는 현재 7명, 모두 여성!' '실종자 중 피해자가 더 존재할 가능성 높아!' '천여 명의 실종자 중 피해자는 얼마나!'
브라운관 불빛이 번쩍일 때마다 동식의 얼굴도 함께 번쩍인다.
동식, 화면 속 주원을 보며 진통제를 집어 사탕을 씹어 먹듯 와작- 깨물어 먹는다.
동식, 주원을 향한 얼굴이 점점 일그러진다. 씨익- 웃는 건가. 아니 다시 일그러지는 것 같다. 그때 인기척. 동식, 고개를 들면 어느새 주원이 지하실에 서 있다.

동식 한주원 경위. (TV 가리키며) 자폭이야?

주원 뭐. 원래대로 빨리 돌아가고 싶어서. 당신이 그랬잖아. 곧 원래 있던 그곳으로 돌아가게 될 거라고.

동식 (가만히 본다)

주원 (옆에 놓인 의자 하나 끌어다 동식의 앞에 놓고 앉는다) 그래서 말이에요. 내가 마음이 좀 급해.

동식 (주원이 하는 것 보며 황당하다는 듯 피식- 웃는데)

주원 그 얘기 한 것도 기억나? 누가 그랬는지가 그렇게 중요한가?

동식 (웃던 입가가 살짝 굳어 보면)

주원 누가 그랬는지, 그게 당신한텐 왜 그렇게 중요하지 않은 걸까...

동식 (피식- 웃고 있던 입가가 천천히 가라앉는다)

주원 강민정.

동식 (본다)

주원 이금화. 여춘옥. 위순희. 진화림. 아마도.. 한정임 그리고 다수의 실종자들.. 방주선에.. (보며) 이유연..

동식 (동공이 투명해진다)

주원 (동식 눈을 들여다보며) 누가 죽인 거예요?

동식 (감정이 느껴지지 않는 가면 같은 얼굴. 어쩌면 슬퍼 보이는 것도 같고, 그런 얼굴로 말없이 주원의 눈을 바라보는데)

주원 (가까이 몸을 기울이며 낮게 분노 담아) 당신이, 감싸고 있는 사람이, 누구냐고......!

동식 (잠시, 툭-) 진화림.

주원 (뭐?)

동식 위순희.

주원 지금 뭐 하는 겁니까.

동식 여춘옥.

주원 (표정 짜증스러운데)

동식 이금화.

주원 (멈칫- 살짝 굳는다)

동식 (놓치지 않고) 이금화. 그 여자 이름이 이금화였구나..?

/INS. 플래시컷. 카페 (3회 31씬)
휴대폰 툭- 밀어버리는 여자를 압박하는 주원.

주원 이금화씨 불법 체류 중인데, 법원에 이름 올라가도 괜찮겠습니까?

그 말에 주춤, 주원을 보던 여자의 얼굴 위로.

동식(E) 우리 한주원 경위가 사지로 내몬 여자.

/현재. 동식의 집 – 지하실

주원 ! (동공이 흔들린다)

동식 니가,

/INS. 플래시컷. 카페 (1회 51씬)

테이블 위에 사진을 놓는 주원. 동식의 얼굴에 동그라미가 쳐진 사진이다.

사진을 집어 드는 여자. 그녀의 손가락에 끼워진 반지.

동식(E) 죽으러 가라고,

/INS. 플래시컷. 문주천 갈대밭 (1회 50씬)

휴대폰 불빛에 반짝이는 반지. 카페 여자의 것과 같은 것이다.

그 반지가 기도하듯 두 손을 모은 사체의 손가락뼈에서 반짝이고 있다.

동식(E) 등 떠민 여자.

사체를 보고 선 주원의 얼굴. 경악과 공포 그 자체다.

/현재. 동식의 집 – 지하실

주원 (죄책감과 괴로움에 눈가가 벌게지는데)

동식 피해자가 일곱이라고 떠들어놓고, 이름은 여덟을 뱉었잖아. 어쩌나, 내가 알아버렸네?

주원 (굳어서 노려보면)

동식 그렇게 감추려고 애쓰던 이름을 훅- 뱉어버리다니, 대단해요~ 한경위. 제 입으로 까발려서 티끌 하나 없던 탄탄대로를 눈앞에 두고 스스로 똥물을 뒤집어쓰게 생겼네. 이 얼마나 아름다운 희생인가.

주원 (분노가 치밀어 노려보면)

동식 그런데 알고 싶은 게 고작, (기막히다는 듯) 내가 감싸고 있는 사람이 누구냐?

주원　고작..? (지지 않고 보며) 지금까지 그 쓰레기 같은 새끼 감싸느라 온몸을 불사른 게 누군데. 진정한 희생은 지금껏 이동식 당신이 했잖아. 그래놓고 그게 고작이다? (허- 웃더니 미소 지우고) 고작밖에 안 되는 그 인간 이름 좀 압시다.

동식　(툭-) 박정제.

주원　!!! (중얼) 역시.. (하는데)

동식　(바로) 유재이.

주원　뭐..?

동식　남상배.

주원　당신 지금, (하는데)

동식　(아랑곳하지 않고 계속) 오지화. 오지훈. 조길구. 황광영.

주원　야- 이동식!

동식　내가 감싸고 있는 사람.. (빙긋) 누굴까.

주원　너 또 무슨 개수작이야.

동식　말해달래서 해줬더니 못 들었어? 다시 해? (얼굴이 가까이 붙이며 속삭) 박정제.

/INS. 플래시컷. 문주 경찰서 - 서고 초입 (2회 22씬)

사슴을 쓱쓱 그리던 정제, 고개를 들어 주원을 올려다보는 무심한 눈빛.

/현재. 동식의 집 - 지하실

동식　(더 낮춰서) 유재이.

/INS. 플래시컷. 만양 정육점 안 (2회 45씬)

쾅- 내려치는 정육도. 소갈비를 내려치는 재이의 무표정한 얼굴.

/현재. 동식의 집 - 지하실

동식　(조용히) 남상배.

/INS. 플래시컷. 문주 경찰서 - 강력계 진술 녹화 관찰실 (4회 13씬)

진술 녹화실 안의 동식을 노려보는 주원, 표정 굳어 있는데.

주원을 내려다보는 상배. 슬며시 얼음장처럼 차가워지는 눈빛.

/현재. 동식의 집 - 지하실

동식 (조용히) 오지화.

/INS. 플래시컷. 문주 경찰서 - 강력계 진술 녹화실 (3회 50씬)

문자 메시지가 띄워진 노트북 화면을 훅- 돌려 보여주곤, 주원을 살피던 지화.

순간 무표정해지는 그녀의 얼굴.

/현재. 동식의 집 - 지하실

동식 (조용히) 오지훈.

/INS. 플래시컷. 만양 파출소 - 앞 주차장 (4회 29씬)

고개 숙인 채 눈만 치켜뜨고 주원을 노려보는 지훈의 얼굴. 한 번도 보지 못한 눈빛.

/현재. 동식의 집 - 지하실

동식 (조용히) 조길구.

/INS. 플래시컷. 문주천 갈대밭 앞 도로 (2회 1씬)

갈대밭을 돌아보는 길구의 씁쓸한 표정이 슬며시 짜증스럽게 바뀐다.

/현재. 동식의 집 - 지하실

동식 (조용히) 황광영.

/INS. 플래시컷. 만양 파출소 안 (1회 37씬)

물티슈를 받지 않고 목례만 하는 주원을 내려다보는 광영.

빙글거리던 표정이 싹 바뀌어 경멸의 시선으로 훅- 바뀌었다 사라지는.

/현재. 동식의 집 - 지하실

동식 이 중에 누굴까. (빙긋이 웃으며) 알. 아. 맞. 혀. 보. 세. 요.

주원 너 이 새끼가 진짜..! (한 손으로 동식의 멱살을 잡는데!)

동식 (빙글) 나는 누구랑 달라서, 쿡- 찌른다고 훅- 뱉지 않아요. 그렇게 쉽게 뱉으면 재미가 없잖아.

이 자식이 날 완전히 가지고 놀고 있다. 주원, 걷잡을 수 없는 분노가 치밀어 오르며! 다른 손으로 동식의 목을 조르듯 낚아채는데! 조금도 아랑곳하지 않는 동식, 정말 재밌다는 듯 입꼬리를 씨익- 올리며 큭- 하고 웃는다!

주원 웃어? 이 미친 새끼.. 너 지금 웃어? (동식의 목을 낚아챈 손아귀에 힘이 들어가고)

동식 (목이 졸리면서도 차분히 가라앉는다. 분노한 주원 너머로 시선 한번 주고는, 목이 졸려 낮게 읊조리듯) 내 목.. 잡을 때가 아닌 거 같은데.

동식 테이블 위에 놓인 리모컨을 집어 들어 음소거 해제 버튼을 누른다.
그 순간 TV 뉴스에서 한기환의 목소리가 터지듯 지하실을 가득 메운다!

기환(E) 안녕하십니까. 경찰청 차장 한기환입니다.

주원, 획- 돌아 TV 화면을 본다. 아버지 기환이 단상 위에 서 있다.

주원 (동식의 목을 잡던 손에 힘이 풀리며 중얼) .. 아버지..?

화면 상단의 자막. '한기환 경찰청 차장 긴급 기자회견'.
화면 하단에 뜨는 자막. '아들 한주원 경위의 폭로에 직접 회견을 자처'.
화면 속 기환, 심각한 얼굴로 입을 연다.

기환(E) 존경하는 국민 여러분. 금일 16시경 전 서울중앙경찰청 외사과 소속의 한주원 경위가 현재 수사 중인 사건에 관하여 인터뷰한 사실이 있어 그에 대해 말씀드리고자 이 자리에 섰습니다. (한번 숨을 고르고) 사실 관계가 확인되지 않은 사안에 대하여 무분별한 인터뷰를 감행한 한주원 경위의 행위로 인해 큰 걱정과 심려를 끼쳐드린 점,

주원 !!

기환(E) 경찰청 차장이며 한주원 경위의 아비인 제가 국민 여러분께 진심으로 사과드립니다. (단상 옆으로 나와 허리를 깊게 숙여 절하는데)

씬2 경찰청 - 브리핑실 (N, 동 시각)

허리 숙인 기환. 미친 듯이 터지는 플래시 세례에 분노가 이글거리는데.
표정을 지우고 몸을 일으켜 다시 단상 위에 서는 기환.

기환 20년간 이어온 연쇄 살인이라는 한주원 경위의 발언은 확증된 바 없는 개인의 무리한 주장일 뿐입니다. 한경위가 연쇄 살인의 피해자라 특정하여 발표한 7명 중 아직 사망이 확인되지 않은 분들이 존재하고 또 최근 사망한 것으로 확인된 분은 실종 당시 한주원 경위와 모종의 접촉이 있었던 것으로 조사 중 밝혀졌습니다. 그분의 실종에 어떤 책임이 있는지 아직 소명되지 않았기 때문에 한주원 경위의 반발이 있었지만, 제가 직접 문책을 명하여 현재 한주원 경위는 지방 파출소로 전출된 상태입니다.

씬3 동식의 집 - 지하실 (N, 동 시각)

동식 직접 문책을 명하여 전출시켰다? (피식) 우리 아버님께서 제 몸에 똥물 튈까 꼬리 자르기 하시네.

주원 (일그러진 얼굴로 화면 속 기환을 노려보고 있는데)

기환(E) (주원을 보듯 똑바로 보며 단호한 표정으로) 한주원 경위의 친족이기 이전에 저는 대한민국의 경찰입니다.

씬4 경찰청 - 브리핑실 (N, 동 시각)

기환 대한민국의 12만 경찰을 책임지고 있는 수장 중 한 사람으로서 한주원 경위의 무책임한 행위를 좌시하지 않을 것입니다. 감사관실에 제보된 한경위의 무리한 수사 방식에 대해서도 확실하게 조사하여 반드시 책임을 물을 것임을, 국민 여러분께 엄중히 약속드립니다.

단상 옆으로 나와 다시 허리를 숙이는 기환. 미친 듯 터지는 플래시 세례!!
쏟아지는 기자들의 외침! '차장님께서 아들을 직접 처벌하신 겁니까!' '한주원 경위의 주장이 사실이 아닌 겁니까!' '한경위의 무리한 수사 방식이라는 게 어떤 겁니까!' '한경위가 반발심에 거짓 폭로를 했다고 보십니까!'
기환의 입가에 슬며시 안도의 미소가 떠올랐다 사라진다.

씬5 일식당 - 룸 (N)

바닥에 놓인 휴대폰이 지이잉- 울린다.
기환, 슬쩍 내려다보면 액정에 뜬 이름 '한주원'.
수신 거절 버튼을 누르는 기환의 덤덤한 얼굴 위로.

창진(E) 메시지를 반박할 수 없을 때 메신저를 공격하라.

기환, 고개 들어 보면 창진과 해원이 맞은편에 앉아 식사하고 있다.
창진은 빙그레 웃고 있고 해원은 우아하게 수저 들면서도 기환이 신경 쓰이고.

창진 (히죽) 그 메신저가 아들일지라도. (사케 주전자를 들어 내미는데)
기환 (무시하고 심기 불편한 얼굴로 다시 수저를 든다)
창진 (피식, 들었던 주전자를 물리지 않고 제 잔에 술 따르며) 실종된 기집애한테 제가 써먹은 수법을 고새 가져다 쓰셨어요? 내가 원조니까 사용료 같은 거 좀 주셔야 하는 거 아닌가..
기환 (쓱- 올려다보면)
창진 아니 그렇잖아요. 우리가 그 뭐 식당 프랜차이즈 사업할 때도 말입니다. 넘의 노하우를 가져다 쓰게 되면 사용료조로 가맹비를, (하는데)
해원 이대표, 오늘따라 농이 짙어. 약주 그만하고 식사해, 응?
창진 이렇게 훌륭한 안줏거리를 두고 밥을 왜 먹습니까. (술 홀짝- 마시고) 술이 달달~하네.

기환 (미소. 주전자 들어 창진에게 내민다)

창진/해원 (응?)

기환 이렇게 모여서 식사하는 것도 마지막인데, 술 한잔 대접하는 정도야.

창진 마지막?

해원 그게 무슨 말씀이신지.

기환 우리가 더 볼 일이 남았나 싶어서.

창진 (러시아어) 이 새끼가 미쳤나. (한국어) 하- 이거, 경찰이 아니라 도둑이네?

해원 이대표!

기환 사용료든 가맹비든 받아야 할 쪽은 난데, 내가 도둑이다? (웃는다)

해원 도둑이라뇨. 그럴 리가요. 이대표 말은, 그냥 일전에 저희 문주시 개발 약속하신 거, (하는데)

기환 (경멸, 중얼) 뭘 더 바라지. 거지새끼들도 아니고.

창진 (자존심 상해 술잔 든 손에 힘이 들어가는데)

기환 한주원 그 자식이 헛발질한 거 내가, (짜증스럽다) 국민 앞에서 허리 숙여가며 그 정도까지 무마해줬으면 문주시를 위해서 할 만큼은 한 거 같은데.

창진 (순간 알아듣는다. 빙그레-)

해원 그게 저희 문주시랑 무슨 상관인지.

창진 아드님이 연쇄 살인을 던졌는데 아버님이 등장하셔서 내 아들 말은 사실이 아니다, 걔가 이상한 놈이다, 빵- 터뜨려주셨으니, 이제 사람들은 반쯤 접고 볼 테고 이게 실종인지 살인인지 모든 게 아리까리~ 자고로 문주시 개발은 아무 문제 없을 거다!? (피식- 기환을 보는데)

해원 !!

기환 오랜만에 옛 인연을 만나 잠시 반가웠던 걸로 마무리합시다. (자리에서 일어나는데)

해원 (엉거주춤) 식사 마저 하시고 가시죠, (하는데)

창진 가시라 해요. 또 뵐 건데.

기환 (무슨- 말도 안 되는. 문을 대차게 열고 나간다)

씬6 일식당 - 주차장 (N)

불쾌한 감정을 지우지 못한 채 주차장으로 걸어가는 기환, 멈칫 보면 초입에 주원이 서 있다. 주원, 분노가 어린 얼굴로 기환을 향해 한 발 떼는데. 기환, 손을 들어 막는다. 다가오지 마. 멈칫! 주원, 아버지를 본다. 기환, 철저하게 주원을 무시하고 차량 뒷좌석에 올라탄다. 떠나는 기환의 차를 그대로 선 채 보고 있는 주원.

씬7 일식당 - 건물 입구 (N)

해원과 창진이 그 모습을 다 보고 있다. 분노에 비참함까지 서린 주원의 얼굴.

해원 (떠나는 기환의 차를 보며 질린다는 표정인데)

창진 (박수 촥촥- 치며, 러시아어, 감탄사) 난놈이야. (한국어) 역시.. 우리 대한민국 차기 경찰청장님은 배포가 다르다니까. 하나밖에 없는 아들 인생 스크래치 날까, (손을 슬쩍 올려 보이며) 이 비루한 놈 손까지 빌려서 강민정을 시궁창으로 처박을 땐 언제고, (햐-) 여차하니까 제 손으로 아들내미를 훅- 보내네? (피식) 누구랑 다르게.

해원 (멈칫- 눈꼬리가 설핏 떨린다)

씬8 만양 정육점 안 (N)

만취한 정제, 드럼통 테이블 위에 놓인 종이에 그림을 그리고 있다.
탕-! 탕-! 간헐적으로 들리는 고기 자르는 소리. 재이, 꽃등심을 먹기 좋게 자르는 중.
동식, 정육점 문을 열고 들어온다. 정육점 냉장고에 고기가 팔리지 않아 쌓여 있는 것 보이고.

동식 정제는?

재이 (고개를 안쪽으로 까딱-)

정제 옆에 서는 동식. 정제, 사슴 모습을 한 여자를 연필로 그리고 있다.

동식 (의자에 앉고) 어디서 이렇게 마셨어.

정제 (스케치하며) 집.

동식 그럼 잠이나 자지 왜 나왔어.

정제 (여전히 스케치하며) 고기가 먹고 싶어서.

동식 잘 시간에 고기는 왜. 저녁 안 먹었어?

정제 잠을.. 자면 안 되거든.

동식 자면 왜 안 되는데.

정제 꿈을 꾸니까.

동식 무슨 꿈. (잔에 소주를 따르더니 쭉- 마시는데)

정제 자꾸 날 불러.

동식 누가.

정제 (스케치하던 것 멈추고 눈을 끔뻑하더니 스케치를 내려다보며 나직이) 여자들이.

동식 여자.. 들이 널 부른다고?

정제 (천천히 끄덕, 하는데)

재이 (고기 가져와 앉으며) 꿈 얘기만 계속하지? 어디서 저런 주사를 배워왔는지.

동식 (피식) 그러게. (재이를 걱정스럽게 본다) 넌.. 괜찮아?

재이 (고기 불판에 올리며) 내가 왜.

동식 (본다)

재이 아저씨 파트너 헛소리에 내가 눈 깜짝이라도 할까 봐? (고기 더 얹으며) 나 열여덟 때 네 엄마가 부산역 근처에 모텔에서 어떤 남자랑 팔짱 끼고 나오더라 해서 달려갔었다?

씬9 부산역 근처 모텔촌 (D, 과거 - 10년 전)

열여덟의 재이, 모텔촌 앞에서 눈치 보며 서 있다.
대실 커플들이 나오며 재이를 힐끔힐끔 보며 지나가고.

재이(E) 엄마 찾으러 간 건데도 들어가지지가 않아서 엄청 힘들었는데..

손에 꼭 쥔 정임의 사진을 내려다보던 재이, 결심하고 모텔 안으로 들어간다. 들어갔다가 나와서는 다음 모텔로 향하고, 또다시 다음 모텔로 움직인다. 모텔에서 나올수록 재이는 이를 악문다.

재이(E) 뭐, 익숙해지더라.

씬10 만양 정육점 안 (N, 현재)

재이 (아무렇지도 않게 웃으면서) 그게 내 모텔 첫 경험이야.

동식 (가만히 보는데)

재이 처음이 어려운 거지, 금방 익숙해지드라. 신원 미상 사체 나왔다 하면 달려가서 엄마인지 보는 것도 익숙해지구, 사람들이 저 집 어미가 남편 잡아먹고 남자랑 야반도주했대요 하는 것도 익숙해지고. 연쇄 살인마 피해자래 수군거리는 말들엔 안 익숙해지겠어? 엄마 돌아올 때까진 이렇게 살아야 되는데. (했다가 곧 씩씩) 다들 또 금방 잊어먹구 문지방이 닳도록 드나들걸? 그때까지 아즈씨들이 저 냉장고에 있는 고기 다 드셔야 해요. 내가 원 플러스 원으로 줄라니까.

동식 (툭- 농담조) 그래서 비싼 꽃등심 잘랐냐?

재이 당연하죠. 나도 먹고살아야지. (고기를 앞접시에 놔주는데)

동식 (피식- 하고는 고기 집어 먹으며 정제 본다)

정제 (고개를 푹 숙이고 그림만 그리고 있다)

동식 야- 박정제. 고기 먹고 싶대매. 후딱 먹어.

재이 (휴대폰 확인하고) 아저씨. 지훈이랑 무슨 일 있어?

동식 아니. 왜.

재이 꽃등심 귀신이 아저씨 와 있다니까 안 온다네.

동식 .. 지훈이가..?

정제 .. 동식아..

동식 어. (보면)

정제 (그리던 그림을 쓱- 밀고는) 민정이... 진짜 니가.. 안 죽였어?

사슴의 형상을 한 그림의 여성은 민정이의 모습이다.

씬11 만양 슈퍼 안채 - 안방 (N)

TV 화면 속 사진의 민정 얼굴. TV 화면 속 그녀를 가만히 보고 있는 진묵.
넋이 나간 건지 지쳐버린 건지 감정이 느껴지지 않는 얼굴로 민정의 사진을 보는데.

임기자(E) 문주에서 여대생이 실종된 지 오늘로 7일째입니다. 여대생 행방에 대한 실마리를 찾지 못하고 있는 가운데 금일 오후 전 외사과 경위가 이 사건이 연쇄 살인일 가능성을 폭로했습니다.

화면의 민정 사진이 주원의 기자회견 장면으로 바뀐다.

/INS. TV 화면. 문주 경찰서 - 정문 앞 (4회 57씬)
자막 '한주원 전 서울중앙경찰청 외사과 경위'.

주원 피해자는 여대생 한 사람이 아닙니다.
주원 사체의 일부 등으로 확실하게 확인된 피해자만 총 7명. 모두 여성이며,
주원 동일 방식의 사건이 처음 발생한 시기는 2000년. 즉 이 사건은 20년에 걸쳐 발생한 연쇄 살인 사건일 가능성이 높기 때문입니다!

/현재. 만양 슈퍼 안채 - 안방
진묵, 소 같은 눈이 꿈뻑. 그저 화면을 보고 있다. TV 화면, 경찰청 전경으로 바뀌며.

임기자(E) 한주원 경위의 폭로 후, 경찰청은 이례적으로 발 빠르게 수습에 나섰는데요. 한경위의 인터뷰 2시간 만인 18시경 현 경찰청 차장이 나서서 기자회견을 자청하는 초유의 사태가 벌어졌습니다. 한주원 경위의 부친이기도 한 한기환 차장은 기자회견에서 대국민 사과문을 발표했습니다.

/INS. TV 화면. 경찰청 – 브리핑실 (동 회 1, 2, 4씬)
자막 '한기환 경찰청 차장'.

기환 20년간 이어온 연쇄 살인이라는 한주원 경위의 발언은 확증된 바 없는 개인의 무리한 주장일 뿐입니다.

기환 경찰청 차장이며 한주원 경위의 아비인 제가 국민 여러분께 진심으로 사과드립니다.

기환 감사관실에 제보된 한경위의 무리한 수사 방식에 대해서도 확실하게 조사하여 반드시 책임을 물을 것임을, 국민 여러분께 엄중히 약속드립니다.

/현재. 만양 슈퍼 안채 – 안방
TV 화면에 한기환 회견 캡처 사진이 한쪽으로 밀리며 주원의 회견 캡처 사진이 뜬다.

기자(E) 한주원 경위는 현재 경찰청 감사관실의 조사를 받고 있으며 경기도 소재의 파출소로 전출된 상태입니다. 대한민국 경찰 서열 두 번째로 꼽히는 치안정감인 경찰청 차장이 나서서 철저한 수사를 약속한 가운데,

문주산 수색 중인 경찰들 모습이 화면에 뜬다.

임기자(E) 대대적인 수색 작업에도 불구하고 별다른 성과 없이 골든타임을 넘어버린 여대생 행방에 대한 궁금증은 더욱 커지고 있습니다. JSB 임규석입니다.

다시 꿈뻑- 소 같은 눈을 한번 감았다 뜨는 진묵. TV 화면은 다음 뉴스로 넘어간다.

앵커(E) 주택가부터 공원, 기숙사까지 도심 곳곳에 멧돼지가 나타나 시민들이 불안에 떨고 있습니다..

진묵, TV 화면을 등지고 쓰러지듯 방구석에 몸을 눕힌다.
동그랗게 몸을 말아 감는 진묵. 두 손으로 감싸 얼굴을 가슴에 박듯 웅크린다.
윤기가 다 빠진 더벅머리가, 마른 그의 어깨가, 구멍 난 양말이, 그 모든 것이 너무나 보잘것없다. 한없이 웅크리고 웅크려서 한 줌도 안 될 것 같은 그의 몸뚱이가 흔들리

기 시작한다. 흐느낌을 참고 또 참는 듯 새어 나오는 소리. 크읍.. 크으읍..
저 멀리 TV 옆에 놓인 진묵의 낡은 휴대폰이 지잉- 지이잉- 울린다.
액정에 뜬 이름. '도해원 의원실 장비서님'.

씬12 한기환의 집 앞 (D, 아침)

대문 앞에 서서 숫자 패드를 누르는 주원. 삐비빅- 하면서 문이 열리지 않는다.
설마- 싶은 주원. 다시 한번 누르는데. 삐비빅-

주원 (인터폰을 누른다)
가사도우미(F) .. 오셨어요.
주원 비번 바꾸셨나 봐요. 방에서 가져갈 게 있는데 문 좀 열어주세요.
가사도우미(F) 그게.. 차장님께서 집에 들이지 말라고 하셨어요. 미안해요. (달칵)
주원 !!! (하...)

씬13 만양 파출소 - 앞 주차장 (D)

주차장으로 들어와 서는 주원의 차. 운전석의 주원, 만양 파출소를 넘겨보며 한숨.
이내 가방을 챙겨 들고 차에서 내리는데.

임기자(E) 한주원 경위님 되시죠.
주원 (멈칫-)
임기자 (어느새 달라붙는다) JSB 임규석 기잡니다. 인터뷰 좀 부탁드리려고,
주원 할 말 없습니다. (들어가려는데)
임기자 (따라붙으며) 한 말씀 해주시죠. (팔 잡으려는데)
주원 (정색) 손대지 마십시오. (신경질적으로 탁탁 털어낸다)
임기자 (헐- 일부러 좀 꼬아서) 한경위님에 대해서 감사관실에 이런저런 제보가 많이 들어왔던데,
주원 (서늘하게 임기자를 보면)

임기자 내가 알아보니까 대단한 게 없더라고요. 그런 걸 가지고 남도 아니고 아버님이 경찰대 수석에 서울청 외사과 인재를 이런 데다 보내는 건 좀 그렇지 않나.. (떠보는데)

주원 (짜증이 돋는데)

동식(E) 이런 데가 어떤 덴데?

임기자, 주원 돌아보면 날라리 고딩처럼 가방을 어깨에 척- 올린 동식이 서 있다.

임기자 네?

동식 이런 데가 어떤 데냐고.

임기자 그게 뭐, 지방 파출소니까..

동식 단층짜리 쬐깐한 건물에 옹기종기 모여서 꼴랑 순찰차 두 대 나눠 타고 동네 순찰이나 도는 지방 파출소?

임기자 뭐, (어색하게 웃으며) 그렇죠.

동식 그럼 우리는 경찰 아닌가? (피식 웃으며 주원에게) 경찰, 아닙니까? 한주원 경위님?

주원 (뭐? 빙긋이 웃는 동식와 눈이 마주치는데)

동식 (큰 소리로 갑자기 허공을 향해) 경찰이 아닌가, 우리?

길구 (차 뒤편에서 스윽- 나오는, 손에 컵이랑 담배 든 상태) 누가 우리보고 경찰이 아니랴?

광영 (뒤 주차장에서 삽 걸어 내려오며) 경찰이 아니라고? 우리가?

지훈 (게시판 뒤에서 전동 드라이버 들고 나오는 지훈) 나 경찰 될라고 3수했는데.

상배 (파출소 입구 쪽 나무 뒤에서 쓰윽- 일어나는. 손에 분무기 들었다) 내가 구공년에 순경 달아서 내년이면 정년인데, (빙긋이 웃으며) 내 인생 30년을 누가 보내버리나?

임기자 아니 그게, 그러니까.. (분위기 파악, 꾸벅-) 항상 노고가 많으십니다!

주원 (황당, 동식에게) 뭐 하는 겁니까. 왜 다들 기다렸다는 듯 튀어나오는 겁니까.

동식 내가 말했잖아요. (나직이 장난스럽게) 어디서 누군가 다 보고 있다..

주원 (기막혀) 그 얘기가 여기서 왜 나옵니까.

상배 기자증 좀 봅시다.

임기자 (마지못해) 네에.. (주머니에서 꺼내주는)

상배　(자연스럽게 가져가서 쓱 보고는 모두에게 보란 듯이 휘- 보여주며) JSB 임규석 기자님. (허허- 하면서 기자증 동식에게 건네고)

지훈　아.. 민정이 실종된 날 전화해서 다짜고짜 물으신..

길구　바빠 죽고 마음 아파 죽을 것 같은 그때?

광영　상도의 따윈 개나 주고.

길구　(콰-) 기러기네, 기러기.

광영　기레기요. 기레기.

동식　(임기자에게 다가가 눈 똑바로 보며 기자증을 목에 걸어준다)

임기자　(흠칫-)

상배　(사람 좋게 웃으며) 임규석 기자님. 내가 여기 쬐깐하고 순찰차도 2대밖에 없는 만양파출소 소장 남상배예요.

임기자　(비굴) 네, 소장님.

상배　저기 초입 바닥에 선 보이죠?

임기자　(확인하고는) 네에..

상배　거기부터 쩌기 파출소 건물 뒤까지가 나라에서 정해준 우리 만양 파출소 땅이에요. 그 말인즉 여기부터 저기까지 내 맘대로 할 수 있다는 거지. 그래서 지금 이 시간부로, 우리 JSB 임규석 기자는 저기부터 저짝까지.. 출입을 금한다.

임기자　(황당) 예에?

상배　절대 출입 금지. 지금 이 시각부터. 바로 지금부터.

임기자　아니 소장님. 이러시는 게 어디 있습니까. 제가 뭘 잘못했다고. 이거 언론 탄압입니다.

길구　(기막혀) 언론 탄압?

광영　(잠시 동공 흔들림) 그건 좀 오바지.

지훈　탄압하면 안 됩니까?

동식　안 될 게 뭐 있어.

임기자　이분들이 지금 인터넷, 언론, 댓글 무서운 줄 모르고, (하는데)

상배　(분무기로 칙- 뿌리며) 알어. 알아요. (칙- 또 뿌리며) 그냥 너만 안 무서워. (또 칙- 뿌리며) 가. (칙- 칙-) 나가라고.

임기자　앗- 차거. 아우!

동/상/길/광/지 (한 발씩 다가선다)

임기자 (뒤로 주춤주춤 물러나며) 갑니다. 가요. (돌아서 내려가며) 이상한 또라이만 모여가지고. (주원을 보며 중얼) 딱이네. (간다)

동식 뭐가 딱이야. 기분 더럽게.

주원 (쓱- 보면)

동식 한경위님이 기분 나쁘시겠다고. 우리랑 묶여서. (파출소로 올라간다)

지훈 (고개를 끄덕이며 올라가는데)

길구 (올라가며) 뭔 소리여? 우리가 어때서? (지훈에게) 넌 왜 끄덕거려?

광영 이경사! 내가 기분 나빠요! (따라 올라가고)

상배 (올라가며) 왜? 나랑 같이 묶여서?

광영 아우-- 아니죠! 무한 영광이죠!!

올라가는 그들을 보고 서 있는 주원. 가족처럼 통박 줘가며 올라가는 그들을 보다가.

주원 나한테 원하는 게 뭡니까.

모두 (돌아본다)

주원 기자 찾아온 거 처음 아니죠? 항의 전화도 많이 왔을 거고, 만양 파출소 직원들 전부, 나 때문에 무능한 경찰로 싸잡히고 욕 얻어먹었을 건데 왜 이러는 겁니까. 나한테 무슨 애정이 있다고.. 날 얼마나 안다고.

상배 (빙긋) 우리 한경위가 애네. 어려. (들어간다)

길구 (들어가며) 도와줘도 썽이여.

광영 (들어가며) 까칠한 게 일관성은 있잖아요.

지훈 굳이 일관성이 있어야 해요? (들어간다)

뭐지? 이 사람들. 뭐지? 주원, 마음이 복잡해서 울렁이는데.

동식 (알고 답하듯 툭-) 그냥.. 만양 사람들이어서 그런 겁니다.

주원 (보면)

동식 자기들끼리 있을 때는 못 잡아먹어 안달이래도, 외부에서 적이 들어오면 똘똘 뭉쳐 적부터 까내지. 이 안에서 벌어진 일은 이 안에서 해결해야지 남이 들어와서 우리 중 누굴 까내는 꼴은 못 봐요. 일단 감싸고 보는 거야. 그게 만양읍 사람들이에요. (허리를 살짝 숙여 주원의 눈을 들여다보며) 그러니까… 괜찮겠어요, 한주원 경위님?

주원　(멈칫- 굳어 쏘아보며) 뭐가 괜찮겠냐는 겁니까.

동식　(씨익- 웃고는 파출소로 올라간다)

그 모습을 쏘아보던 주원의 귓가에 동식의 말이 다시 맴돈다.

동식(E)　일단 감싸고 보는 거야. 그게 만양읍 사람들이에요.

/INS. 플래시컷. 주원의 오피스텔 - 거실 (3회 30씬)
화이트보드에 붙은 만양 정육점 회식 사진.
동식, 진묵, 재이, 지훈, 상배, 광영, 길구, 그리고 지화와 정제. 그 위로.

동식(E)　.. 내가 감싸고 있는 사람.. 누굴까.

/INS. 플래시백. 카페 (3회 31씬)
테이블 위, 동식의 증명사진을 손가락으로 툭- 밀어버리는 이금화.

이금화　이 경찰 아저씬 본 적 없다니까. 지난번에 말했잖아요.

주원　(동식 얼굴에 동그라미 쳐져 있는 만양 정육점 회식 사진을 꺼내 내민다) 최근에 찍은 사진입니다. 평상복 차림이구요.

이금화　(반지 낀 손으로 사진 잡는다, 들여다보고는) 아 몰라. 모르겠어.

주원　(사진 속 동식을 한 번 더 툭 찍으며) 마사지 나갔는데 이 사람이 손님이면 숫자 1 찍어서 문자 줘요.

주원이 쿡- 찍었던 만양 정육점 사진 속 동식 얼굴 위로.

주원(E)　이동식이.. 아니라면,

/INS. 플래시백. 주원의 오피스텔 - 거실 (3회 32씬)
다급히 액정 열어 문자 확인하는 주원.
'ㄱㅕㅇ ㅊㅏㄹ 아..'

다시 지잉-! 울리는 폰.
'ㅎ.. 미..'
다시 지이이잉-!
'111111111111111111111111111111111'

주원(E)　왜...

/INS. 주원의 오피스텔 - 거실
금화가 문자 보낸 걸 찍은 사진이 화이트보드에 붙어 있다.
'111111111111111111111111111111111'이 찍힌 사진을 지나, 'ㅎ.. 미..' 그리고,
첫 번째 문자에 클로즈업. 'ㄱㅕㅇ ㅊㅏㄹ 아..'

/현재. 만양 파출소 - 앞 주차장
쿵- 깨닫는 주원의 얼굴 위로.

주원(E)　그... 경찰이.. 아니다?

/INS. 플래시컷. 주원의 오피스텔 - 거실
화이트보드에 붙은 만양 정육점 회식 사진. 디졸브 되어 바뀌면.

씬14　만양 정육점 안 (N, 주원의 환상)

화이트보드에 붙은 사진 속의 동식, 진묵, 재이, 지훈, 상배, 광영, 길구, 그리고 지화와 정제가 술을 마시고 있다. 노래와 춤을 추는 지훈의 재롱에 박장대소하는 사람들. 그 모습을 멀찍이 떨어져 보고 서 있는 주원. 언제나 똑같고 항상 그랬던 것 같은 평온한 일상의 순간. 흥겨운 만양 사람들의 모습 위로.

주원(E)　.. 다른 사람... 누구?

그때 어디선가 쿵- 콰광- 소리가 들리며!

씬15　만양 파출소 - 앞 주차장 (D, 현재)

동식이 문을 박차고 나와 뛰어 내려온다!
완전히 돌아버린 얼굴로 순찰차를 향해 뛰어 내려가는 동식!

지훈　(다급히 문 열고 나오며) 형! 동식이 형!
상배　(뒤따라 나오며) 아으- 한경위, 뭐 해. 따라가, 얼른!
주원　네? (일단 다급히 순찰차로 향하며) 뭡니까, 이동식 경사!
동식　입 닥쳐. (운전석에 올라탄다)

씬16　문주 시내 교차로 광장 인근 도로 - 차 안 (D)

눈이 반쯤 돌아 거칠게 운전하는 동식.
보조석의 주원, 손잡이 잡은 채로 동식을 보고 있다.
이 인간, 갑자기 왜 돌아버린 거지?

주원　이경사, (하는데)
동식　(들은 척도 하지 않고 핸들을 인도 쪽으로 꺾어버린다!)
주원　이동식 경사! 우리 지금 순찰차 타고 있습니다!

아랑곳하지 않고 직진하는 동식. 인도를 지나던 사람들, 놀라 피하고!

주원　(핸들을 탁- 잡는데)
동식　(거칠게 주원의 손을 쳐내고 부웅- 액셀을 밟아 광장으로 돌진!)
주원　이동식씨! (했다가 정면을 보고 멈칫-)

저 멀리 광장에서 행사가 진행 중이다.
광장 곳곳에 문주 드림타운 개발 대책위원회 로고가 붙은 플래카드가 나부낀다.

단상 위에 붙은 현수막. '문주 드림타운 개발 홍보 설명회'.
'내 손으로 문주를 드림타운으로!', '경축! 문주 드림타운 재개발 대책위원회 설립!'
순간 주원, 뭘 잘못 본 건가 싶다. 주원, 다급히 차 창문을 내리고 보는데.
떨리는 목소리가 쏟아져 들어온다. 단상 위에서 마이크를 쥐고 선 사람은 강진묵이다.

씬17 문주 시내 교차로 광장 일각 (D)

진묵 (눈을 내리깔고 더듬거리며) 제.. 제 딸이... 우리 미.. 민정이가.. 지금 어.. 어디 있는지 알 수는 어.. 없지만.. 그래도 우.. 우리 민정이도.. 자기 때.. 때문에.. 문주에 개.. 개발이 멈추거나.. 그.. 그런 건 원하지 아.. 않겠고.. 그럴 거라고.. 새.. 생각하기 때문에.. 이 자리에 나.. 나와서.. 제가.. 마.. 말을 하는 것이..

청중석 맨 앞줄, 주최 측 좌석에 앉은 해원과 창진, 더듬거리는 진묵을 보고 있는데.

해원 (저도 모르게 툭) 아우- 답답해.
창진 (동감이지만 주위 눈치 때문에 말 못 하고, 러시아어) 용쓴다.
진묵 저.. 저는.. 여기를 제.. 의지로.. (흘끔 해원을 본다) 제 의지로 나온 것이고.. 시.. 시민 여러분께서도 개발에.. 대.. 대해서.. 지지.. 지지를 해주시면은,

청중석으로 돌진하는 순찰차. 저 경찰차 왜 저래! 끼악- 뭐야! 안 멈추잖아! 우당탕!
사람들 다급히 피하기 시작한다. 청중석을 덮치기 직전에 끼익- 멈춰 서는 순찰차.

씬18 문주 시내 교차로 광장 - 차 안 (D)

동식 (기어변속기를 P에 놓으며) 나오지 마.
주원 (황당) 뭐요?
동식 인생에 똥물 튀었다고 나랑 같이 뒹굴 필요 없잖아. 나오지 마요, 한주원 경위. (내려서는 문을 쾅- 세차게 닫는다)

주원, 하- 기막힌 얼굴로 단상으로 돌진하는 동식을 보는데.

씬19 문주 시내 교차로 광장 (D)

단상으로 달려간 동식, 단숨에 뛰어오른다!

해원 어머! 어머! 저 미친놈이 여기 왜 나타나!

창진 (흥미로운 시선으로 동식을 보는데)

동식 (거침없이 진묵에 다가가더니 멱살을 확- 잡는다) 나와.

진묵 도.. 동식아..

동식 나오라고!!

진묵 도.. 동식아.. 왜 그래..

동식 왜 그래? 왜 그래애!!! 뭐 하는 짓이야! 뭐 하는 짓이냐고! (잡고 흔들며) 무슨 생각을 하고 여기 있는 거야! 왜 이러고 있냐고!!

진묵 (눈에 눈물이 고여) 나.. 나는.. 그냥.. 우리 미.. 민정이 일로 폐를.. 폐를.. 끼쳤으니까.. 그래서.. 나.. 나도.. 도움이..

동식 무슨 개소리야 그게. (멱살을 확- 더 잡아끌더니 바닥에 패대기치듯 단상 아래로 밀어버린다) 가. 당장 가아-!!!

진묵 (떨어지듯 내려간다. 눈에 눈물이 그렁해서 주춤하다 자리를 뜨는데)

시민1 야! 너 왜 또 나타나서 방해야!

동식 (허- 보면)

몇몇 사람들 동영상 찍고 있고. 청중석의 나이 든 주민 몇이 동식을 노려보고 있는데.

시민2 20년 전에 방해했음 됐지! 왜 나타나서 또 방해야!

시민3 양심도 없는 놈! 너 땜에 여기 사람들 날린 돈이 얼만데!!

시민4 옆 동네는 아파트가 올라가는데 우리는 언제까지 이러고 살아야 돼!!

시민5 저쪽은 경찰서며 파출소가 줄줄이 들어서는데, 우린 언제까지 CCTV도 없이 살아야 되냐고!

시민6 개발 좀 할랬드니 딱 또 이 타이밍에 그눔의 기집애는 어디로 튀었는지! 재수 없어 죽겠어!

동식 (하- 단상 아래로 훅- 내려가며) 아줌마. 아줌마 딸 같은 애가 사라졌어. 아줌마 딸이라면 그런 말이 나와요?

시민6 (기막혀) 야- 어디 내 딸을. 우리 딸은 그런 애 아니거든? 술집 년이랑 내 딸을 감히.

동식 (눈 돌아갔다) 우리 민정이 술집 년 아니고! 술집 년이면 죽어도 돼? 아줌마 딸이나 술집 년이나 민정이나 다 똑같은 사람 아냐?

시민6 어떻게 똑같애! 질이 다른데! 내 딸은 걔처럼 그렇게 될 일 없어!

동식 왜 없어. (서늘한 눈빛 꽂으며 한 발 다가선다, 그르렁거리듯) 내가.. 죽여줘..? 죽여줘??

시민6 !! 이 자식이 미쳤나! (동식이 가슴을 주먹으로 퍽-퍽- 내리치는데) 미친 새끼야! 너 돌았지! 니 동생도 니가 죽인 거지?

해원, 이제 마무리해야겠다 싶다. 시민6과 동식 옆으로 재빨리 다가서며.

해원 아유- 어머니, 너무 흥분하셨어요. 그만. 응? 동식아, 너 말을 왜 그렇게 해. 그만하고 가. (동식의 등을 토닥이는 척하며 밀어내려는데)

동식 내 몸에 손대지 마요. 아줌마.

해원 아줌마? (얻다 대고. 기분 나쁘지만 누르며) 아효.. 넌 어쩜 하나도 달라진 게 없니. 그 욱 성질 좀 죽이고 살아야지. 20년 전에도 네 성질 때문에 우리가 전부 얼마나 고생했어.

동식 20년 전에 우리가, (한 발 다가가며) 고생을 해?

해원 어머. 얘 표정이 왜 이래. (무섭다. 물러나며 창진에게 눈짓하는데)

창진 (구경하듯 보고만 있을 뿐이다)

동식 (한 발 더 다가가며) 아줌마. 기억나지? 20년 전에 나 경찰서에서 나왔을 때 아줌마 우리 집 찾아왔었잖아.

해원 (움찔- 하는데)

씬20 동식의 집 - 거실 (N, 과거 - 20년 전)

상처투성이 얼굴에 고문 후유증으로 겨우 바닥에 앉아 있는 20살 동식.
그의 등을 마구 두들겨 패는 45세의 해원.

해원 내 아들한테 떨어지라고 내가 몇 번을 말했어! (퍽-) 몇 번을 말했는데 우리 정제가 너 땜에 경찰서를 들락거리게 해! 이 썩을 새끼야! (퍽-) 거지 같은 새끼야! 이 살인자 새끼야!

동식부 (해원의 팔을 잡으며 버럭-) 그만해! 그만하라고 좀!

동식모 죄송합니다.. 이사장님. 죄송.. (하는데)

동식부 뭐가 죄송해? 야, 도해원! 너 우리 동식이 다 죽어가는 거 안 보여? 경찰들한테 당할 만큼 당하고 나왔어. 근데 니가 왜! (하는데)

해원 내가 왜? 내 아들 증언 땜에 니 아들 살아 나왔어. 니 쓰레기 같은 아들 빼낸다고 내 새끼가 형사들한테 붙잡혀 있었다고! 근데 내가 이 정도도 못 해? 정제한테 가서 증언 철회하라고 할까?!!

동식부 (멈칫-)

동식모 (해원의 발목을 잡으며) 그것만은 제발. 그건... 정말.. 절대로.. (고개를 미친 듯 내젓는데)

동식부 해. 하라고 해. 그게 진실이면 가서 말하라고.

동식 (부들부들 떨면서 몸을 웅크린다)

해원 (피식-) 아비가 돼서 아들 목숨 두고 같잖은 객기는. 야, 난 너랑 달라. 내 아들 위해선 뭐든 해. (동식을 내려다본다) 동식이 너, 내 아들 놔. 한 번만 더 정제 붙잡고 안 떨어지면 내가 너 죽여버릴 거야.

씬21 문주 시내 교차로 광장 (D, 현재)

동식, 사람들 시선을 의식하며 겨우 미소 짓고 있는 해원의 팔을 확 잡아당긴다.
움찔- 끌려오는 해원.

동식 잘 들으세요. 정제 어머니. (나직이) 어머니 귀한 아들 박정제는요, 내가 붙잡고 있는 게 아니야. 정제가 나한테 매달려 있는 거예요. 20년 전에도, 지금도.

해원 (지지 않으려는 듯 동식의 눈을 보는데 잡힌 팔이 덜덜 떨리고 있다)

동식 (해원의 귓가에 속삭인다) 그거.. 당신도 알잖아.

해원 (눈동자까지 완전히 굳어버린다)

동식 정제는, 내가 놓으면 끝이야.

해원 (겨우 미소 짓고 있는 입꼬리 끝이 떨리기 시작한다)

창진 (볼 거 다 봤다는 듯 일어나며 고개로 까딱 신호)

주변에 서 있던 전직 조폭스러운 경호원들이 동식을 우르르- 둘러싼다.

창진 아이고, 좋은 행사에 이 무슨. (지팡이 짚고 한 발 다가와서는) 의원님 팔 놓으시죠. 공인 몸에 스크래치 내면 인생 피곤해져요, 이동식씨.

두 경호원, 말이 끝나기 무섭게 양쪽에서 동식의 팔을 탁- 잡는다.
동식, 창진을 서늘하게 한번 보다 피식. 해원의 팔을 밀치듯 놓는다.
해원, 뒤로 주춤 물러나는데.

동식 (창진에게) 나 알아요? 난 모르는데? 그 두꺼비상.. 그게 쉽게 잊히는 얼굴이 아닌데?

창진 (꾸벅-) JL건설 이창진입니다. 한 이십 년 전에 우리 지화가 가져온 앨범에서 그쪽 사진 좀 봤는데.. (러시아어) 이 새낀 늙지도 않나. (한국어) 늙었네?

동식 아...?! 그 개새끼?

창진 (빙그레) 월-!

동식 (여전히 팔 잡고 있는 경호원들 턱으로 가리키며) 놓지.

창진 (빙그레) 다시 깽판 치시면 우린 어뜩하라고. (경호원들에게) 좋은 곳에 모셔다드려라.

동식 놔.

경호원들 (힘을 주는데)

동식 (버티며) 놔. 세 번 고지했다..?

창진 (피식- 하는데)

동식, 두 팔을 돌려 경호원들의 팔을 꺾어버린다!
컥! 억-! 하며 팔목을 잡고 쓰러지는 경호원들.

창진 허이- 참 이거. (고개 까딱)

둘러싸고 있던 경호원들, 동식에게 덤벼든다. 동식, 피하지 않고 먼저 두어 대 맞는다. 피식. 입술의 피 한번 핥고 그제야 주먹을 내리꽂기 시작한다. 퍽-! 퍽-! 피하다 맞고, 달려드는 주먹에 눌리지 않고 피하지도 않는다. 맞으면서 미친 듯 때리기 시작하는데.

해원 어머! 어머어머! (창진을 향해 속삭) 괜찮겠어?

창진 잰 좀 맞아야 돼. (피식) 들어가세요. 신고도 좀 하시고. 파출소 말고 경찰서 강력계.

해원 (잽싸게 빠지며 장비서에서 눈짓)

장비서 (해원을 모시고 빠지며 휴대폰 꺼내는데)

주원(E) 신고하실 필요 없습니다.

해원, 창진 돌아보면. 한 손엔 3단 봉을 든 주원이 다른 손으로 경찰 신분증을 들어 보여주며 성큼성큼 걸어오고 있다.

해원 !! (중얼) 차장 아들? 여기 왜? (더 엮이면 안 되겠다. 장비서에게 눈짓. 도망치듯 다급히 자리를 뜨는데)

창진 한주원 등장이라. (러시아어) 일이 더 재미있어지네?

동식 (주원을 본다, 중얼) 나오지 말라니까..

주원 (동식에 시선) 폭력 행위 등에 관한 법률 중, (시선 돌려 멈칫한 경호원들 주욱- 훑더니) 공동 폭행 혐의로 여러분을 현행범 체포합니다. (성큼성큼 다가가 동식 옆에 선다)

동식 (허- 동영상 찍고 있는 사람들에 시선) 찍는 거 안 보이냐? 아버님 아시면 큰일 날 텐데.

주원 형법 제261조. 단체나 다중의 위력을 보인 경우 5년 이하의 징역 또는 천만 원 이하의 벌금형에 처한다. 저 지금 공무 수행 중입니다. (3단 봉을 착- 펼치는데)

동식 (주먹을 다시 들며, 피식-) 어디서 많이 봤던 또라이 짓인데.

두 사람에게 달려드는 경호원들.
퍽- 치고, 휙- 내려치고. 주원에게 달려들던 경호원을 동식이 막아 치고!
동식에게 달려드는 경호원의 허벅지를 3단 봉으로 후려치는 주원. 퍽! 휙! 퍽! 휙!

창진 그만!!!
경호원들 (움찔- 물러난다)

숨을 몰아쉬며 창진을 노려보는 동식과 주원.

창진 끌고들 가세요. (경호원들에게 따라가- 눈짓하고 돌아서는데)
동식 이창진씨 어디 가.
창진 (멈춰 선다)
동식 (주원의 허리춤에 껴 있는 수갑을 빼서 들고 다가가며) 폭행 교사 혐의로 너를, 현행범 체포합니다.

창진, 돌아선다. 동식의 눈을 똑바로 올려다보더니 피식 웃으며 두 손을 내민다.
동식, 히죽- 웃더니 가차 없이 철컥- 수갑을 채운다.

씬22 문주 경찰서 - 형사팀 (D)

벽에 붙어 주르륵 서 있는 경호원들. 책상 앞에 앉은 박형수 형사, 기막히다는 표정으로 그들을 주르륵 훑고 앞을 보면 동식과 주원, 창진이 의자에 앉아 있다.
주원, 지잉- 울리는 휴대폰 꺼내 보면. '아버지'. 흘끗 보는 창진.
받지 않고 다시 주머니에 넣는 주원.

동식 (빙긋) 형수 얼굴 좋아졌다? 제수씨는 건강하시고?
박형사 (짜증. 조서 형식을 화면에 불러오며 대충) 예에.
창진 두 분이 아는 사인가 보네. 이래서 공정한 수사 가능하려나? 나도 내 편 불러야겠는데? (러시아어로) 내 사랑, (한국어) 우리 지화 좀 불러주세요?
동식 (하-)

주원　??

박형사　우리 지화?

형사1　(속닥, 오지화 팀장님이 엑스와이프!)

창진　(들었다) 엑스와이프 맞는데 지화에 대한 내 마음은 아직 진행형이라.

동식　(이 자식 뭔 개소리를 하려고)

창진　(먼 허공을 보며) 무릇 남자의 사랑이란 무엇인가. 그것은 타오르는 불꽃이다. 모든 것을 바쳐 하얗게 재가 되어도 한 점의 후회도 없는.

형사들　(뭐야 저 인간. 큭큭- 피식피식- 웃는데)

동식　(쾅- 발로 책상을 찬다)

창진　어이쿠-!

동식　지화, 입에 올리지 마라. 확- 꿰매버리기 전에.

창진　어유- 무서워! 형사님들, 다 보셨죠? 이 폭력성! 아까도 우리 행사 중에 이 경찰 아즈씨가 밀고 들어와서는, 불쌍한 피해자 아버지를 밀쳐~ 사람들한테 소리쳐~ 협박해~ 우리 도해원 의원님을 막 땡겨~! 아으- 딱 지금처럼, 아니 지금보다 더 막 미쳐가지고! (돌아서 경호원에게) 야- 그럼 아직 안 올라왔냐? 많이들 찍두만.

경호원　(기다렸던 듯 영상 플레이되는 휴대폰 들이민다)

'헐- 대박! 문주시 집단 패싸움 현장 feat. 경찰 두 마리' 영상이 플레이된다.

씬23　경찰청 - 차장실 (D)

동영상을 보고 있는 기환. 가차 없이 때리는 동식과 내리치는 주원.
얼굴에 모자이크되어 있기는 한데 지인은 다 알아볼 수 있는 수준.

기환　이 미친 새끼가.. (주원에게 다시 전화를 거는데 지금은 전화를 받을 수 없습니다, 나오고)

혁　진정하시고 전화 그만하시죠.

기환　지금 이 상황에서 진정? 권검사 제정신이야?

혁　지금 이 상황에서, 주원이와 통화기록 남으면 차후에 문제 될 수 있습니다.

국민 앞에 원리원칙대로 잘 처리하시고선 왜 흔들리십니까.

기환 (지긋이) 아버지 노릇 그만하고 차장으로서만 생각해라?

혁 제가 있잖습니까. 가족의 역할은 제가 징검다리 하겠습니다.

기환 (흠.. 자리에서 일어난다)

혁 (따라 일어나면)

기환 아버지는 건강하시지?

혁 (멈칫) 신경 써주신 덕분입니다. 이번 설 연휴에도 선물 주문 많이 해주셨다면서요. 항상 죄송하고 감사드립니다. (정중히 목례)

기환 인사는. 우리가 남인가. 아버지 연세도 있으신데 이제 과일 그만 파시고 공기 좋은 데서 노년을 보내셔야지 않겠어? (보며) 주원이 좀 눌러봐. 당분간은 못 기어 나오게.

혁 걱정하지 마십시오. 아버님.

기환 (아버님? 하지만 어깨 토닥 한 번 해주고 책상으로 향하고)

혁 (고개 꾸벅 숙이고 나간다. 입가에 미소)

문 닫힌 걸 확인한 기환, 다시 휴대폰을 들어 번호를 하나 찾는다. 'JL 이창진'.
인상을 찌푸리던 기환, 쯧-! 발신 버튼을 누르는데.

씬24 문주 경찰서 - 강력계 앞 복도 (D)

강력계를 휘- 둘러보며 지팡이를 짚고 걷던 창진, 휴대폰 진동음에 꺼내 보면. 'HKH'.

창진 (전화 받는다) 아이고 우리 차장님. 더는 볼 일 없을 거라 하셨는데 이렇게 빨리 전화를 주시고, 영광입니다? (웃는데) 제가 말씀드렸잖습니까, 곧 또 보게 될 거라고. 저, 돗자리 깔아도 되겠죠~?

강력1팀 사무실에서 다급히 나오는 지화.

지화 이동식 이 또라이 자식. 하필 이창진 그 개자식하고. (했다가 멈칫- 저 앞에 서서 자기를 보고 있는 창진 발견)

창진 (입 모양으로 월월- 개 짖는 시늉. 잠시만 기다리라 신호하고 전화에) 오늘 아드님이 사고 친 것 때문에 전화하셨죠?

씬25 문주 경찰서 - 강력계 진술 녹화실 (D)

진술 녹화실에 앉은 동식과 주원. 지화, 문을 쾅- 열고 들어오며.

지화 이동식, 너 죽고 싶냐? 너 땜에 내가 이창진 그 개자식을 만나야겠어?

동식 그 개자식을 왜 만나. 만나지 마.

주원 질투합니까.

동식 뭐?

지화 한경위, 돌았어요? 이 상황 뭐야? 둘이 왜 아삼육이 돼서 사고 쳐?

주원 (기막혀) 아삼육이라니. (정색) 전 그저 불법 행위를 목격했고 공무 집행했을 뿐입니다.

지화 공무 집행은 개뿔.

동식 그지, 공무 집행은 아니지. 한경위, 우리가 공무 중은 아니었잖아요.

주원 그런가. 그냥 두들겨 맞게 내버려둘 걸 그랬네요.

동식 나오지 말라 그랬잖아.

주원 후회하고 있습니다.

지화 (허- 이 자식들 보게)

동식 폭행이면 형사팀 전담인데 강력계에서 진술 녹화실로 불러?

주원 월권이죠.

지화 얼씨구- 만담 커플 나셨네. 둘이 살림 나겠다?

주원 (불쾌) 하실 말씀 없으면 일어나겠습니다. (일어나는데)

지화 그 개자식이 합의하겠다는데, 둘 다 하고 끝내죠?

동식 (지화를 올려다본다)

지화 동식이 네가 행사 망친 거 문제 삼지 않기로 했으니까 폭행도 합의하는 걸로 마무리하자.

주원 왜 그래야 합니까? 이창진씨가 전 남편이라서?

지화 뭐라구요?

주원 그건 아닌가 보네. 그럼 지금 누굴 감싸는 겁니까. 또 이동식입니까. (했다가 문득) 아님, 본인을 위해선가?

지화 (황당) 뭔 개소리, (하는데)

동식 (일어나며) 합의할게.

주원 이동식씨.

동식 원리원칙주의자인 척하지 마요, 한경위. 언제부터 그랬다고.

주원 (멈칫- 굳어 보는)

동식 (나가며) 영상 떠도는 거 책임지고 지우면 합의한다고 해.

씬26 문주 경찰서 - 계단 일각 (D)

지화 (심각한 얼굴로) 동식아.

동식 (내려가려다 돌아본다) 왜, 뭐 더 할 말 있어?

지화 (잠시 망설인다) 어.. 그게.. (하는데)

동식 (툭-) 지훈이.

지화 (놀라) 어?

동식 그 녀석한테 무슨 일 있어?

지화 .. 지훈이가 왜?

동식 아니.. 다 같이들 있을 때는 괜찮은 거 같은데, 날 좀 피하는 거 같아서. 나한테 화난 거 있대?

지화 (당황 누르고 다급히) 걔가 너한테 화날 게 뭐 있어.

동식 그렇긴 한데.. 그 녀석 그 병 또 도진 거 아니야? 사람들 피하고 방에 틀어박혀서 안 나오고 그러는 거야?

지화 아니야. 괜찮아. 아무 일도 없어. 가. 얼른 가서 쉬어. (돌아선다)

동식 (그런 지화를 탐탁지 않게 보고 다시 계단을 내려가는데)

씬27 문주 경찰서 - 정문 앞 (D)

서 있는 택시를 향해 성큼성큼 걸어 나가는 동식. 그 앞을 막아서는 주원.

동식 피곤해 죽겠는데 또 뭡니까. 오늘 출근하지 말라던데 못 들었어요?

주원 누구 마음대로 합의합니까. 공동 폭행은 합의해도 처벌 가능한데,

동식 공동? 난 한 놈한테 맞고 한 놈만 죽어라 팬 거 같은데.

주원 (허-) 이러는 이유가 뭡니까.

동식 이유는 무슨. (지나쳐 택시로 가려는데)

주원 (피식) 당신 일부러 그런 거지? 오늘 그거 확- 돌아서 그런 거 아니죠?

동식 (본다)

주원 당신 목적 달성했잖아. 그러니까 합의 받아들이고 정리해버리는 거고.

동식 내가 무슨 기계도 아니고 목적 달성은. 나 그냥 미친놈이에요. 열받아서 눈에 뵈는 게 없어서 치고받고 좀 그런 걸 가지고. (피식)

주원 강진묵씨 건드려서 열받았습니까?

동식 (멈칫-)

주원 다시 못 건드리게 하려고 도해원 의원한테 그런 소릴 한 겁니까?

동식 (보면)

주원 (똑같이 읊는다) 잘 들으세요. 정제 어머니. (나직이) 어머니 귀한 아들 박정제는요, 내가 붙잡고 있는 게 아니야.

씬28 문주 시내 교차로 광장 (D, 과거 - 동 회 21씬)

동식, 해원의 팔을 잡아당긴 채 매섭게 노려보며 말하고 있다.
멀리 그 모습 보고 서 있는 주원.

동식 (나직이) 정제가 나한테 매달려 있는 거예요.

씬29 문주 경찰서 - 정문 앞 (D, 현재)

주원 20년 전에도, 지금도.

동식 (가만히 보고 있다)

주원　아주 잘 먹히던데. 무슨 사연입니까.

동식　(또 시작이네, 피곤하다는 듯) 이번엔 또 뭐, 박정제랑 나, 우리 둘 사이에 대단한 사연이 있다? 내 동생 죽이고서 20년간 둘이 손 꼭 붙잡고 미친 듯이 살인하고 민정이까지 죽인 사연 같은 거? (피식) 오케이. 그렇다 칩시다. 우리 둘이 사람 죽였고 공범이야. 자, 이제부터 한주원 경위는 어디까지 갈 수 있습니까?

주원　(이해가 되지 않아 반문) 어디까지라니..?

동식　사람 죽이고 20년 동안 잘 살아온 우리를 잡기 위해서라면 어디까지, 무슨 짓까지 할 수 있냐고. 한경위가 좋아하는 법과 원칙, 그딴 거 다 던져버릴 수 있습니까?

주원　그걸 왜 던집니까? 그럴 일 절대 없습니다.

동식　(피식) 사람도 죽으러 가라고 등 떠밀 땐 언제고, 그놈의 법과 원칙은 저 편할 때만 그럴 일 없는 건가.

주원　(완전히 굳어서 노려보면)

동식　그러니까 자꾸만 이렇게 달려와서, 이유가 뭡니까, 왜 그런 소릴 한 겁니까, 무슨 사연입니까, 그놈의 까까까만 해대는 거지. (쯧쯧) 인생 참 쉽게 사셔요.

주원　(주먹을 바특하게 쥐는데)

동식　(그만 가라) 들어가세요~ 한주원 경위. (택시 문고리 잡고 여는데)

주원　이동식씨, 아직 안 끝났습니, (택시 문 잡으려는데)

동식　(택시 문 탁- 잡고 중얼) 기대가 너무 컸나. (문 쾅- 닫고 잠가버린다)

창문 너머로 한심하다는 듯 비웃는 동식의 얼굴. 택시, 출발한다.
주원, 눈가가 분노로 벌겋게 달아오르는데.

씬30　문주 경찰서 정문 앞 도로 - 택시 안 (D)

사이드미러에 비치는 주원의 분노 서린 얼굴이 멀어진다.
비웃던 동식, 통증이 밀려오는 듯 허벅지를 잡는다.
부들 떨리는 손으로 주머니에서 약통을 꺼내 진통제를 씹는데.

상엽(E) 혀엉..!

/INS. 과거. 3년 전. 고급 빌라 골목길 일각 – 차 안 (7회 1씬)
간절하게 동식을 바라보고 있는 상엽의 얼굴.

동식 너 임마- 내가 파트너는 뭐라고 했어? 죽으라면 죽는 시늉이라도 하는 거라고 했어, 안 했어!

상엽 (간곡히) 알았어요. 나 형이 시키는 건 뭐든 전부 다 할게. 제발, 형.

/현재. 문주 경찰서 정문 앞 도로 – 택시 안
동식, 통증이 밀려오는 허벅지를 꽉 쥐면서 창에 머리를 기댄다.

동식 (중얼) 상엽아. 저 녀석은 어디까지 갈 수 있을 것 같니. (사이드미러 속 멀어지는 주원을 바라보는데)

씬31 문주 경찰서 – 정문 앞 (D)

택시를 노려보고 서 있던 주원, 지이잉- 지이이잉- 휴대폰 진동음 느끼고.

주원 (당연히 기환일 줄 알고) 내칠 땐 언제고..

휴대폰 꺼내서 보는데 아버지가 아니라 '권혁'이다.

씬32 프라이빗 바 (N)

혁, 주원 옆에 다가와 앉는다. 힐끔 주원의 얼굴을 관찰하듯 보고는.

혁 (본다) 사춘기냐? 학교 다닐 때도 얌전하던 놈이 연달아서 사고를, 그것도 대형사고를 치고 다녀.

주원　왜? 좋잖아. 다가오지도 마라, 발도 들이지 말라 하시더니 사고 한번 치니까 불이 나게 전화하시고, 심부름꾼도 조르르 보내시고.

혁　(심부름꾼? 피식) 아버님께서 아무한테나 가족 일 시키시냐. 감사관실 한경감이 연락할 거야. 날짜 조율해서 출석하고 조사받어.

주원　(허- 술잔 들어 홀짝이는데)

혁　(나직이) 탐문 수사하다 만난 사람 중 하나인 것 같다, 그때 건넨 명함에 적힌 니 번호로 문자를 보낸 것 같은데 이유는 모르겠다.. 그렇게만 말하면 된다고 하셨어. (떠보듯) 당분간 숨죽이고 있으면 무혐의로 처분, (하는데)

주원　시나리오처럼 들리네?

혁　(멈칫- 보면)

주원　뭐뭐인 것 같다, 그렇게만 말하면 된다.. (보며) 아버지가, 차장님이 형한테 정말 그렇게 말씀하셨어?

혁　(당황했지만 누르고) 어? 어. 뭐. 그게 사실이라며. 니가 그렇게 말씀드렸다며. (일부러) 너 표정이 왜 그래. 사실 아니야? 백골 사체 그 여자랑 너 뭐 있는 거야?

주원, 술잔 속 얼음에 시선 고정. 동식의 목소리가 들리는 것 같다.

동식(E)　자, 이제부터 한주원 경위는 어디까지 갈 수 있습니까?

동식(E)　한경위가 좋아하는 법과 원칙, 그딴 거 다 던져버릴 수 있습니까?

혁, 주원의 등에 손을 얹고 토닥인다.

혁　주원아. 너 까칠하고 깐깐한 놈이라 솔직히 짜증 날 때 있는데 난 너 그런 부분 좋아해. 원칙주의자로 사는 게 얼마나 힘든데, 평생을 그렇게 살아왔잖아. 앞으로도 그렇게 계속 원칙을 지키면서 살 거고. 거짓말할 사람 아닌 거 아니까, 사실이 아니면 지금 형한테 말해. (쓱 보면)

주원　(바로) 아니. (혁을 제대로 보며) 사실 맞아. (눈에 어떤 감정도 없는 시선으로 당당히) 그거 말곤 그 사람이 내 번홀 알고 있을 이유, 뭐가 있었겠어.

혁　(실망스럽지만 미소) 그럼 뭐.. 감사관실 걱정은 안 해도 되겠고.

주원　(손이 슬쩍 떨린다. 아닌 척 술잔을 들어 마신다)

혁 더 이상 사고 치지 마라, 주원아. 얌전히만 있으면 시간이 해결해줄 건데, 의무 보직 6개월 채우고 서울청으로 돌아오면 되잖아. 연쇄 살인이니 뭐니 떠들지 말고 조용히 좀 있어. 안 그러면 아버님, 너 완전히 놔버리실 거야.

주원 (하) 우리 아버지가 날 놔버린다..? (황당) 형이 그걸 어떻게 아는데.

혁 아버님이 나한테 다 말씀하시니까. 요즘 하루가 멀다 하고 뵙는데, 확 늙으셨다. 많이 기대기도 하시고, 이제 우리가 진짜 가족이다 싶다.

주원 가족이니까 못 해줄 일 없겠네. 사람 하나만 조사해줘. 학교는 어딜 나왔고 어떻게 살았는지 샅샅이, (하는데)

혁 (반색) 그걸 내가 왜?

주원 가족이라며.

혁 주원이 너 정말, 애구나? 아무리 가족이라도, (자리에서 일어서며) 징징거리면 뭐든 다 가질 수 있을 거 같냐? (등 돌려 나가려는데)

주원 (후... 나직이) 부탁이야.

혁 (돌아보며) 뭐? 방금 한주원 입에서 절대로 나올 수 없는 문장을 내가 들은 거 같기도 하고 아닌 것 같기도 하고~

주원 (하-) 부탁할게. 도와줘, 형.

혁 (어쩔 수 없다는 듯 과장되게 한숨 푹- 내쉬고는) 누군데.

주원 (고개 들어 보며) 문주 경찰서 수사지원팀 박정제 경위.

씬33 동식의 집 앞 골목 (D, 새벽)

동식이 대문을 열고 나온다. 몸을 가볍게 풀고는 뒷주머니에 꽂은 야구모자를 머리에 쓰는데. 저 앞에 서 있던 차량의 운전석에서 누군가 내린다. JSB 임규석 기자다.

임기자 맞네. 지난주에 긴급 체포됐다가 풀려난 경찰.

동식 (보면)

임기자 20년 전에도 그랬다면서요? 동생 이유연씨 살인 용의자, 이동식 경사.

동식 (무표정하게 임기자를 보고는 리듬에 맞춰 달려 나가기 시작한다)

임기자 (앞을 확 막아서며) 이경사님. 우리 그냥 인터뷰 한 번만 합시다. 이름 다 안 나가요. 이모씨로 써드릴게. 내가 안 해도 기사화되는 거 시간문제예요. 얼마나 운명의 장난 같은 일입니까. 20년 전엔 여동생, 20년 후엔 조카같이 지내던 여학생 살해 혐의로 긴급 체포!

동식 (중얼) 죽은 거 아닌데.

임기자 예?

동식 둘 다 사체 안 나왔는데 기자라고 사람을 함부로 죽이면 쓰나?

임기자 아.. 거야 뭐. 알았어요. 그게 기분 나쁘면 실종 상해 혐의 정도로, (휴대폰 꺼내서 녹음 버튼 누르고 들이미는데)

동식 (가만히 내려다보다) 번지수 잘못 찾으셨네. 나, 아닙니다. (녹음 정지를 쿡-누르고 간다)

임기자 (허-) 아니긴 뭐가 아니야! 지난주에 승합차에서 모자 쓰고 내리는 거 내가 봤는데! 지금 딱 그 모습인데!

동식 (달려 나가다 멈칫, 돌아보더니 성큼성큼 다가온다)

임기자 (기세에 멈칫-) 확실하다니까. 내가 봤는데..

동식 제보자 누굽니까.

임기자 네?

동식 차에서 내리는 거 봤다며. 대기하고 있었던 거잖아. 그러니까, 긴급 체포 알려준 제보자 누구냐고.

임기자 그럼 인터뷰.. (휴대폰 다시 녹음하려는데)

동식 (손으로 액정 막으며 빙긋) 임기자님. 여기.. 이쪽부터 저쪽까지 CCTV 하나도 없어요. (표정 돌변 싸늘히 보며) 제보자, 누굽니까.

씬34 주원의 오피스텔 - 거실 (D, 새벽)

구석에 세워진 스피닝 자전거 위에서 땀을 흘리고 있는 주원.
화이트보드에 꽂힌 만양 정육점 회식 사진 속 사람들을 보고 있다.
지훈에게 시선을 줬다가 정제로 옮겨가는데.
거실 테이블 위에 놓인 노트북에서 메일 알림음 울리고.
주원, 자전거에서 내려와 수건으로 땀을 닦으며 노트북 메일함을 연다.
첨부파일을 여는 주원. 잠시 후.. 놀란 주원의 눈빛!

씬35　동식의 집 - 대문 앞 (D, 새벽)

누군가, 대문으로 다가온다. 대문이 잠기지 않은 채 살짝 열려 있다.
바로 들어가지 못하고 왔다 갔다 망설이더니 결국 결심하고 문을 열고 들어가는 남자. 지훈이다.

씬36　동식의 집 - 지하실 (D, 새벽)

어두운 지하실. 창 너머에서 어슴푸레 들어오는 햇빛이 전부다.
지훈, 문을 열고 들어와 닫는다. 문이 닫히자 갑작스러운 어둠에 아무것도 보이지 않는 듯 눈을 부비는 지훈. 안쪽에 의자만 두 개 마주 놓고 앉아 있는 동식이 보인다.

지훈　형, 이 새벽에 지하실엔 왜요. 무슨 일 있어요?

동식　지훈아, 일루 와서 앉아봐.

지훈　예? 네에.. (다가가 의자에 앉는다) 왜 그래요? 형 되게 이상해.

동식　넌, 왜 그랬니.

지훈　(멈칫-) ... 뭘요?

동식　왜, 나한테 그랬니.

지훈　(굳어서 본다)

동식　왜 날.. 제보했어?

지훈　(흡- 숨이 막힌다) 아니.. 아니.. 그게.. 그러니까.

동식　왜 날, 팔아넘겼니?

지훈　(절레절레 젓는다) 아니야. 아니에요. 팔아넘긴 거 아니구..

동식　여기저기 찍혀서 사람들한테 내 얼굴 다 팔리도록 왜, 팔아넘겼니.

지훈　(고개를 숙이며 미친 듯이 고개를 젓는다) 아니.. 그런 거... 그게 아니고.. 그런 게 아니고..

동식　(일어나 가까이 다가가 몸을 숙이며) 왜 팔았어. 왜. 왜. 왜애!

지훈　아니이!! (울음이 터지며) 형은 아니니까, 아니니까!

동식　뭐가 아닌데. (지훈의 어깨를 탁- 잡고) 뭐가 아니야, 내가!!

지훈　(고개를 훅- 든다. 눈빛이 서늘해져서) 민정이 죽인 사람! 형 아니니까.

씬37　도로 (N, 과거 - 2회 43씬, 4회 55씬)

개천 옆 도로. 느리게 껌뻑이며 켜졌다 꺼지는 가로등.
또각- 또각- 또각- 저 멀리 걸어오는 민정의 구두 소리.
걷다 비틀하는 민정, 속이 안 좋은지 헛구역질 몇 번 하는데.
지이잉- 지이잉- 휴대폰 진동 소리 울린다. 수갑 채워졌던 흉터가 남은 손으로 가방에서 휴대폰 꺼내는 민정. 휴대폰 액정에 뜬 이름. '동식씨'.

민정　(받자마자) 밤새구 온종일 한 지붕 아래 있고도 모자라?
동식(F)　시끄러. 너 어디야. 내가 바로 집에 들어가랬지?
민정　들어왔는데? 아빠 몰래 살금살금 들어오느라고 완전 개고생, (하는데)
동식(F)　이 자식이 입만 열면 거짓말이네. 열쇠도 없는데 몰래 어떻게. 담 넘어 들어갔냐? 파출소에 흘리고 갔어, 임마.
민정　(급 당황. 가방에 손을 넣어 열쇠 찾는다)

지훈, 멀리 껌뻑이는 가로등 아래에서 민정을 보고 있다. 민정을 향해 환하게 웃던 지훈, 순간 싸해지는 얼굴. 지훈보다 앞서 먼저 누군가 민정의 앞에 나선다.
인기척 느낀 민정, 앞을 보면. 꺼진 가로등 아래 어둠 속에 선 남자의 실루엣.
누구지? 민정, 불안한 표정. 그때 가로등 불이 다시 껌뻑- 들어온다.
안개 속에 서 있는 남자. 민정, 살짝 겁에 질린 얼굴이었다가 어?
상대를 알아본 민정, 표정 밝아진다.

민정　(다급히 전화에) 잠깐만 나중에 전화할게. (끊고는 미소)

가로등 불빛에 서 있는 남자의 얼굴이 훤히 드러난다.

민정　정제 오빠. 여기서 뭐 해요?
정제　(천천히 미소 지으며) 민정이 너, 데려다주러 왔지.

씬38 동식의 집 - 지하실 (D, 새벽, 현재)

지훈의 어깨를 잡고 있던 동식의 두 손이 위로 올라간다. 마치 목을 조를 것 같다.
지훈, 눈물범벅이 되어서 오열하며 말을 막 던지고 있다.

지훈 나.. 나는 정제 형이 민정이를 그랬다고 생각하는 건 아냐. 형도 아니라고 생각하지? 근데 형은 더 아닌 건데, 잡혀가는 게 말이 안 되잖아. 그래서 말한 거예요. 잘못 잡아가는 거라고. 경찰이 어떻게 범인이냐고! 근데 기자가 갑자기 형이 아닌 건 어떻게 아냐고 묻잖아. 정제 형을 봤다는 걸 말하면 내가 민정이 쫓아간 것도 말해야 하는데, 형 나 스토커 아니에요. 아니잖아. 정제 형도 아니고, 형도 아니고! 나도 진짜 스토커 아니야, 형. 나 믿지? 그렇지?

동식 (천천히 손을 내린다) 지훈아. 그거.. 아무한테도 말하지 마.

지훈 혀.. 엉.

동식 하지 마, 지훈아. 너, 다쳐.

지훈 (울컥해서 본다)

동식 형이 다 알아서 할게. 형이 할게.

지훈 (눈물이 가득 고여 동식을 올려다보는데)

씬39 동식의 집 - 마당 (D, 새벽)

지훈, 눈물을 다 닦고 나와 대문으로 향한다. 조금은 홀가분해진 얼굴로 나가는데.
지하실 입구 옆쪽에서 누군가 나온다. 서늘한 표정의 주원이다.

씬40 동식의 집 - 지하실 (D, 새벽)

동식, 빈 벽을 보고 서 있다. 조금은 초월한 것 같은 눈빛. 지친 것도 같다.
그때 삐이걱- 문이 열린다. 동식, 돌아본다. 주원이 서 있다.

동식 제 집 드나들듯 하시니 월세라도 받아야 하나.

주원 왭니까.

동식 뭐가 또 왜.

주원 그런 인간을 왜, 감쌉니까.

동식 내가 누굴 감싸, (하는데)

주원 박정제.

동식 (본다)

주원 이유연씨 사건 이후, 그 인간 어디서 뭐 했습니까.

동식 미국으로 유학 갔는데. 그전부터 그러기로 되어 있었거든.

주원 (피식- 휴대폰 꺼내서 읽는다) 충청북도 한송시 강을면 오분리 254-1. (동식을 똑바로 보며) 한송 정신병원.

동식 (멈칫-)

주원 4년 동안 강제 입원. 입원 내내 사슴을 죽였다며 난동을 부리고 발작을 했다던데. 정확히 말하면 사슴 모습을 한 사람을 죽였다. 그런 새낄 감싸는 이유.. (경멸) 당신 둘.. 공범 맞지?

동식 (허무하다는 듯 중얼) 그것밖에 안 되는 일로 벌벌 떨었나.

주원 뭐?

/INS. 플래시컷. 문주 시내 교차로 광장 (동 회 21씬)

동식 어머니 귀한 아들 박정제는요, 내가 붙잡고 있는 게 아니야. 정제가 나한테 매달려 있는 거예요. 20년 전에도, 지금도.

해원 (지지 않으려는 듯 동식의 눈을 보는데 잡힌 팔이 덜덜 떨리고 있다)

동식 (해원의 귓가에 속삭인다) 그거.. 당신도 알잖아.

해원 (멈칫- 굳어버린다)

/현재. 동식의 집 - 지하실

동식 (한 대 맞은 듯 기막혀하며) 고작 그따위 일로..

주원 .. 몰랐어..? 그런데 왜 도해원한테 그런 소릴, (하는데)

동식 (천천히 주원을 바라본다, 입가에 슬쩍 미소)

씬41 문주 시내 교차로 광장 (D, 과거 - 동 회 19씬)

해원 아효.. 넌 어쩜 하나도 달라진 게 없니. 그 욱 성질 좀 죽이고 살아야지. 20년 전에도 네 성질 때문에 우리가 전부 얼마나 고생했어.

동식 20년 전에 우리가, (한 발 다가서며) 고생을 해?

해원 어머. 얘 표정이 왜 이래. (무섭다. 물러나며 창진에게 눈짓하는데)

동식, 해원의 시선을 따라가다 저편에 주원이 서 있는 걸 본다.
입가에 슬며시 미소. 일부러 해원에게 한 발 더 다가가는 동식. 나직이 비밀을 폭로하듯 입을 연다.

동식 아줌마. 기억나지? 20년 전에 나 경찰서에서 나왔을 때 아줌마 우리 집 찾아왔었잖아.

주원, 눈빛을 빛내며 동식과 해원을 뚫어지게 보는데!

씬42 동식의 집 - 지하실 (D, 새벽, 현재)

동식 (빙긋거리며) 그거 하나 물었다고 의기양양해서는 붙잡고 따지고,

주원 (이 자식 일부러 그랬던 거다.. 일부러 내가 들으라고)

/INS. 플래시컷. 문주 경찰서 - 정문 앞 (동 회 29씬)

주원 그걸 왜 던집니까? 그럴 일 절대 없습니다.

동식 (피식) 사람도 죽으러 가라고 등 떠밀 땐 언제고, 그놈의 법과 원칙은 저 편할 때만 그럴 일 없는 건가.

주원 (완전히 굳어서 노려보면)

동식 그러니까 자꾸만 이렇게 달려와서, 이유가 뭡니까, 왜 그런 소릴 한 겁니까, 무슨 사연입니까, 그놈의 까까까만 해대는 거지. (쯧쯧) 인생 참 쉽게 사셔요.

주원 (주먹을 바특하게 쥐는데)

동식 (그만 가라) 들어가세요~ 한주원 경위. (택시 문고리 잡고 여는데)

주원 이동식씨, 아직 안 끝났습니, (택시 문 잡으려는데)

동식 (택시 문 탁- 잡고 중얼) 기대가 너무 컸나. (문 쾅- 닫고 잠가버린다)

창문 너머로 한심하다는 듯 비웃는 동식의 얼굴. 택시, 출발한다.
주원, 눈가가 분노로 벌겋게 달아오르는데.

/현재. 동식의 집 – 지하실

동식 그렇게 분노하더니 알아낸 게 그뿐이야? 박정제의 미국 유학은 사실이 아니다. 정신병원에 있었다. (비웃듯) 그게 뭐야. 그냥 학력 위조잖아.

주원 (정신을 차리고 쏘아보며) 그냥 학력 위조? (속삭) 아무한테도 말하지 마. 형이 다 알아서 할게. 민정이를 마지막으로 만난 사람이 박정제라는 거. 말, 하지 마.

동식 (빙글거리던 눈빛 사라진다. 심각한 표정으로 천천히 눈을 내리까는데)

주원 그 짓거리 한 이유.. 그건 어떻게 설명하시려고.

동식 (입가에 서서히 미소가 떠오르더니) 큭... 크큭. 흐으흐흐흐.

주원 !!

동식 아- 귀여워서 봐줄라고 했는데 안 되겠다. 노력은 나름 가상해. 어디 가서 조그만 불법 하나 저질러서 박정제 뒷조사 좀 하신 모양인데.

주원 (이 새끼가)

동식 아무리 정리를 해봐도 말야, 미국 유학 다녀왔다고 학력 위조하고 이유연 사망 후 정신병원에 있었다. 사슴 모습을 한 사람을 죽이는 환각 증세 때문이었다. 민정이를 마지막으로 만났다. 그리고 이동식이 그런 박정제를 감싸고 있는 거 같다. 이게 전부잖아. 진심이야? 꼴랑 그거 가지고 의기양양해선 여기로 또 달려온 거야? 한주원 경위, 정신 좀 차려요. 박정제가 이유연을 죽였다는 증거! 박정제가 강민정을 죽였다는 증거! 그리고 내가! 공범이라는 증거, 어딨냐고!

주원 (어금니를 빠득 깨무는데 입술이 떨린다)

동식 내가 기대를 너무 많이 했나. 이번에도 총 휘두르면서 자백이라도 받아내지. 아니, 기자들 앞에 가서 폭로해. 차라리 그게 낫겠는데. 우리 한경위, 그런 거 잘하잖아.

주원 (분노가 차오른다)

동식 (기막히다는 듯 피식거리며) 그렇구나.. 내가 감싸야 하는 사람이 박정제였구나.. (고개를 주억거리며 주원 옆을 지나가려는데)

주원 (동식의 멱살을 훅- 잡는다) 너! 나한테 왜 이러는 거야! 왜!

동식 한주원 경위는 나한테 왜 이럽니까. 대체 날 잡고 왜 이러는 거냐고!

주원 (멈칫)

동식 이러면 내가 말이라도 할 것 같아? 내가 왜?!! 내가 왜 너한테 그걸 말해야 하는데?

주원 뭐?

동식 경찰의 사명감 어쩌고저쩌고하면서 범인이라도 같이 잡자고? 그러니까 나 좀 믿어달라 그딴 소리 할 건가? 웃기지 마, 한경위. 당신 그런 사람 아니잖아.

주원 (부들 떨며 쏘아보면)

동식 벌써 잊었어? 이금화! 다른 사람이 다 잊어도 당신은 잊으면 안 되지. 우리 한경위님이 이금화씨를 사지로 내몰아서 죽였잖아. 이금화씨 사체 찾으러 오는 가족 하나 없다던데 그런 사람을 죽여놓고 그걸 무마하려고 이러는 거잖아. 이 사건 해결해서 서울로 금의환향하려고 그런다, 인정하면 차라리 오케이! 아닙니까, 한주원 경위?

주원 맞아. 그럼 안 됩니까. 그러려고 그 새끼 잡으려는 거면 안 됩니까?

동식 (허- 비웃듯 보는데)

주원 내가 함정 수사한 거 맞고! 내가 사지에 몬 거 맞고! 그거 다 맞으니까 내가 잡겠다고! 모두가 다 잊어도! 이금화씨 찾는 사람 없어도! 내가 기억하니까 내가 잡아! (눈물이 고인다) 나 같은 인간이 또 사람 죽이기 전에.. 다시 그러기 전에.. 그 새끼 내가, 꼭 잡는다고!

동식 (비웃던 미소가 천천히 가라앉는데)

주원 그러니까 말해. 날 믿든 안 믿든 말해, 이동식! (다시 동식의 멱살을 움켜쥐며) 그 새끼.. 누구야!

서서히 가라앉던 동식의 얼굴에 이제 다른 미소가 떠오른다.
슬픔인가. 자조적인 미소인가. 아니 어느새 따뜻함이 어린 것도 같다.
동식, 서늘하게 노려보는 주원을 차분히 내려다보는 데서.

씬43 도로 (N, 과거 - 동 회 37씬)

개천 옆 도로. 느리게 껌뻑이며 켜졌다 꺼지는 가로등.
또각- 또각- 또각- 저 멀리 걸어오는 민정의 구두 소리.
걷다 비틀하는 민정, 속이 안 좋은지 헛구역질 몇 번 하는데.
지이잉- 지이잉- 휴대폰 진동 소리 울린다. 수갑 채워졌던 흉터가 남은 손으로 가방에서 휴대폰 꺼내는 민정. 휴대폰 액정에 뜬 이름. '동식씨'.

민정 (받자마자) 밤새구 온종일 한 지붕 아래 있고도 모자라?

동식(F) 시끄러. 너 어디야. 내가 바로 집에 들어가랬지?

민정 들어왔는데? 아빠 몰래 살금살금 들어오느라고 완전 개고생, (하는데)

동식(F) 이 자식이 입만 열면 거짓말이네. 열쇠도 없는데 몰래 어떻게. 담 넘어 들어갔냐? 파출소에 흘리고 갔어, 임마.

민정 (급 당황. 가방에 손을 넣어 열쇠 찾는다)

지훈, 멀리 껌뻑이는 가로등 아래에서 민정을 보고 있다. 민정을 향해 환하게 웃던 지훈, 순간 싸해지는 얼굴. 지훈보다 앞서 먼저 누군가 민정의 앞에 나선다.
인기척 느낀 민정, 앞을 보면. 꺼진 가로등 아래 어둠 속에 선 남자의 실루엣.
누구지? 민정, 불안한 표정. 그때 가로등 불이 다시 껌뻑- 들어온다.
안개 속에 서 있는 남자. 민정, 살짝 겁에 질린 얼굴이었다가 어?
상대를 알아본 민정, 표정 밝아진다.

민정 (다급히 전화에) 잠깐만. 나중에 전화할게. (끊고는 미소)

가로등 불빛에 서 있는 남자의 얼굴이 훤히 드러난다.

민정 정제 오빠. 여기서 뭐 해요?

정제 (천천히 미소 지으며) 민정이 너, 데려다주러 왔지.

민정, 정제 팔짱을 끼며 찰싹 달라붙는다. 교태 부리듯 웃는 민정.
멀리- 지훈보다도 더 멀리에서 한 남자가 그 모습을 보고 있다.
구름에 가렸던 달이 모습을 드러내면. 남자의 얼굴이 설핏 보인다.
그 남자, 강민정의 아버지, 강진묵이다.

- 5회 끝 -

6회

속이다

씬1 만양 슈퍼 안채 - 마당 (D, 5회 42씬 전날)

절인 포기 배추에 발리는 시뻘건 김치 양념. 어느새 채워서 쌓여 있는 김치 보이고.
초점 나간 눈빛. 쑥 꺼진 볼. 거뭇하게 올라온 수염. 김치 담그고 있는 남자, 진묵이다.
남은 양념을 끌어모아 배추 한 겹 한 겹 채우는 손길이 세심하다.
여러 개의 김치통에 포기김치를 담는 그의 손끝이 참으로 꼼꼼하다.
진묵, 허리 한번 펴지 않은 채 마당 한 편에 깊게 묻힌 장독 뚜껑을 연다.
끝이 안 보이는 암흑. 한없이 깊어 보이는 그 어둠을 가만히 내려다보는 진묵.
이내 벌건 김치 한 포기를 들어 텅 빈 장독 안에 차곡히 채우기 시작한다.

씬2 문주 경찰서 - 종합 민원실 (D, 5회 42씬 전날)

고개를 푹 숙인 사람의 시선. 사람들의 발이 스치고 지나간다.
경찰 근무복 차림의 발이 쓱- 지나가면.

진묵 (입만 달싹, 들릴 듯 말 듯) 십칠..

민원실의 경찰들, 자기들끼리 눈짓하는 모습 보이고.

민원실 대기석 앞줄에 김치통 두 통을 옆에 둔 진묵이 어깨를 움츠린 채 앉아 있다.
경찰들 모두 진묵이 누군지 아는 것이다.
근무복을 입은 다른 사람의 구두가 다시 한번 지나가면.

진묵　　(무표정한 얼굴로 중얼) 십팔..

진묵의 앞에 멈춰 서는 두 발.

진묵　　(신발을 알아보고, 입으로만 중얼) .. 십구..

멈춰 선 두 발이 한쪽 무릎 꿇고 마주 앉는다. 지화다.
천천히 고개를 드는 진묵. 표정이 확 바뀌며 서글프게 웃어 보인다.

진묵　　미.. 미안해.. 지화야.. 바쁜데 내가 또..
지화　　아냐. 형이 왜, 뭐가 미안해. 미안할 거 하나도 없어요.
진묵　　오.. 오늘.. 그냥.. 맡기고 가.. 간다고 그랬는데.. (김치통 하나를 들어 내민다)
지화　　(안쓰럽다) 형, 이런 거 가지고 오지 말라니까.
진묵　　(변명하듯) 바.. 밤에 같이 일하는 형사님들하고 라.. 라면 같은 거 먹을 때 그럴 때.. 기.. 김치 있으면 좋잖아.. 응? (간절한 눈으로 본다)
지화　　(차마 받지 못하고) 내가 너무 미안해서 그러지. 아직, (눈시울 붉어지려는 걸 참는 듯 나지막이 후-) 아직 아무것도 한 게 없는데..
진묵　　(눈시울 붉어지는데 애써 누르며 사람 좋게) 괘.. 괜찮어.. (지화 손을 토닥토닥) 괜찮어.. 바.. 밥 잘 챙겨 먹어. 응? (김치통 내민다)

지화, 다시 울컥하지만 애써 누르고 김치통을 내려다보는데.

씬3　　만양 파출소 안 (D, 5회 42씬 전날)

테이블 위에 놓인 김치통. 내려다보는 길구와 광영, 지훈, 상배.
고개를 푹 숙이고 앉은 진묵의 시선에 보이는 여덟 개의 발.

왔다 갔다 어쩔 줄 모르는데.

진묵 (가만히 내려다보며 입술만 살짝 달싹) 이십.. 사.. 오.. 육.. 칠..

길구 아이고 참.. 이거는.. 진묵아... (한숨 내쉬는데)

광영 (안쓰럽고) 저희가 이런 걸 받으면 안 되거든요.

진묵 (천천히 고개를 들며) 다.. 다들.. 우리 민정이 차.. 찾느라 고생하고 있으니까.. (부스스 일어나서 허리 숙이며) 죄.. 죄송합니다. (꾸벅) 제.. 가 주.. 줄 수 있는 게 이.. 이런 거밖에 없어서 (꾸벅) 미.. 미안해요.

지훈 (아우.. 슬쩍 돌아서 눈가 훔치는데)

진묵 왜... 왜 그래, 지훈아. (웃어 보인다)

지훈 (고개 저으며) 아니에요. 눈에 뭐가 들어갔나 봐.

상배 (가만히 보다) 진묵아.

진묵 (눈치 보듯 본다) 예.

상배 (따뜻한 미소) 고맙다. 잘 먹을게.

진묵 (그제야 미소. 허리를 깊게 꾸벅 숙인다)

씬4 만양 파출소 - 앞 주차장 (D, 5회 42씬 전날)

진묵, 파출소 안에 대고 하염없이 인사하고는 돌아서 어깨를 옹송그린 채 내려온다.
가는 모습 안쓰럽게 보던 지훈과 길구, 안으로 다시 들어가면. 스륵 닫히는 문.
걸어 내려가는 진묵, 어깨를 수그린, 여전한 상태이지만 수줍던 표정이 달라진다.
어느새 무감각 무표정 그 자체인 진묵의 얼굴에서.

씬5 만양 슈퍼 안채 - 거실 (D, 5회 42씬 전날)

벽 한쪽에 걸린 가족사진. 의자에 앉은 민정과 민정의 뒤에 서 있는 진묵.
진묵의 손이 민정의 의자를 꽉 잡고 있다. 무표정한 민정과 발그레 웃고 있는 진묵.
사진 속 민정이 바라보는 시선 끝에 진묵이 등 돌린 채로 서 있는 것 보이고.

진묵 (펜을 든다) 오늘은..

벽에 걸린 달력의 오늘 날짜 칸에 펜으로 적는 진묵. '27'.

진묵 스물일곱. (무표정한 얼굴 그대로) 스물일곱 명이나 마주쳤는데. (그제야 입꼬리만 한쪽으로 씨익-) 뭐.. (뒤로 쓰윽 빠져 보면)

민정의 실종 당일부터 달력 각각의 날짜에 빼곡히 숫자가 적혀 있다.
332, 272, 182, 67, 24, 43, 14, 22... 27

진묵 머저리 같은 새끼들. (고개를 모로 꼬며 눈 끔뻑) 이래서.. 강민정 찾겠어? (연기하듯 한숨을 깊게 내쉰다) 어떡하니, 민정아.

휘익- 고개를 돌려 액자를 올려다본다. 액자 속 민정, 진묵을 내려다보고 있다.

진묵 .. 아부지랑.. 영원히 살아야겠다..?

서서히 웃는 진묵. 내려다보는 민정의 무표정한 얼굴이 얼어붙은 것 같다.
입은 찢어질 듯 활짝 웃는데 진묵의 눈은 조금도 웃지 않는다.
그녀를 향해 환히 웃는 그 얼굴이 마치 가면을 쓴 것 같다.
칠흑처럼 어두운 진묵의 눈동자가 차갑게 반짝이는데.
그를 내려다보는 민정의 얼굴, 그 눈동자가 얼어붙어 박혀 있다.

씬6 만양 파출소 - 숙직실 앞 복도 (N, 과거 - 강민정 실종 당일)

빼꼼히 열린 숙직실 문틈으로 반짝이는 눈동자. 화장이 다 번진 민정이 내다보고 있다.
손에 휴대폰과 가방을 꼭 쥐고 복도로 슬며시 나오는 민정.
발소리를 죽여 슥슥 움직이다가 멈칫. 파출소로 연결되는 문이 반쯤 열려 있다.
재빨리 붙어서 안을 흘끔 훔쳐보는 민정. TV를 올려다보는 동식의 모습 보이고.

씬7 만양 파출소 안 (N, 과거 - 2회 42씬)

TV 화면, 속보 뉴스. '부산 실종 여성 내연남 석방!' '긴급 체포된 내연남, 석방!'

앵커(E) 이틀 전 긴급 체포된, 실종 여성의 내연남이 오늘 석방됐습니다. 경찰은 용의자가 여성을 살해했을 가능성에 무게를 두고 집중 추궁했으나 실종 여성의 살해 및 생사 여부를 파악하는 데 실패한 것으로 보입니다. 한 경찰 관계자는 현재 확보된 증거만으로는 체포 영장을 청구하기 부족하다고 판단하였기 때문에 보강 수사 후 용의자를 다시 특정하겠다고 밝혔습니다.

TV 화면에 모자와 마스크로 얼굴을 가리고 고개를 푹 숙인 채 차에 올라타는 내연남의 모습이 보인다.

상배 (쯧-) 그만 보자. 꺼.
길구 아이고야. 죽은 사람만 불쌍하게 생겼네.
주원 죽은 사람인지 아닌진 아직 확실치 않죠.
동식 (주원을 보는데)

씬8 만양 파출소 - 숙직실 앞 복도 (N, 동 시각, 과거 - 강민정 실종 당일)

민정, 속이 울렁거리는 듯 우욱- 했다 겨우 가라앉히고.
파출소 안에서 흘러나오는 지훈의 목소리가 살짝 격양되는 듯하고.

지훈(E) 한경위님, 왜 그러세요. 실종자 집 화장실에서 혈흔이 나왔잖아요.
상배(E) (씁쓸하게) 혈흔이 나왔다고 사망했다고 볼 순 없지.
광영(E) 추정되는 혈액 양도 그렇게 많지 않은 것 같더라고요.

민정의 휴대폰에 삐록- 깨톡 들어온다.

'정제 오빠: 민정. 또 잡혀 왔다며. 집이야? 속은 괜찮아?'
민정, 문자 찍는다. '오빠아- 나 힘들어 죽겠ㅠㅠ 이제 들어가(는 중)'
문자 찍으며 파출소 안을 다시 흘끔 훔쳐보는 민정.

씬9 만양 파출소 안 (N, 동 시각, 과거 - 2회 42씬)

지훈 일단 혈흔도 나왔고 내연 관계 숨기고 싶어 했으니까 동기가 확실하잖아요. 근데 경찰이 체포 영장도 안 치고 풀어주는 건 좀, (하는데)
동식 영장 치면 뭐가 달라져?
지훈 형까지 왜 그래요.
동식 (피식) 대한민국에서 사체 없는 살인이 기소 가능한가?
주원 (동식을 바라보며) 불가능하죠.
동식 (그 소리에 주원에게 시선. 빤히 보며) 그렇죠. 영장 쳐도 어차피 기각이지. 판사들 좋아하는 사유 있잖아. 그놈의 합리적 의심을,
광/길 (동시에) 배제할 수 없어서.
지훈 그렇다고 범죄자를, 살인마를 처벌을 못 하는 거 이건 아니잖아요.
동식 법이 그렇다는데 어쩌겠어. 안 그렇습니까, 한경위님?
주원 (이 자식.. 이거 지금 무슨 뜻이냐..) 그러게요. (하는데)

대치하듯 마주 보고 선 주원과 동식.
그들의 뒤편 열린 문 사이로 민정이 몸을 숙이며 살금 지나간다.

씬10 만양 파출소 - 숙직실 복도 (N, 과거 - 강민정 실종 당일)

활짝 열린 숙직실 앞에 서 있는 동식과 지훈. 기막힌 표정.

지훈 민정이 요 기집애 진짜! 이게 또 도망갔어? 아우-- 어떡하죠?
동식 (턱으로 구석을 훅- 가리키며) 됐어. 둬. (돌아선다)
지훈 (가리킨 쪽 보면 구석에 얌전히 개서 잘 정리해둔 이불과 베개 보이고) 어이

구~ 강민정 웬일이래. 이불을 다 개어놓고. 술 다 깼나 보네. (숙직실 문 닫고 동식 따라 나가며 그래도 걱정이 좀 남은 표정) 집에.. 갔겠죠? 전화해볼까요?

동식 둬. (들고 있던 민정의 열쇠고리 한번 쓱 보고는 주머니에 넣으며) 어차피 내가 해야 돼.

씬11 개천가 인근 건널목 앞 (N, 과거 - 강민정 실종 당일)

한적한 도로. 신호가 나간 건널목 앞.
술 깨는 약을 털어 넣고 드링크를 마시는 민정. 삐록- 문자 소리.
속이 안 좋은지 손으로 가슴을 문지르며 휴대폰 꺼내 본다.
'정제 오빠: 내가 널 왜 데려다주러 가. 얌전히 집에 들어가라. 속일 생각 말고. 오빠 다 아는 수 있어.'

민정 치- 알긴 어떻게 알아. (하다가 우욱- 올라오는 것 같다)

아무래도 안 되겠다. 도로 건너편 개천가를 흘끔 보고는 입을 막고 그쪽으로 뛰는데.

씬12 만양 파출소 앞 (N, 과거 - 강민정 실종 당일)

문을 열고 우르르 나오는 평상복의 상배, 길구, 광영.

상배 1시간 뒤, (시계 보며) 8시 정각에 재이네, 응?

광영 그냥 바로 가시지 왜.

상배 지화랑 정제 오라 그랬어. 몇 명 되지도 않는데 걔들 기다렸다가 같이 시작하자고.

길구 몇 명이 왜 되지가 않아요? 우리가 지금 (상배 보며 손가락으로 헤아린다) 한 분, (광영 보며) 두식이, (자기 세며) 석 삼, (휘- 둘러본다) 지훈이 이 자식 어디 갔지?

상배 아까 갔어. 일 보고 온대.

길구 (쩝- 뒤늦게 나오는 주원 발견하고) 너구리~ (하는데)

주원 (목례하며) 내일 뵙겠습니다. (휙- 내려가 뒷 주차장으로 올라가는)

길구 어어- 한경위님!

상배 둬. 회식 강요도 갑질이여.

광영 그럼 저도 오늘, (하려는데)

상배 (빤히 본다)

광영 1시간 후에 뵙겠습니다. (주원에게 한마디라도 말 붙이려고 후다닥 따라가고)

길구 일단 하나 빠지고, (동식이 문 열고 나온다) 그렇지. 동식이가 있지. 너구.. (리 하려는데)

동식 저 빼주세요. 할 일도 있고, 좀 피곤해서. (꾸벅 인사하고 내려간다)

길구 에잉? 야- 동식아.

상배 둬. 밤새 민정이 잡느라 못 잤잖어. 아, 민정이 집에 있으니까 진묵이도 불러야겠구만. (주머니에서 휴대폰 꺼내며 내려간다)

씬13 도로 - 건널목 앞 (N, 과거 - 강민정 실종 당일)

신호를 기다리며 서 있는 동식. 허벅지에서 갑작스레 짜르륵- 통증!
주머니에서 다급히 진통제 꺼내는데 민정의 열쇠고리 함께 딸려 나온다.
진통제 삼키고, 숨을 고르는 동식. 손에 쥔 열쇠고리 보고. 시계 확인한다. 7시 09분.
후... 숨 고르고 휴대폰 꺼내서 민정에게 전화하는 동식.

민정(F) 밤새구 온종일 한 지붕 아래 있고도 모자라?

동식 시끄러. 너 어디야. 내가 바로 집에 들어가랬지?

민정(F) 들어왔는데? 아빠 몰래 살금살금 들어오느라고 완전 개고생, (하는데)

동식 (자르며) 이 자식이 입만 열면 거짓말이네. 열쇠도 없는데 몰래 어떻게. 담 넘어 들어갔냐? 파출소에 흘리고 갔어, 임마.

씬14 도로 (N, 과거 - 5회 43씬)

민정, 가방에 손을 넣어 열쇠 찾는다.
지훈, 멀리 껌뻑이는 가로등 아래에서 민정을 보고 있다.
허둥대는 민정을 보고 환하게 웃는 지훈. 그러나 이내 표정이 싸늘해진다.
꺼진 가로등 아래, 어둠 속에 선 남자의 실루엣. 정제다.
민정, 살짝 겁에 질린 얼굴이었다가 어?

씬15 도로 - 건널목 앞 (N, 과거 - 강민정 실종 당일)

통증이 잘 가라앉지 않는 듯 다시 후- 숨을 내쉬는 동식. 이마에 땀이 송글송글하다.

민정(F) 잠깐만. 나중에 전화할게.

달칵 끊긴다. 하- 이 자식 보게. 기막혀 다시 전화하려는데 지이잉- 밀려오는 통증.
동식, 얼굴이 하얗게 질려버린다. 다시 약을 꺼내 입에 두세 알 더 털어 넣는데.

씬16 도로 (N, 과거 - 5회 43씬 이어)

민정, 정제 팔짱을 끼며 찰싹 달라붙는다. 교태 부리듯 웃는 민정.

민정 뭐야, 갑자기.
정제 뭐긴. 다 아는 수 있다 그랬지?
민정 치.. (좋아서 헤죽 웃는다)

정제에 딱 달라붙어 걷는 민정. 그 모습 보는 지훈, 숙취해소제 쥔 손에 힘이 들어간다.
지훈, 분노가 섞인 얼굴로 후드티의 모자 훅 뒤집어쓰고 돌아서 그 자리를 뜬다.
그 모습 흘끔 보는 남자. 지훈보다 더 멀리 서 있는 남자의 실루엣.

정제 민정이 너, 이 길로 다니지 말랬지. 가로등도 껌뻑거리는데 빠른 길 놔두고 왜 또. (간다)

민정 집에 빨리 들어가기 싫어. 아부지가..

정제 (가며) 형이 뭐.

민정 (바닥을 보며 나지막이 입만 달싹) 소름 돋아.

민정의 동공이 설핏- 흔들린다.
저 멀리에서 그런 민정을 진묵이 보고 서 있다.

정제 (못 들었다) 형이 뭐라고?

민정 (다시 정제를 올려다본다. 헤죽-) 아부지 자면 들어간다고.

정제 아이고. (이마를 콩- 쥐어박는다)

그런 둘의 모습을 보고 있는 진묵.
표정 없는 얼굴에 눈빛만이 시꺼먼 유리알처럼 반짝이는데.

씬17 지하실 (N, 과거 - 2회 44씬)

초점 없는 민정의 눈. 무언가에 졸린 듯 목이 벌겋게 부어 있고.
카메라 뒤로 빠지면 청테이프로 입이 막힌 민정이 나무 테이블 위에 누워 있는데.
정확히 어딘지 알 수 없는 어두운 지하실.
사지가 묶인 채 낡은 나무 테이블 위에 눕혀져 있는 민정. 양 손가락이 펼쳐진 채다.
스윽스윽 규칙적으로 들리는 소음. 누군가 정육도 같은 커다란 칼을 갈고 있다.
스치기만 해도 모든 게 베어 나갈 것같이 날이 선 칼을 들고 민정에게 다가오는 사람의 그림자. 민정의 흐릿한 동공에 비치는 남자. 번쩍- 칼을 든다!
민정의 동공에 박히는 남자. 칼을 든 바로 그 남자. 진묵이다.

씬18 동식의 집 - 지하실 (D, 새벽, 현재 - 5회 42씬 이어)

동식의 새까만 동공에 분노한 주원이 어린다.

주원 그러니까 말해. 날 믿든 안 믿든 말해, 이동식! (다시 동식의 멱살을 움켜쥐며) 그 새끼.. 누구야!

서서히 가라앉던 동식의 얼굴에 이제 다른 미소가 떠오른다.
슬픔인가. 자조적인 미소인가. 아니 어느새 따뜻함이 어린 것도 같다.

주원 (웃어? 분노가 더 치민다) 말하라고! 당신이 봐주고 있는 그 인간 이름 말해!

그때 지이이잉- 지이이잉- 휴대폰 진동 소리가 들린다.
동식, 주머니에서 휴대폰 꺼낸다. 표정 순식간에 가라앉는다.
액정에 찍힌 이름 '강진묵'이다.

동식 (멱살 잡힌 채로 받는다) 네.
주원 (이 인간이 지금 전화를 받아? 손에 더 힘이 들어가는데)
동식 (멱살 잡은 손을 떼내려 잡으며 휴대폰에) 아니. 괜찮아. 뭐? (주원에게 시선 주며) 누구?

씬19 만양 슈퍼 안채 - 거실 (D, 새벽, 동 시각)

달력을 내려다보며 서서 통화 중인 진묵.

진묵 (휴대폰에) 한주원. 새로 온 경위. 연락처를 알고 싶어서.

씬20 동식의 집 - 지하실 (D, 새벽, 동 시각)

기막힌 주원이 물러서려는 듯 멱살 잡은 손을 놓는 그때, 동식이 주원의 손을 탁- 잡는다.

동식 (휴대폰에) 잠깐만. (손을 잡아당겨 휴대폰을 주원의 귀에 댄다)

주원 지금 뭐 하는, (하는데)

진묵(F) 여.. 여보세요.. 여보세요?

주원 네, 여보세요. (얼떨결에 휴대폰 잡고 액정 본다, 강진묵?)

진묵(F) 아.. 저.. 호.. 혹시 한주원 경위님?

주원 네, 그런데요. (이게 무슨? 동식 보면)

동식 (어느새 두어 발 물러서서 구경하듯 보고 서 있는데)

씬21 만양 슈퍼 안채 - 거실 (D, 새벽, 동 시각)

표정은 무표정한데 한없이 순진한 목소리로 더듬거리며 통화 중인 진묵.

진묵 아.. 마침 가.. 같이.. 계셨구나. 그렇지 않아도 제.. 제가 막 번호를 물어봤거든요. 아.. 안녕하세요. 저.. 저는 강민정 아.. 아버지 되는 가.. 강진묵입니다.

씬22 동식의 집 - 지하실 (D, 새벽, 동 시각)

주원 (순간 멈칫, 동식을 본다)

동식 (덤덤히 그대로 주원을 보고 있다)

주원 (휴대폰에) 제 번호는 왜 물으셨습니까.

진묵(F) 제가 꼭.. 한번 뵈.. 뵙고 싶어서요.

주원 네?

진묵(F) 제.. 제가 한주원 경위님을..

씬23 만양 슈퍼 안채 - 거실 (D, 새벽, 동 시각)

사진 속 민정을 투명한 눈으로 바라보는 진묵. 무감한 표정으로 말을 잇는다.

진묵　　꼬... 꼭.... 뵙고 싶습니다.

무표정한 얼굴로 말더듬이 연기를 익숙하게 해내는 진묵.
그런 진묵을 내려다보는 사진 속 민정의 얼굴에서.

씬24　동 장소 (D, 아침 - 시간 경과)

변함없는 사진 속 민정, 그 아래에 선 동식. 조금 굳은 듯 사진에 시선 주고 있다.
달그닥 달그닥- 정적을 깨고 거실 너머에서 수저로 컵을 젓는 소리가 들리고.
낡은 소파에 앉은 주원, 집 안을 휘- 둘러보면서도 동식에 주의를 놓지 않는다.
동식, 민정의 눈을 올려다보고 있다. 죽은 듯 박제되어 동식을 내려다보는 민정의 눈.
죄책감이 스치는 것 같다. 그때 갑자기 움찔- 동식의 미간이 찌푸려진다.
강렬한 통증이 허벅지에 밀려온다. 동식, 애써 미간을 펴며 티 내지 않으려 하는데.
참을 수 없는 통증에 허벅지를 슬며시 쥔다. 어쩔 수 없이 손끝에 힘이 들어가는데.
부들 떨리는 손끝을 알아채는 주원. 그때 진묵이 부엌에서 걸어 나온다.

진묵　　(컵 두 개 올린 쟁반을 들고 나오며) 도.. 동식아.. 왜 그러고 서 있어.. 앉어..

동식　　(대수롭잖게) 화장실 좀. (몸 돌려 발을 내딛는데 더욱 밀려오는 통증! 어금니 꽉 물고 주머니에서 약통을 꺼내 쥐며 가는데)

주원　　(그런 동식에게 시선 주는데)

진묵　　(컵을 내려놓으며) 가.. 갑자기 연락드렸는데.. 이.. 이렇게 와주셨는데.. 이런 거.. 바.. 밖에 없어가지고.. (민망한 듯 고개를 숙이는데)

눈도 못 맞추는 진묵을 한번 보고는, 컵을 내려다보는 주원의 찝찝한 얼굴.
커피 알갱이가 덜 녹아 둥둥 떠 있는 믹스커피가 컵 안에 담겨 있다.

씬25　만양 슈퍼 안채 - 화장실 (D, 아침)

욕조 없는 허름한 욕실 겸 화장실에 선 동식, 다급히 진통제 세 알 꺼내 털어 넣는다. 세면대 수도꼭지를 틀어 물을 후릅 마시고는 통증을 씻어내듯 거칠게 세수하는데. 뚝뚝 물이 떨어지는 얼굴을 한 손으로 훔치며 고개를 드는 동식. 익숙해지지 않는 통증에 지쳐버린 그의 얼굴. 거울에 붙은 칫솔걸이에 시선 주면. 투박한 칫솔 한 개와 핑크색 칫솔 하나가 나란히 걸려 있다. 거울에 화장실 내부가 보인다. 샤워기가 달린 수도꼭지 아래 목욕 바구니가 놓여 있다. 여성용 샴푸와 트리트먼트, 바디워시가 차곡히 담겨 있는데.

/INS. 과거. 만양 목욕탕 앞 골목. 낮
목욕탕 입구에서 뛰듯이 걸어 나오는 민정. 커피 우유 하나 물었다. 빵- 소리에 돌아보는 민정. 순찰차에 앉은 지훈과 동식 발견하고 미소. 손을 흔드는 하얀 팔에 매달린 목욕 바구니. 샴푸, 트리트먼트, 바디워시가 담겨 있다. 물을 꼭 짜낸 때밀이 타월이 손잡이 옆에 리본 모양으로 묶여 있고.

/현재. 만양 슈퍼 안채 – 화장실
샴푸, 트리트먼트, 바디워시는 그대론데 때타월이 없다. 몸 돌려 목욕 바구니를 내려다보던 동식, 화장실 문고리를 비틀어 연다.

씬26 만양 슈퍼 안채 – 거실 (D, 아침)

커피는 손도 대지 않은 채 앉아 있는 주원, 약간 황당한 표정.

주원 그러니까, 지금 저한테 따로 수사를 부탁하시는 겁니까.
동식 (나오다 멈칫- 진묵에 시선)
진묵 (동식을 의식하며 올려다보는) 도.. 동식아.. 그러니까 내가 지.. 지화.. 를 못 믿어서 그러는 게 아니고.. 지.. 지화가 그럴 애가 아닌데.. 나한테 아.. 암것도 말을 안 해주는 게.. 마.. 말을 못 할 일이 있는 건지.. 암것도.. 모.. 못 찾은 건지..
동식 (하.. 식탁 위의 물병을 들어 그대로 물을 꿀꺽꿀꺽 마시기 시작하는데)
진묵 (주원에게 애절하게) 어.. 얼마 전까지.. 서울에 계셨다면서요. 어.. 엄청.. 실력

있는 형사님.. 이셨다면서요. 하... 한주원.. 경위님. (주원의 손을 덥석 잡는다)

주원　(움찔. 잡힌 손을 차마 뿌리치지는 못하고)

진묵　(눈물이 고여) 내.. 내가.. 가진 게 없어서.. 가진 게 없는 아비가 되어가지고.. (민정의 사진을 올려다보는, 뚝 떨어지는 눈물) 어.. 어디에 있는지.. 암것도.. 못 찾고.. 아.. 암것도 모르고.. (흐... 흐으흐윽 하면서도 연신 고개를 숙이기 시작한다) 부.. 부탁드립니다. 제발.. 부탁드립니다. 도.. 와주세요.. 저 좀 도와주세요.

동식　(진묵에게 다가온. 어느새 눈이 벌겋게 충혈된) 그만하지. (하는데)

주원　손, 놔주시죠.

진묵　(꿈찔- 어깨를 옹송그린 채 서둘러 뗀다) 죄.. 죄송합니다.. (흐.. 흐윽 울음을 삼키며) 죄.. 죄송.. (흐윽흐윽)

동식　(짜증이 섞인 시선으로 진묵을 내려다보면)

주원　(휴대폰 꺼내서 녹취 버튼을 찾으며) 참고 진술 녹취하겠습니다. 실종 당일부터 시작하죠.

진묵　(네? 눈물범벅인 얼굴을 들어 주원을 본다)

동식　한주원 경위. 잠깐 나가서 얘기 좀 하죠.

주원　(그제야 동식을 올려다보는데)

씬27　만양 슈퍼 안채 - 마당 (D, 아침)

현관 앞에 선 동식, 주원이 나오자마자 현관을 막고 서서 쾅- 닫는다.

동식　지금 뭐 하는 겁니까?

주원　참고인 조사 시작하려는데요.

동식　수사를.. 하겠다는 겁니까?

주원　네.

동식　한주원 경위 당신은 만양 파출소 소속이고 강력사건은 경찰서 형사과 강력팀 형사들 담당인데, 주제 파악이 안 됩니까?

주원　(덤덤히) 어디까지 갈 수 있습니까. 법과 원칙 그딴 거 다 던져버릴 수 있어요?

동식　(멈칫)

주원　그렇게 물은 사람이 누구더라? 그 답을 하고 있는 건데, 지금.

동식　(하.. 이 자식..)

주원　정말 이상하네요. 다른 사람도 아니고 강민정씨 실종 사건인데. 강진묵씨가 실종자 가족인 사건이잖습니까. 두 손 두 발 걷고 나서야 할 분은 가족 같았던 이경사님인데 왜 이렇게 정색하실까? 이 사건 주무팀 팀장이 오지화 경위라서?

동식　(하- 실소) 내가 감싸고 있는 사람이 이젠 오지화다?

주원　(올려다보면)

동식　우리 한주원 경위님 또 헛다리 짚으시네. (피식)

주원　누굴까 알, 아, 맞, 춰, 보, 세, 요.

동식　(보면)

주원　전부 다 끄집어내서 그 짓거리 할 땐 언제고 이제 와서 오지화는 아니다? 그런데요, 그 말을 믿을 수가 없네요?

동식　(허- 비웃듯 보는데)

주원　(가만히 올려다보며 별것 아닌 듯 툭-) 경찰서 CCTV.

동식　(무슨 소린지 전혀 모르겠다는 듯) 경찰서 CCTV?

주원　사건 발생 다음 날, 서고에서 무슨 일이 있었던 것 같은데,

/INS. 플래시백. 문주 경찰서 – 서고 초입 (3회 12씬)
무표정한 얼굴 그대로 서서 정제를 보고 있는 동식.

동식　내가 뭘.

정제　니가 민정이를.. (차마 더 잇지 못하는데)

동식　내가 민정이를, 죽였냐고?

정제, 차마 다시 묻지 못하고. 동식이 입을 열려는 그때 미세한 소음.
이이이잉- 모깃소리 같은 진동음 문 너머에서 희미하게 들린다.
서고 문에 시선 주는 동식. 문이 덜 닫힌 채로 미세하게 움직이는데.

/INS. 플래시백. 문주 경찰서 – 서고 앞 복도 (3회 13씬, 15씬)

문 뒤에서 듣고 있던 주원. 다급히 휴대폰 버튼 눌러 진동음을 멈추는데.
다시 한번 지이잉-
'오지화 경위: 1층 진술 녹화실입니다.'
재빨리 버튼 눌러 진동 멈추는 주원. 문틈으로 소리가 들렸을까 긴장하는데.
잠시 후 쿵- 닫히는 문. 주원, 흠칫 놀라서 문을 노려보는데.

주원(E) 그 시각 문주 경찰서 계단, 복도, 서고의 CCTV 영상이,

/INS. 플래시컷. 주원의 오피스텔 – 거실 (3회 34씬)
문주 경찰서 복도 CCTV 영상을 리와인드 해서 정속으로 재생하는 주원.
영상이 14시 53분에서 15시 5분으로 튄다!!

주원(E) 지워졌거든요.

/INS. 플래시컷. 문주 경찰서 – 서고 앞 복도 (3회 35씬)
서고 문 앞에 선 주원. 복도 끝 CCTV 카메라를 올려다보는데.

/현재. 만양 슈퍼 안채 – 마당
주원 누군가 감춰야 할 것이 있었고 경찰서 내부의 누군가가 영상을 지웠다.
동식 (시선 돌리는데 동공이 흔들리는 걸 애써 누른다)
주원 라고 생각할 수밖에 없으니, 지금부터 제가 직접 제대로 수사해보려고요. 실종자 가족도 그걸 원하시는 것 같고.
동식 (다시 주원과 눈 맞추는. 어느새 잠잠해진 표정)
주원 이경사님은 어쩌시려나. 법과 원칙 그딴 거 다 던져버릴 수 있겠어요?
동식 (잠시 내려다보다가 피식- 현관 문고리를 비틀어 연다. 들어가시죠)

진묵(E) 그.. 그러니까.. 그.. 그게..

씬28 주원의 오피스텔 – 거실 (D)

화이트보드의 강민정 사진 아래에 멀리서 찍은 진묵의 사진이 붙어 있다.
문 열린 슈퍼 안 카운터에 앉아 밖을 바라보는 모습이다. 그 위로 흐르는 진묵의 음성.

진묵(E) 저.. 저녁 이.. 일곱 시 반 넘어... 민정이가 집에 온 게..

씬29 만양 슈퍼 안 (N, 과거 - 강민정 실종 당일)

사진의 모습으로 앉아서 열린 문 사이로 밖을 내다보는 진묵.
비틀거리며 걸어오는 민정이 보인다.

진묵 (자리에서 일어나며 반갑게) 따.. 딸 왔어? 피.. 피곤하지?
민정 (본 척도 안 하고 지나치는데)
진묵 (따라 들어가며) 저... 저녁은? 바.. 밥 먹어야지. 재.. 재이네서 오늘 고.. 고기 먹자고 하던데..
민정 피곤해. (안채로 들어가는 문 열며) 씻고 잘래.

눈앞에서 쾅- 닫히는 문. 더 따라 들어가지 못하고 선 진묵, 표정이 점차 가라앉으며 서늘하게 바뀌는데. 삐리리리- 삐리리리- 울리는 휴대폰. '지훈이'.

진묵 (받는) 어.. 어.. 지훈아. 미.. 민정이? 들어왔지.. 어어.. 가.. 가야지.. 가게 정리 좀 하고..

씬30 주원의 오피스텔 - 거실 (D, 현재)

주원, 노트북 화면에 실종 당일 행적을 기록하고 있다. '강민정 귀가'에 커서 깜빡인다.

진묵(E) (부시럭부시럭 휴대폰 버튼 누르는 소리) 저.. 전화 받은 게 이.. 일곱 시.. 사.. 십육 분이네요.

'19시 46분' 입력하는 주원. 그 위로 계속 흐르는 휴대폰 녹취파일의 음성.
진묵이 옅게 흐느끼기 시작한다.

씬31 만양 슈퍼 안채 - 거실 (D, 과거 - 몇 시간 전)

흐으윽- 눈물을 닦는 진묵.

진묵 그.. 그게.. 마.. 마지막.. 이었어요. 그.. 모습이.. (사진을 올려다보며) 우.. 우리 민정이.. (눈물을 꿀꺽 삼키며) 나.. 나가지 말았어야.. 하는데.. 내가..

주원 (잠시) 나가셨다는 건, 재이네라고 말씀하신 만양 정육점 맞습니까?

진묵 (고개를 끄덕인다) 다.. 다들 모인다고 해서.. 가지 말까.. 생각도 했는데.. 지.. 지훈이가 와서.

주원 오지훈 순경이요? 그때가 몇 시입니까.

진묵 그게.. 여.. 여덟 시.. (했다가 다시 휴대폰 통화목록을 들여다본다) 여.. 여덟 시 사.. 삼십삼 분이네요.

주원 통화목록을 보고 어떻게 아십니까.

진묵 나.. 남소장님이.. 저.. 전화를 하셔가지고..

씬32 만양 정육점 앞 (N, 과거 - 강민정 실종 당일)

창 너머로 정육점 안, 드럼통에 둘러앉아 소주 따르는 사람들 모습 보이고.
상배는 만양 정육점 방향의 도로를 바라보며 진묵과 통화 중.

상배 (휴대폰에) 아이고~ 우리 강사장님! 8시가 훌쩍 넘었구만 어디여. 가게여? 지훈이 결루 갔는데 갔어?

씬33 만양 슈퍼 안 (N, 과거 - 강민정 실종 당일)

어두운 슈퍼 안. 진묵이 휴대폰을 귀에 댄 채로 돌아본다.
업소용 냉장고 불빛을 받으며 쭈그리고 앉은 지훈이 비닐봉지에 막걸리를 담고 있다.

진묵　예.. 에. 마.. 막걸리.. 채.. 챙기고 있어요.. 네.. 에.. 너.. 넉넉히 가져가요. 네에.. (전화 끊는데 오른손 검지 손톱에 핏물이 끼어 있다)

지훈　열두 통이면 되겠죠? 모자라려나?

진묵　그.. 글쎄..

지훈　여섯 통 더 챙길까 봐요. (일어나며) 봉지 한 장만 주세요.

진묵　(왼손으로 봉지를 뜯어 지훈에게 건네는데)

지훈　(안채 통하는 문을 흘끔 보며) 민정이 저녁은 먹어야 되지 않나? 제가 얘기해볼까요?

진묵　(손톱에 낀 핏물을 내려다보며) .. 잠들었어.. 안 일어나..

지훈　벌써요?

진묵　응.

지훈　(흐음, 다시 막걸리를 담기 시작하고)

돌아서는 진묵. 슈퍼 밖으로 시선. 표정이 사라진다.
천천히 입에 손가락을 넣어 핏물을 지운다.

씬34　만양 슈퍼 안채 - 거실 (D, 과거 - 몇 시간 전)

휴대폰을 만지작거리는 진묵의 손. 아주 깨끗하다.

진묵　재.. 재이네 가보니까 다.. 다들 고.. 고기를 먹고 있어서.. (눈물을 투툭 흘리며) 미.. 민정이 줄.. 가.. 갈비를.. 구.. 구웠는데.. 그.. 그때라도 바.. 바로 나왔어야 했는데..

주원　만양 정육점에서 돌아온 시각은 몇 시입니까?

진묵　여.. 여.. 열한 시.. 이십 분 정도. 그.. 그쯤 맞지, 동식아?

주원　(왜 이동식한테? 동식을 보면)

동식　(고개를 끄덕)

진묵　(주원의 시선 읽고) 아.. 그.. 그게 도.. 동식이 집이 요.. 요 너머라서 가.. 같이 왔거든요.

주원　그랬습니까. (하다 번뜩)

/INS. 플래시백. 문주 경찰서 - 강력계 진술 녹화실 (3회 18, 20씬)

주원　주장을 뒷받침할 사람이나 증거는?

동식　그것도 없는데?

지화　(보면)

동식　아.. 정육점에선 있구나. 그때가 몇 시지?

지화　열한 시.

동식　23시 이후부턴 없는 거네. 집에 가서 잤으니까.

씬35　주원의 오피스텔 - 거실 (D, 현재)

'23시~23시 20분 이동식 경사와 귀가'에 커서가 깜빡인다.

주원　(도무지 이해할 수 없는) 알리바이가 될 수도 있는데.. 말하지 않았다. 왜..?

휴대폰 녹취파일에서 흘러나오는 물기에 젖은 음성.

진묵(E)　바.. 방문.. 하.. 한 번만.. 열어봤어야 했는데... 피.. 피곤한 애.. 깨울까 봐..

씬36　만양 슈퍼 안채 - 거실 (D, 과거 - 몇 시간 전)

굳게 닫힌 민정의 방문을 바라보며 눈물을 흘리는 진묵.
동식, 고개를 숙인다. 하.. 눈을 감았다 뜬다. 주원, 그 모습 보고.

주원　저희가 새벽에 문을 두드렸을 때까지 무슨 소리 들은 게 없으시고요?

진묵　(고개를 저으며) 아.. 아무것도.. 저.. 전혀요.

주원　　강민정씨가 나가는 기척도 전혀,
진묵　　(고개를 세차게 저으며) 저.. 저는.. (눈물을 다시 뚝뚝 흘리며) 뭐.. 뭐라도 들었으면 무.. 문이라도 열어봤을 건데.. (다시 방문을 바라보며) 여.. 열지를 모.. 못하겠어요.. 보.. 볼 수가 없어.. 우.. 우리.. 미.. 민정이가.. 어.. 없는 걸..

굳은 얼굴로 자리에서 벌떡 일어나는 동식. 민정의 방 앞으로 가 방문을 활짝 연다.

주원　　(조금 놀라 그런 동식 보는데)
동식　　(등 돌리고 선 채로) 없어진 건?
진묵　　(차마 방 안을 보지 못하며) 해.. 핸드폰... 그.. 그거 하나 말고는 저.. 전부 다 바.. 방에 있었어. 그.. 그대로.

주원, 몸을 일으켜 민정의 방 앞, 동식의 옆에 선다.
열린 문으로 보이는 민정의 방은 모든 게 잘 정리된 채다.

주원　　지갑 같은 것도 그대로 다 있었다고요?
진묵　　네.. 지.. 지갑이랑.. 가.. 가방이랑 다.. (말꼬리를 늘이며) 있었는데..
주원　　(돌아보면) 뭐가 없어졌습니까?
진묵　　그.. 그게.. 벼.. 별게 아니라서.. 타.. 타올이요.. 때.. 타올.. 기.. 긴 건데. 재이가 사준 거.
동식　　(하- 옅게 숨을 내뱉는다)
진묵　　그.. 그게 없어요. 그것만.

씬37　만양 정육점 안 (D, 현재)

태블릿 화면에 떠 있는 사진들. 민정의 방 사진을 찍은 것이다.
휙휙 지나쳐 사진 한 장을 클릭하면 화장실을 찍은 사진이 뜬다.
사진 속 목욕 바구니. 샴푸, 트리트먼트, 바디워시가 담겨 있고.

재이　　(태블릿 보는) 그러네요. 없네. 항상 이 목욕 바구니 손잡이에 리본 모양으로 묶어놨는데.

주원　어떤 겁니까.

재이　그냥 뭐, 보통 쓰는 긴 거 있잖아요. 초록색. 두 개들이 사서 하나 나눈 건데, 요 앞 화장품 가게에서 샀던가.

주원　(잠시) 23일 강민정씨가 마지막으로 목격된 날, 회식 끝내고 만양 정육점을 나온 시각이 23시, 밤 11시경이라던데 맞습니까.

재이　뭐, 그쯤? (하고는) 왜요. 또 누굴 의심하는 건가?

주원　의심하면 안 됩니까.

재이　안 될 건 없지만, 스스로 누굴 의심하는지 알긴 해요?

주원　누구든 의심해야죠. 그게 내 직업이니까.

재이　경찰이란 건 되게 슬프네. 그렇게 다 의심해야 하고, (하다가) 동식 아저씬 안 그러는데.

주원　(하... 태블릿 챙기며 잠시 고민하다 툭-) 유재이씨도 의심하는 게 좋을 겁니다. 어머니 찾으려면.

재이　네? (보면)

주원　전국 방방곡곡 찾아다녔다는 거 압니다. 그러니까 더 냉정하게,

재이　(자르며 차갑게) 한주원씨. 우리 엄만 내가 알아서 해요. 남의 일이라고 쉽게 뱉는 같잖은 충고, 사양합니다.

주원　(일어나며) 내 일이었다면 무시했죠. 난 안 찾았거든.

재이　네?

주원　협조 감사합니다. (나간다)

씬38　만양 정육점 앞 - 주원 차 안 (D)

조수석에 태블릿을 툭- 던져버리는 주원.
유리문 너머 만양 정육점 안, 신경질적으로 고기를 꺼내서 칼을 잡는 재이가 보인다.
주원, 휴대폰을 꺼내서 녹취파일을 전으로 돌린다.

진묵(E)　여.. 여.. 열한 시.. 이십 분 정도. 그.. 그쯤 맞지, 동식아?

진묵(E)　아.. 그.. 그게 도.. 동식이 집이 요.. 요 너머라서 가.. 같이 왔거든요.

주원(E) 그랬습니까.

주원 질문에 한마디 답도 않다가, (휴대폰 녹취파일 뒤로 넘긴다)

진묵(E) 문이라도 열어봤을 건데.. (잠시 부스럭 문 열리는 소리) 그.. 그렇게.. 했었어야 해.. 했는데...

동식(E) (등 돌리고 선 채로) 없어진 건?

주원 (파일 멈춘다) 없어진 걸 물었다...?

그때 지이이잉- 울리는 휴대폰. 액정에 뜨는 이름 '권혁'.
주원, 인상을 팍 찌푸렸다가 잠시,

/INS. 플래시컷. 만양 슈퍼 안채 – 마당 (동 회 27씬)

주원 (가만히 올려다보며 별것 아닌 듯 툭-) 경찰서 CCTV.

동식 (무슨 소린지 전혀 모르겠다는 듯) 경찰서 CCTV?

/INS. 플래시컷. 만양 슈퍼 안채 – 마당 (동 회 27씬)

주원 누군가 감춰야 할 것이 있었고 경찰서 내부의 누군가가 영상을 지웠다.

동식 (시선 돌리는데 동공이 흔들리는 걸 애써 누른다)

/현재. 만양 정육점 앞 – 주원 차 안
주원, 울리는 휴대폰을 집어 든다.

주원 (전화에) 어, 형. 그렇지 않아도 내가 부탁할 게 하나 있는데,

씬39 경찰청 – 차장실 (N)

집무실 책상 앞에 앉아 컴퓨터 화면을 들여다보고 있는 한기환. 그 앞에 서 있는 혁.

혁 감사관실 조사는 내일 오후에 진행하기로 했습니다. 주원이가 출석하겠답니다.

기환 고작 그걸 말하려 온 건 아닐 테고, (보면)

혁 주원이가.. 강민정 실종 사건 수사기록과 문주 경찰서 내부 CCTV를 관리하는 상황실 출입기록을 부탁했습니다.

기환 경찰서 내부 CCTV?

혁 10월 24일 15시부터 다음 날인 25일 저녁 22시까지의 기록입니다.

기환 (잠시 미간을 찌푸렸다가)

/INS. 플래시컷. 한식당 - 룸 (3회 23씬)

주원 오늘 날짜로 문주서 2층 서고 앞 복도 그리고 서고 안 CCTV 빼주세요.

/현재. 경찰청 - 차장실

기환 (흐음- 생각에 잠기는데)

혁 녀석답지 않게 간절하게 부탁하더라고요. 마음이 흔들려서 들어주려고 했는데, 아버님께서 모르시는데 녀석이 계속 들쑤시고 다니는 걸 도우면 안 될 것 같아서요. 걱정하지 마십시오. 제가 막겠습니다.

기환 보낼 테니 건네줘.

혁 네?

기환 제정신 아닌 놈 막는다고 막아지나. 뭐가 그 녀석을 그렇게 만든 건지 알기라도 해야 막지. 권검사도 한번 들여다봐. (다시 컴퓨터 화면을 들여다보며) 녀석이 찾는 게 뭔지.

혁 하지만 제 생각엔, (하는데)

기환 권검사. 사족은 필요 없으니까 시키는 대로 해. 생각이 짧으면 행동이라도 재야지.

혁 네?

기환 경찰서 기록을 왜 검사한테 부탁할까. 권검사도 경찰청 누군가에게 부탁해야 하는데 그게 나중에 빚으로 돌아오지 않을 사람이 경찰 내부에 누가 있나?

혁 (굳는)

기환 나한테 말할 걸 알면서도 굳이 너한테 연락했다는 건 내가 도와주지 않으면 경찰청 여기저기 들쑤시고 다니겠다는 거고. 건네주되 뺄 건 빼고 우리 선에 통제하는 게 낫지. (피식) 한주원이 권검사를 징검다리로 아주 잘 쓰고 있네?

혁　(자존심 상해서 벌게졌는데)

기환　혁아.

혁　(보면)

기환　사냥개는 말야, 주인의 뒤를 쫓으면 안 돼. 주인이 보는 방향을 먼저 알아채고 앞서 달려 나가야지. 뒤따라 붙는 개를 누가 품나. 쏴버리지.

혁　(서늘해져서 보면)

기환　(미소) 가봐.

혁　(목례하고 돌아섰는데 분노와 비참함이 일어 오른다. 문 앞에 섰다가 결심하고 돌아본다) 아버님.

기환　(이 자식이 자꾸.. 호칭이 언짢아 보면)

혁　(망설이는 척) 드리지 않은 말씀이 있는데.. 아무래도 제가 실수한 것 같습니다. 주원이가 일전에 사람을 알아봐달라고 부탁했습니다. 조사하고 좀 놀랐습니다. 아버님과 관련이 있는 인물이라.

기환　.. 누구?

혁　문주 경찰서 박정제 경위입니다. (한 번 뜸 들이고) 문주시 도해원 의원의 외동아들입니다. 20년 전에 아버님과 아주 돈독한 사이였던 걸로 알고 있는데.. 개발 계획도 함께 추진하셨을 정도죠.

기환　!!!

혁　아버님과의 인연은 주원이에게 알려주지 않았습니다. 아버님께서 원치 않으실 것 같아서.. 뺄 건 빼고 통제하는 게 낫다고 생각했는데, 제가 너무 앞서 달려간 걸까요?

기환　수고했다. 혁아.

혁　(잔잔한 미소로 목례) 들어가보겠습니다. (나간다)

기환　(하.. 혁이 닫고 나간 문을 쏘아보는. 생각이 복잡해지는데)

씬40　도해원 의원 선거 사무소 (D)

책장 위에 걸린 해원의 각종 홍보 사진들. 문주 경찰서 앞에서 정서장, 곽계장 등등과 서서 함께 찍은 기념사진. 강력1팀 사무실에서 떨떠름한 지화의 손을 잡고 있는 해원의 사진. 만양 파출소 앞에서 찍은 기념사진 속 상배, 길구, 광영, 지훈 등과 고개를 돌려 다른 곳을 보고 선 동식의 모습. 그 옆에 놓인 선거 자원봉사단과 함께 찍은 사진에는 해원 바로 옆에 자리 잡은 진묵이 보인다. 또 다른 사진 한 장, 도해원 후보 띠를 두른 진묵과 악수하는 모습 아래에는 '열혈 지지자와의 한때'라는 설명이 붙어 있다. 사진을 쭉 훑던 정제의 시선, 마지막 사진에 꽂히는 그때.

해원　(집무실 책상 의자에 앉은 채 버럭) 너 지금 제정신이야? 이 상황에서 휴가를 내?

정제　(사진들에 시선 주며 무표정) 다 지긋지긋해서. 문주도 지긋지긋. 인간들도 지긋지긋. 시끌시끌한 게 싫어서. (돌아보며 표정 빙긋이 바뀌며) 우리 의원님은 좋아하실 줄 알았는데?

해원　(한심한 듯 보며) 사건 아직 안 묻혔거든? 이럴 때 모난 돌처럼 행동하면 정 맞는 거 몰라?

정제　정? 내가 뭘 했다고 정을 맞아요.

해원　박정제!

정제　(소파에 털썩 앉으며) 소리가 들려요. 여자.. 목소리..

해원　!!

정제　정.. 맞을 게 있는 걸 수도.

해원　(벌떡 일어난다) 아.. 아니야. 아니잖아. 응?

정제　그죠? 근데 왜 자꾸 소리가 들리지, 이상하게?

해원　(다급히 다가와 소파에 앉으며) 사.. 상담받자. 받고 약 먹으면,

정제　(바로 단호) 그건 싫어요. 멍청하게 사는 거 별로.

해원　정제야..

정제　민정이.. 그렇게 된 것 때문에 옛날 생각이 나는 건가..?

해원　(굳어서 보면)

정제　(피식) 명확히 기억나는 것도 없는데..

해원　(버럭) 그러게 왜 이동식 알리바이를 대서는! 긴급 체포된 걸 왜 꺼내준 거야? 그대로 사건 종결됐으면 좋았잖아!

정제　엄마!

해원　(멈칫)

정제　그러지 맙시다. 아닌 건 아니잖아. 동식이 아니에요.

해원　그걸.. 니가 어떻게 알아?

정제　뭐, (잠시 머뭇하는데)

해원　(재빨리 말 막듯 부드럽게) 알았어, 아들. 동식이는 아니야. 며칠 쉬어. 응? 신경 좀 쓰지 말고.

정제　(피식-) 허락도 받았으니, 쉬어볼까? (일어나며) 전화하지 마세요. 휴대폰 꺼놓을 거니까. (한들한들 문으로 향한다)

빙글거리던 웃음을 어느새 지우고, 문 열고 나가는 정제. 한껏 지쳐 보이는 얼굴. 뒷모습 걱정스레 보던 해원, 하아- 복잡해지는데. 책장 옆, 조금 열려 있던 회의실 문이 열린다.

창진　(지팡이로 문 밀어 나오며) 어떻게 아는 거지?

해원　(표정 가다듬고 별일 없었던 듯 돌아보며) 뭘.

창진　이동식이 범인이 아닌 거 어떻게 아냐고요. 여자 목소리도 막 들린다고 하고, 혹시 아드님이 범인?

해원　이창진- 이 미친 새끼야!

창진　(러시아어) 미쳤나. (한국어) 아이쿠- 깜짝야. 그러다 목청 나가요.

해원　너.. 죽고 싶지. 그딴 소리 한 번만 더 입 밖에 내기만 해.

창진　(큭-) 아- 이 넘치는 모성, 마주할 때마다 부담스러워서 먼저 죽겠어.

해원　(서늘하게 노려본다)

창진　알았어요, 알았어. (해놓고는) 근데 그 소중한 아드님 때문에 일 그르치면 나도 생각을 좀, (하는데)

해원　블랙박스 영상 갖고 있지?

창진　무슨 블랙박스?

해원　(차갑게 보면)

창진　지워달라며. 다 지웠지.

해원　(눈썹을 하나 올리는데)

창진　(피식) 혹시 몰라서 뭐 보험으로 카피 하나 뜨긴 했는데.

해원　내놔.

창진　보험이라니까. 보험이 무슨 의미인지 몰라요?

해원　보험을 갖고 있든지 말든지, 내가 쓰게 하나 달라고.

창진　(러시아어) 하아- 이 아줌마 정말. (한국어) 뭐 하시게.

해원 그거 내 아들만 찍힌 거 아니잖아.

창진 아.. (피식) 아드님 나온 건 싹 다 잘라내고, 그거 써서 사건 빨리 종결시키시려고? (쓰읍-) 급한데. 그럼 체하는데. 우리.. 한차장님한테 언질을 미리 좀 드리는 게,

해원 (비웃는) 그 인간이 언제부터 우리 쪽이었다고. 내가 다 알아서 해. 그러니까, (한 발 더 다가서서 손 내민다) 내놔요, 이대표.

씬41 주원의 오피스텔 - 지하 주차장 (D, 오후)

가방을 들고 차로 걸어가던 주원, 삐록- 문자 받는다. '권혁: 배송 완료'.
주원, 배송? 하며 차량으로 다가가는데 차 앞 유리창에 끼워진 작은 봉투가 보인다.
봉투를 집어서 뜯어보는 주원. 봉투 안에 작은 USB가 한 개 들어 있다.

씬42 동 장소 - 주원 차 안 (D, 오후)

태블릿에 젠더를 통해 꽂혀 있는 USB.
상황실 출입기록을 확인하고 있는 주원. 눈이 번쩍 뜨인다.
'방문자: 10월 25일 오전 1시 28분 만양 파출소 소장 남상배'.

씬43 만양 파출소 - 앞 주차장 (D, 오후)

부우웅- 주원의 차가 들어선다.
앞 유리창으로 보이는 상배. 경찰 근무복의 상배가 화초에 물을 주고 있다.
주차하는 주원. 상배, 운전석의 주원 보고는 사람 좋게 웃어 보인다.
서늘히 그 모습 보다가 차에서 내리는 주원.

상배 (시계 확인하고) 일찍 왔구만. 6시도 안 됐는데.

주원 들어야 할 이야기가 있어서요.

상배 잉? 누구한테? 무슨 얘기?

주원 (가만히 소장을 보는데)

상배 나?

씬44 만양 파출소 - 소장실 (D, 오후)

상배 (차통을 열며) 일단은 따끈한 차를 나눠 마시면서 이바구를 해보자고.

주원 (바로) CCTV 왜 지우셨습니까.

상배 (멈칫-)

주원 상황실 방문기록 확인했습니다.

상배 하아.. 그게 남아 있었나.. (차통 내려놓더니 주원의 앞에 다가서며) 휴대폰 줘봐봐.

주원 네?

상배 줘봐봐.

주원 (하.. 휴대폰 꺼내 건네준다)

상배 (휴대폰 화면을 주원 얼굴에 대서는 잠금 풀고는 확인) 으.. 음.. 녹취하고 있는 건 아니구만. 내가 할 얘기가 오프 더 레코드라서 기록이 남으면 안 돼요. (다시 건네준다)

주원 (황당한 표정으로 받으면)

상배 (술술) 이동식이 그눔의 자식이 서고 자료를 빼다가 가지고 있었어. 20년 전에 일어났던 사건 수사기록 말야. 내가 애저녁에 알고는 있었는데.. 도로 갖다 놓으라고 할 수도 없고.. 지 동생 사건이잖어. 근데 우리 민정이가 그렇게 되면서 아무래도 수사기록을 찾는 사람이 있을 거 같아가지고 내가 다시 갖다 놓으라 그랬거든? 나는 그 정제한테 건네주고 갖다 놓으라고 부탁 좀 하라 그랬두만 동식이 이눔 시끼가 정제는 엮이면 안 된다고 부득불 지가 그걸 갖다놨네? (쯧)

주원 (기막혀) 그래서 복도와 서고 영상을 지웠다? (하는데)

상배 그렇지. 새벽에 상황실 지키던 녀석들이 마침 또 내가 옛날에 같이 고생했던 후배놈들이라, 이게 걔들한테 불똥 튀면 안 돼요. 한 놈은 자고 한 놈이 화장실 갔을 때 지웠거든.

주원 그걸 지금 저보고 믿으라는 말씀입니까?

상배 한경위. 공식적으로다가는 말야. 나는 새벽에 고생하는 후배들을 잠시 격려차 상황실에 방문한 거야. 술김에 생각이 나가지고 야식을 싸들고 말야. 건든 건 아무것도 없어. 건드려서도 안 되고. (빙그레 웃으며) 어떤 상황에 어디로 불려가도 나는 이렇게 말할 꺼거든. 공식적으로다가.

주원 (피식) 제가 CCTV 영상이 삭제된 상황과 출입기록을 상부에 제출해서 발생하는 공식적인 상황 말이죠?

상배 (헤에) 그렇지. 그래서 내가 지금 한경위한테 안 해도 될 말을 하고 있는 거야, 비공식적으로 솔직하게 좀 봐달라고.

주원 (하..)

상배 한경위, 나 정년 1년 남았어. 위에서 이걸 안다고 나 같은 놈을 징계하겠어? 눈감아주고 말 일이잖어. 시끄럽게 하지 말자고. 응?

주원 (이 사람을 믿을 수가 없는데)

상배 어떻게, 내가 아주 맛있게 한 잔 우려줄끄나? (찻주전자를 들어 보이며 사람 좋게 히죽-)

그때 똑똑- 노크 소리. 문이 열리고 동식이 들어오다 멈칫.

상배 이똥식이 넌 또 왜 이렇게 일찍 나왔어?

동식 어쩌다 보니.. (주원을 본다) 한경위님도 일찍 나오셨네요.

상배 그러게, 파트너 둘 다 아주 열정적인 게 찰떡궁합일세. 일찍 나왔으니까 차라도 한 잔씩들 할려?

주원 (일어나며) 근무 준비하겠습니다.

상배 어~ 그래. 나가봐요, 한경위.

주원 (스치듯 지나며 동식에게) 수사기록, 사건 파일 품고 있다 돌려 놓으셨다고? 물어볼 때 능치시더니 이제야 진실을 알게 되네?

동식 (피식) 미안. 내가 수집벽이 좀 있어.

주원 하- 그러세요? (픽- 비웃듯 열린 문으로 나가는데)

동식 (따라 나가지 않고 상배에게) 저는 차 주시죠. 근무복 일찍 입어봐야 일이나 하지 뭐. (소파에 털썩 앉는다)

주원 (문밖에 우뚝 서더니 피식. 문을 쾅-! 닫는다)

상배 아이고 깜짝야. 한경위가 어째 점점 거칠어지는 거 같어. 너랑 다녀서 그런가.

동식 소장님.

상배 왜 또 그렇게 불러. 뭐. (돌아서 찻주전자에 찻잎 담는데)

동식 복도, 서고 CCTV 왜 지우셨어요?

상배 (찻잎 담은 주전자에 보온통의 뜨거운 물을 붓는다)

동식 제가 부탁드린 건 그게 아니었잖아요. 경찰서 CCTV는 왜 지워서 흔적을 남기셨냐구요.

상배 흔적.. 흔적이라. (주전자와 찻잔 두 개를 쥐고 돌아서 소파에 앉고는) 너 임마 경찰 관둬라.

동식 네?

상배 경찰이라는 놈이 완전 범죄를 노리고 있잖어. 얌마, 그게 그렇게 쉽냐? 그럼 죄지은 놈들이 우리한테 왜 잡히냐. 다 지웠다고 해도 그건 (손가락으로 머리 톡톡 치며) 이 머릿속 생각일 뿐이고. (차를 조르륵 따르며) 뭘 꼭 지우고 싶을 때는 말야.. 다른 걸로 덮어씌워야지,

동식 (중얼) 경찰서까지 들어간 흔적을 완벽하게 지울 수 없으니 다른 이유를 만들었다.. (본다) 이거 소장님께 문제 될 수 있어요. 무모하셨어요.

상배 니 입에서 무모하다는 소리가 나오는 거 웃기지 않냐. (찻잔을 들고 한 모금 마시는데)

동식 왜, 묻지 않으세요.

상배 뭘.

동식 제가 왜 지워달라고 했는지.

상배 동식아. 차 마셔. 식는다.

동식 (더 말 못 잇고, 찻잔을 들여다보다가 차를 마시면)

상배 (그 모습 가만히 보고는) 내가 뭐 해주까.

동식 아무것도 하지 마세요.

상배 (차분히 시선 주는데)

동식 발 들이지 마세요, 더는. (찻잔 들어 차를 후룩 마신다)

상배 그럴 순 없지. 우리 공범이잖어.

동식 아저씨. (단호) 아니에요, 우리. 공범.. 아니라고요.

씬45 문주시 드림타운 개발 대책위원회 사무실 - 대표실 (N)

어둑해지는 창밖의 문주시를 내려다보고 있는 창진. 바람에 플래카드가 펄럭인다.
'경축 문주시 드림타운 개발 대책위원회 사무실 개설!'
'내 손으로 문주를 드림타운으로', '문주시 드림타운 신속한 사업 추진을 기원합니다!'
지이잉- 문자 들어온다. '도해원: 작업 완료. 당분간 몸 사리고 있어.'

창진 (문자 보며 쓰읍-) 아무래도 급체 맞는데. 말도 없이 자기 나와바리 들쑤신 거 알면 우리 기환이 형 열 좀 받겠는데.

그때 휴대폰이 지이이잉- 울린다. 발신자 'HKH'.

창진 (피식) 아이고 우리 기환이 형.. 호랑이도 제 말 하면 온다더니. (부러 받지 않고 창틀에 휴대폰 툭- 던져놓으며 빙그레) 굿이나 보고 떡이나 먹어볼까.

씬46 문주 경찰서 - 강력1팀 사무실 (N)

컴퓨터 화면을 보던 도수, 표정이 심각해진다.

도수 티.. 팀장님. 잠시만 이것 좀 보셔야 할 것 같은데요.
지화 (자료를 들여다보며) 왜 뭔데.
도수 블랙박스 영상이 제보 들어와서 확인해봤는데 이게..
지화 (심상찮은 기운에 고개를 들어 본다)

/CUT TO.
컴퓨터 화면에 플레이되는 영상. 강민정 실종 당일 자동차 블랙박스 영상이다.
자동차 앞으로 뛰어 들어오는 지훈. 누군가를 지켜보는 듯하다 옆으로 몸을 감춘다.
이내 민정이 나타난다. 속이 좋지 않은 듯 우욱- 한 번 하고는 저 앞으로 걸어가는데.
잠시 후 숨었던 지훈이 화면에 다시 나타난다. 멀어지는 민정을 멀끔히 바라보다가 조심스럽게 뒤쫓기 시작한다. 컴퓨터 앞의 1팀 팀원들. 차마 말 못 하고 눈치만 보는데. 지화, 하아.. 눈을 질끈 감는 그때, 쾅- 문이 열리며 곽오섭 계장이 들어온다.

곽계장 야- 오지화. 이거 어떻게 된 거야!

지화 (고개를 들어 보면)

곽계장 (기사가 뜬 휴대폰 화면을 흔들며) 기사 영상에 나오는 사람, 여기 이 파출소 순경이라는 사람, 네 동생 오지훈 맞지? 너 아무것도 몰랐어?

지화 (멈칫-) 알고 있었습니다.

도수 팀장님!

지화 제 동생, 범인 아닙니다.

곽계장 (하-) 당장 끌고 와.

지화 계장님!

곽계장 다들 뭐 해? 당장 끌고 오라고!

씬47 만양 파출소 인근 도로 - 순찰차 안 (N)

운전석의 동식과 조수석의 주원, 말 한마디 없이 도로를 서행하고 있다.
반대편에서 번개처럼 달려오는 승합차 두 대. 순찰차를 휭- 지나쳐 달려간다.
동식, 찰나의 순간 승합차 넘버를 확인하고는 휘익- 유턴한다.

주원 (마이크 잡고 속도위반 경고하려는데)

동식 경고할 필요 없습니다.

주원 네?

동식 저 두 대, 문주서 강력팀 찹니다.

씬48 만양 파출소 - 앞 주차장 (N)

승합차 두 대가 주차장에 대충 세워져 있다.
승합차에 막혀 들어가지 못하고 도로에 차를 세우고는 내리는 동식과 주원.

그때 파출소 문이 벌컥 열리며 형사들에게 팔이 붙들린 지훈이 끌려 나온다.
이러지도 저러지도 못하고 따라 나오는 길구와 광영.

길구 (휴대폰에) 소.. 소장님. 지금 난리 났습니다. 문주서 강력 애들이 지훈이를 끌고 가고 있는데.. 아우.. 대체 이게..

지훈 저.. 저 아니라고요. 제가 그런 게 아니에요!

도수 (팔짱 끼고 끌고 나서며) 지훈아, 가자. 일단 서에 가서 얘기해.

지훈 누.. 누나는요. 누나 어딨어요?

형사1 가자. 가자고.

동식 (뛰어 올라가 앞을 막고) 뭐야, 니들. 얠 왜 데려가?

도수 (하아-) 조사할 게 있어서 그럽니다. (끌고 가려는데)

지훈 (버티며) 형.. 나 아니잖아. 아니잖아요!

광영 참고인 조사라면서 긴급 체포처럼 끌고 가면 어쩝니까.

동식 참고인 조사? 당장 그 손 놔라. (하는데)

형사1 기사 아직 못 보셨나 보네. 이 녀석이 강민정을 마지막으로 본 사람이라고요. 것도 스토킹 해서 뒤쫓았다고!

지훈 아니야.. 아니라고요.

동식 (굳어버리는데)

지훈 내가 마지막으로 본 거 아니에요. (동식을 보며) 형 알잖아. 내가 말했잖아.

길구 뭐? (동식을 보면)

형사1 (허-) 알고 있었다? 이건 뭐 다들 알면서 숨기고 있었구만.

동식 손 놔.

길구 (휴대폰 잠시 놓고) 그.. 그래.. 참고인을 이렇게 끌고 가는 건,

도수 (자르며) 말이 참고인 조사지 긴급 체포나 다름없다고요! 오팀장님 봐서 수갑 안 채우는 건데, 긴급 체포하고 채워요?

동식 (주먹을 꽉 쥐었다가.. 한 발 물러선다)

지훈 혀.. 형..

동식 걱정하지 말고 가서, (잠시) 다 얘기해.

지훈 혀.. 혀엉.. (끌려가 승합차에 올라탄다)

길구 (휴대폰에 다시) 네, 지금 서로 출발했습니다, 소장님. 네네.

광영 아.. 이게 대체 무슨 일이야..

동식, 주먹을 쥔 마디가 허옇게 질리도록 힘을 주고 서서 출발하는 승합차를 본다.
그 모습 지켜보는 주원. 동식의 분노가 여실히 느껴지는데.
참지 못하고 순찰차를 향해 뛰어 내려가는 동식.

광영 어어! 이경사! 어디 갑니까?!!

주원 하...

길구 어어! (휴대폰에) 네.. 네.. 소장님. 이경사가 지금 혼자 순찰차 끌고 따라가버렸습니다! 네? 네네.. 3팀이요? 네네.

승합차를 따라가는 순찰차를 바라보는 주원. 대체 일이 어떻게 돌아가고 있는 것인가.

씬49 문주 경찰서 - 강력계 진술 녹화 관찰실 (N)

창 너머로 덜덜 떨고 있는 지훈이 보인다. 지훈의 앞에 앉은 도수와 형사1.
그 모습 바라보고 있는 지화.

씬50 문주 경찰서 - 강력계 진술 녹화실 (N, 동 시각)

도수 그러니까 강민정을 쫓아가긴 했는데 집까지 따라가진 않았다?

지훈 네.. 네에..

형사1 왜?

지훈 미.. 민정이를 데리러 온 사람이 있어서 같이 가는 것만 보고 돌아왔어요, 진짜예요.

도수 그 사람이 누군데.

지훈 (잠시.. 눈을 깔았다가 천천히 입을 연다) 박.. 정제.. 정제 형이요.

씬51 문주 경찰서 - 강력계 진술 녹화 관찰실 (N, 동 시각)

곽계장 (황당) 서무반 박정제 경위? 도해원 의원 아들? (말도 안 된다는 표정으로) 그 친구가 여기서 왜 나와? 말이 안 되잖아! (해놓고 지화 눈치 보며 멈칫, 지화에게) 너 이것도 알고 있었어?

지화 (잠시) 네.

곽계장 야이씨- 오지화!

정서장 (문 열고 들어오며) 저 또라이 저 친구는 근무복 차려입고 왜 여기서 저러고 있는 거, (지화 발견하고 멈칫-) 오팀장이 여기 들어오면 어떡해. 친족이잖아!

곽계장 아.. 뭐.. 여긴 괜찮죠.. 녹화실에 직접 들어간 것도 아니고, (하는데)

정서장 이게 뭔 개소리야! 당신들 미쳤어?

곽계장 (난처한 얼굴로 지화 보며) 오팀장, (하는데)

지화 (경찰 신분증 벗으며) 당분간 사건에서 손 떼겠습니다. 휴직하라시면 하고요.

곽계장 야, 휴직은 무슨.

정서장 (쯧- 눈치 준다)

신분증을 테이블에 올려놓은 지화, 곽계장과 정서장에게 목례하고 나간다.

씬52 문주 경찰서 - 강력계 진술 녹화실 앞 복도 (N)

오른 주먹을 벽에 쿵- 쿵- 치고 있는 동식, 왼손으로는 휴대폰을 귀에 대고 있다.
'전원이 꺼져 있어 음성 사서함으로 연결됩니다.'
통화 종료 버튼을 누르는 동식. 액정에 떠 있는 이름, '박정제'.
문을 열고 나오는 지화, 동식과 눈이 마주친다. 동식을 지나쳐 복도를 걸어 나간다.
동식, 옅은 한숨 내쉬고 조용히 지화의 뒤를 따른다.

씬53 문주 경찰서 - 앞 주차장 (N)

동식이 끌고 온 순찰차 앞에 서 있는 지화.

지화　미친놈. 순찰차를 끌고 온 거야? 파출소는 어쩌라고. 또라이.. 정말.

상배(E)　그치. 아주 제대로 또라이지.

동식　(고개 돌리면 대충 챙겨 입고 달려온 상배가 보인다)

지화　오셨어요.

상배　지화야. 저 또라이 끌고 가라. 파출소에 순찰차 좀 갖다 놔.

동식　(상배와 눈 마주치는데)

지화　아저씨.. 제가 어떻게 가요. 지훈이 가까이에 있어야죠.

상배　너 여기 있으면 더 복잡해져. 내가 있을 테니까 저 자식 좀 데리고 가. (동식에게 버럭) 얌마. 너 땜에 3팀 호출돼서 불려 나왔잖아. 오늘 근무하란 말 안 할 테니까 순찰차나 갖다줘, 얼른! 알았어?

동식　(잠시) 지훈이 좀, (하는데)

상배　내 새끼 내가 어련히 알아서 할까. (지화 어깨를 툭툭 쳐주며) 일단 가, 지화야. 말 들어.

씬54　만양 정육점 안 (N)

드럼통 앞에 앉아서 휴대폰에 뜬 기사를 확인하고 있는 재이.

'[단독] 문주 여대생 실종 사건의 새로운 용의자, 조사 중!

얼마 전 긴급 체포되었다 풀려난 M파출소 소속 A경사를 기자에게 제보한 사람이 용의자였던 것으로 드러나.'

재이　(기자 이름 확인하고) 임규석 이 기레기..

동식　(맞은편에 앉아 지화가 소주와 잔 들고 오는 것을 인상 쓰며 보고 있다가) 그 인간이 왜.

재이　(눈치 보는데)

지화　(자리에 앉으며) 왜? 무슨 기사가 떴는데.

재이　(망설이다가 두 사람에게 휴대폰 보여준다)

지화　(동공이 굳어서) 하... (동식을 본다)

동식　(재이에게 휴대폰 다시 건넨다)

지화　(눈 못 맞추고 소주를 잔에 따르며) 미안하다, 동식아. 나.. 알고 있었어. 지훈이가 그런 거.

재이 (휴대폰으로 정제에게 전화 걸다 놀라 눈이 동그래지는데)

지화 알고 있었는데 내가 너한테 말을 못, (하는데)

동식 지훈이가 얘기했어.

지화 (멈칫- 놀라서 올려다보면)

동식 녀석한테 들었다고.

지화 (슬픈 미소) 나는 끝까지, 너한테 숨기고 말 안 하려고 했어. 감추려고 했는데.. 지훈이가 나보다 낫네. (소주 들이켜려는데)

동식 (잔 빼앗으며) 넌 멀쩡하게 있어야지. 누나잖아. 재이야. 정제 전화는?

재이 (휴대폰 내려놓으며 고개 절레) 어젯밤에 와서 오늘부터 휴가라고 했는데.. 전화기 계속 꺼놨나 봐요.

지화 그렇구나. 휴가구나.

동식 곧 연락되겠지. 연락만 되면 정제가 다 얘기할 거니까,

지화 뭘? 민정이를 마지막으로 만난 사람이 자기라고? 과연 그럴까?

동식 지화야.

지화 (하..) 알아. 웃기지? 30년 넘도록 알고 지낸 친구놈 못 믿는 내가 나도 웃겨. 근데 더 끔찍한 건 뭔 줄 알아? (눈물이 뚝- 흐른다) 지훈이가 거짓말한 거면 어떡하지?

재이 언니..

지화 (재이 본다) 거짓말한 걸 수도 있잖아. 걔가 그런 걸 수도,

재이 아냐, 언니! 지훈이 아니야.

지화 (하- 눈물을 닦으며) 넌 걜 믿는구나. 나보다 낫네. 다 나보다 나아.

동식 (괴롭다, 눈빛 차갑게 내려앉는다)

지화 나도 내 동생 아니었으면 좋겠어. 아니, 아닐 거라고 믿어. 나.. 정말 내 동생이 아니라, (차마 말을 더 못 잇다가 겨우) 정제였으면 좋겠어.

재이 !!

동식 (천천히 눈을 감는다)

지화 (눈물이 뚝뚝 흐른다) 박정제가 한 짓이었으면 좋겠어. 박정제가 범인이었으면 좋겠어! 나 너무 괴물 같지. 그지, 재이야?

재이 (하아.. 눈물이 고인다) 아니, 괴물 아니야. 아니에요. (눈물을 뚝- 흘리는데)

동식 (서서히 눈을 뜨는데 분노가 가득하다, 그때)

진묵(E)　지.. 지화야..

동식, 굳어버렸다가 천천히 돌아본다. 진묵이 걱정이 가득한 얼굴로 다가온다.

진묵　여.. 여기 있었.. 구나.. 호.. 혹시나 해서.. 와.. 와봤는데.
지화　진묵이 형.. (붙잡고 빈다) 지훈이 아니에요. 정말 아니에요. 지훈이가 그럴 리가 없잖아. 민정이한테 그럴 리가 없잖아.
진묵　아.. 알아. 지.. 지훈이 아니야. 아.. 알아.
지화　그죠? 알죠?
동식　어떻게 알아.
재이　.. 아저씨..
동식　어떻게 아냐고!
진묵　(놀라서) 그.. 그건.. 지.. 지훈이가 그럴 애가 아.. 아니잖아..

지화, 동식을 보고 있다. 굳은 두 눈에 눈물이 뚝- 떨어진다.
동식, 지화와 눈이 맞는다. 숨을 들이켜며 가방을 들고 자리에서 벌떡 일어나 밖으로 나가버린다.

진묵　(움츠러든 채로) 도… 동식아. (차마 따라 나가지 못하고, 지화에게) 도.. 동식이는 벼.. 별 뜻 없이.. 그.. 그냥.. 응? 지.. 지화야..
지화　(잔에 소주를 넘치게 따르더니 단번에 마셔버린다)

씬55　만양 정육점 - 뒤 공터 (N)

버려진 낡은 가구들과 나무 박스 같은 것들이 쌓여 있는 공터로 동식이 걸어온다.
두 손으로 마른세수를 하는 듯하다가 얼굴을 쥐어뜯는 듯 붙잡는다.
눈을 감고 심호흡을 하는 동식. 거칠었던 숨이 점점 가라앉는다.
손가락 사이로 보이는 동식의 눈빛이 차분해진다.
이내 손을 내리고 구석에 쌓인 가구 더미에 다가가는 동식.
널빤지를 들어 옮겨 가려졌던 책상 서랍을 연다.

그 속에 들어 있는 것은 휴대폰이다.

/INS. 플래시컷. 만양 파출소 - 숙직실 앞 복도 (동 회 6씬)
복도로 슬며시 나오는 민정. 손에 휴대폰과 가방을 꼭 쥐었다.

/현재. 만양 정육점 - 뒤 공터
서랍에 들어 있는 휴대폰은 민정이 손에 쥐었던 바로 그것이다.
가방에서 보조배터리와 충전선을 꺼내는 동식. 민정의 휴대폰에 연결해 충전한다.

씬56 만양 정육점 안 (N)

동식, 손에 쥔 민정의 휴대폰을 주머니에 넣으며 뒷문으로 들어온다.
흘끔 돌아보는 지화. 후.. 숨 한번 내쉬고 밖으로 나간다.

재이 언니.. 어디 가요.
지화 바람 좀 쐬려고.
재이 (따라 일어나려는데)
진묵 (고개를 젓는다. 괜찮아.. 둬)

동식, 뒤편에 자리 잡고 앉는다. 창 너머로 지화가 등을 기대고 선 것이 보인다.
모두 그런 지화를 그저 고요히 보고만 있다. 동식, 주머니에서 천천히 민정의 휴대폰을 꺼내더니 무릎 위 가방 아래로 감춘다. 전원 버튼을 누르는 동식. 묵음 상태로 전원이 켜지는 민정의 휴대폰.

씬57 만양읍내 도로 - 순찰차 안 (N)

운전석에 앉은 주원. 조수석에 앉은 광영이 진동음을 느끼며 휴대폰을 꺼낸다.

광영 (휴대폰 문자 확인하고) 어.. 어.. 어어어! 켜졌다고?

주원	무슨 일입니까.

광영	아 그게.. 강민정이 휴대폰이..

주원	(강민정? 슬쩍 보면)

광영	아니 그게, 소장님이 민정이 휴대폰 켜질지도 모르니까 켜지면 바로 알 수 있게 하라고 하셔서 내가 청에 있는 동기한테 부탁을 했지 뭡니까. 그런데 지금 딱-! (하는데)

주원	(자르며) 강민정 휴대폰이 켜졌다는 겁니까?

광영	네. 그렇죠.

주원	위치 물어봐요.

광영	아... 근데 일단 소장님께 연락을,

주원	위치 물어보라고요!

씬58 만양 정육점 안 (N)

문자를 툭툭툭 누르는 동식. 전송 버튼 누르고. 전송 완료 뜨면 전원을 끈다.
그리고 잠시 후 지이이잉- 휴대폰 울리는 소리.
재이, 소리 듣고 주머니에서 휴대폰 꺼내는데 재이의 휴대폰이 아니다.
천천히 주머니에서 휴대폰을 꺼내는 진묵. 액정을 가만히 내려다본다.
완전히 굳어버린 진묵. 액정 위, 미리 보기로 뜬 메시지 첫 줄.

'딸: 아빠....'

씬59 만양 정육점 앞 도로 - 순찰차 일각 (N)

광영	(전화기에) 뭐? 꺼졌다고?

주원	(보면)

광영	아니 그게 왜 꺼져! 그러니까 이 근방에서 잡힌 건 맞는 거지?

주원, 하아- 숨을 내쉬었다가 저 앞의 만양 정육점에 불이 켜져 있는 걸 발견하고 속도 줄인다. 누군가 정육점 안에 있다. 브레이크를 밟는 주원. 끼이익-!

광영 아이쿠- 한주원 경위님!

주원, 운전석 문을 벌컥 열고 내려 만양 정육점으로 달려 들어간다.

씬60 만양 정육점 안 (N)

덜덜 떨고 있는 진묵. 멍하니 휴대폰을 내려다보고 있는 지화.
재이도 조금 넋이 나가서 의자에 털썩 주저앉는다.

주원 (뛰어 들어와서) 뭡니까. 왜 여기서 이러고 있습니까.

동식, 지화의 손에서 휴대폰을 받아 주원에게 말없이 내민다.
주원, 다가와서 받아 들고 본다. 순간 동공이 확장된다!

'딸: 아빠..
나 좀 꺼내줘.'

- 6회 끝 -

7회

낚다

씬1 고급 빌라 골목길 일각 - 차 안 (N, 과거 - 3년 전)

사뭇 맑은 눈빛의 또렷한 눈동자가 카메라 너머를 쏘아본다.
카메라 점점 빠지면 적당히 낡은 승용차 안. 동식이 운전석에 몸을 낮추고 앉아 있다.
턱 주변으로 수염이 올라와 있지만, 반짝거리는 눈빛에 혈색 좋은 얼굴의 동식.
간지러운 듯 콧등을 쓱쓱 긁으면서도 한곳을 쏘아보는 시선은 그대로 고정한 채다.
그 위로 자막. '3년 전, 2017년 11월 21일'.
옅은 한숨 소리가 들려온다. 동식 옆 조수석에 앉은 20대 남자, 이상엽(27세, 남)이다.
매끈한 외모에 초조해 보이는 얼굴. 벌겋게 충혈된 눈으로 동식을 바라보는 상엽.

상엽 (사뭇 심각하게 할 말이 있는 듯 입을 열려는 찰라)
동식 (가만히 보던 곳 보며 툭-) 짐짝 이상엽 선생님.
상엽 (하려던 말 꿀꺽 삼키고) 네.
동식 (보던 곳을 그대로 보며) 잠복의 가장 중요한 스킬이 뭐다?
상엽 (또 시작이네, 한숨 옅게 내쉬면)
동식 (앞만 바라본 채) 뭐다?
상엽 눈싸움이요.

그렇지. 동식, 진지하게 고개를 끄덕이며 바라보고 있던 곳을 가리킨다.

언덕 위 고급 빌라 맨 끝 집 창에 불이 켜져 있는데.

동식 (엄숙, 장엄) 적과 나 사이에 어떤 장벽이 있어도, 단 한 번의 꿈빽도 용납 않는 끈기, 방광의 고통을 견뎌내는 인내, 몇 날 밤샘에도 흥을 잃지 않는 노력. 뿜뿌르뿜뿜뿜. (손가락 총 창문 겨누고 쏜다) 뿌슝-!

상엽 (하아-)

동식 (아랑곳 않고) 꿈빽, 방광, 밤샘, 이 모든 것을 완벽하게 조절할 수 있을 때 우리는 제대로 된 강력계 형사가 되는 것이다! 유노 리얼캅~?

상엽 이동식 경위님.

동식 (다시 창문 노려보며) 예얍-

상엽 선배님은 경찰, 왜 되신 겁니까.

동식 우리 짐짝 오늘 가지가지 하시네. 너 나랑 지금 선보냐?

상엽 (답을 보채는 듯한 시선으로 동식을 빤히 보는데)

동식 (눈빛 느끼고, 별말 아닌 듯 툭-) 억울해서.

상엽 (보면)

동식 억울한 놈 되지 않고, 억울한 놈 만들지 않으려고. (피식) 멋지지?

상엽 그래서 저 새끼 안 잡는 겁니까? 여성을.. 이제 갓 스물이 넘은 여대생을 세 명이나 죽인 놈입니다. 저놈의 창문에 눈싸움이나 하라고요?

동식 (웃던 얼굴 천천히 가라앉는데)

상엽 대체 왜! 송지오 저 새낄 안 잡고 이러고 있는 겁니까.

동식 (덤덤하게) 증거가 없으니까.

상엽 있습니다! 두 번째 사건 피해자 혈흔이 차 안에서 나왔잖습니까.

동식 피해자가 차 안에서 코피를 흘린 거라잖아.

상엽 그런 말도 안 되는 소릴 경위님 믿습니까?

동식 판사가 믿어줬잖아. 그래서 우린 여기, 송지오는 저기, 포근한 제 방에 있는 거지. 감방이 아니라.

상엽 이송아. 세 번째 피해자.. 제 동생 친굽니다.

동식 (그제야 상엽을 본다) 뭐?

상엽 아끼는 동생이었습니다. 순진하고 착해빠져서, 그렇게 죽어선 안 되는,

동식 (자르며 낮게) 그걸 왜 이제 얘기해? 피해자 신원 나왔을 때 했어야지.

상엽 그럼 절 팀에서 빼버렸을 거잖습니까!

동식　이 자식 짐짝이 아니라 물귀신이네? 너 우리 팀 아니 광수대 전체가 물먹는 거 보고 싶어?

상엽　저, 팀에서 못 나갑니다. 저 새끼 꼭, 제 손으로 (동식을 똑바로 보며) 어떻게든 잡을 겁니다.

동식　어떻게든? 야- 송지오 저 자식 지능범이야. 사람 두 번 죽이고 빠져나온 놈이 세 번은 못 빠져나올 것 같아?

상엽　그러니까 들어가야죠. 저 집에 지금 뭘 감춰놨을지 모르잖습니까. 증거 인멸하기 전에 들어가시죠. 제가 택배기사나 배달원으로 위장해서,

동식　불법 가택 침입하시겠다? 불법으로 확보한 증거가 인정되냐?

상엽　긴급 상황으로 만들면 가능하잖습니까. 그렇게 일단 들어가서, (하는데)

동식　일단 들어가서 뭐? 송지오 억울한 놈 만들고 싶어서 안달 났구만.

상엽　누가 누굴 억울한 놈 만든단 겁니까!

동식　헌법 제13조 1항, 이중처벌 금지 원칙! 무죄 확정되면 확실한 증거가 나와도 다시 처벌 못 한다! 불법으로 수집한 증거 때문에 법정에서 무죄로 판결 나면 그걸로 끝! 송지오가 무고당한 억울한 놈 되는 거고.

상엽　확실한 증거를, 어쩔 수 없는 증거를.. 우리가 만들면요.

동식　이 자식 정신 나갔네.

상엽　몇 날 며칠 주구장창, (분노를 누르지 못하고 점점 목소리 커진다) 저 새끼 방 창문이나 노려보고 있을 순 없잖습니까!

동식　목소리 낮춰.

상엽　찔러 죽이고 싶습니다.

동식　!

상엽　압니다. 죽이면, 저 새끼가 피해자 된다는 거. 그래서 참는 겁니다. 근데 형.. 저 어떻게든 잡아야 돼요. 불법이라도 상관없고요, 무슨 수를 써서라도 잡을 겁니다. 그게 안 되면 그땐.. 죽여버릴 겁니다.

동식　피해자 가족은? 내 딸을, 동생을, 언니를, 누나를 살해한 놈이 피해자가 돼서 동정받는 꼴을 왜 봐야 되는데? 경찰이라는 놈이 피해자 가족들이 억울할 거, 가족들한테 평생 짐으로 남을 건 생각 안 해?

상엽　살아서 숨 쉬는 걸 보는 것보단 낫죠.

동식　(차가워진다) 이상엽 경위.

상엽　형...!

동식 형이라고 부르지 마, 새끼야. 넌 강력계 형사 될 자격이 없어. 이 사건에서 빠져. 광수대에서 나가.

상엽 혀엉..!

동식 너 임마- 내가 파트너는 뭐라고 했어? 죽으라면 죽는 시늉이라도 하는 거라고 했어, 안 했어!

상엽 (간곡히) 알았어요. 나 형이 시키는 건 뭐든 전부 다 할게. 제발, 형.

동식 (서늘) 그럼, (창문 가리키며) 똑바로 감시해. 손끝 하나 까딱 말고!

조수석 문을 열고 나오는 동식. 하아, 숨을 내쉬며 빌라 창문을 확인한다.
여전히 환한 불빛. 동식, 고개 돌려 반대편에 시선 주면 불 켜진 편의점 보이고.
휴대폰 꺼내 들고는 그쪽으로 향하는 동식.

씬2 서울청 - 광역수사대 사무실 (N, 동 시각, 과거 - 3년 전)

사복 차림의 상배, 사무실 구석에 서서 조용히 휴대폰으로 통화 중.
3년 전일 뿐인데 한껏 젊어 보이는 얼굴에 두통이 몰려오는 듯 인상 팍.

상배 (휴대폰에) 철수해. 2조 애들한테 교대하랄 테니까 들어와.

동식(F) 죄송합니다, 팀장님.

상배 니가 왜. 상엽이 그눔 짐짝이다, 형사 안 된다, 닳도록 말했는데 내가 미안하다 임마. 그눔 잘 챙겨서 데리고 들어와.

씬3 고급 빌라 골목길 일각 (N, 과거 - 3년 전)

손에 물병 두 개 쥐고 편의점에서 나오며 통화 중인 동식, 옅게 한숨 내쉬는데.
휴대폰에 통화 중 대기 들어온다. 액정 보면 '짐짝'.
황급히 고개 들어 보면 잠복 중이던 차량에 시동이 켜져 라이트가 번쩍 들어온다!

동식 (재빨리 감시하던 창문 확인하면 여전히 환한) 이 자식이 미쳤나. (황급히 전화 받는다) 야- 이상엽! (하는데 부웅- 출발하는 차) 뭐 하는 짓이야! (물병 내던지며 차를 쫓아 달려간다)

상엽(F) 그 자식 차가 주차장에서 나왔습니다. 놓치지 않고 쫓겠습니다.

동식 멈춰! 서라고! 잠복 추적 원칙! 무조건 2인 1조로 움직이는 거 몰라?!

상엽(F) 그러다 놓치면요! 상대 차량, 도로 진입했습니다. 저, 이 새끼 꼭 잡을 겁니다!

코너 돌아 도로로 진입해서 사라지는 상엽의 차.

동식 (멈추고 겨우 분노를 누르며 차분히) 알았어. 알았으니까 쫓기만 해. (주위를 둘러보며) 감시만 하라고. 1대1로 붙지 마라. 절대 안 돼, 어? 상엽아, 내가 가. 가니까 그때까지만, (전화가 뚝 끊긴다) 이 자식 진짜! (다시 전화하는데 받지 않고 신호만 가는)

저 멀리 라이트 불빛. 골목에서 바이크 한 대가 달려 나오고 있다.
동식, 주머니에서 경찰공무원증을 꺼내며 달려오는 바이크를 막아서는데.

씬4 외곽 국도변 일각 (N, 과거 - 3년 전)

달려오는 바이크. 저 멀리 보면 짓다 만 폐건물 앞 공터에 서 있는 차량 두 대 보인다.
재빨리 라이트 죽이고 바이크를 세우는 동식. 몸을 낮추고 차 안을 확인하는데 아무도 없다. 저 안쪽, 뒤편에 세워진 드럼통 안에서 연기가 나는 것이 보이고.
동식, 휴대폰 라이트로 드럼통 안을 비춘다. 다급히 불을 끄기 위해 던져진 흙 사이로 타다 만 옷가지가 보인다. 셔츠에 남아 있는 검붉은 혈흔!
동식, 주위를 둘러본다. 폐건물을 올려다보는 그때. 탕-! 번쩍!
옥상에서 무언가가 쿵- 떨어진다. 달려가는 동식. 쿨럭이고 있는 건, 이상엽이다.

동식 !! (달려가서 무릎을 꿇으면)

상엽 (쿨럭일 때마다 복부에 피를 철철 흘리며 입을 열려는데)

동식 (복부 출혈 부위를 손으로 막으며) 말하지 마!

상엽　미.. 미안..

동식　말하지 말라고! (다급히 휴대폰 꺼내서 112 누르려는데)

상엽　(손을 올리며) 자.. 잡아.. 송.. 지오.. (쿨럭- 복부뿐만 아니라 뒤통수에서도 피가 철철 흐른다)

동식　가만있어, 임마! (휴대폰에) 서울청 광수대 이동식 경위입니다! 경찰이 다쳤습니다. 지금 당장 구급차 보내주세요. (하는데) 서울청 광수대 이상엽 경위.. 경찰이 다쳤다니까! 지금 여기가, (하는데)

상엽　(손을 올려서 동식의 팔을 꽉 잡는다) 초.. 총..

동식　(보면)

상엽　초.. 총 갖고 있어.. 미안.. 내가.. 총.. 몰래.. 갖고.. 나왔.. 잡아.. 이제.. 되잖... (숨이 넘어갈 듯 코피를 줄줄 흘린다) 내가 죽어.. 가능하잖아...

동식　!!

상엽　동식이 혀.. 엉. (순간 마음 약해져 눈물 줄줄) 나.. 사.. 사실은.. 주.. 죽기 싫어. (숨을 내쉬고) 얼른.. 체포해.. 형. (눈을 뜬 채 숨이 끊어진다)

동식　짐짝.. 너 이 새끼.. 숨 쉬어, 숨.. 상엽아.. 제발 숨 좀 쉬어..

빛을 잃은 상엽의 눈동자에서 마지막 눈물이 스르르 떨어진다.
동식의 눈에서도 제어할 수 없을 정도로 눈물이 후두둑후두둑 떨어지기 시작한다.
잠시 내려다보다가 피에 젖은 두 손을 들어 눈물이 흐르는 두 뺨을 훑어 내린다.
붉게 물드는 얼굴. 핏물 사이에 번뜩이는 눈빛. 야차 같은 얼굴로 건물을 올려다본다.

/CUT TO.
탕-! 탕탕-! 건물 중간층에서 울리는 총성! 그리고 잠시 후, 쿵- 떨어지는 누군가.
그리고 잠시 후 누군가 한쪽 다리를 질질 끌며 건물에서 나온다. 동식이다.
총에 맞고 부러져버린 듯 꺾여서 피가 철철 흐르는 허벅지에 휘청거리듯 걷는 동식.
한 손에 총을 쥐고 있다. 가슴을 관통한 총상에 반쯤 엎어져 쓰러진 송지오를 본다.
송지오, 아직 죽지 않았다. 쿨럭이는 송지오의 머리를 향해 총을 겨누는 동식. 쏘려다가 고개를 돌린다. 동식, 이를 악물었다가 겨우 분노를 누른다. 총을 허리춤에 꽂고 수갑을 꺼내는 동식. 고통에 괴로워하는 송지오의 두 손을 뒤로 잡아 수갑 채우려는 그때.

송지오　　정.. 당.. 방위..

동식　　!

송지오　　나.. 정.. 당 방위야..

동식, 수갑 채우려던 손을 멈춘다. 슬며시 송지오의 입가에 떠오르는 저건.. 미소인가?
저도 모르게 손을 뻗는 동식. 송지오의 뒤통수를 잡아 바닥에 얼굴을 박아버린다!
바닥에 얼굴 전체가 처박히며 어어억! 신음도 막혀 온몸을 뒤트는 송지오!
서늘한 동식의 눈빛. 무자비하게 뒤통수를 눌러 내리는 손. 손등의 힘줄이 불끈거린다.
송지오의 얼굴을 처박으며 고개를 들면 저 멀리 쓰러진 상엽이 보인다.
빛이 사라진 상엽의 눈이 동식을 바라보고 있다.
동식, 눈에 눈물이 그렁해서는 손에 힘을 더 준다.
삐오삐오- 구급차 소리가 점점 다가와 커진다. 아랑곳하지 않고 얼굴을 처박는 동식.
피가 굳은 동식의 얼굴이 사람 같지 않다. 점점 어둠에 휩싸이는 그의 두 눈에서.

씬5　　만양 정육점 안 (N, 현재 - 6회 56, 58씬 이어)

검고 어두운 두 눈. 그 위로 자막, '2020년 11월 3일'.
사람 같지 않은 그 눈은 동식의 것이다. 드럼통 뒤편 의자에 앉아 있는 동식.
굳어버린, 사람 같지 않은 바로 그 표정으로 가만히 앞을 보고 있다.
정육점 창밖에 기대선 지화를 걱정스러운 눈빛으로 살피는 재이와 진묵이 보인다.
순박한 눈빛의 진묵, 재이의 어깨를 토닥인다. 어쩐지 너무나 고요하고 평화로운 그 손.
재이 눈 맞추며 괜찮아- 사람 좋게 미소 짓는 그 얼굴.
그 얼굴을 가만히 보며 동식, 주머니에서 민정의 휴대폰을 꺼내 전원을 켠다.
천천히 문자를 찍는 동식의 손가락.
'아빠.. ㄴㅏㅈㅗㅁ ㄲㅓㄴㅐㅈㅜㅓ'
수신자: 아빠. 전송.
지이이잉- 진동 울리는 소리. 제 것인 줄 알고 휴대폰 확인하는 재이.
진묵, 본인의 폰을 꺼내 본다. 일거수일투족을 어둠이 가득한 눈동자로 보고 있는 동식.
문자 확인하는 진묵, 순간 굳는다. 동식, 입가에 설핏- 짐승의 미소.
이내 껌뻑껌뻑.. 순박한 진묵의 눈이 흔들리기 시작한다.

진묵 어.. 어.. 어.. 어.... (휴대폰 든 손을 덜덜 떤다)

재이 아저씨, 왜 그래요? 뭔데? (휴대폰 건네받아 본다) !!!

동식 (자리에서 일어나며) 무슨 일인데. (진묵과 스친다)

지화, 뛰어 들어오는 것 보이고. 흘끔 진묵을 돌아보는 동식.
진묵, 돌아서 웅크리고 앉아 있다. 온몸을 바들바들 떨고 있다. 충격과 공포의 몸짓.
그러나 카메라가 정면을 잡으면, 진묵의 눈빛은 황당 그 자체다.
허- 이건 뭐니. 이럴 리가 없잖아. 동공이 흔들린다. 어떻게.. 이런 일이.. 하!
천천히 검고 더 깊게 어두워지는 눈동자. 그런 진묵의 눈빛에서.

씬6 만양 슈퍼 안 (N, 과거 - 6회 29씬)

깊이를 알 수 없을 만큼 검고 어두운 눈동자.
슈퍼 카운터에 앉은 진묵. 열린 문밖을 내다보는데. 그 위로 자막. '2020년 10월 23일'.
저 멀리 비틀거리며 걸어오는 민정. 그 위로 다시 뜨는 자막. '강민정 실종 당일'.

진묵 (자리에서 일어나 반갑게) 따.. 딸 왔어? 피.. 피곤하지?

민정 (본 척도 안 하고 지나치는데)

진묵 (따라 들어가며) 저... 저녁은? 바.. 밥 먹어야지. 재.. 재이네서 오늘 고.. 고기 먹자고 하던데..

민정 피곤해. (안채로 들어가는 문 열며) 씻고 잘래.

눈앞에서 쾅- 닫히는 문. 더 따라 들어가지 못하고 선 진묵, 표정이 점차 가라앉으며 서늘하게 바뀌는데. 삐리리리- 삐리리리- 울리는 휴대폰. '지훈이'.
전화기 한번 내려다보고 서늘한 표정 그대로 받는다.

진묵 (표정과 다르게 말 더듬기 시작하며) 어.. 어.. 지훈아. 미.. 민정이? 들어왔지.. 어어.. 가.. 가야지.. 가게 정리 좀 하고.. (잠시) 소.. 소갈비? 미.. 민정이한테 마.. 말해볼게. 어.. 어. (전화 끊는)

전화기를 주머니에 넣고는 자리에서 일어나는 진묵.
가게 입구로 걸어가서는 안쪽에서 셔터를 천천히 내리고는 문을 잠근다.
민정이 들어간 안채 쪽 문을 향해 몸을 돌리는 진묵.
민정이 지나가며 건든 과자 박스를 원래대로 줄 맞춰 세우고는 안채 문 열고 들어간다. 조용히 닫히는 문. 그 순간, 뎅-! 갑자기 어디선가 울리는 괘종시계 소리. 뎅-! 뎅-!

씬7 동식의 집 - 거실 (N, 과거 - 강민정 실종 당일)

눈을 번쩍 뜨는 동식. 어두운 거실의 소파에 누워 있다.
악몽을 꾼 듯 온 머리칼이 축축하게 젖은 동식 위로 시계가 울리는 소리.
거실의 낡은 괘종시계가 밤 8시를 가리키며 뎅-뎅-뎅-뎅-뎅! 마저 울린다.
몸을 겨우 일으키는 동식. 이제 다 나아 핏자국 하나 없는 허벅지를 꾹 움켜쥔다.
테이블 위에 뚜껑이 열린 채 널브러져 있는 약병과 휴대폰, 그리고 민정의 열쇠고리.
동식, 휴대폰 들어서 전화 거는데.

씬8 만양 슈퍼 안채 - 거실 (N, 과거 - 강민정 실종 당일)

거실 바닥에 떨어진 민정의 휴대폰이 진동으로 지이잉- 지이잉 움직인다.
움직이는 휴대폰 너머로 화장실 문이 설핏 열려 있다.
순간 문틈으로 무언가 나와 휙- 사라진다. 손이다. 화려한 네일아트를 한 손.
문을 잡으려다 놓치는 손. 민정이다. 곧이어 발버둥 치는 하체가 보였다 사라진다.
민정의 손이 튀어나와 화장실 바닥을 미친 듯 긁었다 사라지고 다시 긁었다 사라진다.
퍼덕거리는 소리가 점점 잦아든다. 고요가 온 집 안을 휘감는다.

씬9 만양 슈퍼 안채 - 화장실 (N, 과거 - 강민정 실종 당일)

목욕 바구니와 샴푸, 트리트먼트, 바디워시가 마구 널브러져 있는 화장실 바닥.
활처럼 휜 민정의 등에 진묵이 등을 맞대고 웅크리듯 앉아 있는 그로테스크한 모습.
민정의 목에 고리처럼 감긴 때타월. 양손에 꼭 쥔 때타월에 힘을 잔뜩 주고 있는 진묵.
축 늘어져 뒤로 젖혀진 민정이 진묵의 등에 매달려 있는 것 같다.
팽팽하게 당겨진 때타월에 벌게진 민정의 목이 부러질 것 같은 찰나, 힘을 놓는 진묵.
스륵 미끄러진 민정이 옆으로 툭- 떨어진다. 진묵, 제 손바닥부터 확인한다.
때타월에 쓸려 벌게진 손날이 쓰리다. 짜증스런 얼굴로 입김을 후우- 불어 넣는 진묵.

씬10 동식의 집 앞 골목 (N, 과거 - 강민정 실종 당일)

후드티에 운동화 차림의 동식, 문을 닫고 나온다. 한 손에는 민정의 열쇠고리 쥐었다.
주머니 속의 휴대폰 지잉- 울린다. '오지화'.

동식 (받는, 휴대폰에) 어.
지화(F) 보고 싶다, 동식아.
동식 미쳤냐?
지화(F) 그래, 너 보고 싶어서 미쳤다 임마. 어디야.
동식 (피식) 집.
지화(F) 깔리는 싸운드가 밖인데?
동식 (주변 고요하다) 집이야.
지화(F) 알았어, 당장 튀어와.
동식 오늘 내가 좀 피곤해서,
지화(F) 네네, 심신이 피곤하시니까 갈비 구우셔야죠.

씬11 만양 정육점 안 (N, 과거, 동 시각 - 강민정 실종 당일)

불판 위에 돼지갈비가 나란히 올려져 있다. 정제, 집게 들고 말뚱히 보고만 있는데.

지화 (휴대폰에) 양념은 니가 전문이잖어. 얼른 와서 집게 잡지?

상배 둬. 끊어. (양념 탄다, 쯧! 지훈에게 눈짓)

지훈 (불퉁한 얼굴로 정제가 든 집게 훅- 빼앗아 갈비 뒤집기 시작하는)

정제 (쩝) 반드시 참석하라고 하셔서 소고기인가 했는데.

지화 (통화하다 참견) 만양 파출소 회식이야. 바랄 걸 바래.

재이 그렇다면 오늘은, (소갈비 들어 보이며) 문주서에서 쏘시면 어떨지.

상배 호오- 그놈 때깔 참~ 백년에 한 번 볼까 말까.. (정제 본다)

정제 서무반은 직원이 둘뿐이라 회식비가, (지화 본다)

지화 (돼지갈비 내려다보며) 이 양념 숙성! 재이 너, 솜씨가 나날이 는다? (휴대폰에) 동식아.. 양념 탄다.

상배 두라니까.

지화 (휴대폰 마이크 막으며 속삭) 갈대밭에서 사체도 발견됐는데, 두면 얘 저녁 굶어요.

막걸리 비닐봉지 들고 들어오는 길구와 광영. 지화와 정제, 오셨어요- 인사하는데.

상배 손에 든 그것은 뭐여. 생막걸리 아니잖어.

광영 저 분명히 만양 슈퍼로 가자 그랬는데 (길구 보며) 고거 더 걷는다고,

길구 아- 막걸리 뭐 그놈이 그놈이지.

상배 (본다)

길구 그.. 챙겨 오라고 진묵이한테 전화하겠습돠. (휴대폰 꺼내는데)

지훈 제가 갈게요. (집게 놓고 일어나며) 형 혼자 막걸리 들고 오려면 무거울 건데.

상배 (손짓, 어여 가-) 진묵이 갸는 뭐 하느라 안 오고 있는 것이여.

씬12 만양 슈퍼 안채 - 지하실 (N, 과거 - 2회 44씬, 6회 17씬)

초점 없는 민정의 눈. 무언가에 졸린 듯 목이 벌겋게 부어 있고.
카메라 뒤로 빠지면 청테이프로 입이 막힌 민정이 나무 테이블 위에 누워 있는데.
사지가 묶인 채 낡은 나무 테이블 위에 눕혀져 있는 민정. 양 손가락이 펼쳐진 채다.
스윽스윽 규칙적으로 들리는 소음. 진묵이 정육도 같은 커다란 칼을 갈고 있다.
스치기만 해도 모든 게 베어 나갈 것 같은 칼날을 확인하는 진묵.

민정이 정신을 되찾은 듯 몸을 움직이기 시작한다. 천천히 돌아보는 진묵.
꼼지락거리는 민정의 손끝의 네일아트에 붙은 큐빅이 낮은 조도의 빛에도 반짝인다.

진묵 (차분하게 중얼) 기집년.. 손가락 꼬라지하고는.

씬13 만양 슈퍼 인근 골목 일각 (N, 과거, 동 시각 - 강민정 실종 당일)

만양 슈퍼 보이고. 동식의 집 앞 골목에서 걸어 내려오는 동식.
민정의 열쇠고리 쥔 채 여전히 지화와 통화 중. 한숨 옅게 내쉬고.

동식 (휴대폰에) 오지화.
지화(F) (그제야) 어? 너 다 들었지? 빨리 와서 고기 굽자.
동식 맛있게 많이 드시고 즐거운 시간 되십시오.
지화(F) 야- 이동식!

전화 끊고 셔터 내려진 만양 슈퍼 흘끔 보는 동식. 어두운 슈퍼 안채.
휴대폰과 열쇠고리를 주머니에 넣는다. 허벅지를 두들겨 마사지하고는 후드 쓰는 동식, 만양 슈퍼 앞을 지나 천천히 달리기 시작하는데.

씬14 만양 슈퍼 앞 골목 (N, 과거, 시간 경과 - 강민정 실종 당일)

아래쪽에서 슈퍼 쪽으로 걸어 올라오는 지훈. 멀리 셔터가 내려진 슈퍼가 보인다.

씬15 만양 슈퍼 안채 - 화장실 (N, 과거 - 강민정 실종 당일)

샴푸와 트리트먼트, 바디워시가 바닥에 널브러져 있고.
세면대의 거울에 얼굴을 비춰보는 진묵. 살점과 핏자국이 머리칼 끝에 튀어 있다.

살점을 집어 변기에 툭 떨어뜨리고 레버를 누르는 진묵.
소용돌이치는 물속에서 사라지는 살점을 가만히 내려다보는데.

씬16 만양 슈퍼 앞 골목 (N, 과거 - 강민정 실종 당일)

지훈, 셔터 내린 만양 슈퍼 옆을 돌아 안채 쪽 대문에 선다.
안채를 한번 올려다보고 벨을 누르려는 그때, 현관에서 누군가 나오는 소리 들린다.

씬17 만양 슈퍼 안채 - 마당 (N, 과거 - 강민정 실종 당일)

점퍼를 손에 든 진묵이 현관문을 열고 나와 지하실 계단 쪽으로 내려가려는데.

지훈(E) 진묵이 형? 형, 저 지훈인데요. 문 좀 열어주세요.

무표정하던 진묵, 순간 짜증이 확 돋았다가 순식간에 순해진다.

진묵 지.. 지훈이니? 어.. 어떻게 왔어?

대문으로 향하는 진묵. 점퍼 주머니에서 무언가가 마당의 잡풀 위로 툭- 떨어지는데.

씬18 만양 슈퍼 안 (N, 과거 - 6회 33씬)

어두운 슈퍼 안. 진묵이 휴대폰을 귀에 대고 서 있다.
업소용 냉장고 불빛을 받으며 쭈그리고 앉은 지훈이 비닐봉지에 막걸리를 담고 있고.

상배(F) 아이고~ 우리 강사장님! 8시가 훌쩍 넘었구만 어디여. 가게여? 지훈이 걸루 갔는데 갔어?
진묵 예.. 에. 마.. 막걸리.. 채.. 챙기고 있어요.. 네.. 에.. 너.. 넉넉히 가져가요. 네에..

(전화 끊는데 오른손 검지 손톱에 핏물이 끼어 있다)

지훈 열두 통이면 되겠죠? 모자라려나?

진묵 그.. 글쎄..

지훈 여섯 통 더 챙길까 봐요. (일어나며) 봉지 한 장만 주세요.

진묵 (왼손으로 봉지를 뜯어 지훈에게 건네는데)

지훈 (안채 통하는 문을 흘끔 보며) 민정이 저녁은 먹어야 되지 않나? 제가 얘기 해볼까요?

진묵 (손톱에 낀 핏물을 내려다보며) .. 잠들었어.. 안 일어나..

지훈 벌써요?

진묵 응.

지훈 (흐음, 다시 막걸리를 담기 시작하고)

돌아서는 진묵. 슈퍼 밖으로 시선. 표정이 사라진다.
천천히 입에 손가락을 넣어 핏물을 지운다.

씬19 만양 슈퍼 앞 골목 (N, 과거 - 강민정 실종 당일)

달리던 속도 줄이며 만양 슈퍼 앞을 힐끗 보는 동식. 슈퍼 안은 아무도 없고, 컴컴하다.
안채 대문 앞에 서는 동식. 띵동- 벨을 누르고는 땀에 젖은 머리칼을 쓸어 올린다.
한참 달리고 왔는지 후드티의 목덜미도 젖은 채로 답을 기다리는데.
인터폰에서는 반응이 없다. 거실 창을 올려다보는 동식, 역시 깜깜하다.
주머니에서 민정의 열쇠고리를 꺼내는 동식, 안채 대문을 열고 들어간다.

씬20 만양 슈퍼 안채 일각 (N, 과거 - 강민정 실종 당일)

마당. 잡풀을 밟고 안채로 향하는 동식의 발에 무언가 채여 지하실 쪽으로 날아간다.
지하실 계단 아래. 굴러 떨어진 것을 집어 드는 동식. 단단해 보이는 열쇠 하나다.
그때 어디선가 아주 작게 드르르- 드르르르- 울리는 소리. 지하실에서 나는 소리다.
지하실 문에 채워진 자물쇠를 들어 보는 동식. 손에 쥔 열쇠와 맞을 것 같다.

꽂아서 돌려보는데, 철컥- 돌아간다.

씬21 만양 슈퍼 안채 - 지하실 (N, 과거 - 강민정 실종 당일)

어두컴컴한 지하실. 계단 대여섯 개를 내려오는 동식.
나무 테이블 위에 놓인 휴대폰이 액정 불빛을 번쩍이며 드르르르- 움직이고 있다.
멈추는 휴대폰. 잠시 후 액정 불빛이 꺼진다. 한 점 불빛 없는 어둠 속.
팟- 들어오는 휴대폰 라이트. 동식, 휴대폰을 벽을 비춰 전등 스위치를 찾는다.
스위치를 올리는 동식의 손. 딸칵-! 불이 들어와 지하실이 온통 환해진다!
쏟아진 불빛에 찡그리며 눈을 감았다 뜨는 동식. 눈을 껌뻑이다 점점 동공이 커진다.
지하실 한가운데 나무 테이블 위에 놓인 휴대폰. 그 옆에 얌전하게 놓여 있는 때타월.
그리고 저 아래 비닐 위에 가지런히 놓여 있는 건, 저건..

/INS. 플래시컷. 동식의 집 - 마당 (1회 9씬)
돌 위에 가지런히 놓인 열 개의 손가락. 반쯤 남은 봉숭아 물이 들어 있는 손톱.

/과거. 만양 슈퍼 안채 - 지하실
비닐 위의 손가락 한 마디 열 개. 화려한 네일아트를 한 손톱.

/INS. 플래시컷. 만양 파출소 - 숙직실 (2회 41씬)
담요 올리는 민정의 손, 화려한 네일아트를 한 손톱.

씬22 만양 슈퍼 안채 - 거실 (N, 과거 - 강민정 실종 당일)

동식, 민정의 열쇠로 현관을 열고 다급히 들어와서는 민정의 방문을 벌컥- 연다!
모든 게 정돈된 민정의 방. 민정이 없다.
화장실 문을 벌컥 여는 동식. 샴푸, 트리트먼트, 바디워시가 담긴 바구니가 구석에 놓여 있고.
깔끔하게 정돈된 화장실 안에 민정은 없다.

씬23 만양 슈퍼 안채 - 지하실 (N, 과거 - 강민정 실종 당일)

손가락을 내려다보는 동식. 민정의 것인가. 그런 것인가.

/INS. 플래시백. 만양 슈퍼 인근 골목 일각 (동 회 13씬)

동식 맛있게 많이 드시고 즐거운 시간 되십시오.

지화(F) 야- 이동식!

전화 끊고 셔터 내려진 만양 슈퍼 흘끔 보는 동식. 어두운 슈퍼 안채.

/INS. 플래시컷. 만양 슈퍼 안채 - 지하실 (동 회 12씬 - 동식의 상상)
민정의 손가락을 향해 칼을 내리치는 남자!

/INS. 플래시컷. 만양 슈퍼 인근 골목 일각 (동 회 13씬)
후드를 쓰고 달려 나가는 동식. 만양 슈퍼 앞을 지나가버린다!

/과거. 만양 슈퍼 안채 - 지하실
괴로움에 일그러지는 동식, 눈물을 억지로 누르며 휴대폰에 112 찍고 통화 버튼을 누르려는 그때! 지잉- 지잉- 민정의 휴대폰이 울리기 시작한다!
'오꼬봉 오지훈: 야 주정뱅이!'
'오꼬봉 오지훈: 배 안 고프냐?'
'오꼬봉 오지훈: 해장 안 해?
'오꼬봉 오지훈: 자냐?'
'오꼬봉 오지훈: 레알 시체?'
'오꼬봉 오지훈: 시체처럼
'오꼬봉 오지훈: 잔다고'
'오꼬봉 오지훈: 절대 건들지 말라고'
'오꼬봉 오지훈: 진묵 형이'

동식, 동공이 얼어붙어버린다.
시체처럼. 잔다고. 절대 건들지 말라고. 진묵 형이. 진묵 형이. 진묵 형이.
그 순간 동식의 휴대폰이 울린다. 지이잉- 지이잉-! 액정에 뜬 이름, '강진묵'.

동식 (전화 받는. 쉬어버린 듯한 목소리) 어.

진묵(F) 어.. 어디야? 지.. 집이야?

동식 (휴대폰에) 응. 민정이는, (잠시) 집에 들어왔어?

진묵(F) 드.. 들어왔어. 지.. 집에 있어.

동식 (휴대폰에) 잘됐네. 나 지금 형 집 갈려고. 민정이한테 줄 것도 있고.

진묵(F) (다급히) 아.. 아니. 가.. 가지 마. 깨.. 깨우지 말라 그랬어. 자.. 잔대. 이.. 일루 와. 나한테 줘. 와서 고.. 고기도 먹고.

동식 민정이도 저녁 먹어야지.

진묵(F) 자는 거 보.. 보구 나왔어. 아.. 아주 곯아떨어졌어.

동식 (툭-) 시체처럼?

진묵(F) 어.. 허허. 맞어. 시체처럼.

동식 !!

시체처럼. 시체처럼. 시체처럼. 진묵의 웃음기 묻은 목소리가 귓가에 맴돌기 시작하며!

/INS. 플래시컷. 만양 슈퍼 안채 - 지하실 (동 회 12씬)
민정의 손가락을 향해 칼을 내리치는 남자. 강진묵이다!

/과거. 만양 슈퍼 안채 - 지하실
이 새끼다. 이 미친 새끼. 이 새끼 짓이다. 동식, 이를 악문다. 분노가 치밀어 오른다.

진묵(F) (웃음) 이.. 일루 얼른 와. 알았지? 너.. 너 오면 소.. 소갈비 굽게.

뭐여?! 강사장이 소갈비 쏘는 겨? 똥식아 빨리 와! 오늘 계 탔네. 얼릉 튀어와 이동식!
사람들이 와글거리는 소리가 전화기 너머로 들린다.

진묵(F) 오.. 올 거지? 동식아.

동식 (전화 끊어버린다)

다시 112 찍어 통화를 누르려는 그때, 티끌 하나 없이 말끔한 지하실이 눈에 들어온다. 있는 거라곤 나무 테이블 위에 놓인 때타월, 휴대폰, 그리고 민정의 손가락 열 개. 지하실을 훑는 동식, 시뻘겋게 충혈된 동공이 차분하게 가라앉기 시작한다. 그 위로,

동식(E) 대한민국에서 사체 없는 살인이 기소 가능한가?

씬24 만양 파출소 안 (N, 과거 – 2회 42씬)

TV 화면, 속보 뉴스. '부산 실종 여성 내연남 석방!' '긴급 체포된 내연남, 석방!'

앵커(E) 이틀 전 긴급 체포된, 실종 여성의 내연남이 오늘 석방됐습니다. 경찰은 용의자가 여성을 살해했을 가능성에 무게를 두고 집중 추궁했으나 실종된 여성의 살해 및 생사 여부를 파악하는 데 실패한 것으로 보입니다. 한 경찰 관계자는 현재 확보된 증거만으로는 체포 영장을 청구하기 부족하다고 판단하였기 때문에 보강 수사 후 용의자를 다시 특정하겠다고 밝혔습니다.

상배 (쯧-) 그만 보자. 꺼.

길구 아이고야. 죽은 사람만 불쌍하게 생겼네.

주원 죽은 사람인지 아닌진 아직 확실치 않죠.

지훈 한경위님, 왜 그러세요. 실종자 집 화장실에서 혈흔이 나왔잖아요.

상배 (씁쓸하게) 혈흔이 나왔다고 사망했다고 볼 순 없지.

광영 추정되는 혈액 양도 그렇게 많지 않은 것 같더라고요.

지훈 그래도 저 사람이 맞는 거 같은데. 일단 혈흔도 나왔고 내연 관계 숨기고 싶어 했으니까 동기가 확실하잖아요. 근데 경찰이 체포 영장도 안 치고 풀어주는 건 좀, (하는데)

동식 영장 치면 뭐가 달라져?

지훈 형까지 왜 그래요.

동식 (피식) 대한민국에서 사체 없는 살인이 기소 가능한가?

주원 (동식을 바라보며) 불가능하죠.

씬25 만양 슈퍼 안채 - 마당 (N, 과거 - 강민정 실종 당일)

동식, 마당 곳곳을 미친 듯 뒤진다. 새로 팠거나 건드린 흔적은 아무것도 없고.
묻혀 있는 장독 모두 열어 휴대폰 라이트 비춘다. 간장, 된장, 김치가 담겨 있는데.
망설임 없이 간장독에 손을 쑥 집어넣는 동식, 순간 눈빛 번쩍.
손에 잡힌 것을 꺼내 들면 랩으로 겹겹이 싼 작은 밀폐용기다.
거칠게 랩을 뜯고 뚜껑을 여는 동식. 휴대폰 하나가 들어 있는데.

/INS. 플래시컷. 카페 (3회 31씬)
이금화에게 대포폰 하나를 꺼내 내미는 주원.

/과거. 만양 슈퍼 안채 - 마당
바로 그 대포폰이다. 동식, 휴대폰 전원을 눌러보지만 켜지지 않고.
동식, 남은 장독을 모두 뒤져보지만, 아무것도 나오지 않는다.
여기에 민정은 없는 것이다. 고개를 푹 숙이는 동식. 바닥에 놓인 대포폰. 그 위로.

동식(E) 불법으로 수집한 증거 때문에 법정에서 무죄로 판결 나면 그걸로 끝!

동식(E) 헌법 제13조 1항, 이중처벌 금지 원칙! 무죄 확정되면 확실한 증거가 나와도 다시 처벌 못 한다!

동식(E) 피해자 가족은!! 내 딸을, 동생을, 언니를, 누나를 살해한 놈이 피해자가 돼서 동정받는 꼴을 왜 봐야 되는데? 경찰이라는 놈이 피해자 가족들이 억울할 거.. 가족들한테 평생 짐으로 남을 건 생각 안 해?

/INS. 과거. 문주천 갈대밭 앞 도로 (2회 3씬)
기도하는 듯 손을 모은 채 누운 방주선의 사체를 둘러싸고 있는 형사들 멀리 보이고.
폴리스라인 앞에 서 있는 순경 복장의 길구, 주저앉은 50대 초반의 아버지와 오열하는 20대 중반의 딸을 붙잡고 있다.

주선부 (넋 나가 중얼) 주선아.. 우리 막내.. 우리 이쁜이..

/INS. 플래시백. 문주천 갈대밭 (1회 35씬)
하늘을 가릴 듯 무성하게 자라 키를 훌쩍 넘긴 갈대밭 한가운데 서 있는 70대 노인. 초점 없는 눈동자로 멀뚱히 돌아보는 치매 노인, 방호철. 그가 주선의 아버지다.

/INS. 플래시백. 초입 사거리 (2회 26씬)
함박눈이 쏟아지는 마을 초입 사거리에 장승처럼, 마치 동식처럼 서 있는 동식부. 어깨를 늘어뜨리고 선 그의 처연한 얼굴.

/INS. 플래시백. 동 장소 (2회 26씬)
정신없이 눈더미를 헤치는 동식모의 손. 눈더미 아래 동식부가 얼어 죽어 있다. 미친 듯 오열하는 동식모, 오열하다 순간 눈이 멍허니 넘어간다.

/INS. 플래시백. 부산역 근처 모텔촌 (5회 9씬)
손에 꼭 쥔 정임의 사진을 내려다보던 재이, 모텔을 올려다본다.

재이(E) 그게 내 모텔 첫 경험이야.

/INS. 플래시백. 만양 정육점 안 (5회 10씬)
재이 처음이 어려운 거지, 금방 익숙해지드라. 신원 미상 사체 나왔다 하면 달려가서 엄마인지 보는 것도 익숙해지구, 사람들이 저 집 어미가 남편 잡아먹고 남자랑 야반도주했대요 하는 것도 익숙해지고. 연쇄 살인마 피해자래 수군거리는 말들엔 안 익숙해지겠어? 엄마 돌아올 때까진 이렇게 살아야 되는데. (했다가 곧 씩씩) 다들 또 금방 잊어먹구 문지방이 닳도록 드나들걸? 그때까지 아즈씨들이 저 냉장고에 있는 고기 다 드셔야 해요. 내가 원 플러스 원으로 줄라니까.

씬26 만양 슈퍼 안채 - 지하실 (N, 과거 - 강민정 실종 당일)

가지런히 놓인 민정의 손가락. 그 위로.

상엽(E)　확실한 증거를, 어쩔 수 없는 증거를.. 우리가 만들면요.

상엽(E)　압니다. 죽이면, 저 새끼가 피해자 된다는 거. 그래서 참는 겁니다. 근데 형.. 저 어떻게든 잡아야 돼요. 불법이라도 상관없고요, 무슨 수를 써서라도 잡을 겁니다. 그게 안 되면 그땐.. 죽여버릴 겁니다.

한 손에 이금화의 대포폰을 쥐고 선 동식. 핏기가 하나도 없는 동식의 얼굴.
밀랍처럼 굳어버린 사람 같지 않은 모습. 어둠에 잠식된 동식의 눈빛.
민정의 휴대폰과 때타월을 집어 들고는 민정의 손가락을 비닐로 훅- 감싸 든다.
힘줄이 불거진 손으로 비닐을 감싸 쥐고 성큼성큼 걸어 나가는 동식.
지하실 문을 열고 밖으로 나가면, 열렸던 문이 세게 닫힌다! 쿵-!

씬27　요양원 – 1인실 (D, 현재, 새벽)

눈을 번쩍 뜨는 동식. 숨을 거칠게 내쉬는 동식의 이마에 식은땀이 맺혀 있다.
새벽빛이 들어오는 병실. 동식, 병원 침대 옆에 기대어 잠이 들었던 모양이다.
시선을 돌려 침대를 보면, 동식모가 미동도 없이 곧게 누워 잠들어 있다.
그 위로 자막. '2020년 11월 4일'.
이불 밖 동식모의 손에 꽂히는 동식의 시선. 푸른 힘줄이 말라붙은, 뼈만 앙상한 손.

/INS. 플래시컷. 요양원 – 1인실 (2회 12씬)
젖은 수건으로 동식모의 그 손을 세심하게 닦는 진묵.

/현재. 요양원 – 1인실
동식, 눈을 질끈 감았다 뜨고. 조금은 젖은 눈동자로 동식모를 바라보는데.
눈을 감은 채 미동 없는 어머니의 모습. 저도 모르게 손을 뻗어 코 밑에 대본다.
이제... 돌아가신 건가. 그 순간 옅게 푸우우- 숨을 내쉬는 소리가 들린다.
동식, 뻗은 손을 내린다. 돌아가셨나 겁이 났던 건가. 아니, 지금 실망한 건가.
그때, 작게 톡톡- 문을 두 번 치는 소리. 동식, 고개를 들어서 보면.
문가의 의자에 허리를 꼿꼿하게 세우고 앉은 주원이 동식을 보고 있다.

씬28 요양원 – 1인실 앞 복도 (D, 새벽)

쫓기듯 나오는 주원. 따라 나와 조용히 문 닫는 동식, 날 선 얼굴.

동식 여기서 뭐 하는 겁니까.
주원 그건 내가 할 말인데. 이동식 경사님, 여기서 뭐 하는 겁니까.
동식 (가만히 본다)
주원 정육점에서 아무도 모르게 사라져버리고,

/INS. 과거. 만양 정육점 앞 – 몇 시간 전
창 너머 정육점 안에서 여전히 떨고 있는 진묵. 그 옆에 앉은 재이, 광영 보이고.
정육점 앞에 대충 세워진 문주서 강력팀 승합차와 경찰차들.
휴대폰 문자를 확인하는 강력팀 형사들, 어딘가로 전화하고 분주한데.
멀찍이 서서 도수와 대화하는 지화 보이고. 주원, 그들을 바라보다 깨닫는다.
이동식이 없다. 다급히 주위를 살피는 주원. 저 멀리 사라지는 누군가. 동식이다.

/현재. 요양원 – 1인실 앞 복도
주원 집에도 안 계시고.

/INS. 과거. 동식의 집 앞 골목 – 몇 시간 전
어두컴컴한 동식의 집을 올려다보는 주원, 휴대폰 꺼내 전화 건다. '이동식'.
'전원이 꺼져 있어 음성사서함으로 연결됩니다.'

주원(E) 휴대폰도 꺼놓으시고.

/현재. 요양원 – 1인실 앞 복도
주원 마침, 여기 있을 거라고 알려주더라고요.
동식 누가.

/INS. 과거. 동식의 집 앞 골목 – 몇 시간 전
주원, 휴대폰을 내려놓는데 전화가 울린다. 다급히 보면, '강진묵'.

/현재. 요양원 – 1인실 앞 복도

주원 이동식씨가 갈 곳은 여기뿐이라고 하던데.

동식 여기.. 뿐이다?

주원 (그다지 믿기지 않는다는 듯) 대단한 효자시라고도.

동식 (하- 경멸, 자조적) 개똥 같은 소리 하고 있네.

주원 그죠. 아까 보니까 알겠더라고. 그 표정이.

동식 (표정?)

주원 어머니 숨 확인했을 때. 안도인지, 실망인지.

동식 (매서워진다) 한주원 경위.

주원 이해가 돼서 하는 말인데? 살아 있는 게 짐 덩이인 인간이 있잖아요.

동식 (주원의 어깨를 낚아채듯 팍 잡는다) 그런 인간은, 없어.

주원 (건성) 아 네. (얼굴 살짝 찌푸리며) 아파요.

동식 (다시 한번 힘을 줬다가 팍- 놓으며) 가요. 여기 다신 오지 말고. (돌아서 다시 병실 문을 잡는데)

주원 세 시간 후에 다시 오겠습니다.

동식 (하- 짜증이 돋는, 무시하고 들어가려는데)

주원 강민정씨 실종된 날, 잊고 있었던 일이 기억났다네요.

동식 (돌아보면)

주원 강진묵씨가, 저랑 경사님을 꼭 만나야겠답니다.

씬29 만양 슈퍼 앞 골목 (D, 아침)

만양 슈퍼 안채 거실 창에 불이 켜져 있다.
후드티를 입은 동식이 골목에서 거실 창을 올려다보고 서 있다.
한발 앞서 선 주원, 안채 대문에 붙은 벨에 손을 뻗는데.

씬30　만양 슈퍼 안채 - 거실 (D, 아침)

오래된 탁자 위, 삐뚤빼뚤한 글씨가 가득 적혀 있는 공책이 놓여 있다.

주원　(내려다보며) 실종 당일에 있었던 일을 다시 정리해보셨다고요.
진묵　우.. 우리 민정이, 어.. 얼른 찾아야 하니까. 사.. 살아 있는 거잖아요. 무.. 문자가 왔는데. 그.. 죠?
주원　(차마 답 못 하고 공책을 든다)
동식　그래서, 기억났다는 게 뭔데.
진묵　도.. 동식아.. 내가 의.. 의심을 하는 게 아니구 민정이 차.. 찾아야 되니까.. 작은 거라도 마.. 말해야 하는 게 마.. 맞는 거잖아.
주원　(번쩍) 정육점에 없었다..?
동식　(멈칫. 하- 진묵을 본다)
진묵　(동식의 눈을 피하는데)
주원　(다급히) 얼마나 없었던 겁니까.
진묵　하.. 한 시간 정도.
동식　(그래, 내가 없었어, 라고 하려는 그 순간)
진묵　유.. 유재이.
동식　!!!
진묵　(눈을 들어 동식을 보며) 재이가 없었어.

씬31　만양 정육점 안 (D, 아침)

무표정한 얼굴의 재이, 냉장고에 기대앉아 있다.
말끔하게 정리된 정육점 안은 영업 준비를 다 마친 상태고.
오래된 노트북에서 낮게 흘러나오는 최백호의 '부산에 가면'. 나직이 따라 부르는 재이.
'부산에 가면 다시 너를 볼 수 있을까. 고운 머릿결을 흩날리며 나를 반겼던..'

씬32　만양 정육점 앞 도로 (D, 아침)

멈춰 선 주원의 차. 운전석의 주원, 촉각이 곤두선 얼굴로 내리고.
조수석의 동식, 내리는데. 걱정이 더해져 생각이 많은, 복잡한 얼굴.

주원 (만양 정육점 간판을 올려다보며) 만양.. 이 동네 참..

동식 (보면)

주원 한 명씩 이름 던지며 알아맞혀보라고 할 땐 뭐 하는 짓인가 했는데, 이경사님 말씀이 맞았네요. 다들 돌아가면서 튀어나오네. (빈정) 이번엔 유재이씨 차롄가? 이경사님이 감쌀 사람.

동식 (하..)

재이(E) 누가 누굴 감싸.

주원 (훅- 돌아보면)

재이 (어느새 문에 기대어 서서 한심한 시선으로 주원 보며) 이봐요. 말이 되는 소릴 해요. 내가 감싸고 있는 거야, 저 바보 아저씰.

주원 네..?

동식 (피식) 그래. 맞아. (정육점으로 들어간다)

씬33 만양 정육점 안 (D, 아침)

드럼통 앞에 두고 앉아 있는 동식과 주원. 김이 모락모락 나는 차가 담긴 컵 두 개를 들고 와서는 동식과 제 앞에만 내려놓는 재이.

동식 (컵 든다) 보리차야?

재이 옥수수차. 막 끓여서 뜨거워. 불어가면서 마셔요.

주원 (보면)

재이 결벽증이라며. 우리 집 컵은 오래되고 더러워서 드릴 수가 없어요.

주원 배려, 감사합니다.

동식 (피식. 차를 후- 부는데)

재이 아침부터 두 사람이 다정하게 고기 사러 왔을 린 없고. 뭔데요?

동식 (그저 차를 후우- 분다)

주원 (쯧) 지난 10월 23일, 21시 50분부터 22시 50분까지 어디서 뭘 하셨습니까.

재이 10월 23일이면, (멈칫, 주원을 보며) 민정이 없어진 날이네요. 여기서 고기 자르고 굽고 먹고 있었겠죠. 만양 파출소, 문주서 사람들이랑.

주원 확실합니까.

재이 확실하지 않을 리가 없, (했다가) 아.. 나 여기 없었네. 그렇지, 아저씨?

동식 없었다고 할 수 있나.

재이 있었다고도 할 수 없지. (고개를 위로 까딱) 위에서 자고 있었거든요.

주원 위라면?

재이 나 저기 다락방에서 먹고 자요. 회식할 때는 들어가서 가끔 자는데. 나 없다고 고기 못 꺼내 먹을 사람들도 아니고, 새벽에 시장 갔다 와서 피곤했거든요. 왜요? 중간에 내가 없어졌다고 이상하대요? 누가?

주원 그건 말씀드릴 수가, (하는데)

재이 강진묵.

동식 (차 마시다 멈칫-)

재이 진묵 아저씨가 그래요?

주원 왜, 강진묵씨라고 생각하죠?

재이 그건.. (눈을 내리깔았다가 동식을 똑바로 보며) 딸을 잃은 아버지니까.

그때, 드르륵- 정육점 문 열리는 소리. 지훈이 들어온다.

재이 (놀라 일어나며) 야- 오지훈. 너 어떻게..

지훈 (넋 빠진 얼굴) 누나 배고파요. 밥 좀.. (동식과 주원 발견) 혀엉.. (눈물 글썽)

동식 (성큼성큼 다가가 머리 툭툭) 고생했어.

주원 어떻게 나온 겁니까.

지훈 .. 정제 형이.. 자수했어요.

씬34 문주 경찰서 - 유치장 (D)

다리 쭉 펴고 벽에 기대어 눈 감고 앉은 정제. 고요하고 고고한 모습.

해원, 철창을 팡팡 치며 고래고래 소리 지르고 있고.
안절부절못하는 곽계장. 묵묵히 보고 있는 장비서.

해원	미친놈아! 니가 제정신이야! 나와! 안 나와? (장비서에게) 얘 안 꺼내?
장비서	(담담히) 제 발로 들어간 걸 어떻게 꺼낼까요.
해원	이 자식이! (주먹을 훽 올리는데)
곽계장	(화들짝! 막으며) 아유- 도의원님, 경찰서에서 이러시면, (하는데)
해원	(곽계장에게 버럭-) 이게 지금 유치장에 가둘 일이야?
곽계장	(개황당, 꿍얼) 웬 반말.. 이게 형평성 문제가.. 오지훈 순경도 들어가 있었잖습니까.
해원	이보세요, 곽계장님. 걔랑 우리 아들이 같아요? 형평성이고 나발이고, 사람이 다르잖아. 어떻게 사람이 다 같냐고!
곽계장	네?
해원	(억울해 미침) 우리 아들은요, 절대로 그런 짓 할 애가 아니에요. 사람을 해치다니. 마음이 너~무 약해서 벌레 한 마리 못 죽이는 앤데!!
정제	(피식, 눈 뜨며) 죽이는데. 사슴도 죽이고.
해원	박정제!
정제	이제, 할 만큼 하셨으니까 들어가세요. 잠 좀 자게.
해원	잠을 자? 이 자식이 미쳤나. 박정제 너! 뭔 생각으로 이러는 거야?
정제	죄지었으니까 벌받는 거죠.
곽계장	(눈 번쩍) 죄? 무슨 죄?
해원	죄.. 죄는 무슨! 재 지금 농담하는 거예요, 농담.
정제	죄지었다니까요. 민정이를 마지막으로 만난 죄.
해원	그게 왜 죄가 되는데!
정제	내가 범인일 가능성이 아주 매우 많이 높은 거니까.
해원	그냥 재수가 없었던 거지. 마지막으로 만났다고 다 범인이야?
정제	그럼 지훈이는.
해원	(흠칫)
정제	마지막으로 만난 나도 범인이 아닌데, (해원을 똑바로 보며) 지훈이는 왜 여기 갇혀서 떨고 있었던 거지? 걔는 진짜 아니잖아.
해원	(그.. 그건)

동식(E) 누가 제보했거든.

해원 !!

동식 (해원을 서늘하게 보며) 지훈이만 딱 찍힌 블랙박스 영상을.

해원 (겨우 표정 지우고 돌아본다. 동식 발견하고 분노 치민다) 그래, 너지. 걜 꼬드긴 거 너 맞지?

정제 어머니! (벌떡 일어난다)

동식 (비싯) 죄송하지만, 이번엔 아니네요. 저 자식 선택인 거 같아요.

해원 우리 정제는 절대로 그럴 리가, (하는데)

정제 (버럭) 도해원 여사님! (서늘하게) 그만하고, 들어가시라고요.

해원 (이를 악물고 정제를 홱- 노려본다)

장비서 (해원에게 다가가 속삭) 들어가시죠.

곽계장 (재빨리 바짝 붙어) 신속 정확하게 조사해서 처리하겠습니다, 의원님.

해원 (후- 고개 빳빳이 들더니 냉정함 찾고) 부탁드려요. (휙- 나가버린다)

장비서 (덤덤히 따라 나가고)

곽계장 (안도의 숨 내쉬며 동식에게, 간다- 입 모양. 재빨리 나가는)

동식 (목례)

정제 (두 팔 벌려) 오 동식~ 마이 프렌. 면회를 다 오고. 나이스 투 미츄~!

동식 미국 땅 밟아본 적도 없는 놈이 나이스 투 미츄는.

정제 (멈칫했다가 너스레) 알고 있었으면 말 좀 해주지. 안 되는 영어 섞느라 인생 진짜 피곤했다.

동식 적당히 하고 나와. (돌아서 나가려는데)

정제 뭘 나오래. 뭔 자신감이야. 너 내가 범인이면 어쩌려고.

동식 아니잖아.

정제 (피식) 그래?

동식 어. 아니야.

정제 니가 그걸 어떻게 알어. (눈 내리깔며) 진묵이 형한테 문자 왔다며. 민정이가.. (더 말 못 하고) 이제 확실하게 사건 성립된 거고, 마지막으로 만난 사람이 난데. 너 임마, 나 믿지 마.

동식 (철창 앞으로 바짝 선다) 너, 아니야.

정제 (애써 빙긋) 니가 그걸 어떻게 아냐고.

동식 (두 손으로 철창 잡더니 얼굴을 아주 가까이 붙이고 속삭인다) 아빠.. 나 좀 꺼내줘.

정제 (보면)

동식 그 문자.. 보낸 사람. 나야.

정제 (놀라 말을 잇지 못하다가) 너.. 그게.. 무슨.. (하는데)

동식의 휴대폰에 문자 들어온다.
'남상배 소장님: 민정이한테 또 문자가 왔다는데, 너 지금 어디야!'

동식 !!!!!

씬35 만양 슈퍼 안채 - 거실 (D)

동식, 현관문을 벌컥 열고 들어오면. 진묵, 소파에 앉아서 덜덜 떨고 있다,
도수, 식탁 주위에서 전화 중이고. 상배와 주원, 지화는 진묵 옆에 앉아 있는데.

상배 (동식 발견) 어, 동식아. 왔어?

지화 어딨었냐. 형이 계속 찾았어.

진묵 (고개 든다, 울먹) 도.. 동식아.. 미.. 민정이가.. 또.. (애처롭게 본다)

동식 (상배에게) 이번엔 뭐라고..

상배 (차마 말 못 하고)

지화 (휴대폰 들어서 건네려는데)

주원 (툭-) 아빠, 아파요. 나 좀 꺼내줘.

동식 (동공이 흔들린다)

주원 전화도 안 받으시고, 지금까지 어디 있었습니까.

상배 (눈짓, 도수를 가리킨다)

도수 (휴대폰을 귀에 대고 상대의 말을 기다리고 있는 것 같은데)

진묵 (동식을 슬쩍 올려다본다)

동식 (감추지 않고) 문주 경찰서 유치장.

상배 (쯧-)

지화 유치장? (했다가) 정제 면회 갔었어?

동식 응.

주원 (피식, 중얼) 이번에도 박정제 경위가 알리바이라는 건가.

상배 우리 한경위가 말이 많어.

지화 피해자 가족이 계시는데, 조심하죠.

진묵 그게.. 그러니까.. 아.. 알리바이라면.. 동식이가.. 무.. 문자.. (하는데)

도수 (휴대폰에) 아, 네. 발신지 위치 나왔습니까?

모두 (본다)

도수 문주천 하류요?

주원 !! (유치장이 아니라고?)

상배 (옅게 안도)

지화 문주천 하류면.. 거긴 다 갈대밭일 건데.

진묵 (동공 흔들리며) 가.. 갈대밭에.. 왜.. (동식을 보면)

동식 (동요함을 숨기고, 덤덤하게 보는데)

도수 현장으로 2팀 출동했답니다.

지화 (일어나며) CCTV 요청하고, (하는데)

상배 거긴 CCTV 없지. 순 하천하고 갈대뿐인데. 그렇지, 동식아.

동식 그 주변으론 한 대도 없죠.

도수 (착잡) 도로 중심으로 반경을 얼마나 넓혀야 할까요?

지화 (결심) 다. 다 뒤져.

도수 다라면,

지화 만양읍 전부 다.

모두 (보면)

지화 (단호) 모래 한 알까지 전부 다 수색해.

진묵 (덜덜 떨던 손, 딱 멈추는!)

지화 (진묵에게) 걱정하지 말고 있어요. 내가 다 뒤질 거니까. (도수와 나가며 상배에게) 소장님, 파출소 직원들 소집해주세요. 자택 수색한다면 주민들께서 불편해하실 테니까 협조 요청 잘 부탁드려요.

상배 (일어나며) 이경사, 한경위, 들었지? (진묵에게) 진묵아. 걱정 말어. 만양읍에 있는 집이란 집은 옥상부터 지하까지 싹 다 파내서라도 민정이 관련된 건 전부 찾아낼라니까.

진묵 (손이 부들 떨리는데, 꽉 잡고 일어서며 인사) 고.. 고맙, (하는데)

상배 일어날 것 읎어. (진묵의 어깨를 눌러 앉히며 토닥토닥하고 나간다)

진묵 (앉은 채로 고개를 숙이는데, 내리깐 동공이 흔들린다)

진묵의 어깨를 쥐는 손. 동식이다. 가볍게 토닥이고는 상배를 따라 나가는 동식.
주원, 그 모습 보고는 따라 나간다. 현관문 닫히는 소리.
진묵, 천천히 고개를 든다. 진묵, 초조함과 짜증, 혼란스러움이 가득한 눈빛.
어떻게 돼가는 거지, 고개를 좀 더 드는데. 사진 속 민정이가 진묵을 내려다보고 있다.

씬36 만양 정육점 - 뒤 공터 (N)

야심한 밤. 누군가 공터로 걸어 들어온다. 동식이다.
불 꺼진 만양 정육점을 확인하고. 주위 한번 훑고는 낡은 가구 더미로 다가간다.
널빤지 들어 옮기고, 가려졌던 책상 서랍을 여는 동식. 휴대폰이 없다!!
그 속에 작은 종이 한 장이 들어 있는데, 한 지점이 표시된 지도가 인쇄되어 있다.

씬37 심주산 심주사 인근 산길 (N)

지도의 그 지점으로 카메라 들어가 디졸브 되면.
동식이 휴대폰 라이트를 비추며 산길을 올라오고 있다.
'심주산 심주사 80m'. 갈림길의 푯말을 비춰 확인하는 동식. 낮게 한숨을 내쉬는데.
그때 인기척을 느끼고 라이트를 들면, 맞은편에서 손전등 불빛이 훅- 들어온다.

동식 (손으로 가리며 덤덤) 눈부셔. 재이야.

불빛 아래로 내려지고. 손전등 들고 서 있는 사람은 유재이다.

재이 (저벅저벅 내려와 다가오며) 그걸 거기다 왜 숨겨? 그냥 나한테 주지. 책상 서랍에 곱게 넣어놨드라? 널빤지랑 쓰레기로 제대로 감춰둬서 (손의 상처 보여주며) 고생은 좀 했어.

동식 (하아.. 보면)

재이 아무리 생각해봐도, 한 공간에 같이 있는데 그런 문자 보낼 정도로 세상 무서울 거 없는 사람은 이동식밖에 없잖아. (미소) 내 덕분에 아저씨, 문자 보낸 용의선상에서 벗어났죠?

동식 (손 내민다) 줄래?

재이 싫은데.

동식 유재이. (가만히 보다) 너, 내가 안 무섭니. 내가 민정이 휴대폰 가지고 있었어. 내가, 민정일 죽였을 수도, (하는데)

재이 (고개를 저으며) 아저씬 그냥 미친 거야. 평생 혼자 끌어안은 슬픔이 어느 순간 넘쳐서 미친 짓을 벌이기 시작한 거야. 맞죠?

동식 (하아.. 눈가에 슬픔이 그렁해서 재이를 보면)

재이 (미소) 어차피 미쳐서 날뛰는 김에, 알려줄래요? 아저씰 미치게 만든 사람.. 민정이 죽인 사람.. 강진묵이야?

동식 .. 응.

재이 (역시.. 하아.. 다시 조심스럽게) 아저씨 동생을.. 그런 사람도.. (보면)

동식 응.

재이 그럼.. 우리 엄마는..? (보면)

동식 (텅 빈 눈으로) 나는, 그런 거 같아.

재이 (우욱- 절망과 분노가 차오른 눈에서 눈물이 뚝뚝 떨어진다)

동식 재이야. 휴대폰 줘.

재이 (고개 젓는다) 싫어요.

동식 내가 알아서 할게. 줘.

재이 싫어. 나도 해.

동식 유재이!

재이 아저씨도 아저씨 손으로 동생 찾으려는 거잖아. 나도 우리 엄마 내가 찾을래.

동식 하지 마. 그러지 마, 재이야. 너 다쳐.

재이 다쳐야지.

동식 야!

재이 왜 아저씨 혼자 희생해? 아저씬 벌써 엉망진창이잖아. 10년이야.. 나, 더는 저 지긋지긋한 정육점에서 앉아 있지 않을 거야. 다칠래요. 원하는 게 있으면 대가 치러야지. 난 괜찮아.

동식 내가 안 괜찮아! (양어깨를 잡고 간절히) 내가.. 안 괜찮다고.

재이 받아들여요. 그래야 돼.

동식 재이야..

재이 난 괜찮아. 아저씨가 내 옆에 있을 거잖아.

동식 (간절히 보면)

재이 이제 어쩔 수 없어요. (덤덤히) 아저씨 오기 전에 나 또 문자 보냈어. 강진묵한테.

동식 !!!!

씬38 만양 슈퍼 안채 – 거실 (N)

가만히 휴대폰을 내려다보고 있는 진묵.
'딸: 아빠.. 안녕. 이제 나갈래.'

진묵 (황당해서) .. 나가긴 어딜 나가.

그때 지이잉- 휴대폰 울린다. '오지화'.

진묵 (받는, 휴대폰에) 어.. 어... 지..지화야. 나... 난 괜찮아. 응. 어.. 어디? 시.. 심주산.. 시.. 심주사? (눈빛이 싹- 바뀌며) 아, 거기.

씬39 프라이빗 바 (N)

물잔을 앞에 놓고 앉은 주원, 혁이 건네준 유재이 뒷조사 파일을 보고 있다.

혁 (일부러 떠보듯) 유재이. 28세. 고졸. 이쁘더라.

주원 (답 없이 파일만 보는)

혁 자기 사업도 운영하고. 정육점. 능력 있어.

주원 (파일만 넘겨본다)

혁 검시관 중에서 이 아가씨 모르는 사람이 없다더라. 무연고 사체 나왔다 하면 전국 어디든 출동. 설 추석, 명절 인사로 담당 검사, 형사 찾아가서 뒤집고. 10년째 엄마 찾으러 다니는 사람이 흔치 않은데, 부모 공경하는 마음이 아주 깊어~ (빙글) 그런 여자라면 나는 찬성.

주원 (파일 보며) 가족 같은 관계, 쓸데없이 질척이는 그딴 게 뭐가 좋다고. 왜 그렇게 다 그쪽으로 묶고 싶을까.

혁 (파일 툭툭 치며) 털어서 나오는 게 아무것도 없으니까. 그러므로 이번 조사는.. 사심?

주원 (허- 정말 나오는 게 아무것도 없다, 짜증스레 탁 덮는) 줄 거 주고 받을 거 받고 끝나는 말끔한 관계가 좋아요, 난.

혁 (삐록- 문자 들어오는 소리) 사랑이 그리 되나요. 차장님은 펄쩍 뛰시겠지만 우리 한주원 인생 첫사랑인데, 난 이 사랑 응원한다? (폰 확인)

주원 (말 더 섞고 싶지 않다, 파일 들고 일어나는데)

혁 (휴대폰 보며) 피해자 아버지 휴대폰에 문자가 또 온 모양이네. (읽는다) 아빠.. 안녕. 이제 나갈래. 헐.

주원 !! 발신 위치는?

혁 (주원이 든 파일 빼앗아 펼치며 중얼) 사랑이 아니라.. 용의자였네. (서류의 한 부분을 톡- 치며) 여기.

'한정임 실종 추정 장소: 심주산 심주사 80m 표지판 인근 실종 추정. (휴대폰 GPS 마지막 지점)'

주원 !!!

씬40 만양 정육점 앞 도로 (D)

만양 정육점 안팎을 수색 중인 문주서 강력팀 형사들.
차출된 파출소 인력들은 주변을 지키며 통제 중이고.
초입에 서 있는 길구와 광영, 지훈, 주원.

주원　(주위를 둘러보는데 동식이 보이지 않는다) 이동식 경사님은요.

길구　동식이 걔는 그, 갈대밭 수색조에 자원한 것 같던데.

주원　유재이씨 수색 영장이 나왔는데.. 갈대밭이요?

광영　우리 관할에서 이경사만큼 갈대밭을 꿰고 있는 사람이 없거든요. 치매 어르신 잡으러 다닌다고 그렇게 뒤지고 다녔으니.

지훈　파트너가 어디서 뭐 하는지도 모르시나 봐요, 한주원 경위님.

주원　(하..)

손에 영장 든 재이, 밖으로 나온다. 그런 재이를 바라보는 주원.

재이　(시선 느끼고 씁쓸 미소) 걱정 마요. 이번엔 달걀 던질 생각 없으니까.

주원　왜 안 던집니까. 이번엔 억울하지 않습니까.

재이　네, 별로.

주원　(그래?)

재이　민정이 문자 보낸 첫 발신지가 여기라고 하고, 울 엄마 없어진 곳에서도 보냈다고 하는데, 수색 정도는 당연히 하겠지 싶어서요. (길구와 광영, 지훈에게) 목마르죠. 생수 사다 드릴게요. (간다)

길구　아이고- 재이야. 고맙다~!

광영　아, 진짜. (속삭) 받았다가 나중에 잘못되면,

지훈　(뭐가) 네?

광영　생각해봐. (고개를 안쪽으로 까딱) 뭐라도 나오면 괜히 물 받아먹었다고, (하는데)

지훈　(버럭) 나오긴 뭐가 나와요.

길구　우리가, 경찰이 저길 들락날락, 막걸리 몇 병을 깠는데 그건 아니지.

주원　나올 수도 있죠.

지훈　한경위님!

주원　강민정씨 실종 당일, 회식할 때 유재이씨가 자릴 비웠다면서요.

길구　응? (생각한다)

광영　맞아. 그랬잖아요.

지훈　재이 누나 피곤해서 올라가서 잔 거잖아요. 한두 번 그런 것도 아닌데 뭐가 맞아요. (주원에게 불퉁) 지금 우리 누나 의심하는 겁니까.

주원　의심하면 안 됩니까.

지훈　우린 한 식구예요. 식구는 의심하는 거 아니거든요?

주원　(차갑게) 오지훈씨, 경찰 그만두셔야겠네. 식구만 하시고.

지훈　뭐라고요?

길구　아유-! 그만! 스톱! 너 임마, 니가 어디 경위님한테 눈을 부라려! 힘 풀어! 한경위님~ 물론 그게 좀 이상하게 생각될 수도 있는데 그래도 재이는 아니지. 재이를 의심한다는 거는 그거는 말이 안 되는 일이고, 그렇게 치면 어? 동식이 갸도 의심해야지. 갸는 그날 여기 9시 넘어서 왔는데! 안 그래?

주원　(번쩍) 이동식씨가 없었다고요??

지훈　아니- 없었다고 할 수는 없고, (하는데)

광영　아니- 안 온다고 튕기다가 소갈비 굽는다니까 갑자기 나타났잖아!

주원　!! (획- 걸어 나간다)

지훈　어어.. 한경위님.

길구　얼럴러?

광영　어디 가세요!

주원　저, 오늘 연차 씁니다. 소장님껜 제가 말씀드릴게요. (가버린다)

씬41　문주 경찰서 - 강력계장실 (D)

복잡한 표정으로 컴퓨터를 들여다보고 있는 곽계장.

곽계장　(똑똑- 소리에 건성으로) 네.

주원　(벌컥- 문 열고 들어오며) 곽오섭 계장님.

곽계장　(본다) 한주원 경위? 여긴 무슨 일로,

주원　저희 아버지 밑에서 일하시죠.

곽계장　뭐, 우리 대한민국 경찰들이야 다 차장님 밑에서 일하는 거지.

주원　(그런 의미 아니잖아)

곽계장　(쩝..) 뭘 원하는데, 한경위?

주원　(그럴 줄 알았다. 미소 짓는데)

씬42 경찰청 - 차장실 (D)

기환 (휴대폰에 통화 중) 녀석이? 이유는. (잠시) 범인을 찾아? (잠시) 해줘요. 설거지할 일만 만들지 말고 깔끔하게. 수고.

전화 끊는 기환. 액정에 쓰여 있는 이름. '문주서 곽오섭'.

창진(E) 아드님이 아직도 뭘 막 쫓고 찾고 그러나 봐요.

기환 (못마땅한 얼굴로 보면)

창진 (소파에 앉아 차를 홀짝) 범인.. 뭐 그런 건가?

기환 여기까지 굳이 밀고 들어와 앉은 이유가, 내 아들 때문인가.

창진 아니 뭐. 아니랄 순 없죠. (찻잔 내려놓으며) 듣자 하니 우리 차장님 아드님은 포기를 안 하신 거 같고, 도해원 의원님 아드님은 유치장에 지 발로 걸어 들어가지를 않나.. (러시아어) 둘 다 때려 죽일까..? (한국어) 자꾸 말이 나올 행동들을 하시니.. 이래서 애를 낳으면 안 되는 건데, 쯧. (하고는) 동업자 입장에서는 짜증이 돋지 않겠어요?

기환 동업자? 누가.

창진 누구긴. 우리. 20년 전부터 쭈욱.

기환 (서늘하게 노려보면)

창진 (지지 않고 보며) 내가 원하는 건 딱 하나라고 말씀드린 것 같은데.. 자꾸 깜빡깜빡하시는 것 같아서 다시 말씀드립니다. 연쇄, 살인... 이딴 건 문주에 달라붙으면 안 돼요. 문주엔! 개발, 아파트, 허가, 착공.. 이런 게 찰떡같이 붙어야 한다니까? 근데 왜! 살았는지 죽었는지 모를 년한테 문자가 오니 안 오니 난리 부르스를 추더니, 짭새노무 시끼들이 다 기어 나와서 문주시 만양읍 바닥을 다 뒤집어엎고 다니는 거지? 한 집 한 집 아주 탈탈 털어대서 다들 꽥꽥대고 난린데! 내가 여기까지 와요, 안 와요?

기환 (흐음... 보다가 툭) 이대표. 연쇄, 살인, 그거 문주에서 떼지 못할 거야.

창진 뭐? 야이- 씨! (벌떡 일어나는데)

기환 야- 이 개새끼야! 처앉아서 마저 들어!!

창진 !

기환 앉아!

창진 (가만히 보다가 피식. 다시 자리에 앉으면)

기환 어차피 떼지 못할 꼬리표, 정리할 것부터 하자고.

창진 (하- 러시아어) 뭔 또 개수작이야.

기환 연쇄, 살인이 자꾸 튀어나온 건 범인이 잡히지 않은 미제 사건이기 때문이고.

창진 인제 와서 범인을 잡기라도 하시려고?

기환 (본다)

창진 (어?) 방주선.. 이유연.. 그 여자들 죽인 사람을 진짜 잡겠다고? (러시아어) 이 새끼가 미쳤나.

기환 (본다)

창진 (허-) 범인이.. 누군데요?

기환 이대표한테 그게 중요한가? 범인이 잡히기만 하면 되는 거지.

씬43 문주 경찰서 - CCTV 상황실 (D)

난처한 얼굴의 상황실 직원. 구석의 컴퓨터에서 자료를 검색하고 있다.

직원 아 이게.. 원래 각 담당 부서별로 영상을 보관하는데, 복도는 담당이 애매하니까 우리가 하는 거거든요.

주원 문책하려는 거 아닙니다. 아까 곽계장님도 말씀하셨잖아요. 알려주시고 잊으시면 됩니다.

직원 상배 형님한테 문제 되는 건 아니죠? 형님 정년 1년 남았을 건데.

주원 그럴 일 없습니다. 절대로.

직원 (검색을 다다다- 한다) 상배 형님 오신 날 새벽에 경찰서에서 없어진 건 복도 CCTV밖에 없었다니까요. (하다가) 어? 이건 왜 열람했지? (열람한 폴더를 검색) CCTV 있는 거 아무도 몰랐을 건데.

주원 (보면)

직원 이 CCTV 달린 전봇대가 사유지에 넘어가 있어서 말이 많았거든요. 원칙적으로는 우리 쪽에서 관리하면 안 되는 건데, 아직도 작동되고 있었나 보네.

(클릭하는데) 어!

주원 (다급히 보면, 폴더에 아무것도 없다!) 이 전봇대 어디 있습니까?

씬44 언덕길 (D, 오후)

언덕길 구석에 위치한 전봇대. 말라붙은 넝쿨이 전봇대 윗부분을 새집처럼 감고 있다.
넝쿨 속에서 얼핏 보이는 CCTV. 붉은 불이 들어와 있는 것이 확실하게 작동 중이다.
CCTV 각도를 확인하고 돌아보는 주원. 맞은편의 집 몇 채와 골목길뿐인데.
주원, 전봇대 옆에 주차해둔 본인의 차 보닛을 밟고 훌쩍 올라가 지붕에 우뚝 선다.
저 멀리 만양 슈퍼의 평상 있던 자리와 안채 대문이 주원의 눈에 잡힌다.
만양 슈퍼 앞을 쓸고 있는 진묵이 멀리 조그맣게 보인다!

주원 하!

/INS. 플래시백. 만양 슈퍼 인근 골목 일각 (2회 53씬)

주원 (잠시 여유로운 미소) 그러는 이경사님은 내 어디가 그렇게 좋습니까. 내가 과거에 외사에서 뭘 했는지 궁금해 미칠 정돈 거 같던데.

동식, 주원을 빤히 보며 씨익- 미소 지었다가 너머로 무언가를 발견한 듯하다.
훅- 지나쳐 만양 슈퍼 쪽으로 다가가는 동식. 점차 동공이 흔들리기 시작하는데.
더 다가가지 못하고 우뚝 멈춰 서는 동식.

주원 왜요. 뭡니까. (다가가는)

평상 위에 무언가 놓여 있다. 주원, 표정이 굳어버리는!
평상 위에 놓인 그것은... 손가락이다.
피가 말라붙은 잘린 손가락 한 마디 열 개가 가지런히 놓여 있다!
손톱 위의 화려한 네일아트.

주원 (설마.. 하는 그때!)

동식 (걷잡을 수 없는 눈물, 밀려오는 슬픔에) 민정아..

주원 !!!!!!

한 대 맞은 것 같은 충격에 주원, 저도 모르게 동식을 보는데.
저 멀리 언덕 위, 전봇대에 붙은 카메라가 그 모습 찍고 있다.

/INS. 언덕길
CCTV 카메라 화면. '2020.10.24. 05:13:22' 동식과 주원의 굳은 모습!
카메라 화면의 시간이 거꾸로 흐르기 시작한다! 그리고 멈춘다.
'2020.10.24 04:15:32' 검은 후드를 쓴 남자가 평상 위에 손가락을 내려놓는 모습!!!

/현재. 언덕길
주원 !!!! (한 손 짚고 보닛에서 획 뛰어내려서 황급히 차에 올라타고)

떠나는 주원의 자동차. 전봇대 위, 묵묵히 한 방향을 잡고 있는 CCTV 카메라.
슈퍼 앞의 진묵이 빗질하고 있는 모습인데.

씬45 만양 슈퍼 앞 골목 (D, 오후)

침울한 표정으로 빗질하고 있는 진묵. 골목 끝을 흘끔 보면.
몇 명은 들어가 수색 중인지 소리가 들리고. 입구에 선 경찰에게 항의 중인 주민.

주민 아니 왜 우리 집을 뒤지냐고. 뒤질 거면 쩌기 그 집 애네 슈퍼 가서 뒤져요!
경찰 거기도 수색할 거고요. 전부 다 할 겁니다. 협조 부탁드립니다.
주민 다 큰 기집애가 죽었니 살았니, 한 골목에서 사건 터져서 찝찝해도 참았는데 (진묵 들으라고 일부러 크게) 아씨- 이건 정말 너무하잖아!
진묵 (고개를 꾸벅꾸벅) 죄.. 죄송합니다.. 죄.. 죄송.. (하는데 고개 숙인 표정이 심각해진다)
지화(E) 형.
진묵 (고개를 들면 지화 서 있다) 지.. 지화야..

지화 뭘 그렇게 죄송하다 그래. 그러지 마.

진묵 아.. 아니.. (고개를 숙이는데)

지화 오늘은 이쪽 라인 돌고, 형네 집은 내일 오전에 수색할게요. 괜찮죠?

진묵 어.. 어.

지화 사람들 눈치 보이면, 잠깐 가게 문 닫고 우리 집에 와 있어요. 수색 끝날 때까지만이라도.

진묵 아.. 아니야. 미... 민정이.. 내가 있어야지.

지화 (어깨 토닥) 들어가세요. 괜한 소리 듣지 말고, 응? 갈게요. (간다)

진묵 (수줍은 미소.. 돌아서는데, 표정이 싹- 굳더니 중얼) 내일. 오전.

들어가 슈퍼 문을 드르륵 닫는 진묵.

씬46 만양 슈퍼 안 (D)

안에서 셔터를 내리는 진묵. 빠직- 분노가 서리는 진묵. 어둑해진 실내.
잡화 코너를 지나며 작은 손도끼를 집어 들더니 냉동실 문을 열고 안쪽 깊숙이 박아둔 삼겹살 덩어리를 꺼낸다. 얼마나 오래되었는지 핏기가 사라질 정도로 변해버린 삼겹살에 도끼를 쾅- 내리박는 진묵. 삼겹살이 반으로 쫙- 쪼개지면서 그 안에서 작은 상자가 하나 나온다. 상자를 여는 진묵. 그 속에 든 건 잘잘한 진주가 붙은 머리핀이다.

씬47 만양 정육점 안 (N)

휴대폰에서 흘러나오는 '부산에 가면'.
엉망이 된 정육점을 정리하는 재이. 드럼통 위에 대충 올려둔 낡은 앨범 보이고.

재이 이걸 어디서 찾았니. 나도 몇 년을 못 찾은 걸, 역시 경찰이네.

앨범을 열어보는 재이. 엄마 정임과 아빠의 결혼사진. 머리에 꽂힌 진주 머리핀.
재이의 돌 사진. 2살의 재이와 엄마 정임. 5살의 재이와 한정임. 10살.. 15살.. 그리고..

18살의 재이와 한정임의 사진. 사진 아래에 '2010.11.03.' 날짜 적혀 있고. 귀엽게 웃는 재이 옆에 단아한 미소의 정임. 살이 쭉 빠져 푸석하지만 곱게 빗은 머리에 결혼식 때 꽂았던 진주 머리핀을 꽂고 웃고 있는 정임.

진묵(E) 재.. 재이야.

재이, 고개 들면. 진묵이 이만큼 들어와 재이를 보고 서 있다.

재이 아... 아저씨.

진묵 (엉망인 실내를 둘러보며) 아.. 이.. 이거.. 미.. 미안하다.. 재이야.. 우.. 우리 민정이.. 때문에 니가.. 이.. 이게 참.. (하는데)

재이 (애써 표정 관리) 아니에요. 괜찮아.

진묵 내.. 내가 좀 도.. 도와줄라고 왔는데. (카운터 쪽으로 한발 다가선다)

재이 (카운터를 보면 정육도가 올려져 있다) 아저씨가 왜. 괜찮아요. (바로) 동식 아저씨가 지금 온다 그랬어.

진묵 그.. 그래?

재이 응. 우리 둘이 하면 돼요.

진묵 그.. 그래.. 아.. 알았어.

재이 들어가세요.

진묵 으.. 응. (돌아서 나간다)

나가는 진묵을 눈으로 좇던 재이, 황급히 문으로 가서 잠가버린다.
부들 떨리는 손. 하아- 숨을 내쉬며 카운터의 정육도를 치우려고 하는데!
접힌 종이 옆에 진주 머리핀이 놓여 있다!

재이 !!!!!!!!!

천천히 종이를 펴보는 재이. 신문을 오려 붙인 글자들.
'문주천 갈대밭 하류 50m 디딤돌 옆
재이야.. 엄마 좀 꺼내줘.'

재이 !!!! (눈물 고여 하아- 하- 거친 숨을 내쉬는데)

씬48 동식의 집 - 마당 (N)

낡은 바비큐 통 안에서 불길이 솟아오르고 있다.
종이를 툭툭 던져 넣는 동식. 동식의 거실에 붙어 있던 오래된 신문기사들이다.

주원 (대문 너머에 서서) 야밤에 불장난하는 취미가 있으신 줄은 몰랐네요.

동식 (피식-) 남의 집을 제집처럼, 까딱하면 찾아오는 것보단 낫지 않나. (손짓) 열려 있어요. 들어와요.

대문을 열고 들어오는 주원. 한때 단란해 보였으나 지금은 낡아 땟물이 얼룩진 동물 가족 장식품이 불길이 움직일 때마다 더욱 그로테스크하다. 그 옆으로 유연의 손가락이 놓여 있던 평평한 돌이 보이고.

동식 처음 본 것도 아니면서 뭘 그렇게 들여다보시나.

주원 왜, 치우지 않은 겁니까.

동식 왜, 치워야 합니까.

주원 볼 때마다 떠오를 텐데.

동식 아, 살인의 트로피 같은 얘기 하려는 겁니까. 내가 죽여서, 잘라서 올려놓은 곳을 20년 동안 바라보면서 대리만족하는 거냐, 그런 얘기.

주원 처음 이 집, 마당에 들어섰을 땐 그렇게 생각했죠.

동식 (그런데?)

주원 그러다 잠깐 아닐 수도 있나, 생각했는데, (체념 비슷한 투) 지금은.. 모르겠어요.

동식 (응?) 한경위님 지금 포기 항복 이런 거 하는 겁니까. 정말로? 진짜? 이거 참, 아쉬운데.

주원 (덤덤하게) 한 가지 확실하게 아는 건 있어요.

동식 뭔데요.

주원 강민정씨 손가락은 왜 갖다 놓은 겁니까.

동식 (동공 살짝 흔들렸다가 피식) 이번 버전은 조금 참신한데,

주원 남상배 소장, 정년 1년밖에 안 남은 사람이.. 사건 당일 실종자 자택, 만양 슈퍼 입구가 찍힌 CCTV를 왜 지웠을까요.

동식 (쿵)

주원 그 CCTV가 작동하는 걸 아는 사람은 아무도 없다던데. 치매 노인 찾는다고 온 동넬 샅샅이 뒤지고 다닌 누군가는 알았을 수 있겠지만.

동식 (굳어 보면)

주원 현장 주변 CCTV는 아무것도 없다고 생각했을 건데, 하나 있다는 걸 깨달은 순간 얼마나 놀랐을까. 아니, 그게 왜 놀랄 일일까.

동식 (애써 당혹을 가라앉히는데)

주원 그 집에 들어간 사람.

/INS. 플래시컷. 만양 슈퍼 앞 골목 (동 회 19씬)
안채 대문 앞에 선 동식, 민정의 열쇠로 문을 열고 들어간다.

/현재. 동식의 집 - 마당

주원 나온 사람.

/INS. 과거. 만양슈퍼 앞 골목
검은 후드티 모자를 뒤집어쓴 동식, 민정의 손가락이 든 비닐을 감싸 쥐고 문을 열고 나와 사라진다.

/현재. 동식의 집 - 마당

주원 (동식을 보며) 누군가가, (단정적으로) 찍혔으니까.

동식 (동공이 설핏 흔들리지만, 표정 누르며 보면)

주원 남상배 소장이 새벽에 경찰서로 걸어 들어가서 CCTV를 지워야 했을 정도로 무리한 이유.. (보며) 찍힌 사람이 대체 누구길래. 남상배 자신? 그보다 소중한 누군가? 그 사람이 그날, 거기서, 무슨 짓을 했길래.

/INS. 플래시컷. 만양 슈퍼 앞 (2회 54씬)
평상 위에 민정의 손가락을 열 개를 늘어놓더니 상체를 일으켜 내려다보는 동식.

/현재. 동식의 집 – 마당

동식 (동요를 누르는데)

주원 저, 남상배 소장 체포하러 갑니다.

동식 (애써) 소장님을 왜. 체포가 되는 사안이 아닌데?

주원 그거야 끼워 넣기 나름이고. 위에선 지금 누구든 범인이 필요하거든요.

동식 (하... 보면)

주원 이동식 경사님, 어떻게 하실래요.

동식, 쌓였던 숨을 내쉰다. 진실을, 그 고통을 말, 해야 하는 순간이 바로 지금인가.
주원, 허리춤에서 수갑을 꺼낸다. 선택은 알고 있다. 남상배 소장 대신 본인이 체포되는 걸 택할 것이다. 그러다 순간 멈춘다. 저 눈빛은, 고통이다. 심연의 고통과 슬픔이다.
그때 지잉- 지잉- 지이잉-! 바닥에 놓인 휴대폰 울리기 시작한다.
멈추지 않고 울리는 휴대폰. 액정에 뜬 이름 '유재이'다.

동식 잠깐. 이 전화만, 한 통만 받고. (허리를 숙여서 휴대폰 들어 받는다) 어. 재이야. 왜.

재이(F) 아저씨 나 지금 엄마 찾으러 가.

동식 그게 무슨 소리야?

씬49 문주천 갈대밭 앞 도로 (N, 동 시각)

갈대밭을 내려다보며 통화하는 재이.

재이 (휴대폰에) 문주천 하류 50m 디딤돌 아래에 있대요.

동식(F) 문주천 하류? 재이야, 무슨 소릴 하는 거야? 찬찬히 말해.

재이 (휴대폰에) 강진묵이.. 놓고 간 거 같어. 엄마 머리핀. 그거 아빠가 결혼할 때 준 거라서, 중요한 날에만 꽂는 건데.. 엄마 사라진 날.. 아빠 49재.. 그때 꽂고 갔던 거예요. 그걸.. 가져다놨어. (눈물 삼키며) 아저씨 혹시.. 강진묵이 날 죽이려는 거면, 그걸로 그 인간 잡아요. 알았지? 꼭 잡아. 부탁이야. (뚝- 끊는)

품에서 신문지로 싼 정육도를 꺼내는 재이.
신문지를 벗겨 날이 선 칼을 손에 들고 무성한 갈대밭 안으로 쑥- 들어간다.

씬50 동식의 집 - 마당 (N, 동 시각)

동식 (휴대폰에) 야 이 자식아! 여보세요. 유재이! (뛰쳐나가려는데)
주원 (막는다) 무슨 일입니까.
동식 비켜! 이 새끼야! 비켜!!

씬51 문주천 갈대밭 (N)

디딤돌을 찾아 갈대를 헤치고 베는 재이.
스슥- 누군가의 인기척이 느껴지는 것 같다. 긴장하고 섰는데, 고요해지는 갈대밭.
다시 걸어 들어가는 재이. 한 발 한 발 조심스럽게 안으로 들어간다.
저 멀리 물소리가 가까워지고 무성한 갈대밭 너머로 희끄무레한 디딤돌이 보인다.
재이, 정신없이 갈대를 헤치고 디딤돌 앞에 선다. '문주천 50m 지점'.
털썩 주저앉는 재이, 디딤돌 주변 갈대를 베어낸다.
손에 피가 철철 흐르는 것도 모르고 갈대를 베어내고 진흙을 칼로 내리찍는다.
디딤돌 틈에 콱 끼어버리는 정육도. 손으로 진흙을 퍼내기 시작하는 재이.
그때, 사라락- 사라락 갈대 헤치는 소리. 재이, 정육도를 잡아당기는데 빠지지 않고!!

재이 제발.. 제... 발.. (정육도를 당기는데)

재이의 어깨를 탁- 잡는 누군가의 손. 재이, 결심하고 몸을 확 돌려 그를 보는데!.
정제가 서 있다.

재이 저.. 정제.. 아저씨?
정제 재이 너 괜찮아? 손은 왜 이래.

재이 아저씨가 여긴.. 어떻게..
정제 동식이가 보냈어.

저 멀리 도로에서 경광등을 켜고 달려오는 순찰차 몇 대 보이고.
사이렌 소리가 가까워져 오는데.

씬52 만양 슈퍼 안채 - 마당 (N)

현관문을 열고 나오는 진묵. 고무장갑을 낀 손에 김치통을 하나 들었다.
아주 멀리서 들리는 사이렌 소리. 슬며시 미소 짓는 진묵.
마당 뒷켠 구석. 주르륵 줄 맞춰 묻힌 장독 근처에 쭈그리고 앉은 진묵.
마치 김치를 꺼내러 온 것처럼 장독 뚜껑을 하나 열면서 주위를 휘- 살피는데.
인기척이 전혀 느껴지지 않고. 손을 뻗는 진묵. 장독이 아니라 바로 옆 화단에 심어둔 꽃들을 쑥 뽑는다. 포트째 심겨 있는 화초들이 너무나 쉽게 쑥, 쑥 뽑힌다.
흐트러진 흙 아래, 깊게 묻어둔 커다란 장독 뚜껑 하나가 보인다.
흙을 치우고 뚜껑을 여는 진묵. 구름에 가려졌던 달이 마침 얼굴을 드러낸다.
달빛이 쏟아져 내린다. 장독 안에 담긴 것은 사람이다. 김장 비닐에 싸인 사람의 형체.
비닐 위로 튀어나온 오른손. 한 마디씩 모두 없는 손가락이 적나라하게 보인다.

진묵 (속삭인다) 민정아. 니가 바라던 대로, 이 집에서 나가게 해줄게.

그때, 철컹, 금속이 부딪친 소리가 들린 것 같다. 진묵, 돌아본다.
누군가 어두운 마당 구석 끝에 서 있다. 달빛이 다시 훅- 들어오면, 한주원이다!
주원이 수갑을 손에 들고 서 있다.

주원 강진묵 당신을, 강민정 납치 및 감금, 상해 등의 혐의로 긴급 체포합니다. (뚜벅뚜벅 걸어오며) 묵비권 행사할 수 있고 변호사 선임할 권리, 변명할 기회가 있고 체포 구속 적부심을 법원에 청구할 권리가 있습니다. (앞에 앉아서) 자, 손.
진묵 .. 혼자 왔어..?

주원　　(씨익-) 그럴 리가.

그때 낮은 휘파람 소리가 휘익- 울린다. 진묵, 소리가 난 방향을 올려다보면.
옥상에 우뚝 선 남자, 총으로 진묵을 겨누고 있다.
동식이다.

진묵　　(중얼) 씨발..
주원　　맞아요. 당신 인생 이제 완전, 씨발이야.

- 7회 끝 -

8회

낚이다

씬1 만양 슈퍼 앞 골목 (N)

소리를 죽인 순찰차와 강력계 승합차의 경광등만 번쩍이는 골목 안.
폴리스라인을 막아선 파출소 경찰들. 동네 주민이 다 몰려나온 듯하다.
잠이 덜 깬 모습으로 근무복을 입은 광영, 길구, 지훈도 그 속에 섞여 있는데.
실감이 나지 않은 듯 만양 슈퍼 안채 쪽을 돌아보는 지훈이 넋이 나갔다.
안채에서 몇 개의 발걸음 소리가 들리고, 카메라 플래시가 번쩍 터지는 그 순간.
잠바를 둘러쓴 진묵이 지화와 형사1에게 양팔이 붙잡힌 채 대문을 나선다.
고요하던 골목 안에 플래시 터지는 소리, 소음과 외침이 폭발하듯 터져 나오는!
'아버지가 범인 맞습니까?', '미친 새끼! 니가 그러고도 인간이냐!', '여대생은 사망했습니까?', '인두겁을 쓰고 어떻게 딸을 죽여!', '시신은 집에 있는 겁니까!', '어머머 진짜 슈퍼 아저씨 맞나 봐.', '손가락은 왜 집 앞에 둔 겁니까?!'
지훈, 눈이 확 돌아서 뛰어들려는 순간, 붙잡는 길구. 하지 마, 참아. 고개 내젓는다.
광영, 후- 한숨. 달려들지 마세요! 물러서세요! 더 크게 외치며 기자들 막아서고.
승합차 앞에 겨우 도착한 지화와 형사1, 진묵. 기다리던 도수, 다급히 차 문을 연다.
지화, 진묵의 머리를 꾹 눌러 숙여서 승합차 뒷좌석에 태우려는데, 무언가 중얼거리는 진묵의 목소리. 지화, 뒤집어씌운 잠바 사이로 진묵과 눈이 마주친다.

진묵 아프다, 지화야. 살살해.

지화 (견딜 수 없이 화가 치미는! 진묵의 머리를 눌러 밀어 넣어버린다!)

씬2 만양 슈퍼 안채 - 마당 (N)

장독 옆 화단 쪽을 바라보고 있는 상배. 슬픔이 어린 눈으로 이를 악물며 견딘다.
뒤쪽에 선 과수계 하홍철 경위, 임선녀 경장, 매우 난처한 얼굴.

홍철 (상배에게 속삭) 형님. 이거 나중에 현장 훼손으로 문제 될 수 있어요.
상배 미안하다.. 홍철아.
홍철 (그 말에 차마 어쩌지 못하고 다시 화단 쪽 보며) .. 하아..

들어온 도수, 상황 파악하고 상배를 지나쳐 화단 쪽으로 훅- 걸어가는데.
그의 앞에 탁- 뻗어와 막는 손 하나. 앞서 있던 주원이다.
도수, 주원과 눈 마주치는데, 주원의 눈빛이 서늘하고 단호하다.
다시 고개 돌려 화단을 바라보는 주원. 화단의 장독 앞에 웅크린 남자. 동식이다.
장독 속 비닐에 싸인 민정을, 한 마디씩 잘린 민정의 손을 내려다보는 동식.
스스로 늘어놓았던 민정의 열 손가락이 붙어 있던 그 손을 바라보며 울고 있다.
용서도 구할 수 없어, 흐느끼는 소리도 내지 못하고 웅크리고 앉아 울 뿐이다.
옅게 흔들리는 동식의 등을 바라보는 주원. 일말의 동정도 느껴지지 않는다.
차분한 그 눈빛에서.

씬3 동식의 집 - 마당 (N, 과거 - 7회 48, 49, 50씬)

주원 이동식 경사님, 어떻게 하실래요.

주원, 동식을 차분하게 보고 서 있다. 동식, 쌓였던 숨을 내쉰다. 이제 항복인가.
주원, 허리춤에서 수갑을 꺼낸다. 선택은 알고 있다. 남상배 소장 대신 동식, 본인이 체포되는 걸 택할 것이다. 그러다 순간 멈추는 주원. 바뀐 저 눈빛은, 고통이다. 심연의 고통과 슬픔이다. 그때 지잉- 지잉- 지이잉-! 바닥에 놓인 휴대폰 울리기 시작한다.

멈추지 않고 울리는 휴대폰. 액정에 뜬 이름 '유재이'다.

동식 잠깐. 이 전화만, 한 통만 받고. (허리를 숙여서 휴대폰 들어 받는다)

주원 (수갑 든 채로 다가가는데)

동식 (휴대폰에) 어. 재이야. 왜. (잠시) 그게 무슨 소리야? (잠시, 심각해진다) 문주천 하류? 재이야, 무슨 소릴 하는 거야? 찬찬히 말해.

주원 (멈춰 선다)

동식 (휴대폰에) 야 이 자식아! 여보세요. 유재이! (뛰쳐나가려는데)

주원 (막는다) 무슨 일입니까.

동식 비켜! 이 새끼야! 비켜!! (밀치고 가려는데)

주원 (어깨를 확 낚아채며) 이동식씨!

동식 (낚아채진 순간 더 화가 치미는) 놔! (뿌리치는데)

주원 (뿌리치는 팔을 잡아 수갑을 철컥 채우더니 남은 한쪽은 제 손에 채워버린다!)

동식 (손에 채워진 수갑! 이 새끼가. 눈이 확 돌아 주먹을 날리는데!)

주원 (퍽!) 하..

동식 풀어..

주원 당신, 언제까지 무작정 뛰쳐나갈 건데.

동식 (눈이 시뻘게져서) 풀어.

주원 (수갑 찬 손을 당겨 가까이 세우며!) 무슨 일이냐고! 이동식!

동식 그 새끼가 재이를..!

/INS. 플래시백. 문주천 갈대밭 앞 도로 (7회 49씬)

재이 (휴대폰에) 강진묵이.. 놓고 간 거 같아. 엄마 머리핀. 그거 아빠가 결혼할 때 준 거라서, 중요한 날에만 꽂는 건데.. 엄마 사라진 날.. 아빠 49재.. 그때 꽂고 갔던 거예요. 그걸.. 가져다놨어. (눈물 삼키며) 아저씨 혹시.. 강진묵이 날 죽이려는 거면, 그걸로 그 인간 잡아요. 알았지? 꼭 잡아. 부탁이야. (뚝- 끊는)

/현재. 동식의 집 - 마당

주원 누가 유재이씰 뭐요! 왜!

동식 (순간 냉정해진다.. 하필 지금..) .. 왜..

/INS. 플래시백. 만양 슈퍼 안채 – 거실 (7회 35씬)
손 덜덜 떨며 앉은 진묵의 눈빛이 사뭇 불안해 보이고.

지화 다. 다 뒤져.
도수 다라면,
지화 만양읍 전부 다. (단호) 모래 한 알까지 전부 다 수색해.
진묵 (덜덜 떨던 손, 딱 멈춘다!)

/INS. 플래시백. 만양 슈퍼 안채 – 거실 (7회 35씬)
상배 진묵아. 걱정 말어. 만양읍에 있는 집이란 집은 옥상부터 지하까지 싹 다 파내서라도 민정이 관련된 건 전부 찾아낼라니까.
진묵 (손이 부들 떨리는데, 꼭 잡고 일어서며 인사) 고.. 고맙, (하는데)
상배 일어날 것 읎어. (진묵의 어깨를 눌러 앉히며 토닥토닥하고 나간다)
진묵 (앉은 채로 고개를 숙이는데, 내리깐 동공이 흔들린다)

/INS. 플래시백. 만양 슈퍼 안채 – 거실 (7회 30씬)
진묵 유.. 유재이.
동식 !!!
진묵 (눈을 들어 동식을 보며) 재이가 없었어.

미끼를 던지고 보듯 동식의 반응을 살피던 진묵의 그 눈빛.

/현재. 동식의 집 마당
동식 !
주원 이동식씨! 유재이씨가 위험한 겁니까? 사람이 또 죽는 겁니까?
동식 (수갑 안 찬 다른 손으로 휴대폰 꺼내서 정제에게 전화 건다, 휴대폰에) 박정제. 너 빨리 문주천 하류 50m 지점으로 가. 재이 거기 있을 거야. (하는데 수갑 철컥- 풀리는)
주원 (다급히 대문으로 향하며 휴대폰에 112 통화) 만양 파출소 한주원 경웝니다. 코드 제로 상황 발생. 문주천 하류 50m 지점, 인근 순찰차 지원 바랍니다.

동식 (휴대폰에) 일단 가. 재이 옆에 있어줘. (끊고) 한주원 경위! (하는데)

주원 (듣지 않고 쾅- 대문 박차고 뛰어나간다)

씬4 동식의 집 앞 골목 (N, 과거)

액셀을 밟아 출발하려는 주원. 동식, 운전석 차 문을 벌컥 여는데.

동식 (차분히 내려다보며) 내려요, 한주원 경위. 우린 거기 안 갑니다.

주원 뭔 개소리! 유재이씨 죽는 거 보고 싶습니까! (문 확 닫으려는데)

동식 (탁- 잡으며) 설명은 차후에 합니다. 지금은 그 새끼 낚아야 하니까.

주원 !

동식 이유연. 방주선. 한정임. 진화림. 위순희. 여춘옥. 이금화. (잠시) 강민정을 살해한 용의자, 강진묵을 지금 우리가 체포할 겁니다.

주원 !!!

동식 (이를 악물며) 아무도 죽지 않아. 오늘부터.

씬5 만양 슈퍼 안채 – 마당 (N, 현재)

장독 속 비닐에 싸인 민정. 웅크리고 앉아 흐느끼는 동식의 옅은 떨림.

주원 .. 아무도.. 죽지 않아.. 오늘부터..

돌아서는 주원. 상배와 눈 마주친다. 이 사람은 무엇을 얼마나 알고 있는가.
그저 목례하고 상배와 홍철, 선녀, 도수를 지나쳐서 대문으로 향하는 주원.
대문 저 너머에 서 있는 순찰차 경광등 불빛이 번쩍이며 빛이 번진다.
대문 너머 기자들의 고함도 그저 웅웅- 소음으로 들릴 뿐이다.
하아. 숨을 내쉬며 천천히 눈을 감았다 뜨는 주원. 대문을 열고 밖으로 나가는데.

씬6 만양 슈퍼 앞 골목 (N)

정신없이 터지는 플래시 세례! 기자들의 외침!
'연쇄 살인 주장한 한주원 경위 맞죠?', '어떻게 알았습니까!', '어떻게 체포한 겁니까!', '언제부터 의심했습니까!', '여대생 시신 상태는 어떱니까!', '시신은 어딨습니까!'
막아선 경찰들 너머로 튀어나오는 기자들의 손. 주원 앞을 막는 휴대폰과 카메라.

주원 (무심하게) 지금은 말씀드릴 수가 없습니다.

시선 내리깔고 재빨리 지나가려는데 주원의 손을 탁- 잡는 누군가!

주원 (약간 날이 선 표정, 뿌리치려는데)
할배 딸 형사님. 나 기억하죠?
주원 (보면)
할배 딸 우리 아부지 찾아줬잖아. 나.. 방주선.. 주선이 언니.

/INS. 플래시컷. 할배 집 앞 (1회 36씬)
할배 딸 노친네가 힘이 얼마나 좋은지 나가겠다고 흔들어대는데 10월이면 매일 발광하듯 아주 더 그냥.. (해놓고 흠칫)

/현재. 만양 슈퍼 앞 골목
주원 (하아.. 그제야 무심하던 눈빛이 흔들리는데)
할배 딸 우리 주선이.. 주선이도 슈퍼집이 그런 거야?
주원 (겨우) 지금은 말씀드릴 수가 없습니다.
할배 딸 (손에 든 사진 들어 보이며) 이것 좀 봐줘요. 주선이 죽은 날 찍은 건데, 호.. 혹시 우리 주선이 손가락.. 손가락 저기 없어? 그걸 못 찾았어.
주원 (기자들 달라붙어 플래시 펑펑-!) 지금은.. 말씀드릴 수가 없습니다.
할배 딸 왜? 왜 말을 못 해? 우리 아부지가 20년을.. 어떤 마음으로 살았는데! 왜 말을 못 해! 왜에에에!! (주원을 붙잡고 등짝을 내리치며 운다)
길구 (달려와 할배 딸 잡으며) 아이고- 미선아! 이러면 안 돼!

광영 (기자들 막으며) 아- 찍지 마세요! (주원 향해) 괜찮아요?

주원 (묵묵히 지나가려는데 지훈과 눈 마주치고)

지훈 (슬픔 가득한 눈빛으로 보는. 기자들 막아 길을 내주며) 가세요. 얼른.

씬7 한기환의 집 - 거실 (D, 새벽)

TV 뉴스가 흘러나오는 거실. 소파에 앉아 커피 마시며 뉴스를 보는 기환.
잠바를 둘러쓰고 수갑을 찬 진묵이 슈퍼에서 나오는 장면이 TV 화면에 흘러나오며.

임기자(E) 어젯밤 10시 30분경, 문주시 만양읍의 한 슈퍼마켓. 한 남자가 경찰에 끌려 나옵니다.

/INS. TV 화면
임기자, 평상이 놓였던 슈퍼 앞에서 브리핑 중.

임기자 지난달 24일 새벽, 이 슈퍼마켓을 운영하는 40대 남성의 딸, 여대생 A씨가 실종, 슈퍼 앞 평상 위에 손가락 한 마디씩 열 개만 발견된 사건이 발생했는데요. 어젯밤 여대생의 아버지가 긴급 체포된 겁니다.

/INS. TV 화면
차 위로 올라가 찍은 듯 높은 곳에서 안채를 비추는 화면.
마당 구석에 과수계 천막이 쳐져 있는 모습 위로.

임기자(E) 피해자 사체는 사망 직후부터 슈퍼 안채 마당에 암매장된 상태였던 것으로 밝혀졌는데요.

/현재. 한기환의 집 - 거실
테이블 위의 휴대폰에 문자 오는 소리. '수행비서 오완구 경위: 서울청 외사과와 광수대에서 문주 사건 담당하겠다고 관할지 이첩을 각각 요청했습니다.'
무표정하게 문자 확인하는 기환의 얼굴 위로 임기자의 멘트 깔린다.

임기자(E) 피해자 아버지인 B씨를 용의자로 특정하고 체포한 경찰은 강력 사건을 담당하는 문주 경찰서 강력계 형사가 아니라,

기환 (고개를 들어 TV 보면)

/INS. TV 화면

주원, 고개를 조금 숙인 채 슈퍼 앞을 빠져나간다.

임기자(E) 만양 파출소 소속 한모 경위였습니다. 최근 한모 경위는 이번 사건이 20년 전부터 발생한 연쇄 살인일 가능성을 제기했죠.

/INS. TV 화면

주원이 기자들 만나 주장하는 장면. (4회 57씬)

주원 피해자는 여대생 한 사람이 아닙니다.

주원 동일 방식의 사건이 처음 발생한 시기는 2000년. 즉 이 사건은 20년에 걸쳐 발생한 연쇄 살인 사건일 가능성이 높기 때문입니다!

/현재. 한기환의 집 - 거실

기환, 생각에 빠진 채 휴대폰을 테이블에 내려놓는데.

임기자(E) 한편, 한경위의 부친인 경찰청 한기환 차장은 기자회견을 자청해, 아들의 주장을 부인하고 대국민 사과문을 발표했는데요.

/INS. TV 화면

경찰청 브리핑실 단상에 서 있는 기환. (5회 4씬)

기환 대한민국의 12만 경찰을 책임지고 있는 수장 중 한 사람으로서 한주원 경위의 무책임한 행위를 좌시하지 않을 것입니다.

/현재. 한기환의 집 - 거실

인상을 팍 찌푸리는 기환. 분노가 설핏 치밀었다가.

임기자(E) 한모 경위가, 주무팀인 문주서 강력계를 제치고 용의자를 체포한 만큼,

/INS. TV 화면
주원이 기자들 만나 주장하는 장면. (4회 57씬) 슬로우 걸리다, 주원의 얼굴에 멈춤.

임기자(E) 세간의 관심이 다시 집중되고 있습니다. JSB 임규석입니다.

/현재. 한기환의 집 - 거실
TV를 끄는 기환. 주원의 얼굴이 담겼던 TV 화면에 기환의 얼굴이 비친다.

기환 (누군가에게 전화 거는, 휴대폰에) 그쪽 분위기는? (듣고 흐음..) 그.. 강진묵이 진술 조사할 때 관찰실에 들어가봐요. 이번 사건 잘 챙겨서 서울청으로 돌아오면 좋잖아. (잠시) 그래요. 또 통화합시다. (끊고 잠시 고민하다가 주원에게 전화 거는데)

씬8 주원의 오피스텔 - 거실 (D, 새벽, 동 시각)

테이블 위에서 지잉- 움직이는 휴대폰. '아버지'.
샤워하고 나온 주원이 냉장고에서 맥주 한 캔을 꺼내 들고 소파로 걸어온다.
전화 받지 않고 소파에 앉는 주원. 화이트보드에 붙여둔 사진이 눈에 들어온다.
'ㄱㅕㅇ ㅊㅏㄹ 아..', 'ㅎ.. 미..', '1111111111111111111111111111111'
이금화의 사진을 바라보는. 죄책감이 밀려온다. 맥주 따서 들이켜는데.

씬9 한기환의 집 - 거실 (D, 새벽, 동 시각)

인상 쓰며 휴대폰 내려놓는 기환. 그때 인터폰이 울린다. 가사도우미, 확인하는데.

기환 (도우미에게) 주원인가?

CUT TO.
가사도우미를 따라 들어오는 혁, 도우미를 다급히 제치고 기환에게 인사 꾸벅.

혁 이른 시간에 죄송합니다. 어젯밤부터 계속 전화드렸는데.. 사건 소식 들으셨, (하는데)

기환 커피?

혁 (멈칫-) 아.. 아뇨.. 괜찮습니다. 그보다, (하는데)

기환 아침은?

혁 네? ... 아직,

기환 북엇국으로 두 사람.

가사도우미 네. (들어간다)

기환 계속 서 있을 건가. (커피잔 든다)

혁 (뭐지.. 이 침착함은? 눈 굴리며) 아닙니다. (소파에 앉고는 눈치 보다가) 그러니까.. 어젯밤 주원이가 용의자를 체포, (하는데)

기환 전 국민이 다 아는 이야기는 스킵 하고.

혁 아, 네. 일단 사체는 국과수에 긴급으로 넘겨서 지금 부검 중입니다. 아직 사인이 명확하게 나온 건 아닌데.. 넓은 천 같은 것으로 경부, 그러니까 목 부분을 졸린 흔적이 남아 있습니다.

기환 (중얼) 경부 압박 질식사.. (했다가) 잠깐만. (혁 보면)

혁 맞습니다. 주원이가 갈대밭에서 발견한 백골 사체도 (턱 밑 목 부분 잡으며) 여기, 설골이 부러져 있었습니다.

기환 목이 졸려 사망했다..

혁 손가락 끝이 잘려 나간 것도 같죠. (심각) 그런데 피해자가 더, (하면)

기환 (바로) 방주선. 20년 전 피해자.

혁 (알고 있었구나) 네. 아무래도.. 주원이 주장이 맞는 것 같습니다.

기환 (중얼) 슈퍼 주인이, 20년 동안 사람을 죽인 연쇄 살인마다..

혁 이게 스토리가 워낙 쎄다 보니까, 기자들, 잔바리들이 저희 청, 쓰레기통까지 뒤지고, (눈치 보며) 차장님께서 부인하는 기자회견을 하셔서, 경찰청 쪽도 일진부터 말진까지 더글더글하답니다.

기환 (달칵- 커피잔 내려놓으며) 기자 새끼들..

혁 (단호) 걱정하지 마십시오. 제가 주원이 이름이 다시 나가는 건,

기환 멀쩡한 이름을 놔두고 한모 경위가 뭐야.

혁 (응?)

기환 20년 동안 아무도 몰랐던.. 주무팀도 체포하지 못한 연쇄 살인마를 검거했는데, 이름 정도는 제대로 나가야 할 거 아냐.

혁 그.. 으렇죠. 그래야 마땅하죠. (눈을 굴린다) 그런데.. 주원이가 혼자 체포한 게 아니라서, 두 사람 이름이 같이 나가게 되겠.. 죠?

기환 (보면)

혁 (속삭) 이동식 경사라고.. 주원이 파트너가, 실은 20년 전 방주선 사건의 용의자였습니다. 그때 사라진 여동생도 현재까지 실종 상탭니다. 이번 여대생처럼 손가락 한 마디씩 열 개만 발견됐고요. 이쪽이 주원이보다 스토리가 쎄서 기자들이 훨씬 더 좋아할 기삿거리,

기환 (차갑게 보고 있다)

혁 (말 삼키고) 그리고 체포 과정이 명확하지 못합니다. (비밀 털어놓듯) 용의자가 사체를 꺼내기 전에 둘이 먼저 용의자 집에 잠복하고 있었답니다. 사건과 상황을 언제 어떻게 인지했는지.. 그게 또 좀, (하는데)

기환 (자르며) 요즘 말야. 인터넷 보도 매체가 너무 많지 않나?

혁 네?

기환 서너 군데 신문사에서 조간, 석간 먼저 보내주면 확인해서 돌려보냈던 시절이.. (하아-) 그때가 일하기 좋았어. 어디 기자 같지도 않은 것들이, 수사 중인 사건에 달라붙어서 온갖 추측성 기사 써제끼는 거, 공무집행방해로 집어넣어야지. 안 그래요, 권 검사?

혁 맞습니다. 차장님.

기환 사건과 상황을 언제 어떻게 인지했는지, 용의자를 어떻게 특정하고 수사했는지, 그거야말로 수사 기밀인데 말야.

혁 수사 기밀을 기자들이 알아선 안 되죠. 제가 확실하게 막겠습니다.

기환 체포한 경찰이 20년 전에 용의자였다..? 게다가 피해자 가족이었다.. (보며) 제척 사유 아닌가? 본인이 담당을 기피했어야지.

혁 파출소 경사는 사건 담당 주무팀이 아니라서 굳이.. (보면)

기환 일반인들이 주무팀 개념을 아나. 기사 나가면 말이 나오지 않겠어?

혁 일반인도 일반인들이지만 사실 더 문제는, 주무팀을 어디로 해야 할지..

기환 (보면)

혁 서울청 외사와 광수에서 각각 사건 이첩을 요청했다 들었습니다.

기환 (하.. 이 자식 벌써 들었나)

혁 (눈 굴리며) 그럼 저희 검찰도 관할지 재조정에 들어가지 않을까요.

기환 사건이란 게 옮겨 다니면 다시 조사, 또 조사, 그건 피해자와 유족을 두 번 죽이는 일이에요. 우리 권검사.. 강력 첫 사건인데, 20년 동안 살인을 저지른 연쇄 살인마를 기소해야지. 주무팀은 문주서로 정리하지.

혁 (단호) 그렇지만 한주원 경위가 검거한 사실은 제대로 나가야죠. 이동식 경사 관련 사항은 외부 유출되지 않도록 주의하겠습니다.

기환 (자리에서 일어나며) 북엇국 한 그릇 멕여 보낼라 그랬는데.. 사건 담당 검살 잡아두면 쓰나. 얼른 사건 종결해야지.

혁 네. (일어나서 목례하고는) 북엇국 먹으면서 말씀드리려고 했는데, 별로 중요한 건 아닙니다만. (본다)

기환 (부드럽게) 혁아. (말해..)

혁 예, 아버님. (한발 다가서며) 아까 말씀드린 백골 사체 말입니다, 주원이가 갈대밭에서 발견한. 신원이 확인됐습니다.

기환 ! (동요를 누른다)

혁 이금화. 38세. 재중 교포입니다. 불법 체류로 추방되었다가 동생 여권으로 재입국, 안마방 성매매 혐의로 체포되었다가 훈방된 기록이 있습니다. (일부러 한 박자 쉬고) 외사, 쪽하고 인연이 있었단 말이, (보면)

기환 인연이랄 게. 불체자 껀이면 그땐 외사 관할이었겠지. 신경 쓸 일인가?

혁 전혀, 신경 쓸 일 아닙니다. (꾸벅)

씬10 한기환의 집 앞 골목 (D, 새벽)

차 키 꺼내서 누르는 혁. 저 앞에 세워진 차에 삐록- 라이트 켜졌다 사라지고.

혁 (한들한들 차로 걸어가며) 하나, 한주원 이름을 제대로 내보낼 것. 둘, 사건과 용의자 특정 상황 유출 금지. 셋, 이동식 관련, 외부에 절대 함구할 것. (흥얼) 우리 한주원이만~ 호~온자 특진하려는데~ (기환의 집 올려다보며) 아드님 영웅 만들어서~ 청장 자리~ 훌쩍 올라가려는데~

휴대폰 꺼내서 주원에게 전화 건다. 신호만 갈 뿐 받지 않고.

혁 경찰이, 담당 검사 전활 왜 안 받니. (고객이 전화를 받지 않아, 삐 소리 이후 음성사서함으로... 종료 버튼 누르고는. 액정에 뜬 이름 '한주원'에게) 나, 이금화 어떻게 해, 주원아?

차에 올라타려는데 휴대폰 다시 울린다. 피식- 보면 주원이 아니다. '강상복 수사관'.

혁 (휴대폰에 바로) 부검 결과 나왔어요? (잠시) 잠깐만! 사인이 뭐라고?

씬11 문주 경찰서 - 과학수사계 (D)

선녀 (휴대폰에, 충격) 다발성 장기 부전에 의한.. 심폐 정지요?

지화 (쿵- 보면)

선녀 (휴대폰에, 멍해져서) 부검 결과서 빨리 좀 부탁드릴게요. (끊는)

지화 (바로) 다발성 장기 부전.. 심폐 정지면, 장기들이 기능 못 해서 심장이 멈췄다는 거잖아. 검시했을 때 경부 압박한 흔적 나왔다며. 그래서 질식사일 가능성 높다고 했잖아.

선녀 흔적은 있는데.. (마음 다잡고) 팀장님. 평상에서 발견된 민정이 손가락 끝에 피하출혈 있었던 거 기억나요?

지화 그래서 살아 있을 때 잘린 거라고, 민정이 살아 있을 줄 알고 전부 다 열심히 찾았, (했다가 혹시- 쿵...)

선녀 (눈물이 고인다) .. 장독에.. 유기되었을 때,

/INS. 과거. 만양 슈퍼 안채 - 장독 안 (N)
어둠 속 비닐에 싸인 민정의 얼굴, 이미 죽은 것 같다. 장독 뚜껑 덮이는 소리.
투둑- 투둑- 흙이 떨어지는 소리 들리는데, 갑자기 그때, 흡- 숨을 들이마시며!

비닐이 민정의 얼굴에 달라붙는다!

/현재. 문주 경찰서 - 과학수사계
선녀 (눈물 한 방울 툭) .. 살아 있었던 거 같아.
지화 !!!

씬12 동식의 집 - 거실 (D)

소파에 앉은 동식, 휴대폰 문자를 내려다보고 있다.
'사인은 다발성 장기 부전에 의한 심폐 정지로 판단됨.'
흐으으읍! 숨을 들이마시는 동식, 숨을 쉴 수가 없다.

동식 흐으- 흡! 흐으으- 흡!

공포가 어린 눈에 눈물이 고이고. 허벅지 통증이 밀려온다. 동식, 테이블 위에 놓인 진통제 병을 잡았다가, 이내 벽에 던져버린다. 고통을 참는 동식, 호흡 점점 가빠지며!

/INS. 과거. 만양 슈퍼 안채 - 장독 안 (N, 동 시각)
민정 (가쁜 호흡 소리) 흐읍... 흐읍....

숨이 막히는지 다급하게 민정의 얼굴에 비닐이 붙었다 떨어지다, 반복!
카메라, 장독에서 빠져나와 마당 위로 쑤욱- 올라가면!

/INS. 플래시백. 만양 슈퍼 안채 - 마당 (7회 25씬)
동식이, 거칠게 숨을 몰아쉬며 마당 곳곳을 미친 듯 뒤지고 있다!
민정이 묻힌 화단 옆, 주륵- 묻힌 장독을 발견한 동식, 장독 뚜껑을 열어젖히는데!
간장독에 손을 넣어 발견한 건 랩에 싸인 밀폐용기 하나뿐.

/INS. 과거. 만양 슈퍼 안채 - 장독 안 (N, 동 시각)
민정 (옅은 호흡 소리) 으으.. 으..... 흐으..

민정, 잘린 손끝으로 비닐을 긁는다. 비닐 바깥쪽에 붉은 핏물이 얼핏 비치며 보이고!

/INS. 플래시백. 만양 슈퍼 안채 – 마당 (7회 25씬)
장독 뚜껑이 모두 열려 있고. 바닥엔 간장독에서 꺼낸 대포폰이 놓여 있는.
장독 옆, 민정이 묻힌 화단 앞에 주저앉은 동식.

/INS. 과거. 만양 슈퍼 안채 – 장독 안 (N, 동 시각)
민정 (호흡이 점점 느려지며) 으으... 흐으.....

그 순간에도 민정의 얼굴에 달라붙던 비닐이 붙었다 떨어지고 있다.

/INS. 현재. 동식의 집 – 거실
동식 흐으- 흡. 흐으- 흡. 흐으- 흡.

웅크리고 앉은 동식. 숨을 몰아쉬며 통증을 참는다. 일그러진 얼굴에서 흐르는 눈물.
내가.. 민정이를 죽였다.

씬13 문주 경찰서 – 강력계 진술 녹화실 (D)

짜장면 비벼서 진묵 앞에 탁- 놔주고 맞은편에 앉는 강력1팀 형사, 경멸의 눈빛.

진묵 (젓가락을 들며) 잘 먹겠습니다. (후루룩- 짜장면을 맛있게 먹는)

씬14 문주 경찰서 – 강력계 진술 녹화 관찰실 (D, 동 시각)

도수 (창 너머 진묵 보며) 지 딸을 산 채로 묻어놓고 살겠다고 처먹네.
지화 (차분히) 도수야..
도수 저 새끼 죽어도 입 안 열 겁니다. 오늘 처음 들은 말이 방금.. 잘 먹겠습니다,

이거 한 마디 아닙니까.

지화　(안다.. 차분히 분노 누르는데)

그때, 짜장면을 듬뿍- 입에 욱여넣던 진묵이 갑자기 컥- 커걱!

씬15　문주 경찰서 - 강력계 진술 녹화실 (D, 동 시각)

우당탕- 뛰어 들어온 지화와 도수. 강력1팀 형사가 진묵의 등을 두드리고 있는데.

지화　(다급히) 강도수!

도수　(형사 밀치며) 형님, 비켜요!

진묵을 뒤에서 끌어안고 명치를 꽉 잡아 위로 쿡- 쿡- 추켜올리는 도수!
숨이 막혀 허옇게 질린 진묵, 종잇장처럼 흔들리며 흡- 흑- 흡!
커어억-! 면발이 진묵의 입에서 공중으로 쏟아져 나온다!

진묵　어허어어어... (숨을 몰아쉬었다 다시 내쉬면)

도수　허어.. (진묵을 툭- 놓는다)

지화　(안도의 숨 내쉬는. 상의에 짜장 면발이 잔뜩 튀었고)

진묵　(허어- 숨 들이마시며) .. 죽는 줄 알았네.

도수/형사　하-!/허...!

지화　(분노가 다시 치솟는다- 주먹을 꽉 쥐었다가 애써 돌아서는데)

진묵(E)　지화야.

지화　(멈춰서 돌아보면)

진묵　아무래도 내가, 민정이를 놔줘야 할 거 같아.

씬16　병원 - 영안실 앞 복도 (D)

지하, 긴 복도의 초입. 뚜벅- 뚜벅- 뚜벅. 복도를 울리는 구둣발 소리.

휴대폰이 지잉- 울린다. 보면, 음성 녹음 1건. 발신자: 권혁.
휴대폰을 집어넣으려는데 문자 한 통 바로 들어온다.
'권혁: 강민정 사인 나왔어. 다발성 장기 부전에 의한 심폐 정지.'
우뚝- 멈추는 주원. 동공이 흔들린다. 유기되었을 때 살아 있었던 건가.
다시 걸어가며 음성 녹음을 확인하는 주원.

혁(E) 주원아. 너 내 전화 왜 안 받어. 내가 너한테 문자로 낚아서 연락을 해야겠냐. (쯧) 음성 녹음 위험한데. 확인하고 꼭 삭제해라!
주원 허.. (지우려는데)
혁(E) 니가 발견한 백골 사체 신원 확인됐어.
주원 (다시 멈춰 선다)
혁(E) 이금화. 재중 교포더라. 외사에서 조사한 적 있던데.
주원 (드디어..)
혁(E) (나직하게) 그 여자 DNA 나온 대포폰, 네 번호로 문자 보낸 폰.. 그거 말고 너랑 관계된 거 또 있는지 내가 알아야 뭘 하든 안 하든 하지.
주원 (다시 걷기 시작한다)
혁(E) 우리 선에 컨트롤할 수 있도록 아버님하고 정리할 거니까, 나하고 상의하기 전까진 전부 부인해. 그냥 그 여자 모른다고 해. 알았지?

영안실 문 앞이다. 그대로 섰다가, 확인 종료하고 문을 열고 들어가는 주원.

씬17 병원 - 영안실 안 (D)

한쪽 벽면에 유체 냉장고로 빽빽한 영안실 안.
영안실 담당 직원, 난처한 얼굴로 주원과 마주하고 있다.

직원 경찰이니까 더 잘 아시잖아요. 이금화씨랑 관계가 어떻게 되는지 뭐든 보여 주셔야죠.
주원 .. 찾아온 사람.. 전혀 없었습니까.
직원 안마방에서 일하던 불법 체류잘 누가 찾아오겠습니까. (한숨) 무연고 사체는

유가족이 포기 각서 써줄 때까지 기다려야 해서 (1번 냉동고 가리키며) 저 안에 몇 달 둬야 하는데, 저희도 골치가 아픕니다. (눈치 보며) 형사님은 저분하고 관계가 어떻게 되시는지.

주원 (1번 냉동고를 바라보며) .. 지인입니다.

직원 지인은 시신 인도 못 받는데. 중국에 연락 안 됩니까?

그때, 영안실 문이 열리고, 관을 실은 안치대가 들어온다.
안치대 밀고 들어오는 직원을 따라오는 남자, 초췌해진 상배다.

주원 소장님..

상배 어..? 한경위.. (했다가) 어떻게 알고 왔어.

주원 .. 네?

상배 민정이 얘기 듣고 온 거 아니야?

주원 아뇨. 무슨 일입니까.

상배 진묵이.. (분노가 치민다) 그 자식이.. 민정이 장례를 치르라고, 시신을 포기해줘서.. (슬픔 누르고 미소) 내가 데리러 왔어.

주원 (관을 본다) 바로.. 화장하시게요?

상배 여기 얼음장같이 찬데, 얼른 꺼내줘야지. 우리 민정이.. 차디찬 땅속에 오래 있었잖어.

직원 (다가가 공손히) 경찰서에서 시신 인도 확인서 받아 오셨습니까?

상배 예에.. (확인서 내민다)

주원, 그 모습 보다가 고개 돌리면, 이금화가 안치된 1번 냉장고가 다시 눈에 담기는데.

씬18 문주 승화원 - 관망실 (D)

동식의 눈동자에 민정의 관이 화구로 들어가는 순간이 담긴다.
관망실 유리창 앞에 선 동식, 팔에 상주 완장을 찬 채 화구의 문이 닫히는 걸 보고 있다. 아이고 불쌍해서 어쩌나.. 미안해서 어쩔끄나.. 나지막이 곡을 하는 길구. 길구와 나란히 서서 콧물을 쿨쩍 들이마시는 광영. 눈이 벌겋게 짓무른 상배는 관망실 벽, 화면

속 '故 강민정, 진행 중'을 하염없이 보고 있다. 고개를 푹 숙인 채 우는 지훈, 이빨 사이로 흐느끼는 소리가 새어 나온다. 재이, 분노가 가득 찬 눈으로 눈물을 뚝뚝 흘리는데, 이 죽음을, 이 슬픔을 인정하지 않겠다는 듯 손으로 쓱 닦고 또 닦아낸다. 어쩌면 무심해 보일 수도 있는, 슬픔과 체념이 섞인 얼굴의 정제. 한 발짝 뒤에서 울지 않으려고 이를 악물고 선 지화까지, 지켜주지 못했다는 죄책감이 무겁게 내려앉아 있다. 관망실 초입에 선 주원, 그들을 바라보고 있다. 창에 동식이 비친다. 더는 슬퍼 보이지 않는다. 오히려 마음의 결심이 선 것 같다. 단단한 얼굴로 닫혀버린 화구의 철문을 보는 동식을 바라보는 주원. 저 사람은 지금 무슨 생각을 하는 걸까.

지화 (휴대폰 진동 확인하고, 휴대폰에 낮게) 어.. 도수야. 잠깐만. (차분히 관망실을 나가고)

길구 (나지막이) 아이고 아이고 불쌍해서 어쩔끄나.. 미안해서 어쩔끄나..

지훈 으으.. 으으으.. (갑자기 비틀비틀 유리창으로 다가가더니) 흐으으윽!- (유리창을 쾅! 쾅! 쾅-! 내리친다)

길구 아이고.. 지훈아.. 그러면 민정이 맘 편하게 못 가.

지훈 미안.. (오열) 내가.. 미안해.. 흐윽.. 그날.. 흐으윽.. 내가.. 널.. 두고..

동식 (순간 눈가가 떨린다)

지훈 잘못.. 내가 잘못했어.. 내가.. 흐으으으.. 널... 두고.. 그날..

정제 (죄책감이 밀려온다. 한숨을 옅게 내쉬는데)

재이 그날 뭐. 니가 뭐.

정제 재이야. (말리려는데)

재이 (정제를 보며) 그날! 여기 있던 사람들이.. 우리가 뭘 잘못했는데!

동식 (이를 악무는데)

재이 (성큼 다가가 지훈을 잡아 돌리며) 왜 미안해? 왜 니 죄를 만들어? 왜 그 지옥 속으로 기어 들어가!

지훈 흐으.. 흐으윽.. (웅크리며 주저앉는다) 으으으.. 흐으으으.. (바닥에 머리를 쿵- 박는다. 다시 쿵- 머리 바닥에 박은 채로) 흐윽- 흐윽- (하다가 숨을 못 쉰다) 흐읍. 흡-! 헉! 헉!

정제 지훈아! (다급히 지훈에게로)

동식 (재빨리 지훈을 잡아 바로 눕힌다) 오지훈. 오지훈?

광영/길구 (지훈에게 달라붙어 마사지) 오순경! 숨 쉬어! 숨!/야를 어쩌!

지훈 흐으으으... (숨을 들이마시는데 약간 넋이 나갔다)

상배 (지훈의 상태 확인하고) 얼른 넥타이 풀고 밖에 넓은 데다 눕혀.

길구 예-! (광영에게 업어)

광영 (내가? 일단 업는다) 아이고 길다. (나간다)

재이 (걱정스러운 얼굴로 따라 나가려는데)

정제 내가 갈게. (재이 어깨 토닥이며 속삭) 동식이 옆에 있어.

재이 (끄덕하는데)

동식 정제야.

정제 (보면)

동식 고맙다.

정제 (옅은 미소. 나간다)

상배 동식아 너도 나가서 쉬어. 한참 걸릴 거여. 한경위랑 재이도.

지화 (문 열고 들어오는)

재이 언니.. (보면)

지화 (걱정스럽지만) 괜찮어. 저 녀석 괜찮아질 거야. (상배에게) 걱정 끼쳐서 죄송해요.

상배 (아이고 아니다..) 집에 들어가서 밥 멕이고 좀 재워. 응?

지화 .. 서로 들어가야 돼서요. (동식과 주원 보며) 동식이랑 한경위, 끝나고 같이 들어가죠.

상배 진술서 받았다며. 지화야, 참고인 조사는 내일 하는 게 어때.

지화 (잠시) ... 두 사람한텐 말을 하겠다네요.

주원/동식 (돌아보면)

지화 강진묵이, 두 사람 찾아요.

씬19 문주 경찰서 - 강력계 진술 녹화실 (D)

텅- 텅- 컴퓨터 본체 치는 소리 들리고.

의자에 앉은 진묵, 순진한 표정으로 맞은편을 바라보고 있다.

진묵 맞은편에 앉은 주원도 그의 옆쪽을 바라보고 있다.

진묵　.. 동식아.

두 사람이 보고 있는 건 동식이다. 동식, 테이블 위의 컴퓨터 본체를 텅텅- 치는 중.

동식　이게- (텅-!) 왜- (텅-!) 안 들어와. (텅-! 자판의 엔터를 턱- 턱 누르는데 모니터 화면은 여전히 깜깜)

진묵　있잖아.. 내가 할 말이..

동식　(짜증) 아- 쫌! (자판 탁탁탁-!) 우리나라 법이.. 질문하는 형사가, (본체 텅-!) 기록을 꼭 해야 돼. (자판 탁탁탁-!) 왜 그래야 하는지는, 나도 모르니까, (본체 텅-!) 기다려. (모니터 전원 버튼 껐다 켰다 반복)

진묵　(쩝.. 입 꾹 다물었다가, 주원에게 상체를 돌려) 저기.. 한주원 경위님?

주원　(보면)

동식　(다시 본체 텅-!) 이쪽은 참여인이라 보기만 해야 돼. 입 열면 불법.

주원　참여인으로 참관하게 된, 경위 한주원입니다. (목례하고 진묵을 보면)

진묵　(푸스스- 바람 빠지듯 천천히 의자에 등을 기대는데)

동식　아직도 안 바꿔줬냐. 서장 너무하네. 정철문, 지 방은 삐까번쩍하다드만. (관찰실 창에다) 치받어, 지화야. 언론에 제보하던지.

씬20　문주 경찰서 - 강력계 진술 녹화 관찰실 (D, 동 시각)

의자에 앉은 정서장과 곽계장. 그 뒤로 지화와 도수 서 있다.

정서장　(버럭) 지.. 지금 뭐래는 겁니까! 이동식 경사 제정신입니까. 강진묵이 입을 열겠다는데! 뭔 잡소리야, 저게!

곽계장　아효.. 저 또라이...

지화　잡소리 아닌데요. 진실이죠.

정서장　뭐?

지화　우리나라 법이, 아주 거지 같아서, 참여인은 얌전히 참관만 해야 하고, (도수 보면)

도수　(웅얼) 신문하는 형사가 타자까지 전부 쳐야 합니다.

정서장 여기 그거 모르는 사람 있습니까. 그걸 왜 지금! (했다가 오호라) 쟤 시위하는 거지? 강진묵이 저 좀 찾았다고, 으쓱해서 저러는 거지?

상배 (들어오며) 아으- 시끄러. 관찰실은 입 딱 다물고 관찰하는 곳 아닌가.

곽계장 (벌떡 일어나는데)

정서장 (왜 일어나?) 관찰실이야말로 외부인 출입 금지 아닌가.

곽계장 (아으씨.. 엉거주춤 앉는데)

상배 (나직이) 철문아.

정서장 !

곽계장 (엉거주춤 다시 앉지 못하고)

정서장 (쯧) 뭐 합니까. 후딱 안 일어나고.

곽계장 네? 넵! (후딱 일어난다)

상배 (곽계장이 앉았던 의자로 가고)

창 너머 진술 녹화실에서 동식은 여전히 컴퓨터를 텅텅 치고 있다.
가만히 보기만 하던 주원, 몸을 일으키는데.

씬21 문주 경찰서 - 강력계 진술 녹화실 (D, 동 시각)

몸을 일으킨 주원이 모니터 뒤에 본체와 연결된 선을 제대로 꽂는다.
퀵식- 모니터 화면이 켜지는! 하도 자판을 두드려서 이상한 창들이 마구 떠 있고.

동식 아... 땡큐.

주원 (다시 자리에 앉는다)

동식 뭐가 이렇게 떴어. (창을 닫기 시작)

진묵 저기.. (상체를 세우며) 이제 된 거, (하는데)

동식 잠깐만. 조서 양식을 열어야 돼.

진묵 (후우.. 다시 의자에 등을 기대고 눈을 내리깐다)

동식 (바탕 화면의 조서 양식에 대고 마우스 오른쪽 버튼을 클릭하는데)

진묵 (나직이) 아... 시끄러운 넌.

동식 (표정엔 변화 없지만, 조서 파일 열기를 누르지 못하고 멈칫)

진묵 말이 너무 많았어. (주원에게) 그죠?

주원 (보면)

진묵 그래서.. 화가 난 거지. 그랬던 거야.

씬22 만양 슈퍼 안채 - 거실 (N, 과거 - 민정 실종 당일)

방과 욕실을 오고 가는 민정의 발. 거실에 우두커니 선 진묵, 눈을 내리깔고 있다. (진묵의 시점으로, 민정의 얼굴은 보이지 않는다)

진묵 어.. 어제.. 나.. 남자들하고 술 마셨니.

민정 (멈칫- 목욕 바구니 챙기며) 어. 그랬어, 왜?

진묵 나.. 가지 마라.

민정 (쯧!) 뭐래. (목욕 바구니 들고 나가려는데)

진묵 (팔을 잡으며) 나, 오늘, 기분, 안 좋아.

민정 (단박에 뿌리치며) 잡지 마!

진묵 아.. 앞으론, 외박도 하지 마. 이.. 이젠 안 돼.

민정 뭐래, 진짜.

진묵 말, 들어.

민정 (외면하며 나가려는데)

진묵 (다시 탁- 잡으며) 들어.

민정 (홱- 뿌리치며) 잡지 마! 소름 끼친단 말야!

진묵 (서늘해진다) 소름.. 끼쳐?

민정 그래. 너무 싫어. 덜떨어진 척, 사람들 비위나 맞추면서 속이고 살지? 근데 나 알아. 음침한 눈, 그거 난 안다고!

진묵 (애써 누르며) .. 하지.. 마.

민정 그 여자가 왜 도망갔는지 완전히 이해된다니까?

진묵 (하아...)

민정 나라도, 당신이랑 살기 싫었을걸.

진묵 (눈빛이 서늘하게 확 바뀌며!)

씬23 문주천 갈대밭 (N, 과거 - 20년 전, 방주선 살해 당일)

갈대밭 둑방길, 같은 눈빛의 20대 진묵이 서 있다. 그 앞의 주선, 반쯤 취해 있다.
(진묵의 시점으로. 주선의 얼굴은 보이지 않는다)

주선 (손가락질 획-) 빵쪼가리 주워 먹으면서 그년 또 찾아다닌 거야?

진묵 (한 손에 빵 봉지 같은 쓰레기 든 비닐봉지 들고 있는, 어깨를 웅크린 채 눈도 못 맞추고 그저 주선의 발을 보며) .. 또.. 취했구나.. (잠시)

주선 (비틀거리며) 걔 다 계획이었거든? 애 낳으면 너한테 버리고 토낀다!

진묵 그.. 그런 말 하지 마. 친구잖아. 여.. 연락 없었어?

주선 친구? 내가 그딴 년하고? (퍼런 매니큐어 손가락질) 제정신이니?!

진묵 (손가락에 시선 꽂히는데)

씬24 부산 유흥가 뒷골목 (D, 과거 - 20년 전, 9월)

무릎을 꿇은 20대 진묵 앞에 야시시한 옷을 입은 여자가 손가락질하고 있다.
고개 들지 못하고 싹싹 비는 진묵의 눈앞에, 화려한 매니큐어 바른 손끝이 흔들린다!

씬25 문주천 갈대밭 (N, 과거 - 20년 전, 방주선 살해 당일)

주선 걔가 입 털 때마다 얼마나 웃겼는지 알아? 집이 망해서 대학 중퇴하고 알바하다 널 만나? (허-) 걔 술집에서 몸 팔았잖아. 니네 엄마처럼.

진묵 (고개 숙인 채 굳어서) 하.. 지 마.

주선 첫눈에 사랑에 빠져? 어떤 바보 새끼가 호구 잡혀서 몸값 갚아주고 데려갔다고 그 동네에 소문 짜- 하드라. 그년 너 갖고 논 거야. 이 바보 새끼야~! (진묵 코앞에 대고 다시 손가락질하는데)

진묵 (퍼런 매니큐어를 바른 손가락을 바라보다 탁- 낚아챈다!)

씬26 문주천 갈대밭 앞 도로 (N, 과거 - 같은 날, 이유연 실종 당일)

가로등 하나 없이 컴컴한 도로. 배달 탑차에 죽은 주선을 싣고 있는 20대의 진묵.
축- 늘어진 주선의 다리를 훅- 밀어 넣으려는데. 털썩- 누군가 쓰러지는 소리 들린다.
돌아보면, 갈대밭 둑방길 초입에 어린 여자가 주저앉아 있다. 이유연이다.
(진묵의 시점, 유연의 얼굴은 잘 보이지 않는다)

진묵 (저벅저벅 다가가면)

유연 (어둠 속에 얼굴은 잘 보이지 않고, 봉숭아 물이 반쯤 남은 손가락으로 진묵을 가리키며) 아.. 아저..

진묵 (나직이) 하지, 마.

유연 (패닉, 고개 숙인 채 손가락으로 계속 가리키며) 지.. 진묵.. (하는데)

진묵 (유연의 손가락을 확- 잡아채선 당겨 마주 보며) 손가락질! 하지, 마!

씬27 심주산 심주사 인근 산길 (N, 과거 - 10년 전, 한정임 실종 당일)

풀숲에 쓰러진 정임을 올라타 있는 30대의 진묵. 입을 막고 목을 꺾어 조르고 있다.
(진묵의 시점으로 정임의 얼굴은 보이지 않음)

진묵 몸 팔고 다닌단 소문, 사실인가 봐. 야밤에, 예쁘게 단장하고 여기서 뭐 하는 거예요. (목을 꺾어 조르는 손에 더 힘을 주는데)

씬28 만양 읍내 골목 일각 (D, 오후, 과거 - 3월 20일, 이금화 살해 당일)

재개발로 폐가 같은 빈집만 늘어서 있는 골목.
개미 새끼 한 마리 지나가지 않는 골목 구석에 낡은 '만양 슈퍼' 트럭이 서 있다.

차 안. 40대의 진묵, 손에 든 휴대폰(주원이 건네준 대포폰)을 내려다보고 있다. 조수석의 여자 손이 휙- 낚아채려 하는데. 명품 구두 신은 발이 덜덜 떨린다. (진묵의 시점으로, 금화의 얼굴이 보이지 않는다)

이금화 오해하지 마요, 아저씨. 나는, 그러니까 그냥 친구한테 문자 보낸,

진묵 친구 누구?

이금화 (겁먹어 괜히 더 버럭) 누구든 뭔 상관? 너 뭐 쫄리니? 덜떨어진 게 왜 겁을 줘? (몰래 내리려고, 네일아트 한 손으로 손잡이를 잡는데)

진묵 (쾅-! 그대로 얼굴을 유리창에 박아버리며) 몸 파는 년이, 말이 많아.

동식(E) 그게 누군데.

씬29 문주 경찰서 - 강력계 진술 녹화실 (D, 현재)

진묵 웅?

동식 (분노를 누르며 평온한 목소리로 자판을 타닥 치며) 한 사람 얘기는 아닌 거 같은데, 누가 누군지 말을 해야, (모니터 가리키며) 조서에 적지.

진묵 .. 흐음.. (고개를 숙인다)

주원 (가만 보는데)

진묵 .. 그건.. (고민하는 듯하다 고개를 들더니) 나도 모르지.

동식/주원 !!

씬30 만양 읍내 골목 일각 (D, 오후, 과거 - 3월 20일, 이금화 살해 당일)

머리가 박힌 채 버둥거리는 금화의 공포스런 얼굴이 트럭의 창에 눌린다.

/INS. 플래시컷. 주원의 오피스텔 - 거실 (동 회 8씬)
화이트보드에 붙은 이금화의 사진.

/과거. 만양 읍내 골목 일각
사진 속 금화가 안간힘을 쓰며 몸을 돌려, 구두로 진묵을 확- 차버리는데.
맞아서 눈가에 피가 흐르는 진묵, 차 문 열고 내리려는 금화를 잡아채서 끌어당긴다!

진묵(E)　그걸 내가,

끌려 들어가는 금화, 사람 살ㄹ- 하는데, 텅- 닫히는 문!

씬31　심주산 심주사 인근 산길 (N, 과거 - 10년 전, 한정임 실종 당일)

진묵　(비싯 웃으며, 목 조르며) 남편 죽은 지 얼마나 됐다고. (힘 더 주는)

그제야 목을 꺾어 조르는 정임의 얼굴이 제대로 보인다.

/INS. 플래시컷. 만양 정육점 안 (4회 33씬)
실종 전단지 집어 드는 재이. 전단지 속 한정임의 얼굴.

/과거. 심주산 심주사 인근 산길
사진 속의 한정임이 진묵 아래 깔려 있다. 흔들리는 머리칼에 꽂힌 진주 핀.

진묵(E)　어떻게.. 알겠어..

정임의 목을 조르는 30대 진묵, 사람 같지 않은 표정.

씬32　문주천 갈대밭 (N, 과거 - 20년 전, 방주선 살해 당일)

흐읍- 흑- 눈물이 그렁해서 목이 졸리는 주선. 입에 쑤셔 박힌 까만 비닐!

/INS. 플래시컷. 만양 슈퍼 앞 골목 (동 회 6씬)
사진을 들어 보이는 할배 딸. 사진 속 주선, 붉은 미니스커트에 파란 매니큐어 바른 두 손의 손가락 보이게 V 하고 있다.

/과거. 문주천 갈대밭
20대 진묵 아래 깔린 사진 속 주선, 붉은 미니스커트 입은 하체가 버둥대고, 파란 매니큐어 발린 손이 바닥을 긁고 있다.

진묵(E) 전부 다,

씬33 문주천 갈대밭 일각 - 탑차 안 (N, 과거 - 20년 전, 이유연 실종 당일)

박스 끈으로 사지가 묶인 채 유연이 두 눈을 감은 채 탑차 짐칸에 모로 누워 있다. 양말에 틀어 막혀 재갈이 물린 채, 죽은 것 같던 유연이 순간 눈을 번쩍 뜨는데!

/INS. 플래시컷. 문주 교차로 (1회 47씬)
현수막을 올려다보는 동식. 팽팽하게 펼쳐진 현수막 속 유연의 얼굴.

/과거. 문주천 갈대밭 일각 - 탑차 안
사진 속의 그 얼굴, 유연의 두 눈에 공포가 서린다. 죽은 방주선과 마주 보고 누워 있는 것이다. 벌겋게 충혈된 두 눈을 그대로 뜨고 죽은 주선과 눈 맞추는 유연. 터져 나오는 비명과 오열. 그러나 재갈을 단단히 물린 사이로, 끄으- 끅 소리만 흘러나올 뿐이고. 유연, 빠져나가려고 겹쳐 묶인 두 손을 비틀어 미친 듯 바닥을 긁는다. 손가락에 끼워진 조그만 루비 반지 얼핏 보이고. 끼익- 끼이익- 끼이이이- 금속 바닥에 긁히는 손톱. 그때 누군가 등에서 유연의 손목을 턱- 잡는다. 유연의 공포 가득한 동공에 어리는 남자, 어깨에 커다란 케이블 커터를 얹은 20대 진묵이다. 바닥을 긁어 엉망이 된 유연의 손 끝마디에 커터를 밀어 넣는 그 순간! 참을 수 없는 고통에 유연의 동공이 확장되며!

진묵(E)　내...

씬34　문주 경찰서 - 강력계 진술 녹화실 (D, 현재)

진묵　(순진한 표정) 상상인데. (미소)

동식　(분노를 누르며) 상.. 상?

진묵　(미소, 천천히 끄덕) 그런 게 아닐까 생각했어. 유치장에서 시간은 많고, 할 일은 없고.

씬35　문주 경찰서 - 강력계 진술 녹화 관찰실 (D, 동 시각)

모두 얼어서 창 너머 진묵을 보고 있다.

지화　(나직이) 미친 새끼..

곽계장　(분노) 절대로 자백 안 할 거야, 저 새끼.

도수　(망연자실) 자백 없으면 피해자들 사체 못 찾는데요!

정서장　(아놔) 허어...

상배　(분노로 주먹을 꽉 쥐고, 진묵을 노려보는데)

씬36　문주 경찰서 - 강력계 진술 녹화실 (D)

눈가가 떨린다. 모니터 화면으로 시선 옮기는 동식.
'유리창에 떠밀고, 목을 졸랐다.' 마지막 줄 끝에서 커서가 깜빡이고 있다.
깜빡. 깜빡. 깜빡. 미쳐버릴 것 같은 마음을 누르는 그때.

진묵　그 여자들.. 회개했겠지?

동식　(황당) 회개?

진묵　내가 종교는 없지만 말야. (두 손을 모으고 기도하는 자세 취하면서) 죽기 전에 죄는 꼭 뉘우쳐야 하는 거잖아.

동식 (이 새끼.. 분노가 치미는데)

주원 (툭-) 모두 죄가 있었나요?

동식 (보면)

주원 이금화, 여춘옥, 위순희, 진화림. 그들은 성매매 여성이니 (기도하는 자세) 죄를 뉘우쳐야 했다는 건데, (진묵 들여다보며) 첫 번째 여성은요?

진묵 첫 번째.. 여성?

/INS. 플래시컷. 만양 슈퍼 안채 – 거실 (동 회 22씬)

진묵 어.. 어제.. 나.. 남자들하고 술 마셨니.

민정 (멈칫- 목욕 바구니 챙기며) 어. 그랬어, 왜?

/현재. 문주 경찰서 – 강력계 진술 녹화실

진묵 걔.. 걔는 아니지. (버럭) 걔는 그런 애가 절대!

주원 딸이구나? 첫 번째 여성.

진묵 (멈칫- 동공 흔들린다)

동식 민정인 절대 그런 애가 아니지.

진묵 (딸꾹, 딸꾹) 그.. 글쎄.. 다.. 상상.. 나는 잘 모르는.. (하는데)

주원 (무시하고 동식에게) 그런 애도 아닌데.. 딸을, 왜 죽였을까요.

동식 (순간 주원을 바라본다. 눈빛 흔들린다) 하....

주원 제가 물을까요?

동식 (잠시, 고개를 끄덕이면)

진묵 (눈을 굴리며 주원을 바라본다)

주원 강민정씨 말이에요.

진묵 (눈치챘다, 황급히) .. 그.. 참여인, 참관만.. 말하면 안 된다고, (하는데)

주원 친딸 아니지?

진묵 !!!

씬37 문주 경찰서 – 강력계 진술 녹화 관찰실 (D, 동 시각)

정서장/곽계장 뭐?

지화 !! (굳는다)

도수 (지화에게 속삭) 진짜요?

상배 (충격을 누르며) 쉬잇! (진묵의 몸짓에 집중한다)

씬38 문주 경찰서 - 강력계 진술 녹화실 (D)

진묵 (어깨가 점점 처진다, 부들부들 떨기 시작한다) 무슨.. 말도.. 안 되는. 마.. 맞거든, 내 딸! 우리 민정이.. 내.. 내 딸 화.. 확실, 도, 동식아.. 아.. 알지? 알잖아! (하는데)

동식 (답 없이 그저 본다)

진묵 (딸꾹! 주원을 손가락으로 가리키며) 이.. 이 사람.. 부.. 불법, 내.. 내보내요! 나가! 나.. 나가라고! (상체 일으켜 주원에게 삿대질하는데!)

동식 (매섭게) 앉아.

진묵 (동식 보면)

동식 내려. 손가락.. 잘라버리기 전에.

주원 그러게 말입니다. 자긴 남의 손가락 잘라놓고선.

진묵 (천천히 손 내리고 고개 숙이며 중얼) 내가 언제. 난 그런 적 없는데.

동식/주원 (하...)

진묵 (몸을 세우며 고개를 든다. 어느새 차분해진 표정. 관찰실 창을 보며) 참여인이 말하는 건 불법이랬죠? 한주원 경위 내보내주세요, 당장.

씬39 문주 경찰서 - 강력계 진술 녹화 관찰실 (D, 동 시각)

정서장 (쩝..) 저기, (지화 보며, 내보내라고 손짓하는데)

상배 (그 손 탁 잡는다)

씬40 문주 경찰서 - 강력계 진술 녹화실 (D)

동식 불법은 개뿔. (탁탁탁탁- 자판의 딜리트 키를 눌러 조서 내용 지우는)

주원 제가 중간에 참견해서, 조서 파기하고 처음부터 다시 작성하면 됩니다.

진묵 뭐?

동식 그러면 돼, 법이. 상상이라며. 어차피 처음부터 다시 해야겠구만, 뭘. (주원에게) 한주원 경위님, 앞으론 끼어들지 마십쇼.

주원 죄송합니다.

동식 자, 처음부터 다시 묻겠습니다. 강진묵씨. 차분하게 대답해요. 오버하니까 더 의심스럽잖아. 20년 전에 미혜 누나 소문도 무성했고.

주원 (미.. 혜 누나?)

진묵 (분노가 올라온다, 동식을 노려보는데)

동식 (질문을 친다) 아내 윤미혜씨와 어디서 처음 만났습니까. (타닥 치며) 유흥주점 맞죠?

주원 (아내.... 윤미혜.. 한 대 맞은 것 같은 표정인데)

진묵 (애써 담담하게) 그게 무슨.

동식 윤미혜씨의 임신 사실을, 언제 알았습니까.

진묵 그.. 그건 왜,

동식 항상 생각했거든. (일부러 빤히 들여다보며) 진짜 안 닮았다, 둘이.

진묵 (침을 꿀꺽 삼키는데)

동식 (씁쓸한 미소) 너 같은 인간이 아버지가 아니어서 다행이지.

진묵 (손끝이 덜덜 떨리기 시작한다)

동식 (손가락을 들더니 진묵을 툭- 가리키며) 너도, 알고 있었지?

진묵 (고개가 점점 처지는, 눈빛이 멍해지는데)

씬41 만양 슈퍼 안채 - 거실 (N, 과거 - 강민정 실종 당일)

민정 난 아무리 생각해도 아닌 거 같거든. 아니면 내가 왜 너랑 살아야 해?

진묵 하... 지 마. 민정아.

민정 친자 검사, 하면 알겠네. (화장실로 휙- 들어가 진묵의 칫솔을 잡는데)

진묵, 바닥에 놓인 바구니 속 때타월을 들더니 화장실 안으로 들어간다. 휘릭- 쿵!

씬42 문주 경찰서 - 강력계 진술 녹화실 (D, 현재)

진묵 .. 아니야.

동식 .. 알고 있었잖아. (다시 손가락질 툭-) 알고, (툭-) 있었잖아. (툭-) 너도, 분명, (툭-) 알고 있잖아!!

진묵 아니야아악-!! (버럭 달려든다!)

우당탕탕! 와당탕! 엉켜 넘어가는 진묵과 동식.
이.. 너.. 이... 이..!! 진묵, 동식의 위로 올라타고 목을 마구 조르기 시작한다!
동식, 반항하지 않는다. 아니, 웃는다. 너 이 새끼. 딱 걸렸어.

진묵 우... 웃어? 우.. 울어. 울어! (더 목을 조르며) 울어어-!!

내려다보는 주원. 동식의 상태 보고는, 진묵의 목을 한 팔로 휙- 낚아채 젖혀버리는데!
진묵, 커.. 커컥! 상체가 위로 젖혀지며 동식의 목을 조르던 손을 탁- 놓는다!
동시에 녹화실 문 벌컥 열린다! 정서장과 곽계장, 도수가 우르르 쏟아져 들어오는.

정서장 놔요! 어서. 한주원 경위.

진묵 (얼굴이 벌게져 버둥)

도수 (주원의 팔을 잡으며) 놓으세요! 예?

주원, 바닥에 누운 동식의 상태 확인하고, 팔의 힘을 푼다.
진묵, 바닥으로 픽- 쓰러져 나뒹군다. 커.. 컥.. 커억. 곽계장, 도수는 진묵을 둘러싸고. 119 불러야 하는 거 아니냐- 호들갑 떠는 정서장. 동식, 몸을 일으킨다. 진묵을 서늘하게 내려보고는 고개를 돌리면, 주원이 밖으로 나가는 것 보이는데.

씬43 문주 경찰서 - 강력계 진술 녹화 관찰실 (D)

지화, 한숨 내쉬고. 의자에 앉은 채 보고 있던 상배, 나오는 주원과 눈 마주치는데.

상배 파트너 합 맞춘 지 10년은 된 거 같어. 한경위가 만양 사람 다 됐구만.
주원 (뭔 말도 안 되는) 소장님. 당분간 쉬겠습니다. 휴가계 제출하겠습니다.
상배 휴가아?
지화 이 상황에서 휴가라뇨.
상배 그렇게 해.
지화 소장님!
주원 (상배에게 목례, 지화에게) 수고하십시오. (뚜벅뚜벅 나간다)

씬44 문주 경찰서 - 강력계 진술 녹화실 앞 복도 (D)

문을 텅- 닫고 나오는 주원, 복도를 뚜벅뚜벅 걸어가는. 차분했던 표정이 일그러지며.

주원 (자조적) 한주원.. (고개를 내젓는) 한심한..

씬45 도해원 의원 선거 사무소 (D, 다음 날 오후)

창진, 지팡이로 문을 쓰윽- 밀어 열고 흘끔 안을 들여다본다.
책장 위 홍보 사진들을 바라보고 서 있는 해원, 초조한 듯 입술을 깨물고 있다.
진묵과 함께 찍은 사진, '열혈 지지자와의 한때' 등을 들고 나가던 장비서, 창진에게 목례.

창진 (봐봐- 뭐야? 사진 보고) 열혈 지지자와의 한때.. 참 즐거웠는데, (러시아어) 불똥 튈까 용쓴다 용써.
해원 (소파로 향하며 버럭) 몇 번을 연락했는데 이제서 나타나! (앉는)
창진 (여유롭게 소파에 앉으며) 제가요, JL건설 대표라서요. 좀 바빠요.

해원 문주 개발 나가리되면 JL건설이고 나발이고 통째로 넘어갈걸, 왜 혼자 여유만만인데?

창진 (러시아어) 아, 아줌마 재수 털리게. (한국어, 빙긋) 뭐가 나가리고, 뭐가 넘어갑니까. (노래한다) 이렇게 좋은 날에~

해원 좋은 날은! 연쇄 살인 어쩌고 20년 전 사건까지 끄집어 나와 판치는데!

창진 (바로 꾸벅) 축하드립니다.

해원 야! 너 나 놀려???

창진 제가 감히 우리 도의원님을요? 노노~ 진심으로 축하드리는 건데? 귀하디귀한 외동아드님, 특진하실 거니까!

해원 특진? 우리 정제가 왜.

창진 그.. 슈퍼 주인 잡을 때, 아드님이 페이크로 경찰차 잔뜩 끌고 정육점 아가씨 구하러 갔다며.

해원 (난 또) 경찰차를 끌고 간 건 아니고, (하는데)

창진 (손가락 탁- 내밀며 말 막는) 디테일은 접어두고서! 거시적으로다가 생각해 보잔 말이죠. 문주서 박정제 경위가 교란 작전을 펼치지 않았다면, 과연 범인을 체포할 수 있었을까~요?

해원 음..

창진 내가 봤을 땐 이거~ 우리 도의원 아드님이 차린 밥상에 한기환 차장 아들이랑 이동식, 걔네 둘이 수저를 딱- 얹은 거야~

해원 (솔깃하는데)

창진 (테이블 탁- 치며) 아, 근데! 젠장할.

해원 (다급히) 젠장할 뭐.

창진 한기환 차장.. 비상해~

해원 한차장이 뭐어!

창진 이번 사건이, 여기저기 성매매 불법 체류 언니들하고 엮여 있답니다. 그래서 서울청 광수대랑 외사과에서 퍼 가려고 난리부르스! 퍼 가면 우린 좋잖아? 연쇄 살인의 배경이 문주뿐만 아니라, 전국적인 일이면?

해원 (눈 번쩍) 개발은 문제없네!!

창진 그런데! 세상없던 부성애가 끓어올랐나, 한기환이 나서서 막았다는 거?

해원 (버럭) 이 자식이 미쳤나! 거기서 부성애가 왜 나와?

창진 서울청이 가져가서 마무리하면 아드님 공 빼앗길까 봐 그런 거라는데.

해원 설마. 아들보다 지가 경찰청장 되는 게 더 중요한 사람이야.

창진 직접, 문주서에서 마무리해서 경기서부지검으로 넘기라고 지시했답니다. 담당 검사가 한주원 과외 선생이었다나? 백퍼 짜고 치는 고스톱!

해원 (하- 한기환 이 새끼가)

창진 그러니까 의원님도 아드님 좀 챙겨요. 이게 거시적으로 보면 그림이 괜찮은데.. 그 디테일 응? MSG, 응? 채우고 살살 뿌려서 특진 땅!

해원 (벌떡) 내가 다음 일정이 있네? (바삐 가방 챙기며) 왤케 늦게 왔어!

창진 또 뵈면 되죠. (일어나 나가며 피식, 러시아어) 아줌마, 파이팅!

씬46 정제의 집 - 거실 (D)

이젤 앞에 앉은 정제. 사슴 모습의 여성을 그리고 있는데, 민정과 닮았다.

정제 (붓 든 손 멈추고 돌아보며) 뭐라고요?

해원 (다가와 그림을 보며) 사슴 말고 사람 모습으로 그리라고. 이걸로도 민정이 똑인데, 사람으로 그리면 다들 확실하게 알아볼 거 아냐.

정제 우리 집 거실에 있는 그림을 다들 어떻게 알아봐요.

해원 내가 SNS에 올릴 거니까~! 범인 체포하기 위해 직접 발로 뛴 경찰이 피해자를 진심으로 추모한다~ 사람들이 알면 감동 백배 아니겠니?

정제 (다시 그림으로 몸을 돌리며) 가세요.

해원 (등짝 철퍽- 때리며) 엄마 말 좀 들어라, 좀!

정제 아! 왜 이래요, 진짜.

해원 이동식 그 자식이랑 한주원이 니 공 다 채가는데 지금 사슴이나 그리면서 자빠져 있고 싶어? 엄마가 찾아줄게! 특진 만들어준다니까?

정제 (하아..) 어머니.

해원 (발을 동동 구르며) 다들 제 밥그릇 챙기느라 난린데, 너도 경감 달아야지! (무릎 꿇고 눈 맞추며) 아들.. 이번 특진은 이동식이 아니라 네가 하는 거야. 절대로 그 새낀 안 돼. 엄마가 전부 다 알아서,

정제 엄마.

해원 왜, 아들~?

정제 내가, 죽을까?

해원 정제야...!

정제 (버럭) 내가! 죽어????

해원 야아-!

정제 제발 좀!!! 동식이 좀 놔둬요! 제발.. 걔 힘들게 하지 좀 마.

해원 (아으으) 걔가 뭔데. 걔가 뭐라고!

정제 하나밖에 없는 내 친구.. 건들지 마요.

해원 (하아.. 미치겠다) 아들.. (정제의 무릎에 두 손 올리며 애원하려는데)

이젤에 세워둔 정제의 휴대폰 울린다. '오지화'. 정제, 해원의 손 뿌리치고 전화 받는다.

정제 (휴대폰에) 어, 지화야. (일어나 저편으로 가려는데)

해원 (바짝 붙어 귀 쫑긋)

정제 (휴대폰에) 잠깐만. (해원에게 차갑게) 안 가셨어요?

해원 (쯧-!) 간다, 가! (가방 획- 들고 나가며) 미련 곰통이 같은 자식.

정제 (거칠게 나가는 해원 보며 나직이 한숨, 다시 밝게 휴대폰에) 미안.

지화(F) (어딘지 약간 어색) .. 바쁜데 내가 전화했나 보다. 미안.

정제 (휴대폰에) 아니야. 무슨 일인데.

씬47 문주 경찰서 - 강력계 진술 녹화 관찰실 (D, 동 시각)

지화 (조금 머뭇, 휴대폰에) 생각해보니까 말을 안 했더라. 수고했다고.

정제(F) (당황) 뜬금없이 무슨 소리야.

지화 재이, 니가 구했잖아. 고생했어.

씬48 정제의 집 - 거실 (D, 동 시각)

정제 (순간 조금 울컥해지는)

지화(F) 잘했어, 박정제.

정제　(일부러, 휴대폰에) 너 누구야. 오지화 아니지? 내 친구 어딨어?
지화(F)　(웃음기) 이 자식이 칭찬을 해줘도.
정제　(고마워서 감동했으면서도 말 돌리는, 휴대폰에) 동식이는 어때.
지화(F)　아 증말 미쳐버리겠다, 내가!

씬49　문주 경찰서 - 강력계 진술 녹화 관찰실 (D, 동 시각)

진술 녹화실에 도수와 마주 보고 앉아 꾸벅꾸벅 조는 진묵을 보며 통화 중인 지화.

지화　(휴대폰에) 이동식 이 자식 사라져버렸어.
정제(F)　응? 파트너 한주원 경위한테 연락해봤어?
지화　(휴대폰에) 그분은 휴가를 내셨어요. 대단한 한 쌍의 또라이들 나셨어.

씬50　부산 유흥가 뒷골목 (D, 다음 날)

퇴락한 유흥가. 안마방 문이 텅-! 열리며, 쫓기듯 떠밀려 나오는 주원.

안마방주인 모른다니까! 사진이라도 들고 와서 묻던지. (쾅- 닫고 들어가는)
주원　(기세에 뒤로 물러나다가 철퍽- 웅덩이에 발이 빠진다. 하......)
동식(E)　아이고- 우리 한경위님, 더러워서 어떡하나.
주원　(목소리 알아들었다, 돌아보며) 스토컵니까.
동식　(주원의 차에 기대고 선 채) 파트넙니다.
주원　(주머니에서 손수건 꺼내며) 휴대폰 위치 추적한 겁니까. 불법으로?
동식　(간판 본다) 물망초, (저쪽 보며) 장미, (다른 쪽 보며) 백합. 꽃 중의 꽃은 여기 다 있네~ 경대 수석 입학 수석 졸업, 꽃 같은 우리 경위님이 대낮부터 안마방이라..
주원　(신발 쓱쓱- 닦은 손수건을 옆의 쓰레기봉투에 버리고, 무심히 보면)
동식　복국 좋아해요?

씬51 부산 복집 (D)

허름한 복국집. 복국 한 그릇씩 앞에 두고 앉은 주원과 동식.

주원 (복국 뜨면, 쫄복 한 마리가 완전체로 수저 위에 자리 잡고 있다)

동식 (후룩후룩 맛나게 잘도 먹으며) 어우- 부산 복국! 이 집 복국이 전국 최오야. 많이 드세요. 소장님이 내는 거니까.

주원 남상배, 소장님이요?

동식 소장님 여기 진짜 좋아하시거든요. 광수대 있을 때, 울산서 범인 체포하고선 소장님, 나, 범인까지 셋이 여기 와서 먹고 올라갔다니까요? 여기까지 와서 안 먹으면 그거야말로 범죄라고. (주머니에서 지폐 꺼내 식탁 위에 3만 원 턱- 놓는다) 챙겨 멕이랍디다.

주원 (하..) 쓸데없이, (수저 탁- 놓는다)

동식 (또 시작이네. 후룩 먹는데)

주원 (3만 원 보며) 이런 거 정말 불편합니다. 질척거리는 관계, 감정 그딴 거, 전 하나도 필요 없다고 말씀드렸는데.

동식 그렇게 필요가 없는데 나, 한주원은 왜 끊어내지 못하는 걸까. 이 불편한 감정은 뭘까.

주원 무슨 소릴 하는 겁니까. 내가 뭘 못 끊어요?

동식 (미소) 왜 여기 혼자 와 있습니까. 나 잡으려고? 그냥 얼른 (두 손목 붙여 보이며) 이 손목에 수갑 채우지. 내가 한경위한테 다 고백했잖아.

씬52 동식의 집 앞 골목 (N, 과거 - 동 회 4씬 이어)

동식 (차분히 내려다보며) 내려요, 한주원 경위. 우린 거기 안 갑니다.

주원 뭔 개소리! 유재이씨 죽는 거 보고 싶습니까! (문 확 닫으려는데)

동식 (탁- 잡으며) 설명은 차후에 합니다. 지금은 그 새끼 낚아야 하니까.

주원 !

동식 이유연. 방주선. 한정임. 진화림. 위순희. 여춘옥. 이금화. (잠시) 강민정을 살해한 용의자, 강진묵을 지금 우리가 체포할 겁니다.

주원 !!!

동식 (이를 악물며) 아무도 죽지 않아. 오늘부터.

주원 (하아.. 이게 지금 무슨)

동식 총 가져왔죠? 나한테 줘요.

주원 안 됩니다!

동식 그 새끼 안 쏴. 죽일 수 없어요, 난. (이 악물고) 찾아야 되니까. 유연이.. 그 새끼가 죽인.. 실종된 사람들 어디에 묻었는지 알아내서 내가 전부 꺼낼 겁니다. 내가 엄호하고, 한경위가 직접 체포하는 겁니다.

주원 체포? 직접 하시지 왜! 다 알면서 이런 쇼를 벌여놓고. 당신이.. 강민정 손가락 가져다 놓은 거 맞지?

동식 (아직은 인정할 수 없고) 한경위, 지금까지 내가.. 한경위한테 잘못했어요. 미안합니다, (하는데)

주원 미안하단 소리 하지 마! 너도 범죄자야. 벌받아야지.

동식 다 찾고, 우리 유연이 찾고 나면 한경위가 직접 내 손에 수갑 채워요. 약속할게요. 내가 그때 꼭 한경위한테 자수할게.

씬53 부산 복집 (D, 현재)

동식 약속을 믿는 겁니까? 나 같은 범죄자 말을 왜 믿지? 질척질척. 응?

주원 (아 짜증 난다. 눈을 내리깔고, 하.. 잠시) 왜 분노하지 않습니까.

동식 (보면)

주원 강진묵 체포하고, 강민정씨 장례식장.. 진술 녹화실에서도 그렇고.

동식 (피식) 멀쩡해서 또 의심스러워요?

주원 이해가 안 돼서 궁금한 겁니다.

동식 분노.. 엄청 했지. 한 20년 전부터 절친이었거든. 근데요, 분노가 해결해주는 건 아무것도 없더라고. (빙긋) 한경위님도 분노 개랑 헤어져요. 외사 사람들이 안 믿어줬다고 분노 탑재해서 만양까지 내려오고 말야.

주원 (하-) 내가 그 사람들한테, 분노해요? 보이스피싱 조직을 쫓다가 얻어걸린 사건에 성매매 불체자 여성들이 피해자니까 중국 폭력 조직 소행이다 믿고 싶었겠죠. 승진에 눈멀어서 말 만든다, 거짓말 더해서 사건 부풀린다, 말도 안 되는 소릴 지껄이는 사람들한테 분노는 무슨. 그냥 내가 싫고, 내 말을 듣기 싫었던 겁니다. 저보다 잘나고 똑똑하니까. (괜히 퉁명스레) 잘난 걸 어쩌라고.

동식 으- 재수 없어.

주원 (뭐?)

동식 재수는 없지만, 한경위님 거짓말할 사람 아닌데. 이상하네, 그 인간들.

주원 (멈칫- 동공 흔들렸다가) 아부하지 마십시오. 봐주지 않을 겁니다. (스스로 다짐하듯) 피해자들 찾으면 내 손으로 당신, 꼭 체포할 겁니다.

동식 (피식-) 알아요. 얼마나 그러고 싶으면 강진묵 뒤를 쫓아서 여기까지 내려와, 혼자.

주원 (보면)

동식 강진묵 휴대폰 위치추적 기록 봤는데, 여기 부산에 자주 왔더라고요. 민정이 죽기 전날에도. 자- 여기서 질문. 한주원 경위는 부산에서 무엇을 찾고 있을까요?

주원 (잠시) 강민정씨 친모, 윤미혜씨 찾고 있습니다.

씬54 부산 면서항 일각 (D)

쇠락한 작은 항구. 낡은 고깃배들이 정박해 있고.
주원의 차 지붕에 태블릿 PC를 세워서 든 동식, 사진을 들여다보고 있다.
주원이 이금화에게 준, 만양 정육점 회식 사진이다.

동식 스토커는 내가 아니네. 이거 경위님 만양 내려오기 전인데?

주원 (쯧- 괜히 멀리 바다 보며) 다음 사진 보죠?

동식 (화면 넘기면, 문자 찍은 사진. 'ㄱㅕㅇ ㅊㅏㄹ 아..') .. 경찰아?

주원 (중얼) 경찰 아저씨라는 줄 알았는데..

/INS. 플래시컷. 카페 (3회 31씬)

이금화 (동식 사진을 훅- 밀치며) 이 경찰 아저씬 본 적 없다니까.

/현재. 부산 면서항 일각

주원 (동식을 보며) 경찰이 아니라는 뜻이었을 겁니다. 불러낸 사람은 만양 정육점 사진 속의 강진묵이었을 테니까.

동식 경찰 아저씨, 라고 생각하고 이 문자 하나 때문에 만양까지 내려오셨다?

주원 그 사람 맞으면 1을 찍으라고, (하-) 1이 찍혀 왔다고요. 아주 많이.

동식 부끄러워하지 말아요. 형사는 원래 감으로 움직이는 거지, 논리 따위.

주원 (나직이) 다음 사진.

동식 (넘기면, 'ㅎ.. 미..') 히웅.. 미?

주원 이금화는 6년 전, 부산의 안마방 성매매 단속에 걸려 강제 추방당한 기록이 있었습니다.

/INS. 과거. 부산경찰서 생활질서계 사무실 – 6년 전
형사 앞에 나란히 앉은 성매매 업소 여성들. 맨 왼쪽의 이금화, 껌을 쫙쫙 씹고 있고.

주원(E) 그때 단속에 함께 걸린 사람이..

이금화 옆에 앉은 여성, 길게 붙인 속눈썹을 떼고 있다. 당시 39세의 진화림이다.

주원(E) 진화림..

그 옆에 앉은 36세의 여성. 약쟁이들 특유의 킁킁거리는 소리. 그 위로.

주원(E) 위순희.

그 옆에 앉은 31세의 여성, 묘한 색상의 가발을 썼다.

주원(E) 여춘옥... 그리고,

그 옆의, 초조한 듯 다리를 슬며시 떨고 있는 36세의 여성.
화려한 네일아트 한 손끝을 만지는 얼굴이 어딘지 모르게 민정이와 닮았다.

동식(E) 윤미혜..!

/INS. 플래시컷. 부산 유흥가 뒷골목 (동 회 24씬)
꿇어앉은 진묵에게 화려한 네일아트 한 손을 흔들고 있는 여자.
그제야 얼굴 제대로 보이는데, 20년 전 젊은 윤미혜다!

/현재. 부산 면서항 일각

동식 (이제 알겠다)

주원 기록을 찾아보니까, 윤미혜는 가게에서 가명을 썼답니다. 이름의 앞뒤를 뒤집어서.

동식 혜미. (다시 문자를 본다) 허웅.. 미!

주원 경찰 아니다, 혜미를 찾는 남자다, 라고 쓰고 싶었던 겁니다, 이금화씨는. (죄책감을 애써 누르고) 오지훈 순경한테 들었는데, 강진묵이 윤미혜의 사진을 지갑에 간직하고 있었다면서요.

/INS. 플래시컷. 만양 슈퍼 인근 도로 - 순찰차 안 (2회 40씬)

지훈 (에효-) 20년이 지났는데 진묵 형은 아직도 잊질 못하고, 도망간 그분 사진을 지갑에 넣어갖고 다녀요, 바보같이.

/현재. 부산 면서항 일각

동식 그걸.. 안마방 여자들한테 보여주고, 윤미혜를 찾아다녔다?

/INS. 과거. 불법 안마방 입구
덩치에게 쫓겨나 털썩- 바닥에 주저앉는 진묵. 팔랑- 떨어지는 사진 한 장.
20년 전 만삭의 윤미혜와 같이 찍은 사진이다. 서늘하게 사진을 내려다보는 진묵.

주원(E) 혼인신고가 안 되어 있었으니, 법적으로 찾을 방법은 없고..

/현재. 부산 면서항 일각

주원 윤미혜를 처음 만났던 업소부터 쫓아서 부산까지 내려왔겠죠.

동식 (중얼) 20년 동안.. 찾아다닌 게 그럼.. (주원 보면)

주원 딸 얘기했을 때 강진묵이 광분했죠. 친자 검사하면 끝날 일을 굳이 찾아다니며 진화림, 위순희, 여춘옥, 이금화를 살해했다는 건, (보면)

동식 자기가 쫓고 있단 걸 윤미혜에게 알리고 싶지 않았다.. (하아) 윤미혤 찾아서 살해하려고 했으니까. (괴롭다) 그런데 왜 민정이를..

주원 위치추적 기록상, 강민정씨 사건 전날 강진묵은 (방석집 골목 가리키며) 저기 있었습니다.

씬55 방석집 '마리아' 안 (D)

화장 진한 50대 마담들이 모여서 주원의 휴대폰 속 진묵의 최근 사진을 들여다본다.

마담1 잘 모르겠는데? 누굴 찾았다고?

주원 혜미를 찾았을 겁니다. 윤미혜라는 이름을 댔을 수도 있고요.

마담2 으음... 어디서 본 것 같긴 한데..

마담3 이런 상판 가진 놈, 천지삐까리지. 한 트럭은 만난 것 같다, 야.

마담1/2 (끼득끼득) 니 옛날 기둥서방 아니냐?/얻다 갖다 대?

동식 (휴대폰 울린다, '박정제' 확인하고) 여기 이 사진도 봐주시죠.

마담들/주원(동식 휴대폰 화면을 보는. 20년 전 미혜와 진묵의 바로 그 사진이다)

주원 (동식 보면)

동식 정제한테 부탁했어요. 강진묵 지갑 속에 있던 겁니다.

주원 부산에 잘 오셨습니다, 이경사님.

동식 (빙긋) 이제서야.

주원 (마담들에게) 다시 한번 봐주시죠. 지난 10월 22일에 (최근 진묵 사진 내밀며) 이 남자가, 여기 이 여자분 찾았을 겁니다. 기억 안 나십니까?

마담1/3 글쎄... 없는 거 같은데./(고개 내젓는다)

마담2 (고개를 저으며 사진을 들여다보다가) 잠깐만. 얘, 체리 같은데?

주원 체리요?

마담2 체리 찾아온 남자구나! 가게 애가, 나 없는 사이에 누가 체리를 찾아왔다구.. 체리가 우리 가게서 잠깐 일했었거든.

동식　지금 어딨는지 혹시 아십니까?

마담2　알지. (손가락으로 위를 가리키며) 작년에 죽었어요. 교통사고로.

씬56 문주 경찰서 - 강력계 진술 녹화실 (D, 다음 날 오후)

진묵의 맞은편에 동식과 주원이 앉아 있다.

진묵　어디 갔다 왔니, 동식아. 아- 지금 말하면 안 되나. 컴퓨터 켜야지.

주원　오늘은 괜찮습니다. 신문 조사하러 온 거 아니니까.

진묵　(흘끔 관찰실 보며) 거짓말.

동식　내가 궁금한 게 있어서 왔어. (한주원 경위 가리키며) 이쪽은, 나 감시하러 온 거야. 당신 죽일까 봐.

진묵　에유- 한경위님. 동식이가 날 왜 죽여요. (관찰실 다시 흘끔 보고는) 궁금한 게 뭔데?

동식　그날 왜 민정일 죽였어?

진묵　조사 아니라더니. (피식)

동식/주원　(그저 보고 있다)

진묵　동식아. 나 아니라니까.

동식　살해했나 안 했나 그거 말고. 왜 그날이었냐고 묻는 거야.

진묵　그런 일이 없는데, 그날이 언젠지 내가 어떻게 알겠어.

주원　(바로) 10월 22일. 부산 면서항 뒷골목. 마리아.

진묵　(멈칫-)

동식　거기서, (윤미혜 사진을 테이블 위로 올리며) 이 사진 보여줬다며?

진묵　.. 내가?

주원　직원이 기억하더라고요. 혜미를 찾았다면서요. 마리아에선 체리였고,

동식　만양에선 윤미혜.

진묵　(흐음... 고개를 숙였다가) 내가 내 와이프 찾는 게, (들며) 불법인가.

동식　불법 아니지.

주원　그날 윤미혜씨 사망 소식을 들었다면서요.

진묵　(잠시 눈물이 고인다) 우리 미혜 불쌍하지. 내가 얼마나 찾았는데.

동식　그래서 윤미혜 대신 민정일 죽였어?

진묵　동식아! 무슨 소릴 하는 거야. 네가 어떻게 그런 말을 할 수가 있어.

주원　그럼 제가 하죠. 날 버리고 도망간 여잘, 20년 동안 쫓았는데 허무하게 교통사고로 죽어버렸단 얘길 들었다. 자그마치 20년.. 허탈감, 상실감 때문에 미치겠는데, 나 닮은 구석 하나 없는, 윤미혜 그 여자만 쏙 빼닮은 강민정이 그러는 거야. (진묵을 들여다보며) 당신, 내 아빠 맞아?

/INS. 플래시컷. 만양 슈퍼 안채 – 거실 (동 회 41씬)

민정　당신, 내 아빠 맞아?

민정　난 아무리 생각해도 아닌 거 같거든. 아니면 내가 왜 너랑 살아야 해?

민정　친자 검사, 하면 알겠네. (욕실로 들어가 진묵의 칫솔을 꺼낸다)

/현재. 문주 경찰서 – 강력계 진술 녹화실

주원　너도 날 버린다고? 감히 날 니가 버려? 이번엔 안 돼. 놓칠 수 없어! 목을 졸랐어. 20년간 윤미혜한테 쌓아둔 분노를 담아서 목을 졸랐지.

진묵　(눈가가 떨리지만 애써) 우리 한경위님이 영화를 많이 보셨네요. (올려다보며) 민정인 내 딸이에요. 내 딸 맞다니까?

동식　아닌데? (프린터 위의 서류 한 장 들어 읽는) 99.9998퍼센트 친자 관계가 성립하지 않음. (테이블 위에 서류 내려놓는다)

진묵　!!! (다급히 서류 본다. 윤미혜에 대한 분노가 다시 치밀어 오르며!) 이 미친 년! 나쁜 년! 이런 미친년이 나를! 나를 속여!!!

주원　(자리에서 일어나며) 잡혔으면 100퍼센트 살해당했겠네요, 윤미혜씨.

동식　안 잡혀서 다행이지.

진묵　(본다) 안 잡혀서, 다행?

동식　윤미혜, 살아 있거든.

진묵　!!

동식　네가 쫓는 거 알고서, 죽었다고 해달랬다네?

진묵　(딸꾹) 거.. 거짓말..!

주원　서류에도 사망기록은 없습니다. (프린터 위 다른 서류 한 장을 들어서 올려놓는데 윤미혜의 기본 증명서다) 혼인신고 안 했으니까, 당신이 확인할 수 없다는 걸 노린 거죠.

진묵 (들여다보면, 출생일만 적혀 있다) !!!

주원 (진묵을 쓱- 보고) 사람 잘못 죽였네요, 강진묵씨. (관찰실로 나가며 중얼) 죽여야 할 사람이 살아 있네.

씬57 문주 경찰서 - 강력계 진술 녹화 관찰실 (D, 동 시각)

정서장, 곽계장, 상배, 도수, 지화며 강력계 형사들이 반대편 벽에 더글더글 붙어 있다.

정서장 한경위, 이게 먹힐까?

주원 (단호한 얼굴로, 창 너머 진묵을 바라보며) 최선을 다하고 있습니다.

정서장 그 최선이 불법이잖어! 증명서를 위조하다니. 공직자들이 떼로 법을 어기고 말야, (하는데)

상배 철문아. 조용히 해.

정서장 (속삭) 우리 합법적으로다가, 어디에 묻었는지 대놓고 묻는 게 어떨까.

곽계장 잘도 말하겠네. (중얼) 어떻게 서장이 된 거야.

정서장 뭬?

지화 증거도, 흔적도 없어요. 강진묵 자백 없인 피해자들 사체 못 찾습니다.

정서장 부활절도 아니고! 죽은 사람을 산 사람으로 만든다고 재가 말해?

도수 (창 너머 진묵을 가리키며) 한다!

씬58 문주 경찰서 - 강력계 진술 녹화실 (D, 동 시각)

진묵 도.. 동식아. 유... 유연이 말야..

동식 (진묵이 들여다보고 있던 서류 두 장을 챙기다가, 멈칫)

진묵 유연인 내.. 내가 안 그랬어. 진짜 내가 아.. 안 그랬다니까?

동식 (하-) 이제 나 부르지 마. 불러도 안 와. (돌아서 문으로 가면)

진묵 진짜야! 거.. 거짓말 아니야. 내.. 내가 유연인 너한테 도.. 돌려줬거든. 잠깐만 이.. 일루 와. 할 말 있어.

동식 (매섭게) 집어치워, 이 새끼야. (문고리 돌리는데)

진묵　내.. 내가, 어디 묻었는지 마.. 말해줄게!

동식　(고리를 잡았던 손에 힘이 불끈. 힘줄이 서는)

진묵　유.. 유연이 어디 있는지 너.. 너 알고 싶지? 다.. 다른 사람들도 다 말해줄게. 이.. 일루 와봐. 동식아. 응?

동식　(잠시, 고리 놓고 돌아본다)

진묵　(수갑 찬 손으로 손짓, 일루 와. 고개 숙여봐)

동식　(다가간다. 잠시 내려다보다 고개 숙이면)

진묵　대.. 대신 미혜 찾아줘. 내.. 내 앞에 데려와.

동식　헛소리 집어치워, 이 새끼야. 나 경찰이야. (몸을 돌리려는데)

진묵　(동식의 팔을 덥석 잡더니 올려다보며) 언제부터 경찰이었다고. (속삭인다) 민정이 손가락, 니가 우리 집 앞에 가져다 놨잖아.

동식　(천천히 내려다보면)

진묵　(더 속삭인다) 그때 알았어. 니가 나한테 문자 보냈을 때. (흉내 낸다) 아빠.. 나 좀, 꺼내줘. (빙그레 웃으며 보는) 할 수 있어. 동식아.

동식　(차분히) 다 말했는데, 내가 윤미혜씰 찾아오지 않으면 어쩌려고.

진묵　찾아올 거야. 너도 유연이 찾아야 되잖아.

동식　!!

진묵　유연이는, 니가 미혜 데려오면 말할 거거든.

씬59　문주시 만양읍 도로 (D, 오후)

해 지는 오후 도로. 경광등을 켜고 달리는 경찰차. 포클레인이 줄지어 따라간다.

씬60　문주시 만양읍내 골목 일각 (N)

재개발로 빈, 옹기종기 붙어 있는 집들이 온통 불빛으로 가득하다. 집 마당을 파헤치고 있는 포클레인! 선녀와 홍철 등 과수계 직원들이 분주하게 움직인다. 구경하는 마을 주민들 충격에 빠진 모습이고. 저기 우리 집인데! 달려온 집주인들을 제지하는 경찰. 지훈, 광영, 길구 등 만양 파출소 직원들은 폴리스라인 친 집 앞을 각각 지키고 서 있고.

광영 (집주인들 보며) 개발된다니까 폐가로 남겨두고 지들은 따뜻한 데 가서 살면서, 강진묵이 머슴이냐. 적당히들 부려먹지. 돈 한 푼 안 주고 이거 고쳐라, 저거 고쳐라.. 이제 집값 완전 폭망이다.

길구 황경위님 입 좀 닫죠? 돌팔매질 당혀. (한숨) 집값 땜에 미치겠구만.

지훈 얼어 죽을 집값! 지금 재이 누나네 뒷마당도 파고 있어요!

씬61 만양 정육점 – 뒷마당 (N)

재이, 얼떨떨한 표정으로 사체 발굴 현장을 지켜보고 있다.
멀리 지화가 포클레인 멈추는 게 보인다. 재이, 다급히 들어가려는데 경찰이 막아서고.

재이 우리 엄마.. 엄마예요! 내가 딸이라고!

지화 (경찰에게 신호한다)

재이 (폴리스라인을 넘어 달려가는데)

지화 (바로 막으며) 재이야. 아직은 몰라. 국과수에서 DNA 검사, (하는데)

재이 (지화를 지나쳐서 내려다보면, 긴 머리의 백골 사체가 반쯤 드러나 있다) ... 못 알아보겠어. 아닌 거 같아.

지화 재이야..

재이 언니. 우리 엄마.. 여기 있을 리 없잖아. 10년인데.. 10년을 여기 있었는데.. 내가 몰랐을 리 없잖아. 아냐. 우리 엄마.. 살아 있을 거야. 응? 진짜, 절대로 우리 엄마 아니.. (다시 내려다보면)

그때 조명 아래 무언가 반짝이는 게 보인다. 긴 머리칼에 꽂힌 진주 머리핀이다.
그 순간 재이의 눈에 엄마의 살아생전 모습이 그대로 그려진다.
눈을 꼭 감은 한정임이, 거기 누워 있다.

재이 엄마. 엄마.. 엄마. (무너지며) 미안해.. 미안해.. 미안해..

씬62 경기서부지검 문주지청 - 로비 (D, 다음 날 새벽)

주원, 초조한 모습으로 서 있고. 하품하며 엘리베이터에서 나오는 혁.

혁 야- 바빠 미치겠는데 너 진짜.

주원 그러니까 왜 전화를 안 받아.

혁 나만 안 받았어? 너는?

주원 권검사님.

혁 시체가 지금 몇 구가 나왔는지, 나 봐라. 내가 절대 밤샘하는 사람이 아닌데, 사시 볼 때도 밤샘을 안 한 사람이거든, 내가.

주원 혀엉-!

혁 20대 초반 여성은 안 나왔어. 국과수에서 치아 확인했는데 다 3, 40대.

주원 (하아..)

혁 이동식 경사 동생 찾는 거지? 집 다 파헤쳤는데 안 나왔다며.

주원 뭐 들으면 연락 줘요.

혁 (쯧) 알았어. 전화나 받으셔.

주원 고마워요. (간다)

혁 왜 저래. 둘이 친해?

씬63 동식의 집 앞 골목 (D, 새벽)

저 멀리 동이 터온다. 동식의 집 대문이 살짝 열려 있다. 주원, 손을 뻗어 문을 열면.

씬64 동식의 집 - 마당 (D, 새벽)

1층 현관으로 올라가는 계단에 동식이 앉아 있다. 온 마당이 다 파헤쳐진 상태다. 다가가는 주원, 발에 무언가 채인다. 깨진 낡은 동물 가족 장식품이 흩어져 있다. 동식, 그 소리에 고개를 든다. 아무런 감정도 느껴지지 않는 얼굴로 주원을 바라본다.

주원　강진묵한테 가죠.

동식　(그저 본다)

주원　가서, 반쯤 죽여서라도 들읍시다. 이유연씨 찾아야죠. 어떻게든 찾죠. 내가 도울게요. (하는데)

동식　그렇게 날, 잡고 싶은가.

주원　(쿵... 잠시, 하..) 그럼요. 당신 잡으러 여기까지 왔는데. 지금 당장 강진묵한테 가자고!

그때, 동식과 주원의 휴대폰이 동시에 울리기 시작한다. '오지화', 그리고 '권혁'.

동식　(받는다, 휴대폰에) 어, 지화야.

지화(F)　동식아. 있잖아. 아.. 이걸..

동식　(안 좋은 기운이 느껴진다, 주원을 보면)

주원　(통화 중, 하얗게 질려 있다)

권혁(F)　아, 씨-!! 내가 바로 구치소로 넘기자 그랬는데! 유치장 관리를 어떻게 한 거야!!

주원, 동식에게 시선. 충격에 휩싸인 두 사람, 그저 서로를 바라보는 데서.

씬65　문주 경찰서 - 유치장 (D, 동 시각)

유치장 철창에 무언가 반짝인다. 투명한 낚싯줄이다. 길게 늘어진 두 줄이 팽팽하다.
강진묵.. 그의 발이 허공에 떠 있다. 물어뜯은 열 개의 손끝에 피가 말라 있고.
뒷벽에 피로 겨우 문질러 쓴 글씨가 어렴풋이 보인다.
'동 식 아
유 연 이는 아 니 야'

- 8회 끝 -